女法醫史卡佩塔 Kay Scarpetta 17

鑑識死角

The Scarpetta Factor

Patricia Cornwell
派翠西亞・康薇爾——著 陳靜妍——譯

康薇爾作品系列 17

鑑識死角　THE SCARPETTA FACTOR

作　　者　派翠西亞・康薇爾 Patricia Cornwell
譯　　者　陳靜妍
封面設計　莊謹銘

業　　務　陳玫潾
行銷企劃　陳彩玉、蔡宛玲、朱紹瑄
總 編 輯　劉麗真
總 經 理　陳逸瑛
發 行 人　凃玉雲

城邦讀書花園
www.cite.com.tw

出　　版　臉譜出版
發　　行　英屬蓋曼群島商家庭傳媒股份有限公司城邦分公司
台北市民生東路二段141號2樓
讀讀者服務專線：02-25007718；02-25007719
服務時間：週一至週五9:30～12:00； 13:30～17:30
24小時傳真服務：02-25001990；02-25001991
讀者服務信箱E-mail：service@readingclub.com.tw
劃撥帳號：19863813 書虫股份有限公司
英屬蓋曼群島商家庭傳媒股份有限公司城邦分公司
城邦網址： http://www.cite.com.tw
臉譜推理星空網址： http://www.faces.com.tw

香港發行　城邦(香港)出版集團
香港灣仔駱克道193號東超商業中心1樓
電話：852-25086231/傳真：852-25789337
Email：hkcite@biznetvigator.com

馬新發行　城邦(馬新)出版集團
Cité(M) Sdn. Bhd.(458372 U)
11,Jalan 30D/146,Desa Tasik, Sungai Besi,
57000 Kuala Lumpur,Malaysia
電話：603-90563833/傳真：603-90562833
Email：citekl@cite.com.tw

初版一刷　2016年 9月

I S B N　978-986-235-525-1
定價450元(本書如有缺頁、破損、倒裝，請寄回本社更換)

國家圖書館出版品預行編目資料

鑑識死角/派翠西亞・康薇爾 (Patricia Cornwell) 著；
陳靜妍 譯. -- 初版. -- 臺北市：臉譜出版：
家庭傳媒城邦分公司發行, 2016.09
面； 公分. -- (女法醫・史卡佩塔；17)
譯自：The Scarpetta Factor
ISBN 978-986-235-525-1 (平裝)

874.57　　105011816

導讀

死亡的翻譯人

唐諾

日前，我個人在Discovery頻道上看過一支有關法醫和刑案的影片。因爲豐碩的法醫知識和經驗而成爲眞實世界神探的李昌鈺博士也在片子裡露了一手，他示範了人體血液從無力滴落到沛然噴灑所造成的不同現場血跡狀態，並由此可重建致死的原因、方式和眞確位置，這個絕技他拿來應用在一名警員車內殺妻卻謊稱車外車禍致死的駭人刑案。李昌鈺從噴灑在車前座、儀表板以及車窗上的血跡（該警員宣稱血跡是車禍之後，他把妻子抱入車內所造成的），證實死者當時係坐在駕駛座旁，血液噴灑的出處也全部來自同一個點，相當於死者頭部的高度，而且只有鈍器的用力重擊才足以造成如此大量且強勁的血液噴灑——和我們絕大多數的推理小說結局一樣：他漂漂亮亮的破案了。

該影片一開頭爲我們鏘鏗留下這麼兩句話：每具屍體都有一個故事，它只存在法醫的檔案簿裡。

談到這個，我們得再提一下E.M.佛斯特，這位著名的英籍小說家以爲，人的一生是從一個他已然忘記的經驗開始（出生），到一個他必須參與卻不能了解的經驗結束（死亡），我們只能在這兩個黑暗之間走動，而兩個有助於我們開啓生死之謎的東西，嬰兒和屍體，並不能告訴我們什麼，「只因爲他們傳達經驗的器官和我們的接收器官無法配合。」

我們當然了解，佛斯特所說的生死之謎是大哉問的文學哲學思辯之事，但他「訊息」和「接收」兩造之間無法配合的俏皮話，卻爲我們留下一個滿好玩的遊戲線索來：是不是其間失落了一個轉換的環節呢？是不是少了一個俗稱「翻譯」的東西呢？

在人類漫長的歷史裡，其實這個翻譯人的角色一直是有的。

至少，我們曉得的就有這麼兩個職位，其中較爲古老的一種是靈媒。靈媒不僅較古老，翻譯的野心也較大，他試圖把佛斯特所言「結束那一端的黑暗」裡的一切譯成我們人間的語言，但也許正因爲他宣稱的管轄範疇實在太遼闊了，太無所不能了，因此反而變得可疑，讓人越來越不敢相信他譯文的「信達雅」。

另一個歷史稍短的我們今天則稱之爲法醫或驗屍官（但這也不完全是現代的產物，很久、很久之前我們中國人曾叫他「仵作」）。相形之下，這個翻譯人就謙卑踏實多了，原則上他不去瞻量眞正的死後世界種種，他也不強做解人，他關心的只是死亡前的事，尤其是進入死亡那一瞬間的方式和原因，但他是信而有徵的，經得住驗證。

從文學、法醫到警務

派翠西亞．康薇爾所一手創造出來的凱．史卡佩塔便是這麼一位可堪我們信任的死亡翻譯人，維吉尼亞州的女性首席法醫，這組推理系列小說的靈魂人物。

凱·史卡佩塔的可信任，從結果論來看，充分表現在她從質到量的驚人成功上頭，舉例言之，一九九〇年她的登場之作《屍體會說話》，一口氣囊括了當年的愛倫坡獎、約翰·克雷西獎、安東尼獎、麥卡維帝獎以及法國Roman d'Aventures大獎；而又比方說六年之後的一九九六年三月一日，這個系列的六部著作同時高懸《今日美國》的前二十五名暢銷排行之內，分別是第一、第二、第八、第十四、第十五和第廿四。

事情會到這種地步，想來不會是偶然的，必有理由。

我個人的看法是，在這裡，康薇爾成功寫出了一個專業、強悍、實戰派而且禁得住科學挑剔的罪案工作者。身為一個實際上和一具一具屍體拚搏的法醫，而不是抽著板煙夸夸其談的安樂椅神探，這樣的小說基本上有著一翻兩瞪眼的透明性，因為她的揭示工作，不能仰仗語言的煙霧，乃至於「弄鬆」到用人生哲理、人性幽微或那些「扯哪裡去了」的語言自圓其說，檢驗她的不是高度唯心不確定的語言論述，而是冰冷無情、說一是一的一具顯微鏡，這種無所遁逃的特質，使得如此書寫的推理小說只有兩種極端的結果：一是再不聰明的讀者都能一眼瞧出的假充內行失敗之作，另一則是結實可信的真正耀眼之作。

可想而知，這樣的小說也就不是可躲在書房，光靠聰明想像來完成的。

說來，康薇爾的真實生涯，好像便為著創造出凱·史卡佩塔而準備的，她原本是記者，而且前夫還是英國文學的教授，然而，她奇特的轉入維吉尼亞州的法醫部門工作，從最基層的停屍處檢驗記錄人員幹到電腦分析人員，最後，在她寫作之路大開，成為專業小說作家之前，她又轉入了警務工作——就這樣，文學、法醫到警務，三點構成一個堅實的平面，缺一不可。

人的存在

屍體會說話？這是眞的嗎？

我們回過頭來再一次問這個問題，是爲了清理一下某種實證主義的廉價迷思，就像我們經常在生活中聽到，甚至偶然也方便引用脫口而出，數字會說話、資料會說話、事實會說話……云云。這裡，隱藏著某種虛假的客觀，說多了，甚至好像連人都可以不存在似的。

一具屍體，乃至於萬事萬物的存在，的確都不是當下那一刻的冰涼實體而已，它或彰或隱保留了自身在時間裡的記憶刻痕（最形而下比方說某次闌尾炎手術的疤痕或體內的某個器官病變受損），這都可以被轉換理解成某種訊息，可堪被人解讀出來，因此，我們遂俏皮的說，儘管它並不眞正出聲，卻仍然像跟我們說著話一樣——這原本可以是積極的提醒，讓人們在實證的路上更積極更深化，主動去尋求並解讀事物隱藏的訊息，叫出它的記憶。

然而，問題在於：這是怎麼樣的訊息？向誰而發？由誰來傾聽？

從法醫的例子到佛斯特「訊息」到「接收」的說法，我們由此很容易看得出來，這個訊息說的並不是我們人間的普通語言，在通常的狀態之下我們是聽不懂的，我們得仰賴一個中介者，一個能解讀兩種不同語言的專業翻譯人。就像一具客觀實存的屍體擺在我們面前，我們大概只能駭怕的發現，它是死亡的，頂多稍稍猜得出它可能是暴烈或安然死亡而已，然而，在李昌鈺博士或我們的凱・史卡佩塔首席女法醫的操弄解讀之下，這具屍體卻可以像花朵在我們眼前綻開一般，神奇的讓我們看到它的死因、它的死亡細節和眞正關鍵，看到我們並不參與的生前遭遇和記憶，以及其他。

神奇但又可驗證，這樣的事最叫人心折。

這個中介者或翻譯者，必定得是人，一種專業的人——這個「專業」，指的不是他的職業，而是他的知識和經驗，並由此堆疊出來的洞見之力。從這裡我們知道，實證主義的進展，最終並非走向一種人的取消，相反的，它在最根深柢固之處，會接上能動的、思維的人。

所謂強悍

也因著這樣，我個人會更喜歡凱・史卡佩塔多一點，就像我也喜歡當前美國冷硬推理小說的兩位奇特私探，分別是蘇・葛拉芙頓筆下的肯西・梅爾紅和莎拉・派瑞斯基的維艾・華沙斯基一樣，只因爲她們都是女性。

這極可能是我的偏見，但我的想法是，在男女平權尚未完成的現在，女性的專業人員，尤其是存在著粗魯暴力的男性主體犯罪世界之中，不管做爲私探或者法醫，她們都得承受較多的不利和風險，包括先天生物構造的脆弱和後天社會體制形塑的另一種脆弱，但意識到這樣的脆弱在小說的思維裡是好的，就像大導演費里尼所說，「害怕的感覺隱藏著一種精微的快樂。」我們會看到凱在面對屍體的溫柔和面對罪犯的心情跌宕起伏，正如我們會看到梅爾紅和華沙斯基在放單面對並不得不緝捕男性罪犯時的狼狽和必然的害怕，這個確實存在的脆弱之感，引領著小說的思維走向一種精微的、豐饒的層次，而不是那種打不退、打不死、像坦克車一樣又強力、又沒腦袋的無趣英雄。

我個人多少覺得海明威筆下那種提著槍出門找尋個人戰鬥如找尋獵物的男性沙文英雄，以及當代波士頓冷硬大師羅勃．派克筆下的硬漢史賓塞看成是可笑的；對於海明威我寧可喜歡和他同期同名、深鬱細緻的福克納；至於羅勃．派克，他一向以雷蒙．錢德勒的繼承人自居，但老實說，他那位打拳練舉重、一雙鐵拳一枝快槍幾乎打遍天下無敵手的史賓塞，較之於高貴、幽默、若有所思的元祖冷硬私探菲力普．馬羅，實在只是個賣肌肉的莽漢而已。

我稱凱．史卡佩塔是專業且「強悍」的女法醫，正如我們大家仍都同意梅爾紅和華沙斯基仍隸屬於所謂「冷硬」私探一般，我相信，在這裡，強悍冷硬的意義是訴諸於一種專業的知識層面、一種強韌的心智層面和一種精緻的思維層面，在這些方面，並不存在著肉體的強弱和性別的差異，要比的，只是如何更專業，更強韌以及更精緻而已。

讓我們帶著這樣的心情，進入這位專業女法醫所為我們揭示的神奇死亡世界，聽她跟我們翻譯一個個死亡的有趣故事吧。

人物介紹

凱・史卡佩塔	法醫病理學家
彼德・馬里諾	里奇蒙警局凶殺組警探
班頓・衛斯禮	聯邦調查局嫌犯人格分析專家
馬克・詹姆斯	聯邦調查局探員，史卡佩塔的前男友
露西	史卡佩塔的外甥女
納森・克拉克	貝勒育醫院主任鑑識心理醫生
布萊恩・愛迪生	紐約市首席法醫
瑪蒂・藍尼爾	聯邦調查局特別幹員
潔米・伯格	紐約市助理檢察官
阿爾・羅伯	拆彈小組隊長
安・卓伊汀	拆彈小組成員
L・A・邦奈爾	紐約市警局的案件調查員

冬妮・達里安	在中央公園遇害的慢跑者
漢娜・史塔爾	失蹤的金融巨擘
魯伯・史塔爾	漢娜・史塔爾的父親
巴比・富勒	漢娜・史塔爾的丈夫
華納・亞吉	鑑識精神科醫師
卡莉・克利斯賓	CNN〈克利斯賓報告〉節目主持人
多蒂・郝奇	班頓・衛斯禮在貝勒育醫院的病人
哈波・裘德	好萊塢電影明星
尚－巴布提斯	香多涅家族犯罪集團的倖存者

我們理應尊重生者
對死者只欠真相

伏爾泰，一七八五年

1

凱・史卡佩塔醫師快步走在三十街上，東河吹來的刺骨寒風拉扯著她身上的外套。雖然是聖誕節前一週，此處卻全無聖誕節的節慶氛圍。這裡有三個由悲劇與死亡連接的地點，她稱之爲曼哈頓悲劇三角洲：後方的紀念公園裡，一座巨大的白色帳蓬安置著世貿遺址尚未辨識或無人認領的眞空包裝遺體，左前方的哥德式紅磚建築曾是貝勒育精神病院，如今是遊民庇護所；對面則是首席法醫辦公室的貨物進出口，灰色鐵製車庫門打開著，一輛卡車正倒車卸下夾板。這天的停屍間很吵嘈，走廊不斷出現的敲擊聲彷彿在圓形劇場裡不斷地傳送著。停屍間的技工忙著組裝成人尺寸與嬰兒尺寸的簡樸松木棺材，幾乎跟不上市內波特無名公墓的需求；一如天下所有事物，經濟是主因。

史卡佩塔已經後悔手上捧著硬紙盒裝的起士漢堡和薯條，它們在紐約大學醫學院自助餐廳餐台上的保溫箱裡放了多久？時間已近下午三點，吃午餐有點晚；這食物美味與否，她的答案很肯定，只是當時沒有時間另外點餐，或享用較健康的自助沙拉吧，甚或選擇自己可能眞正喜歡的食物。今天已經出現了十五件案子：自殺、意外死亡、他殺，因無法就醫而病故的窮人，或是更慘的，孤獨去世。

爲了早點開始工作，史卡佩塔早上六點就上班，九點已經完成兩件解剖，把狀況最糟的留到最後：解剖一名身上有傷及布滿藝術品的年輕女子，得花較多時間，結果也令人費解。史卡佩塔花了五個多小時解剖冬妮・達里安的屍體，仔細的製作圖表和筆記，拍了幾十張照片，將整個大腦固定在福馬林桶子裡，以供未來研究之用；同時採集並保存額外的體液、部分器官與組織。碰到怪案子時，她會盡可能保留、記錄一切，並不是因為這個案子不尋常，而是因為解剖結果互相矛盾。

這名女子二十六歲，屍體外觀與死因平凡得令人沮喪，不需要冗長的解剖就能回答最基本的問題。她的死因是重擊所造成的他殺，由頭部後方單一重擊致死，凶器外層可能塗有彩色油漆；除此之外，其他的證據都兜不起來。她的屍體在中央公園的外緣被發現，距離東一百一十街大約十公尺；屍體發現的時間是黎明前，原本以為她是前夜在雨中慢跑時遭到性侵而被殺害。她的慢跑褲及內褲都被拉到腳踝處，刷毛上衣和運動胸罩推到胸部上方。一條極地科技保暖布料做成的圍巾在頸部緊緊打了兩個結。起先，接獲報案來到現場的警察及首席法醫辦公室的法醫調查員都假設勒斃她的凶器是來自她身上的衣物。

事實並非如此。史卡佩塔在解剖室解剖這具屍體時，毫無跡象顯示這條圍巾是死因，或是和死因有關：死者身上沒有窒息的跡象，沒有紅腫或瘀青等重要反應，頸部只有乾燥的擦傷，彷彿圍巾是在死後才捆綁上去的。當然，很可能凶手先重擊她的頭部，但根本不知道她已經死了，因而企圖將她勒斃。若真是如此，他和她在一起多久的時間？根據屍體大腦皮層的挫傷、腫脹和出血情況，她在頭部遭到重擊後並沒有立即死亡，也許還繼續存活了數小時。然而，現場卻血跡甚少。將屍體翻身後才有人注意到她後腦勺的傷勢，大約四公分的撕裂傷，傷口明顯腫脹，卻只有輕微的液體滲出。當時，這失血過少的現象被歸因於下雨。

史卡佩塔非常懷疑事實就是如此。頭皮撕裂傷應該會造成大量出血，而斷斷續續、頂多只能算和緩的風雨不太可能沖刷掉多妮厚重長髮中的鮮血。她的加害者打破她的頭蓋骨，在冬日下雨的夜晚和她在室外相處了相當長的時間，然後才把圍巾緊緊綁在她的頸部，確定她無法活下來重述事發經過？或者，把圍巾綁在頸部是某種暴力性犯罪的儀式？爲什麼屍斑和屍體僵硬程度都強烈抵觸著犯罪現場表面上所傳達的訊息？死者顯然是前一天深夜死在公園裡，但她的死亡時間顯然在三十六小時前。史卡佩塔對這個案子深感困惑，也許是她思考過度。說起來，也許她根本沒有清楚地思考。她覺得很困擾，整天沒有進食，只喝了很多咖啡讓她血糖降低。

她要出席下午三點的員工會議已經快遲到了，得在六點前回到家再去健身房，然後和丈夫班頓・衛斯理共進晚餐，接著再趕到CNN。這是她最不想做的事，她根本就不應該同意上〈克利斯賓報告〉節目。她怎麼會同意上卡莉・克利斯賓的節目，解釋頭部毛髮在死後的改變，以及顯微鏡及鑑識科學在其他方面的重要性，由於史卡佩塔沾惹上娛樂界而遭到誤解的議題。她手裡拿著午餐盒走到卸貨區，這裡堆滿了紙箱及一箱箱辦公室及停屍間的補給品、金屬推車、手推車和夾板。樹脂玻璃後方的警衛忙著講電話，在她經過時勉強瞄了一眼。

她來到斜坡上方，用掛在頸部的卡片刷卡，再打開厚重的金屬門進入地下通道，白色地鐵磁磚帶著一絲藍綠對比，扶手似乎無止盡延伸，卻又彷彿乍然停止。她剛開始在此擔任兼職法醫時經常迷路，想到神經病理學實驗室或心臟病理學實驗室卻跑到人類學實驗室；想去女性更衣室卻跑到男性更衣室；想去主要解剖室卻跑到消毒室，或走錯冰庫、樓梯，甚至還搭了舊的鐵製貨梯卻下錯樓層。

她很快弄清楚這裡的設計，領悟了從卸貨平台開始的實用圓形動線。這個卸貨平台就像卸貨區般隱身在巨大的車庫門後方，法醫調查員運輸小組將屍體送抵後，會先將擔架卸到平台上，從裝在門上方的放射線偵測器底下穿過，若觸發警報則表示屍體具有放射線物質，例如治療某些癌症的放射線藥劑。下一站是地磅，在此測量屍體的身高及重量。至於在這之後的去處則會視屍體狀況而有所不同。如果屍體情況很差，可能對生者有害，就會被送進消毒室隔壁的消毒冰庫，在配有特殊通風設備及保護措施的場所進行隔離解剖。

狀況不錯的屍體則會被推進卸貨平台右側的走廊，可能依照屍體的解構程度被送進不同的房間裡：X光室、組織學樣本儲存室、法醫人類學實驗室，兩間放置尚未檢驗新鮮屍體的大冰庫，負責將接受驗屍及認屍的屍體送上樓的電梯、證物櫃、神經病理室、心臟病理學室、主要解剖室等。解剖結束，遺體可以交給家屬後，就會繞一圈回到卸貨平台的另一個大冰庫裡，也就是冬妮．達里安的屍體現在應該回歸之處，放在拉鍊屍袋裡，躺在儲藏架上。

可是她並沒有依這個流程處理。她的屍體放在擔架上，擔架則在不鏽鋼冰庫門前，一名負責身分辨識的技工正在整理她頸部附近的藍布，將其拉到下巴處。

「要做什麼？」史卡佩塔問。

「樓上有點騷動，有人要來認屍。」

「誰要認屍？爲什麼？」

「她母親在大廳，沒見到她不肯離開。別擔心，我來處理就好。」這名技工叫蕾蕊，年約三十五歲的她留著黑色捲髮，烏黑的眼珠，對接待家屬非常有一套。如果她處理上出了問題，那一定不是小事。沒什麼事難得倒蕾蕊。

「我以爲她父親已經認過屍了，」史卡佩塔說。

「他處理了文書作業。就在妳去自助餐廳之前，我給他了看妳上傳給我的照片。幾分鐘後，她的母親進來，兩人在大廳吵起來，我是說很激烈的爭吵，最後他氣沖沖地離開。」

「他們離婚了？」

「顯然還非常痛恨對方。她堅持要看屍體，不接受其他選擇。」蕾蕊戴著紫色橡膠手套，用手撥開死者眉毛上的一綹濕髮，將幾絡髮絲撥到耳後，確認沒有露出解剖的縫線。「我知道妳幾分鐘後要開員工會議，這裡由我處理就好。」她看著史卡佩塔手上的紙盒，「妳根本還沒吃飯。妳今天吃了什麼？大概跟平常一樣什麼都沒吃。妳瘦了多少？妳會被當成骨骸送到人類學實驗室的。」

「他們在大廳吵什麼？」史卡佩塔問。

「葬儀社的安排。母親想找長島的葬儀社，父親想找紐澤西的。母親想土葬，父親想火葬。兩人搶著處理喪葬事宜。」她又碰觸屍體，彷彿這是對話的一部分，「然後，他們開始把想得到的事都拿出來怪罪對方，爭吵不休，連愛迪生醫師都一度出來看發生了什麼事。」

他是首席法醫，也是史卡佩塔在市政府的上司。她自己的職業生涯大多擔任首席法醫或私人執業，有點難以習慣當人部屬，接受監督。不過，她不會想負責紐約首席法醫辦公室的，並不是說有人邀請過她或可能發生。管理這種等級的辦公室相當於擔任大都會的市長。

「嗯，妳很清楚程序，」史卡佩塔說，「有質疑的話，屍體哪兒也不能去。我們會先中止釋出屍體的程序，等候法務部門的通知再處理。妳給死者的母親看了照片，然後呢？」

「我試過，她不肯看。她說要看過女兒才肯離開。」

「她在家屬室？」

「我把她留在那裡，檔案的文件影本在妳桌上。」

「謝謝，我上樓之後會看。妳送她上電梯，其他的我來處理，」史卡佩塔說，「其實三點的會議已經開始了，也許妳可以幫我通知愛迪生醫師我無法出席。希望我能在他回家前趕上進度，我們得討論這個案子。」

「我會通知他的，」蕾蕊雙手放在鋼製擔架的推把上，「祝妳今晚上電視節目順利。」

「告訴他現場照片已經上傳給他了，但我明天才能口述解剖內容或把照片給他。」

「我看到節目的廣告，很棒。」蕾蕊還在說電視的事。「我只是很受不了卡莉．克利斯賓，還有常常上那節目的心理側寫專家，他叫什麼名字？亞吉醫師，我受不了他們不斷討論漢娜．史塔爾的案子。我敢打賭卡莉會拿這個案子問妳。」

「CNN知道我不會評論調查中的案子。」

「妳認爲她死了嗎？因爲我很肯定她死了。」蕾蕊的聲音跟著史卡佩塔進入電梯，「就像阿魯巴那個叫什麼名字的？娜坦麗？人們消失是有原因的，因爲有人要他們消失。」

CNN向史卡佩塔承諾卡莉．克利斯賓不會這麼做，也不敢這麼做。電梯上樓時，史卡佩塔思索著理由：她不只是專家、外人，或不常上節目、言詞空洞的評論員，她是CNN的資深鑑識分析師。她很堅定地向執行製作人亞力克斯．巴奇塔表示自己不會討論、甚或婉轉提到漢娜．史塔爾的案子；這名美麗的金融巨擘似乎在感恩節前一天憑空消失；據報，最後一次有人看到她是在格林威治村的一家餐廳，她正在招黃色計程車。如果最糟的狀況發生，如果她死了，屍體出現在紐約市，那就是史卡佩塔辦公室的管轄範圍，案子可能會落到她手上。

她在二樓出了電梯，沿著長廊經過特別任務小組，再穿過一道上鎖的門來到大廳。這裡布置著深紅色及藍色沙發、椅子、茶几和一排排雜誌，聖誕樹和窗台上的七燈燭台眺望著第一大道。櫃臺上方的大理石刻著一段拉丁文：「**讓對話停止，令笑聲消失，在此處死者樂意幫助生者。**」櫃臺後方地上的收音機傳出老鷹合唱團演唱的〈加州旅店〉。警衛菲琳認爲該由她負責決定這無人大廳播放什麼音樂。

「……你隨時可以退房，卻永遠無法離開，」菲琳輕輕哼唱著，毫不在意其諷刺之處。

「家屬室應該有人吧？」史卡佩塔在櫃臺前停下腳步。

「喔，抱歉，」菲琳彎腰關掉收音機，「我以爲她在裡面聽不到。不過，我不聽音樂也沒關係。只是妳知道，光坐著沒事做有時候很無聊。」

不論在櫃臺或在樓下的停屍間辦公室裡，菲琳一有機會就聽這些活潑的輕搖滾，至於原因可能不見得是無聊，而是因爲她例常在此見證的永遠不是快樂的景象。史卡佩塔不在乎她聽什麼，只要沒有哀悼的家屬聽到惱火、解釋爲不尊重死者的音樂和歌詞就好。

「告訴達里安太太我馬上來，」史卡佩塔說，「我需要十五分鐘先查一些資料，看一下文件。她離開前先不要放音樂，好嗎？」

大廳左側是行政部門，裡面安置著她、愛迪生醫師、兩名執行助理，以及正在度蜜月、新年過後才會回來的總幹事。這棟建築具有半世紀歷史，但空間有限，無法將史卡佩塔安置在四樓的全職法醫辦公室。她在市區工作時便使用一樓原本給主任用的會議室，這裡看得到第一大道上首席法醫辦公室青綠色磚塊入口。她開鎖進入，掛好外套，將午餐盒放在桌上，在電腦前坐下。

她打開網路瀏覽器，用搜尋引擎搜索BioGraph。螢幕最上方顯示「你要搜尋的是BioGraphy嗎?不，不是，Biograph Records，這也不是她在找的。「美國放映及動畫公司」（American Mutoscope and Biograph Company）是美國最古老的電影公司，由名爲湯瑪斯．愛迪生的發明家成立於一八九五年，他是首席法醫的遠親，不確定多遠，不過是很有意思的巧合。大寫B和大寫G的「Bio Graph」也沒有符合的搜尋結果。冬妮．達里安的屍體今早抵達停屍間時左腕戴著一支不尋常的手錶，這個字就刻在背面。

佛蒙特州的史托鎮下著大雪，沉重而潮濕的巨大雪片堆在冷杉與歐洲赤松上。橫越葛林山的滑雪吊椅彷彿模糊的蜘蛛網，靜止不動，在暴風雪中幾乎難以辨認。這種天氣沒人出來滑雪，也沒人從事戶外活動，全都待在室內。

露西．費里奈利的直昇機困在附近的柏林頓，不過至少安全地停靠在機棚內。只不過，接下來的五小時或更長的時間裡，她和紐約市助理檢察官潔米．伯格哪裡也去不了，至少要等到晚上九點。到時候，天氣狀況應該會達到目視飛行的標準：雲層高度超過九百公尺，能見度超過八公里，五十海哩以下的西北風。她們返回紐約的旅程會遭遇強烈的順風，應該可以趕上預定行程。可是伯格心情不太好，整天都在隔壁房間講電話，完全不理她。在潔米看來，天氣因素使她們受困於此，動彈不得，由於露西是駕駛，自然是她的錯。其實是氣象預報錯誤，原先只是明顯的兩個暴風雪卻在加拿大的薩克其萬上方結合成極地冷氣團，成爲巨大的暴風雪。

露西在影音網站上觀賞米克．佛利伍在一九八七年演唱會上表演〈世界轉動〉的打鼓獨奏現場錄影，她將音量關小。

「現在聽得到了嗎？」她問電話另一頭的凱阿姨，「這裡訊號很差，天氣也沒幫上忙。」

「好多了，妳還好嗎？」史卡佩塔的聲音傳到露西的顎骨。

「目前爲止一無所獲，這一點很奇怪。」

露西同時開著三台MacBook，每個螢幕都分成四等分，分別顯示航空氣象中心的更新狀況、類神經網路搜尋的資料串流、可能連到其他相關網站的建議連結、漢娜．史塔爾的電子郵件、露西的電子郵件，還有演員哈波．裘德成名前穿著手術衣在派克綜合醫院停屍間的監視器畫面。

「妳確定是這個字嗎？」她一面瀏覽螢幕一面問，心思專注地在螢幕上的資料之間來回跳躍。

「我只知道那是刻在手錶背面的商標，」史卡佩塔的聲音嚴肅而緊急，BioGraph，她又拼了一次，「還有流水編號，也許像病毒一樣，用一般的網路搜尋引擎找不到，得知道要找的是什麼才能找到。」

「這不是防毒軟體，我用的並不是軟體驅動的搜尋引擎，而是公開資源搜索，我找不到這個字是因爲它不在網路上，沒有任何相關的公開資料，討論區、部落格或資料庫都沒有。」

「請不要做非法入侵的事。」

「我只不過是利用操作系統的弱點而已。」

「對，妳從人家沒鎖的後門進去也不算非法入侵。」

「如果有的話我就找得到，可是我完全找不到這個字的資料，」露西不打算像往常一樣爭論爲達到目的可以不擇手段。

「我看不出怎麼可能會這樣。這支手錶看起來非常精密，還有ＵＳＢ槽，得像機座一樣插上去充電，我覺得應該很貴。」

「如果用手錶或裝置類搜尋的話也是沒有結果，」露西看著一排排的搜尋結果，她的類神經網路搜尋引擎將無限多的關鍵字、錨點文字、文件類型來源、網址、標題標籤、電子郵件和ＩＰ

地址分類，「我正在看，完全沒看到類似的描述。」

「一定有辦法知道那是什麼。」

「沒有，那就是我的重點，」露西說，「沒有BioGraph這種手錶或裝置，或任何東西符合冬妮・達里安手上戴的東西，她這支手錶不存在。」

「妳說不存在是什麼意思？」

「我的意思是它不存在於網路上，不論是通訊網路或隱喻的虛擬網路都沒有。也就是說，『Bio Graph』這個名稱根本不存在，」露西說，「如果讓我看到實品的話還有可能弄清楚它是什麼東西，若是真如妳所說，它是某種收集資訊的裝置。」

「在實驗室尚未處理完成之前沒辦法拿出來。」

「可惡，別讓他們用螺絲起子和榔頭處理，」露西說。

「他們只會採集DNA樣本而已。警方已經採集過指紋，可是完全採集不到。請轉告潔米方便的時候打個電話給我。希望妳們不會太無聊，很抱歉現在沒時間多聊。」

「我見到她的話會告訴她。」

「她不在妳身邊？」史卡佩塔試探性的問。

「漢娜・史塔爾案跟這個案子把潔米弄得分身乏術，忙得不可開交，這種事妳最清楚了。」

露西沒興趣討論自己的私生活。

「我希望她的生日過得很快樂。」

露西不想提這件事，「那邊天氣如何？」

「很冷，陰天，風很大。」

「你們那邊還會繼續下雨，也許北區會下點雪，」露西說，「但雲系往你們那邊移動的同時也持續減弱，因此午夜就會放晴。」

「我希望妳們按兵不動。」

「如果我無法把直昇機開出去的話，她會找狗拉雪橇。」

「妳們離開前打電話給我，拜託小心一點。」史卡佩塔說，「我得走了，得去見冬妮·達里安的母親。我想妳。我們盡快共進午餐或碰個面好嗎？」

「當然。」露西說。

她掛斷電話，將影音網站的音量開大，米克·佛利伍還在打鼓。她雙手放在MacBook上，彷彿在自己的搖滾演唱會上，把鍵盤當成鼓打著。她按下另一個氣候狀況更新，按下剛出現在漢娜·史塔爾收件匣的電子郵件。很奇怪，既然明知道某人失蹤，甚至很可能已經死了，爲什麼還要繼續寫電子郵件給這個人？露西很好奇漢娜·史塔爾的丈夫巴比·富勒是否眞的這麼愚蠢，不知道紐約市警局和檢察官辦公室也許會監看漢娜的電子郵件信箱，或找露西這樣的電腦鑑識專家來處理。過去三個星期裡，巴比每天都寫電子郵件給他失蹤的妻子。也許他很清楚自己在做什麼，想讓執法單位看到他寫信給他的「甜心」，他的「小乖乖」，他的愛人，畢生摯愛。如果人是他殺的，他應該不會寫情書給她吧？

寄件人：巴比．富勒
時間：十二月十八日星期四，下午三點二十四分
收件人：漢娜
主旨：沒有妳我活不下去

我的小親親，我希望妳安全地在某處讀到這封信。我的靈魂之翼將我的心帶到妳所在之處。別忘了，我吃不下也睡不著。巴比

露西查看寄件人的ＩＰ地址，如今已熟悉得一看便知。巴比正躲在他和漢娜在北邁阿密海灘的公寓裡，在富麗堂皇的環境中逃避媒體的追逐；露西很熟悉這個地方，其實不久前才和他那美麗的小偷妻子一起進過這間公寓。露西每次看到巴比的電子郵件都很想知道他腦袋在想什麼，如果他相信漢娜已經死了會有什麼感受，她很好奇。

也許他知道她已經死了，或知道她還沒死；也許此事眞的跟他有關，他對她的下落一清二楚。露西完全不知道；她嘗試站在巴比的立場關心，但做不到。對她而言，重要的是漢娜自作自受，或最後的結果是她自作自受，而且越快越好。她遭遇任何厄運都是活該，因爲她浪費了露西的金錢和時間，現在更奪走她非常寶貴的東西。露西花了三個星期的精力在漢娜這個案子上，完全沒時間和伯格相處。就算她人和露西在一起，她們的心思也不在對方身上。露西不但害怕，也

氣炸了，有時覺得自己會做出可怕的事。

她把巴比最新的電子郵件轉寄給伯格，她在另一個房間踱步，踩在硬木上發出聲音。露西對其中一個MacBook分割螢幕上閃爍的網址產生興趣。

「這又是什麼？」她對著空無一人的客廳說。爲了伯格的驚喜派對假期，她租下這間位在五星級度假區的連棟別墅，附有高速無線網路、壁爐、羽毛床墊及八百織床單等，應有盡有，唯一缺少的是此行原本的目的：親密、浪漫和樂趣。露西歸咎在漢娜身上，也怪哈波·裘德、怪巴比，怪每個人。露西覺得這些人陰魂不散的跟著她，伯格卻完全對她沒性趣。

「實在太荒謬了，」伯格走進來說，指的是窗外的銀白世界，霧茫茫的白雪中只見樹木與屋頂的輪廓。「我們有辦法離開這裡嗎？」

「好了，這又是什麼？」露西咕噥著按下一個連結。

搜尋ＩＰ地址後得到的是田納西大學附設法醫人類學中心的網站。

「妳剛剛在跟誰說話？」伯格問。

「我阿姨。現在我在自言自語，總得找個人說話。」

伯格不理會她的挖苦，也不打算爲了自己曾說無法控制的事道歉。漢娜·史塔爾失蹤，哈波·裘德這個變態可能有線索，這些又不是她的錯。彷彿這樣還不夠讓她分心，這會兒，昨晚一名慢跑者在中央公園遭到性侵殺害。伯格會告訴露西她得更體諒一點，不能這麼自私。她得成熟一點，不要這麼缺乏安全感，這麼黏人。

「可以不要聽打鼓嗎？」伯格的習慣性偏頭痛又發作了。

露西退出影音網站，客廳一片靜默，只有壁爐裡瓦斯爐火的聲響。她說，「還是一樣變態的東西。」

伯格戴上眼鏡靠過來看，身上有眞愛牌沐浴油的味道；沒有化妝，也不需要化妝。她的深色短髮蓬亂，穿著黑色運動裝的她性感至極；她裡面什麼也沒穿，外套拉鍊沒拉，露出乳溝，不過沒什麼特別的意思。露西最近都抓不到伯格的心思或立場，只知道她的心不在這裡。露西想擁抱她，提醒她們以前曾經擁有過什麼。

「他在看人體農場的網站，我懷疑他在考慮自殺，將屍體捐作科學研究。」露西說。

「妳在說誰？」伯格看著其中一個MacBook螢幕上的資料，表格上方寫著：

法醫人類學中心

田納西大學，諾斯維爾

大體捐贈問卷調查

「哈波·裘德，」露西說，「他的IP地址連到這個網站，因爲他剛剛用假名買了……等一下，我們來看看這個爛人在做什麼，循線追蹤。」她打開網頁，「來到這個頁面，這是一個判別函數程式，在視窗系統底下使用的互動電腦軟體，將骨骸分類、辨識。這傢伙眞的精神有問題，很不正常。我告訴妳，我們會查到他在搞什麼鬼的。」

「老實說，妳覺得有搞頭是因爲妳有目標。」伯格彷彿在暗示露西不誠實，「妳在找妳認爲是犯罪的證據。」

「我找到證據是因爲他留下證據。」露西說。她們已經爲了哈波．裘德爭執了好幾個星期，「我不知道妳爲何這麼有所保留，難道妳認爲這些東西是我捏造的嗎？」

「我想跟他談漢娜．史塔爾的事，妳則是想迫害他。」

「妳希望他開口的話就得先嚇壞他，尤其是沒有律師在場。我成功做到了，讓妳如願以償。」

「如果我們能離開這裡，他也還會出現的話，」伯格離開電腦螢幕前，做出決定，「也許他想扮演人類學家、考古學家，爲下一部電影做研究，《法櫃奇兵》或那種有墳墓、古老詛咒的木乃伊電影。」

「才怪，」露西說，「他是方法演技派的，完全沉浸在下一個扭曲的角色裡，撰寫另一本內容貧乏的劇本，等著我們爲了派克綜合醫院和他不尋常的興趣偵辦他，到時那就是他的不在場證明。」

「我們不會偵辦他，是我會偵辦他。妳唯一要做的事就是將妳在電腦螢幕上找到的東西給他看，馬里諾和我會負責開口。」

稍後等伯格聽不到他們談話的時候，露西會向彼德．馬里諾查證。他看不起哈波．裘德，而且一點也不怕他。馬里諾對於調查名人或將他們送進監獄這件事完全不會良心不安。伯格似乎很怕裘德，露西不懂，她從沒看伯格怕過什麼人。

「過來，」露西將她拉過來自己的大腿上，「妳到底怎麼了？」她把鼻子埋在她的背部，手滑進運動外套裡，「妳爲何這麼擔心受怕？今晚得熬夜，我們該先睡一下。」

葛蕾絲·達里安一頭深色長髮，和女兒一樣的上翻鼻與豐唇。她穿著紅色羊毛外套，釦子扣到下巴，站在窗前眺望著深灰色天空下貝勒育精神醫院的黑色鐵柵欄和爬滿藤蔓的磚牆，身形嬌小又可憐。

「妳是達里安太太嗎？我是史卡佩塔醫師，」她走進家屬室，關上門。

「你們可能弄錯了。」達里安太太離開窗前，雙手抖個不停。「我一直覺得不可能，不可能，一定是別人。妳怎麼能確定？」她在飲水機附近的小木桌前坐下，因震驚而面無表情，眼中有一絲驚恐。

「根據警方找到的私人物品，我們初步判定是妳的女兒，」史卡佩塔拉出一張椅子在她對面坐下，「妳的前夫也看過照片。」

「在這裡拍的。」

「對，請讓我表達慰問之意。」

「他是否提到他一年只見她一、兩次？」

「我們會比對齒模記錄，需要的話也會比對DNA。」史卡佩塔說。

「我可以寫下她牙醫的資料，她還在看我的牙醫。」葛蕾絲．達里安把手伸進皮包裡，一管唇膏和粉餅喀答掉在桌上。「我回家聽到留言之後才跟一個警探講上話，我不記得她的名字，是女的，然後另一個警探打電話來，男的，馬力歐，馬力阿諾，」她顫抖著聲音說，眨眼忍住眼淚，拿出一本小筆記本和一支筆。

「是彼德．馬里諾嗎？」

她潦草地寫下牙醫的資料，撕下那一頁，茫然失措的摸索著，彷彿癱瘓了，「我一時想不起牙醫的電話號碼，這是他的姓名和地址。」她將那張紙推過來給史卡佩塔，「我相信是馬里諾沒錯。」

「他是紐約市警局的警探，被派到助理檢察官潔米．伯格的辦公室。這個辦公室負責刑案調查。」史卡佩塔將那張紙放進蕾蕊留給她的檔案夾裡。

「他說他們要去冬妮的公寓拿她的梳子和牙刷。我不知道，我沒有再接到通知，也許他們已經去過了。」達里安太太繼續說，聲音顫抖哽塞，「我不在家，所以警方先跟勞倫斯談過。我帶貓去看醫生，我得讓貓安樂死，妳能想像就這麼剛好嗎？警方找不到我就是因爲我在辦這件事。檢察官辦公室的那位警探說你們可以從她公寓裡的東西取得DNA。我不明白你們爲什麼還沒比對就能確定是她。」

史卡佩塔對冬妮．達里安的身分毫無疑問，她的駕照和公寓鑰匙放在屍體所穿的刷毛上衣口袋裡，死後X光顯示鎖骨和右臂有骨折癒合的痕跡，根據紐約市警局的資料，這個舊傷吻合冬妮五年前騎單車被撞的舊傷。

「我警告過她在市區慢跑要小心，」達里安太太說，「我都不知道說過多少次，可是她從不在天黑後慢跑的。我也不知道她爲何會在雨中慢跑，她討厭在雨中跑步，尤其是天冷的時候，我覺得一定是弄錯了。」

史卡佩塔將面紙移到她面前，然後說，「在我們去看她之前，我想先問妳幾個問題，釐清幾個細節，可以嗎？」葛蕾絲·達里安看過屍體後的精神狀況不適合回答問題，「妳最後一次和女兒聯絡是什麼時候？」

「星期二早上，我沒辦法告訴妳正確的時間，大約是十點左右，我打電話給她，我們聊了一會兒。」

「所以是兩天前，十二月十六日。」

「對，」她擦擦眼睛。

「在那之後都沒有聯絡？沒有其他的電話、語音留言、電子郵件？」

「我們不會每天講電話或寫電子郵件，可是她會傳簡訊給我，我可以給妳看，」她伸手拿手提包，「我猜我該告訴那個警探這件事，妳說他叫什麼名字？」

「馬里諾。」

「他想知道她的電子郵件地址，說他們需要查閱。我告訴他電子郵件地址，可是我當然不知道她的密碼。」她翻找著手機和眼鏡，「我星期二早上打電話給冬妮問她聖誕節想吃火雞還是火腿，她兩個都不要，說可能會帶魚來，我說她想吃什麼我就去買，只是很平常的內容，大多是這種家常小事。她兩個弟弟要回來，我們要在長島相聚。」她拿出手機，戴上眼鏡，用顫抖的手滑手機，「我住在易斯利普，在仁愛醫院擔任護士。」她把手機交給史卡佩塔，「這是她昨晚傳的，」她從面紙盒再拉了幾張面紙。

史卡佩塔讀簡訊。

寄件人：冬妮

還在想辦法排休假，可是聖誕節很瘋狂，我得找人代班，但沒人想做，尤其工作時間這麼糟。XXOO

CB＃917-555-1487

收到：十二月十七日星期三晚上八點零七分

史卡佩塔說，「這支九一七開頭的號碼是妳女兒的電話？」

「她的手機。」

「妳可以告訴我這封簡訊內容的意思嗎？」她會確保馬里諾知道內容。

「她上的是夜班和週末，一直在找人幫她代聖誕節期間的班，讓她可以休假。」達里安太太說，「她弟弟要回來。」

「妳前夫說她在『地獄廚房』當服務生。」

「他當然會這麼說，好像她是端盤子或煎漢堡的。她在『豪賭客』保齡球館的酒吧工作，那邊很不錯、很高級，不是一般的保齡球館。她希望將來能在拉斯維加斯、巴黎或蒙地卡羅的大飯店擁有自己的餐廳，」

「她昨晚有上班嗎？」

「星期三通常沒有。她通常一到三休假，星期四到星期天上很長時間的班。」

「她的弟弟知道發生了什麼事嗎？」史卡佩塔問，「我不希望他們看新聞才知道。」

「勞倫斯大概告訴他們了，要是我的話就會先暫緩通知他們，也許不是她。」

「我們會注意該直接通知哪些人，不讓他們從新聞得知這個消息。」史卡佩塔盡可能語帶溫柔，「她有男友嗎？另一半？」

「嗯，我也很好奇。我九月份去冬妮的公寓看過她，床上都是絨毛玩具，很多香水之類的，對於這些東西打哪裡來，她則是閃閃躲躲，避而不談。感恩節時她一直在傳簡訊，喜怒無常，妳知道戀愛中的人是什麼樣子。我知道的是，她的工作使她經常接觸到人群，很多有魅力、很刺激的男人。」

「也許她曾經告訴過妳的前夫？比如向他提起男友的事？」

「他們感情並不好。妳不明白勞倫斯這麼做的原因，他真正的目的是為了報復我，讓大家以為他是盡責的父親，而不是一個拋棄家庭的酒鬼兼賭徒。冬妮絕對不會想被火化，如果最糟糕的情況發生，我會用處理我母親的那家李凡父子葬儀社。」

「恐怕要等到妳和達里安先生同意如何處理冬妮的遺體之後，首席法醫辦公室才能讓家屬領回屍體。」

「你們不能聽他的。冬妮還在襁褓時他就離開了，為什麼要聽他的？」

「法律規定我們將遺體交還家屬之前你們必須先解決這些爭議，必要的話上法院解決。」史卡佩塔說，「很抱歉，我知道妳現在最不需要的就是挫折感和煩心的事。」

「他憑什麼在二十幾年後突然出現，要求這要求那，要她的私人物品，在大廳跟我爭這些，告訴那個女孩他要冬妮的隨身物品，她被送來的時候身上穿的衣物。可是，根本有可能不是她。他還說這麼可怕、無情的話！他醉醺醺的，光看個照片就說是她，妳信任他的判斷嗎？天啊，我會看到什麼？先告訴我，讓我有心理準備。」

「妳女兒的死因是外力重擊導致頭蓋骨骨折，腦部受傷。」史卡佩塔說。

「有人重擊她的頭部。」她的聲音顫抖，崩潰痛哭。

「是的，她的頭部遭到重擊。」

「幾次？只有一次？」

「達里安太太，我得先慎重的跟妳清楚說明，我告訴妳的每一件事都不能外流；由於我的職責所在，我得慎重判斷我們目前討論的內容，」史卡佩塔說，「所有的資訊都不能外流，以防止妳女兒的加害者用來逃過這可怕罪行的刑責，這一點非常重要，我希望妳能明白。等警方的調查結束之後，妳可以跟我約時間，想問得多詳細都可以。」

「冬妮昨晚冒雨到中央公園北側慢跑？首先，她去那裡做什麼？有人費心問過這個問題嗎？」

「我們都問了很多問題，不幸的是，目前得到的答案很有限，」史卡佩塔回答，「根據我的了解，妳女兒的公寓在上東區的第二大道，距離她被發現的地點大約有二十條街區。對於熱中慢跑的人而言，這個距離並不算遠。」

「可是那是入夜後的中央公園，就像是入夜後的哈林區。她絕對不會在深夜到那種地區慢跑，而且她討厭下雨，討厭淋濕。她是從背後遭到攻擊嗎？她反抗掙扎了嗎？喔天啊。」

「我先提醒妳剛剛提到有關細節的事，目前我們必須謹慎。」史卡佩塔回答，「我可以告訴妳的是，我並沒有發現明顯的掙扎跡象。看起來，冬妮頭部遭到重擊造成大片挫傷，導致出血流入腦部，這一點顯示存活時間足以讓組織出現顯著的反應。」

「可是她已經失去意識了。」

「解剖結果顯示她並非立即死亡，不過，對，她已經失去意識，也許不知道發生了什麼事，不知道自己遇害。還要再等一些檢驗結果出來後我們才會知道。」史卡佩塔打開檔案夾拿出病史表，放在達里安太太面前，「妳的前夫已經填寫了，麻煩妳看一下。」

達里安太太掃瞄表格時，手上的紙張在發抖。

「姓名、地址、出生地、父母姓名，需要更正的話請告訴我，」史卡佩塔說，「她生前有高血壓、糖尿病、低血糖或精神方面的問題嗎？例如她曾經懷孕嗎？」

「所有的答案他都勾選沒有，他知道什麼？」

「沒有憂鬱症、情緒不佳、妳覺得不尋常的行為改變？」史卡佩塔想到那支手錶，「她有睡眠問題嗎？和過去比起來，是否有任何改變？妳說她最近可能身體不太舒服？」

「也許是感情問題，或是大環境的經濟造成工作上的問題。她上班的地方有些女生被資遣了，」達里安太太說，「她跟大家一樣有情緒不好的時候，尤其是每年這個時候，她不喜歡冬天。」

「有什麼妳可能知道的藥物嗎？」

「就我所知只是一些非處方藥、維他命，她很會照顧自己。」

「我想知道她的內科醫生是誰，一位還是很多位，達里安先生沒有塡寫這部分。」

「他不會知道的，他從沒收過帳單。冬妮念大學就開始自己住，我不確定她的醫生是誰。她從不生病，我沒見過比她更精力充沛的人，總是停不下來。」

「妳知道她有什麼經常穿戴的首飾嗎？也許是很少拿下來的戒指、手環或項鍊？」史卡佩塔問。

「我不知道。」

「手錶呢？」

「應該沒有。」

「看起來像黑色塑膠運動錶的東西呢？數位的？一支很大的黑色手錶？聽起來很熟悉嗎？」

達里安太太搖搖頭。

「我看過一些參與研究的人戴過類似的手錶，我相信妳做那一行也看過，例如用來監測心臟病患的指數，或是患有睡眠障礙的人在戴的。」史卡佩塔說。

達里安太太眼裡出現希望。

「妳在感恩節見到冬妮的時候呢？」史卡佩塔問，「她是否可能戴著我剛剛形容的手錶？」

「沒有，」達里安太太搖搖頭，「所以我說，也許不是她，我從沒看過她戴那種東西。」

史卡佩塔問她是否想看冬妮的遺體。她們起身來到隔壁空無家具的小房間裡，只有淺綠色牆上掛著幾張紐約市天際線的照片。認屍窗大約在腰部的高度，也就是棺材放在架子上的高度，窗戶另一側則是一扇鐵製屏風，其實是電梯門，冬妮的屍體從停屍間經由這座電梯送上來。

「打開屏風之前，我要先解釋一下妳將會看到什麼，」史卡佩塔說，「妳想坐在沙發上嗎？」

「不用，不用，謝謝妳，我站著就好。我準備好了。」她睜大眼睛，驚慌失措，呼吸急促。

「我會按下一個按鈕，」史卡佩塔指著牆上兩黑一紅的三個按鈕，那是舊式電梯按鈕，「螢幕打開時，屍體就會出現在那裡。」

「好，我明白了。我準備好了。」她害怕得幾乎說不出話，彷彿冷得發抖，用盡全力大口吸氣。

「遺體在窗戶另一側電梯裡的擔架上，她的頭部在左側，身體其他部位都被蓋著。」

史卡佩塔按下最上方的黑色按鈕，鐵製屏風發出巨大的鏗鏘聲後打開。在樹脂玻璃的另一側，冬妮．達里安身上蓋著藍布，臉色蒼白，雙眼緊閉，嘴唇毫無血色，乾燥，經過洗滌的深色長髮仍然濕濡。她的母親雙手壓在窗戶上支撐著自己，放聲尖叫。

2

彼德．馬里諾不安地在小公寓裡四處查看，想解讀其個性與情緒，讓直覺告訴他這間公寓傳達出什麼樣的感覺。

現場就像死人一樣，只要能明白它們沉默的語言，便能解讀它們所傳達的大量訊息。立刻讓他覺得有異的是冬妮．達里安的筆電和手機不見了，而充電器還插在牆上的插座裡。接下來使他覺得不對勁的是其他東西都在，沒有被動過的痕跡。目前警方的看法是她的公寓和命案無關，馬里諾卻覺得有人來過。他不知道自己爲什麼會有這種感覺，只是從頸背傳出的一種感覺，彷彿有人在看著他，想吸引他的注意力，他卻無法釐清。

馬里諾退到走廊，一名穿著制服的紐約市警察看守著公寓，必須有潔米．伯格的准許才能進去。她下令封鎖公寓，直到她認定不再需要從中取得線索爲止。她在電話中向馬里諾堅持，卻又說詞不一：一下子要他別太仰賴公寓的線索，一下子又說要當成犯罪現場看待。嗯，到底是哪一個？馬里諾經驗老到，有自己的想法，不太理會別人的說法，包括上司在內。對他而言，冬妮．達里安的公寓是個現場，他要翻遍每一吋地方。

「這樣吧，」馬里諾對門外的警察梅爾尼克說，「也許你打個電話給邦奈爾，我得跟她談談失蹤的筆電和手機，確定不是她拿走的。」

邦奈爾是紐約市警局的案件調查員，當天稍早已經和犯罪現場鑑識小組一起搜索過公寓。

「怎樣，你沒有電話嗎？」梅爾尼克靠在燈光昏暗的走廊牆壁上，附近樓梯頂端擺著一張折疊椅。

馬里諾離開後，梅爾尼克會將椅子搬回公寓裡，坐在裡面，直到他需要上廁所，或接替的人在午夜出現。眞是個他媽的爛工作，但總得有人做。

「你這麼忙嗎？」馬里諾對他說。

「就因爲我在打混不表示我就不忙，我忙著思考。」他敲敲抹著髮膠的黑髮，矮小的身材像子彈一樣，「我可以打電話找她，可是我也告訴過你，我來接班時前面那個傢伙已經講得我耳朵出油，說是鑑識小組說的，像她的手機在哪裡？她的筆電在哪裡？他們認爲有人進來拿走了，可是沒有證據。我覺得她的遭遇眞他媽的再明顯不過，爲什麼有人會半夜在公園慢跑，尤其是女生？自己想一想就知道了。」

「邦奈爾和鑑識小組的人來的時候，大門是鎖著嗎？」

「我跟你說過了，是那個叫喬的管理員開的門，他住在二樓的另一頭，」他指著，「你可以自己看一看，門鎖沒有撬開闖入的痕跡。當時大門鎖著，百葉窗關著，沒有東西被碰過，一切都很正常。前面那個値班的傢伙也是這麼告訴我的，他也目睹鑑識小組的整個搜索過程。」

馬里諾戴著手套摸著門把、門栓研究，從口袋裡拿出手電筒仔細查看，沒看到明顯的跡象顯示曾被強行闖入。梅爾尼克說得對，無處可以看出損害或最近被刮到的痕跡。

馬里諾說，「幫我找邦奈爾跟調度員，讓我直接聽她說，因爲老闆回來之後我大概會被問個五十次，如果在那之前沒先被問的話。大部分的人將筆電帶走時會連充電器一起帶走，這一點讓我覺得不對勁。」

「如果筆電是鑑識小組帶走的，他們會連充電器一起拿走，可是他們什麼都沒拿。」梅爾尼克說，「你有沒有想過，也許被害人有多餘的充電器？也許她把筆電帶走，她去的地方也有一個充電器，或是，你知道，備用充電器，我覺得是這樣。」

「我很確定伯格會送你一張親筆謝卡，感謝你提供的傳聞意見。」

「在她手下工作是什麼感覺？」

「床上功夫還不錯，」馬里諾說，「如果可以多給我一點時間恢復就好了，一天五次十次的，連我都筋疲力竭。」

「對，我還是蜘蛛人咧。根據我所聽來的消息，她有興趣的對象可不是男人。我看著她想，不可能，一定是惡意謠言，只因爲她位高權重，對不對？像她這種地位崇高又卓越的女人？你知道他們怎麼說，不表示就是眞的。別讓我女朋友講到這個，她是消防隊員，所以大家就假設她一定是蕾絲邊或在月曆上穿泳裝的。」

「眞的假的？她上了女性消防隊員月曆？今年的？我得趕快去訂一本。」

「我說的是假設。所以我的問題是，潔米．伯格的事是不是臆測？我得承認我很想知道。網路上一大堆她和史卡佩塔醫師的東西，她是她的什麼？女兒還是外甥女之類的？那個女孩以前是聯邦調查局幹員，現在處理伯格所有的電腦調查事務。我是說，潔米．伯格眞的討厭男人，這就是她查案的動力嗎？被她關進牢裡的幾乎都是男人，這一點倒是眞的。並不是說大部分的性犯罪是女人幹的，儘管如此，如果有人知道眞相的話，我猜那個人就是你。」

「去買書來看吧，別等電影了。」

「什麼書？」梅爾尼克坐在折疊椅上，從値勤皮帶的托架匣裡拿出手機，「你說的是什麼書？」

「如果你這麼好奇的話，也許該由你來寫。」馬里諾看看走廊的長度，棕色地毯，漆成棕色的骯髒牆面，二樓總共有八個單位。

「就像我之前說的，我最近在想，我不想一輩子做這種爛工作，也許我該走調查這一行，你知道，」梅爾尼克繼續說，彷彿馬里諾很有興趣，他們是多年好友，「像你一樣被分派到潔米．伯格的辦公室，只要她不是眞的痛恨男人就好，這一點無庸置疑。或者，也許該試試聯邦調查局的銀行搶案聯合勤務小組，或是恐怖主義什麼的，每天可以到眞正的辦公室上班，可以把配車開回家，受到尊重。」

「這裡沒有門房，」馬里諾說，「只要有鑰匙就能進入樓下大門，或是按門鈴請人讓你進來，像我剛才來的時候你幫我開門。進入信箱所在的公共區域之後就可以選擇左轉經過包括管理員在內的四間公寓，走樓梯上樓，或是右轉經過洗衣房、維修室、鍋爐室和儲藏室後再上樓梯。爬上兩層樓之後便可以輕易的來到這裡，距離冬妮的家門口不到兩公尺。如果有人進了她的公寓，如果對方由於某種原因而擁有她的公寓鑰匙，大可在鄰居沒看到的情況下進出。你在這裡坐了多久？」

「我是兩點到的。就像我說的，之前有另一名警員負責，我想屍體被發現後他們立刻派了人過來。」

「對，我知道，伯格跟這件事有點關係。你見過幾個，你知道，住戶？」

「我來了之後？一個都沒有。」

「你聽到其他公寓傳來的水聲、腳步聲或任何聲響嗎？」馬里諾問。

「從我在的地方，這裡、樓梯口或一進門的地方？這裡真的很安靜，可是我才來了多久？」他看看手錶，「大約兩小時。」

馬里諾把手電筒放回外套口袋裡，「這個時間大家都不在家，不適合退休或足不出戶的住戶。還有一件事，這裡沒有電梯，所以對年紀大、跛腳或生病的住戶來說是很糟糕的選擇。這裡沒有租金管制，也不是合宜住宅，不是關係緊密的社區，住戶不相往來，也沒有老住戶，平均的居住時間只有幾年而已。很多單身住戶和沒有小孩的夫妻，平均年齡二十幾到三十幾歲。總共四十戶裡目前有八戶是空的，我猜也沒有很多仲介來找管理員。大環境的經濟狀況不佳，所以過去六個月才會出現那麼多閒置的公寓。」

「你怎麼會知道這些？你像靈媒一樣會通靈是嗎？」

馬里諾從口袋拿出一疊折起來的紙張，「從即時犯罪中心拿到的大樓住戶名單，姓名、職業、逮捕紀錄、工作地點、購物地點、開車的話是那種車，跟誰上床。」

「我從沒去過那裡，」他指的是即時犯罪中心，位在警察廣場一號的資訊科技中心，馬里諾認爲那是美國企業號的指揮部，基本上負責紐約市警方的星艦任務。

「沒有寵物。」馬里諾補充道。

「這件事跟案件有什麼關係？」梅爾尼克打了個呵欠，「自從他們把我調到夜班後，我眞的累斃了，不能睡覺眞慘，我女友跟我就像夜裡交會的船一樣。」

「白天沒人在家的大樓裡，誰負責遛狗？」馬里諾繼續說，「這裡的租金大約從一千兩百美元起跳，這裡的房客負擔不起請人遛狗，也不想這麼麻煩。至於這一點的另一個面向，剛好帶回我的重點：這裡沒什麼活動，看不見聽不見，像我說的，白天沒什麼動靜。如果是我，如果我有不良企圖，我會選擇在這種時間大剌剌地闖進她的公寓，趁馬路上、人行道上都很忙碌，可是大樓裡完全沒人的時候。」

「讓我提醒你，她並不是在這裡遇害的，」梅爾尼克說，「她是在公園慢跑時遇害的。」

「找到邦奈爾，提早開始你的調查訓練，也許你長大會變成迪克．崔西。」

馬里諾回到公寓裡，大門敞開。冬妮．達里安的公寓就像一般社會新鮮人的住處般侷促，馬里諾周遭的世界彷彿突然縮水，整個被他塡滿。他猜這裡大約十一坪左右，他自己在哈林區的公寓也大不了多少，可是至少是一房的公寓，不用睡在見鬼的客廳裡，而且他有後院，和鄰居共用一小塊人工草皮和野餐桌。沒什麼好炫耀的，不過比這裡文明多了。在半小時前他來到此處的時候，依照抵達犯罪現場的慣例，不看細節，而是先整體瀏覽一次。

這次他從玄關開始仔細查看，僅供轉身的空間裡擺著一張很小的藤桌，桌上則擺著一個凱薩宮的紀念品菸灰缸，也許用來放冬妮的鑰匙。公寓鑰匙是她遇害後在她身上的刷毛上衣口袋裡找到的，掛在銀色骰子的鑰匙圈上，也許她跟老爸一樣喜歡賭博。馬里諾查了勞倫斯．達里安的背景，幾項酒駕紀錄，宣告破產，幾年前涉嫌參與紐澤西州伯根郡的一起境外賭博集團，有線索暗示與犯罪集團有關，也許是吉諾維斯犯罪家族，後來沒有被起訴。這傢伙是個人渣、魯蛇，曾是麻省理工學院的生化電子工程師，但拋棄家人，遊手好閒，就是這種父親會讓女兒搭上不該惹的傢伙。

冬妮看起來不像有酗酒。目前爲止，在馬里諾看來她並不像派對型或難以抗拒衝動的人，反而完全相反，馬里諾看到的是克制、有抱負、有動力的健身狂與健康控。玄關的藤桌擺著一個相框，裡面是她參加賽跑的照片，也許是馬拉松。她長得不錯，模特兒身材，深色長髮，高挑偏瘦，典型跑者的身材，沒有扁身平胸，帶著堅毅的表情努力在擠滿跑者的路上跑著，路邊的群衆加油著。馬里諾很好奇這張照片拍攝的時間與地點。

玄關進來幾步就是廚房，裡面有雙口瓦斯爐、冰箱、單水槽、三個櫃子與兩個抽屜，全是白色。流理台上放著一疊沒有打開的郵件，彷彿她拿著信件走進來，放下後就去忙其他事了，或完全沒興趣打開。馬里諾翻翻幾本目錄和折價券傳單，他稱之爲垃圾郵件。一張鮮粉紅色傳單提醒大樓住戶明天停水，十二月十九日早上八點到中午十二點。

一旁的不鏽鋼濾水架上放著奶油刀、一支叉子、一支湯匙、一個盤子、一個碗、一個上面有《遠側》卡通圖案的馬克杯，「麥爲爾天才學校」裡的小孩推著上面寫「拉開」的門。空空的水槽很乾淨，一塊海綿，一瓶洗碗精，流理台上沒有碎屑，也沒有食物留下的污漬，硬木地板一塵不染。馬里諾打開水槽下方的櫃子，一個鋪著白色塑膠袋的小型垃圾桶裡放著一塊已經變黑的香蕉皮，味道刺鼻，還有幾顆乾癟的藍莓、豆漿盒、咖啡粉和很多紙巾。

他抖開其中幾張，聞到類似蜂蜜和檸檬的味道，像檸檬味的阿摩尼亞，也許是家具和玻璃清潔劑。他注意到一瓶檸檬味的穩潔噴霧劑，一瓶含有蜜蠟和柑橘油的木材處理劑。看來冬妮很勤勞，也許有潔癖，上次在家時有打掃整理東西。馬里諾並沒有看到玻璃，那她把穩潔用在哪裡？他走到另一頭的牆邊看看百葉窗後方，用戴著手套的手在一片玻璃上抹了一下：窗戶並沒有很髒，但似乎也有一陣子沒有清潔了。也許她用穩潔擦鏡子或什麼的，也許是別人清潔這裡，抹去指紋和DNA，以爲自己是在這麼做。馬里諾走了不到十步的距離回到廚房，將垃圾桶裡的紙巾放進證物袋，拿回去驗DNA。

冬妮的早餐麥片放在冰箱裡，好幾盒卡西全穀麥片，還有豆漿、藍莓、乳酪、優格、羅曼生菜與小番茄，塑膠盒裡裝著義大利麵和貌似帕瑪森醬，也許是外賣，也許她在某處用餐後吃剩打包的。什麼時候？昨晚嗎？她在公寓吃的最後一餐是一碗早餐麥片加香蕉和藍莓，一壺咖啡，是早餐嗎？她今天早上沒有吃早餐，這一點很肯定。她昨天早上在這裡吃早餐，出門一整天，也許在外面吃晚餐，義大利餐廳？然後呢？回到家，把吃剩的義大利麵放在冰箱裡，在這個雨夜的某個時間點出去慢跑？馬里諾想到她的胃中物，好奇史塔佩塔解剖時有何發現。他今天下午打了幾次電話給她，留了幾次言。

馬里諾移動大腳回到起居空間，硬木地板發出嘎吱聲。第二大道上的車流喧囂擾攘：汽車引擎、喇叭聲、人行道上的行人。這不斷的吵雜聲與活動也許帶給冬妮一種錯覺，讓她覺得有安全感。她就住在二樓，不太可能感覺被孤立。不過她也許在晚上會拉上百葉窗防止被偷窺。梅爾尼克聲稱邦奈爾和鑑識小組抵達時百葉窗是關著的，顯示由冬妮關上，在何時關上？如果她在公寓的最後一餐是昨天早上，那她起床時竟然沒有打開百葉窗嗎？她顯然喜歡看窗外，因爲她在窗戶之間擺了一張小茶几和兩張椅子。桌面很乾淨，上面只擺著一張麥桿餐墊，馬里諾想像她昨天早上坐在這裡吃著早餐麥片，可是百葉窗卻關著？

窗戶之間的牆上用單架掛著一部三十二吋的三星平面電視，遙控器放在情人座旁的茶几上。馬里諾拿起遙控器按下電源鍵，看她最後看的是什麼頻道。電視打開後出現的是〈頭條新聞〉，一名播報員正在報導「官方尚未公布姓名的中央公園慢跑者」命案，切到彭博市長對此發表聲明，然後是警察署長凱利，都是一般政治人物和負責公開發表一些使民衆安心的話。馬里諾聽了一陣子，新聞轉到最近民衆對於美國國際集團紓困的憤怒時他才關掉。

他把遙控器放回茶几原先的位置，從口袋拿出筆記本寫下電視頻道，好奇鑑識小組或邦奈爾是否注意到。也許沒有。他很好奇冬妮是什麼時候看的新聞。早上起床後第一件事嗎？她在白天看新聞還是在上床前看新聞？她最後一次看新聞的時候坐在哪裡？根據牆上電視架傾斜的角度，電視面對雙人床。床上鋪著淺藍色綢緞床罩，枕頭上放著三隻絨毛玩具：一隻浣熊、一隻企鵝和一隻鴕鳥。馬里諾好奇這些絨毛玩具是否是別人送的，也許是她的母親，不太可能是男友，看起來不像是男生會送的禮物，除非是同志。馬里諾用手套裡的指頭推推企鵝，看看標籤，檢查另外兩隻，是根德牌，他記下來。

床頭櫃的單一抽屜裡放著指甲刀、幾顆三號電池、一小瓶解熱鎮痛藥、幾本舊平裝本，犯罪實錄：《傑佛瑞．達梅爾的故事：美國夢魘》以及《艾德．蓋恩：殺人狂魔》。馬里諾記下書名，每本拿起來翻一翻，看冬妮是否寫下任何筆記，不過什麼也沒有看到。夾在《傑佛瑞．達梅爾的故事》裡的是一張二〇〇六年十一月十八日的收據，顯然是當時在加州柏克萊莫書店買的二手書。獨居女子讀這種恐怖的書？也許是別人送她的。他把書放進證物袋，打算送到實驗室檢查指紋和DNA。只是他的直覺。

床左側的衣櫃裡掛著時髦且性感的衣物：內搭褲、設計鮮豔的中長毛衣、低胸印染上衣、彈性纖維布料和幾件時髦的洋裝。馬里諾不認得品牌，不過他也不是時裝設計專家。Baby Phat、Coogi、Kensie Girl。地上放著十雙鞋，包括亞瑟士跑鞋，跟她遇害時穿的一樣，還有一雙冬天穿的Uggs羊毛靴。

床單全都折好放在架高的櫃子上，他打開旁邊的紙箱看看裡面放了什麼東西，DVD和影片，大多是喜劇和動作片，《瞞天過海》系列，又是賭博主題。她喜歡喬治．克魯尼、布萊德．彼特和班．史迪勒。沒什麼很暴力的電影，也不像她床邊平裝書那麼恐怖。也許她已經不買DV

D了，而是在第四台使用付費頻道看電影，包括她喜歡的恐怖片。也許她用筆電看電影。她的筆電到底在哪裡？馬里諾拍照，繼續做筆記。

他想到，目前爲止都還沒看到冬天的大衣，只有幾件風衣和一件過時的黃色羊毛長大衣，也許是高中時穿的，也許是她母親或別人穿舊的，可是怎麼沒有一件眞正防寒的冬天大衣，像今天這種天氣在市區步行時穿的？衣櫃裡有連帽雪衣、滑雪外套、羽絨外套，還有很多便服，很多跑步服，包括刷毛上衣和罩衫，可是上班的衣服呢？出門辦事、用餐、在很冷的天氣跑步穿的衣服呢？她身上或屍體附近都沒有發現厚重的冬天外套，只有一件刷毛上衣，這點讓馬里諾覺得很不符合昨晚嚴寒的天氣。

他走進唯一的浴室裡打開燈：白色水槽、白色浴缸兼淋浴間、畫著魚兒和白色客輪的藍色浴簾。鋪著白磁磚的牆上掛著數幅裱框照片，都是她跑步的照片，不過身上的號碼牌跟他在玄關照片裡看到的不一樣，所以不是同一場比賽。她一定參加過很多比賽，眞是熱中的跑者。她也喜歡香水：架上有六瓶不同設計師品牌的香水，芬迪、亞曼尼、愛斯卡達。馬里諾不禁好奇她是在折扣店買的，還是在網路上以三折購買，像他大約一個月前提早買聖誕禮物一樣。

只不過，他現在腦海裡想的是，送喬姬雅．巴卡蒂一瓶叫「麻煩」的香水是個壞主意。他在拍賣網站找到時覺得很好玩，有調情的意味，只花了他二十一塊十分，這麼便宜是因爲沒有包裝盒。可是，現在感覺沒那麼好玩了，因爲他們的關係眞的遇上了麻煩，嚴重到他們光是吵架，越來越少見面、打電話。這些警訊代表相同的意義：歷史重演。他的感情從未持久過，否則就不會跟巴卡蒂交往了，他會依然過著幸福的已婚生活，也許還和桃麗斯在一起。

他打開水槽上方的醫藥櫃，知道史卡佩塔首先會問他在裡面發現了什麼：解熱鎮痛、經期症狀舒緩藥、運動貼布、創絆帶、消毒紗布、一支擦水泡的藥膏、很多維他命。裡面有三種不同時間開的處方藥泰復肯，最近一次就在感恩節前，全部都是針對同一個症狀。他不是藥師，不過知道泰復肯是什麼，也知道如果他喜歡的女人在服用的話代表什麼意思。

也許多妮感染了慢性念珠菌，也許她的性生活很活躍，也許跟慢跑有關。穿著漆皮或塑膠材質的緊身褲或透氣性差的布料時，濕氣無法排出，是首要敵人，馬里諾一直聽到這種告誡；還有，洗衣服的時候水不夠熱也有關係，他聽過女人把內褲放在微波爐裡微波。從前，他在里奇蒙警局時就碰過根本不穿內褲的交往對象，聲稱流通的空氣是最好的預防方法，他無所謂。馬里諾記下醫藥櫃、水槽下方所有的物品，大多是化妝品。

他在浴室拍照，梅爾尼克拿著手機一面講話一面出現，舉起大拇指顯示他找到邦奈爾警探了。

馬里諾從他手中接過電話說，「怎樣？」

「我能幫什麼忙？」這名女性的聲音令人愉悅，音調很低，是馬里諾喜歡的那一種。

他不認識邦奈爾，今天才第一次聽到她的名字。紐約市警局擁有大約四萬名警員，其中大約有六千人是警探，因此這一點不見得令人意外。馬里諾向梅爾尼克甩個頭，示意他到走廊等。

「我需要一些資料，」馬里諾對著電話說，「我是伯格的同事，我們應該沒有見過面。」

「大概是因為我一向直接和地區助理檢察官打交道，所以你我才不曾見過面。」
「我也沒聽過妳的名字，妳在刑事組多久了？」
「久的知道不該用三角定位法。」
「妳是數學家嗎？」
「伯格需要資料的話應該自己打給我。」
馬里諾已經習慣人們跳過他直接找伯格，習慣聽到各種廢話解釋為何需要直接找伯格卻不能告訴他原因。邦奈爾應該剛到刑案組沒多久，否則不會這麼強勢、防禦心重。也許她聽過謠言，還沒直接和馬里諾打交道就決定不喜歡他。
「妳知道，她現在有點忙，」他說，「所以才找我幫她回答問題，不希望明天一早接到市長的電話質問她對於防止觀光業繼續受創有何作為，碩果僅存的觀光業。聖誕節前一週，一名慢跑者在中央公園遭到性侵殺害，也許，本來打算帶老婆小孩來看《火箭女郎》表演的人會改變心意。」
「我猜她還沒跟你談過。」
「有啊，她跟我談過了，不然妳以為我在冬妮·達里安的公寓裡做什麼？」
「如果伯格想要我手上的資料，她知道怎麼找我，」邦奈爾說，「我很樂意提供她所需要的資料。」
「妳為何對我閃閃躲躲？」他們才講不到一分鐘的話，馬里諾就已經很不爽了。

「妳上次跟她講到話是什麼時候?」

「妳爲什麼這麼問?」事有蹊蹺,有什麼馬里諾不知情的事。

「你先回答我的問題可能比較有幫助,」邦奈爾說,「這是互相的,你問我,我問你。」

「我今天早上跟她通話的時候,你們根本連公園的現場都還沒鑑識完畢。她一接到通知就打電話給我,因爲她負責這個見鬼的調查。」這次換馬里諾變成那個防禦心重的人。「我今天一整天都跟她保持聯絡。」

這並非實情。他跟伯格通過三次話,最後一次是三小時前。

「我想說的是,」邦奈爾繼續說,「也許你應該再跟她通一次電話,而不是找我。」

「我想找她的話就會找她。我之所以打電話給妳是因爲我有問題要問妳,妳對這一點有問題嗎?」馬里諾不安地在公寓裡踱步。

「也許。」

「妳說妳叫什麼名字?不要給我姓名縮寫。」

「L·A·邦奈爾。」

馬里諾很好奇她的長相與年紀,「很高興認識妳,我是P·R·馬里諾,就是公共關係,那是我的特殊專長。我想確認你們沒有拿走冬妮·達里安的筆電和手機,你們來這裡的時候,這兩件物品不在公寓裡。」

「沒有,只有充電器。」

「你們是否找到冬妮使用的錢包或皮夾？我在她的衣櫃裡只看到幾個空的皮包，並沒有看到平常可能使用的包包。我懷疑她出門慢跑時會帶皮包或皮夾。」

一陣沉默後，她回答，「沒有，我沒看到那種東西。」

「嗯，這一點很重要。假設她有錢包或皮夾的話，那顯然是不見了。你們在這裡取得什麼物品送到實驗室嗎？」

「目前我們並沒有將公寓視為犯罪現場。」

「我很好奇你們爲何這麼肯定的排除這一點，明確決定公寓和命案沒有任何關聯。妳怎麼知道殺死她的凶手不是她認識的人？進過她公寓的人？」

「她不是在公寓被殺死的，也沒有證據顯示公寓被闖入、遭竊或遭到破壞。」邦奈爾像在讀新聞稿。

「嘿，我也是警察，不是他媽的媒體。」馬里諾說。

「唯一不尋常的是去向不明的筆電與手機，也許還有她的錢包和皮夾。好，我同意我們得弄清楚這一點。」邦奈爾的聲音沒那麼木然了。「我們稍後應該詳細研究，等潔米．伯格回來後再好好坐下來討論。」

「在我看來，也許妳應該更擔心冬妮的公寓，也許有人已經進去把不見的東西拿走了，」馬里諾不打算就此罷休。

「沒有跡象顯示這些東西不是她自己拿去別處的，」邦奈爾絕對知道什麼，卻不打算在電話裡告訴他，「比如說，她昨晚到公園慢跑時可能帶著手機，卻被加害者拿走了。也許她是從其他地點出發跑步的，例如朋友家或男友家。很難知道她最後一次在家是什麼時候，很多事情都很難判定。」

「妳跟證人談過了嗎？」

「你以爲我都在做什麼？逛大街嗎？」她也開始不爽了。

「例如這棟大樓的住戶，」馬里諾說。他將她接下來的短暫沉默解讀爲不願意回答，於是繼續補充道，「我們一講完電話我就要把我們的談話內容告訴伯格，我建議妳把細節告訴我，我才不用告訴她，我們在合作時遇到困難。」

「她和我沒有合作上的問題。」

「很好，繼續維持下去。我剛剛問了妳一個問題，妳跟誰談過了？」

「幾名證人，」邦奈爾說，「她同一層樓的一名男性住戶表示她昨天下午很晚回來，他下班回家正要去健身房時看到冬妮走上樓梯，他經過走廊時她正在打開公寓大門。」

「當時他是走向她的公寓？」

「那層樓的走廊兩頭都有樓梯，他選了靠近他家的樓梯，而不是靠近她家的。」

「妳的意思是他既沒有靠近她家，也沒有仔細看。」

「我們應該稍後再討論細節。等你聯絡上潔米時，也許可以告訴她我們該坐下來一起討論。」邦奈爾回答。

「妳現在就得告訴我細節，而且這是來自她的間接命令。」馬里諾說，「我想像妳剛剛形容的畫面，這個傢伙從他家那一頭的走廊看到冬妮，從大約三十公尺外的距離，妳親自跟證人談過嗎？」

「間接命令，這我倒沒聽過。對，我親自和他談過。」

「他住哪一間公寓？」

「二樓十號，被害人家左邊第三間，在走廊的另一頭。」

「我出去的時候再順便過去，」馬里諾拿出折起來的即時犯罪中心報告，查閱住在二一〇號公寓的住戶身分。

「他應該不在家，他說他正要出門度長週末，手上拿著行李和機票。我很擔憂你居然偏離調查正軌。」

「妳說『偏離正軌』是什麼意思？」可惡，到底什麼事沒通知到他？

「我的意思是，你手上的資料和我的可能不一樣，」邦奈爾回答，「我是在暗示你跟你的間接命令，你沒注意聽。」

「讓我先把手上的資料與你分享，也許妳會告訴我妳有什麼資料。」馬里諾念出即時犯罪中心資料報告上的名字，「葛蘭姆．杜瑞德，四十一歲，建築師，這是我花時間找出來的資料。我不知道妳的資料從何而來，不過我覺得妳好像懶得看。」

「我指的就是葛蘭姆．杜瑞德，」邦奈爾聽起來不再那麼難纏，而是謹慎。

「這個葛蘭姆．杜瑞德和冬妮很熟嗎？」馬里諾問。

「他說沒有，說他連她的名字都不知道，但是很肯定昨天晚上大約六點時看到她進家門，手上拿著郵件，看起來應該是信件、雜誌和一張傳單。我不喜歡在電話上討論這些，而且我的插撥一直進來。我得走了，等潔米回來後我們再坐下來討論。」

馬里諾沒說伯格不在城裡，只想到邦奈爾跟伯格談過了，卻不打算告訴他說了什麼內容。伯格跟邦奈爾知道什麼馬里諾不知道的事。

「什麼傳單？」他問。

「一張鮮豔的粉紅色傳單。他說他從遠處認出來，因爲那天，也就是昨天，每一戶都收到了一張。」

「妳在現場時檢查過冬妮的信箱嗎？」馬里諾問。

「是管理員幫我打開的，」邦奈爾說，「得用鑰匙才能打開。她的屍體在公園被發現時，鑰匙就在口袋裡。讓我這麼說吧，我們手上有很敏感的問題。」

「對，我知道，中央公園的性侵案一向很敏感。我看過現場照片了，可不是拜妳所賜，而是從首席法醫辦公室那邊的死亡調查員拿到的。三支鑰匙掛在結果並沒有那麼幸運的幸運骰子鑰匙圈上。」

「我今早和鑑識小組一起在現場時檢查過信箱，當時裡面是空的。」邦奈爾說。

「我有這個杜瑞德的室內電話號碼，可是沒有手機號碼，也許妳可以把他的資料用電子郵件傳給我，萬一我需要找他的話可以用得上。」馬里諾給她自己的電子郵件地址，「我們得看看監視器錄到什麼，我假設大樓前方裝著監視器，也許附近也有，我們可以看看有什麼人進出。我覺得應該找我在即時犯罪中心的熟人談一談，請他們同步連上那台監視器。」

「爲什麼？」邦奈爾聽起來很挫敗，「我們二十四小時都派有警察守候，你認爲有人會回來通風報信，說不知爲何她住的地方和她的遇害有關？」

「妳永遠不知道誰會決定經過此處，」馬里諾說，「凶手最是好奇、疑神疑鬼。有時候，他們就住在他媽的馬路對面或是隔壁的男孩。誰知道？重點是，如果即時犯罪中心能同步連上相關的監視器，我們就可以確實捕捉到畫面，確定畫面不會被意外覆蓋。伯格會要那些畫面的，這才是更重要的。她會要今天早上發現屍體的那個人打九一一報案時的錄音檔。」

「不止一通，」邦奈爾回答，「自從這件案子上了新聞之後，電話就響個不停，許多經過的路人來電表示他們目睹了什麼。你和我，我們該談一談。既然你不肯閉嘴，那我們乾脆面對面談一談。」

「我們還要取得冬妮的通聯記錄以及她的電子郵件，」馬里諾繼續說，「希望手機和筆電的問題有合理的解釋，也許她放在朋友家，還有她的錢包和皮夾也是。」

「就像我所說的，讓我們談一談。」

「我們現在不就是在談了嗎？」馬里諾才不讓她主導，「也許有人會出來表示冬妮訪友後出門跑步卻沒有返回。我們如果能找到她的筆電、手機、錢包和皮夾的話，也許我會安心一點，因爲目前這一分鐘我覺得不太好。妳是否注意到一進門小桌子上的裱框照片？」馬里諾走近玄關再拿起照片，「她參加路跑比賽的照片，身上的號碼是三四三，浴室裡還有好幾張。」

「那又怎樣？」邦奈爾說。

「這些照片裡她都沒有戴耳機或iPod，我在她的公寓裡也沒看到iPod或隨身聽之類的東西。」

「所以呢？」

「所以這就是我的意思，先入爲主的觀念他媽的很危險。」馬里諾說，「馬拉松跑者或熱中比賽的人跑步時是不准聽音樂的，完全禁止。我住在查爾斯頓的時候，海軍陸戰隊馬拉松主辦單位上了頭條新聞，因爲他們威脅跑者如果帶耳機上場，將音樂開得很大聲的話就會被取消資格。」

「從這件事你推論出什麼重點？」

「如果跑步時沒有大聲聽著音樂，就比較有機會聽到有人從你後方出現，意圖攻擊你的後腦勺。冬妮·達里安顯然跑步時是不聽音樂的，但某人卻成功地從她背後出現，攻擊她的後腦勺，讓她連轉身的機會都沒有，妳不覺得這一點不合理嗎？」

「你並不知道凶手是否與她正面衝突，你也不知道她是否逃跑、閃躲或用某種方式保護臉部，」邦奈爾說，「況且，她被攻擊的部位並不是後腦勺中央，而是左耳後方偏左的區域。所以，也許她正要轉身反應卻來不及。也許你會做出這樣的假設是因爲你缺乏某些資料。」

「通常，一般人要保護自己時的反射動作是舉起手臂或雙手，因此會出現防禦性傷口。」馬里諾說，「在我看過的現場照片裡，她並沒有這樣的傷勢，不過我還沒問過史卡佩塔，我跟她談的時候會確認這一點。目前看起來，冬妮．達里安似乎在毫無防備的情況下突然倒地，這對一個入夜後在戶外慢跑的人來說有點不尋常。她習慣不戴耳機慢跑，應該已經習慣小心周遭環境了。」

「她昨晚出門是參加賽跑嗎？你爲什麼會認爲她從不戴耳機？也許她昨晚戴了iPod或隨身聽，可是被凶手拿走了。」

「根據我對熱中路跑者的認識，他們不論比賽與否都不會戴耳機，尤其是在城市裡。看看四周，告訴我妳在紐約看到認眞的慢跑者有在戴耳機的。不戴耳機才不會不小心跑到單車專用道、被不注意的駕駛撞倒、或從後面被搶。」

「你跑步嗎？」

「聽我說，我不知道妳手上到底有什麼資料，很明顯妳不肯分享，可是我現在親眼目睹的資料讓我覺得我們應該謹愼一點，不要在什麼都不知道的情況下妄下判斷。」馬里諾說。

「我同意，我想對你說的也是同樣的話，P．R．馬里諾。」

「L．A．這個縮寫代表什麼意思？」

「除了加州的某個城市之外，什麼也不是。不想叫我邦奈爾或混蛋的話，你可以叫我LA。」

馬里諾臉上露出微笑，也許她沒有那麼不可救藥，「這樣吧，LA，」他說，「我等等就要去豪賭客保齡球館，妳何不在那邊跟我碰面？妳會打保齡球嗎？」

「我還以爲得智商六十以下才租得到鞋子。」

「應該是七十吧。我很拿手的，」馬里諾說，「而且我自備鞋子。」

3

史卡佩塔完全不意外馬里諾今天一直想找到她。她的手機裡有兩通來自他的語音留言，幾分鐘前他傳了簡訊，裡面滿是典型的拼字錯誤和幾乎無法解讀的縮寫，只有他的黑莓機自動加入的標點符號或大寫，他可能還沒弄清楚如何加入符號或空白鍵，更可能的是根本就懶得做：

妳知伯格出城今午回會想知達里安細節我有補充很多問題大給我

馬里諾是在提醒史卡佩塔，潔米．伯格出城去了；沒錯，史卡佩塔很清楚這一點。馬里諾的象形文字繼續說道，伯格今晚回到紐約後會想知道解剖結果以及史卡佩塔認為也許是證物的相關細節，因為將會由伯格帶領的性侵小組負責這個案子。很好，史卡佩塔當然也不需要被通知這一點。馬里諾也指出他有資料和問題，要她有時間打電話聯絡。很好，因為她也有很多事要告訴他。

在走回辦公室的途中，她嘗試回覆他的簡訊，再度對於露西兩週前買給她的黑莓機感到不悅。史卡佩塔認為這體貼又大方的意外是特洛伊木馬，被推進後院的只有麻煩而已。她的外甥女決定伯格、馬里諾、班頓和史卡佩塔都應該和自己一樣，擁有最新、最棒的個人數位助理，擅自決定設立一個企業伺服器，根據她的形容是雙向認證環境加上三重資料加碼和防火牆保護。

這支新手機配備的功能包括觸控螢幕、相機、錄影機、衛星定位系統、媒體播放器、無線電子郵件、即時訊息——也就是說，有史卡佩塔沒時間也沒興趣弄清楚的多媒體功能。到目前爲止，她和這支智慧型手機之間的外交關係並不好，對方肯定比她聰明。她停下來用大拇指在液晶螢幕上打字，每一個鍵都必須刪除重打，因爲她跟馬里諾不一樣，她不送出充滿拼字錯誤的訊息：

稍後聯絡，得先見首席法醫。出現了問題——先等一下。

其實她非常不信任即時訊息，卻因大家都這麼做而越來越無法避免，因此只打算說明到這裡。

史卡佩塔回到辦公室裡，放置許久的起士漢堡和薯條發出令人作嘔的味道，她的午餐即將成爲考古學的範疇。她把盒子丟進垃圾桶，再把垃圾桶放在門外，關上窗戶的百葉窗。窗外眺望首席法醫辦公室的花崗岩台階，家屬與親友無法忍受在大廳等候時常常來坐在這裡。她停下來看著葛蕾絲·達里安坐上一輛骯髒白色道奇衝鋒者汽車的後座，已經不再那麼搖搖晃晃，但仍然震驚地手足無措。

達里安太太認屍時差點昏厥過去。史卡佩塔帶她回到家屬室，陪她靜靜坐了一會兒，泡了杯熱茶給她，盡可能照顧她，直到她覺得這位悲痛女士的狀況有所改善，能安全離開為止。史卡佩塔很好奇達里安太太會怎麼辦，希望載她來的朋友會守著她，不會丟下她一人獨處。也許醫院的同事會照顧她，她兒子很快就會抵達易斯利普？也許她和前夫會同意處理遇害女兒的遺體和遺物方式，結束兩人之間的戰爭，他們會決定人生苦短，不值得把時間花在這些痛苦與爭鬥上。

史卡佩塔坐在辦公桌前，其實是三面包圍著她的臨時工作檯，旁邊放著兩座金屬檔案櫃，上面放著印表機和傳眞機。後方的桌子放著她的奧林帕斯BX41顯微鏡，加裝了光纖照明和錄影鏡頭，使她能用螢幕觀看載片和證物，同時捕捉電子影像或用相紙列印出來。伸手可得的是一些老朋友：《希氏內科學》、羅賓斯的《病理學》、《默克診療手冊》、薩菲斯坦、史列辛格及佩塔科的書；還有一些她從家裡帶來的東西：一組她從約翰．霍普金斯醫學院就開始使用的解剖工具，還有其他收藏品，用來提醒她法醫學的悠久歷史：黃銅天平、研缽與研棒；藥房的瓶瓶罐罐，內戰時期使用的野戰外科器材；一座十七世紀的複合式顯微鏡，各種款式的警帽和扣飾。

她打班頓的手機，結果直接轉到語音信箱，通常這表示他關機或在不能使用手機的場所，這次是貝勒育的男子監獄，他正在那裡擔任鑑識心理學家的顧問工作。她打到班頓的辦公室，他接聽時史卡佩塔覺得心情輕鬆起來。

「你還在那裡，」她說，「想一起搭計程車嗎？」

「妳這是在勾引我嗎？」

「聽說你很隨便，我大約需要一小時，得先跟愛迪生醫生談談。你那邊情況如何？」

「一小時應該可以，」他聽起來在壓抑情緒，「我也得先跟主任開會。」

「你還好嗎？」她用肩膀和下巴夾著話筒，一面登入電子郵件信箱。

「可能得殺龍，」他那熟悉的男中音具有催眠效果，今天她卻感覺到一絲冷酷的焦慮與憤怒，而且最近常常感覺到。

「我還以爲你應該幫助龍，而不是殺死牠們。」她說，「你大概不會告訴我是怎麼一回事。」

「妳說得對，我不會，」是他的回答。

班頓的意思是不能。一定是病人出了狀況，如今似乎成了一股潮流。麻州貝蒙特的麥克連精神病院附屬於哈佛大學，他是這裡的員工，他們的家在這裡，但過去一個月裡，史卡佩塔覺得他似乎在逃避這裡。他最近似乎壓力較大，也較爲心不在焉，彷彿眞的有什麼事，他不想說的事，由於法律因素無法說明的事在吞噬著他。史卡佩塔知道什麼時候該問，什麼時候不問，早已習慣班頓很少能分享工作上的事。

他們的生活充滿秘密，彷彿陰影與陽光同等比例的房間。他們漫長的共同旅程由各自的迂迴繞道與對方不一定知道的地點繪製而成，對她來說很辛苦，但在許多方面對他而言更辛苦。有那麼幾次，她與擔任鑑識心理學家的丈夫討論案件、尋求他的意見與建議，其實這麼做是不道德的，她卻很少能回報這個人情。史卡佩塔的個案已經死亡，但班頓的病人還活著，享有某些權利與特權。除非這個某人對自己或他人造成危險、被判刑，班頓只要和史卡佩塔討論就會侵犯到病人的隱私。

「我們回家後得談談，」班頓提起度假之事，麻州的生活變得越來越遙遠，「賈絲汀想知道她是否該裝飾房子，也許在樹上放些白色彩帶燈。」

「如果這麼做會讓房子看起來像是有人在家的話，我猜是不錯的主意，」史卡佩塔說，瀏覽著電子郵件，「讓宵小遠離。根據我的耳聞，小偷和強盜都是從屋頂進去的，在黃楊樹裡放些燈吧，也許加上大門兩側和庭院。」

「我把妳這話解讀爲其他地方都不要放。」

「依照現在的狀況，」她說，「我根本不知道一週後我們會在哪裡，我手上有個很糟的案子，大家都在吵架。」

「我會記下來。嚇走宵小的燈光，其他的則不用麻煩。」

「我會買一些孤挺花放在公寓裡，也許再放棵可以移植的小棕樹，」她說，「你要的話，希望我們能回家住幾天。」

「我不知道我要什麼，也許我們可以計畫留在這裡，那就不成問題了。妳覺得如何？這樣好嗎？決定了嗎？計畫個晚餐或什麼的？潔米和露西，我猜還有馬里諾。」

「你猜。」

「當然，如果你要請他的話。」

班頓不打算說他想請馬里諾。因爲他不想，也沒必要假裝。

「好。」她說。然而，這個決定並沒有讓她心情變得比較好，「我們就留在紐約，」眞的決定之後她反而覺得心情不好。

她想到他們那棟建於一九一〇年的兩層樓平房式屋子，簡單的結合原木、灰泥與石材，每天都提醒自己有多麼喜歡法蘭克．洛伊德．萊特。片刻之間，她想念起她的大廚房及工業級不鏽鋼設備。她想念主臥室、深邃的崁燈及露出的磚牆與管線。

「這裡或家裡，哪裡都可以，」她又說，「只要我們在一起就好。」

「我要問妳一件事，」班頓說，「妳有沒有收到什麼不尋常的東西，也許是賀卡，或是有什麼東西送到妳在麻州的辦公室、紐約的首席法醫辦公室、或CNN？」

「賀卡？有特定的寄件人嗎？」

「只是很好奇妳有沒有收到什麼不尋常的東西。」

「電子郵件、電子卡片或陌生人的信件大多寄到CNN，幸運的是會先經過檢查。」

「其實我指的不是粉絲的信件，而是類似會說話或唱歌的卡片，不是電子賀卡，是實體卡片。」他說。

「聽起來你心裡已經有特定人選了。」

「只是個問題而已。」他的確有特定人選，一個病人，他也許得砍的那隻龍。

「沒有，」她一面說，一面打開來自首席法醫的電子郵件。很好，他會在辦公室待到五點。

「我們不需要討論，」表示班頓不打算詳細討論。「妳要離開時再打電話給我，我在前門跟妳碰面，」他說，「我今天一直很想妳。」

班頓戴上棉製檢驗手套，從塑膠證物袋裡拿出當天稍早放入的聯邦快遞信封和一張聖誕卡片。

這張不恰當的賀卡被送到貝勒育醫院給他，讓他覺得很不安。五天前從麥克連出院的多蒂・郝奇怎麼會知道班頓現在在貝勒育醫院？她又怎麼會知道他在哪裡？班頓思索過幾個可能性，整天都在煩惱這件事，多蒂這幽靈呼喚出他體內的警察，而非心理醫師。

他猜也許多蒂看到廣告，知道史卡佩塔今晚會參加〈克利斯賓報告〉的現場節目，因而假設班頓會陪伴他的妻子，尤其是在假期即將來臨之時。也許多蒂推測他若是在市內的話會順道來貝勒育醫院一趟，至少檢查電子郵件。也有可能她回家後精神狀況越來越糟，失眠問題更加嚴重，也許她就是得不到渴望的刺激感。然而，班頓想得到的解釋都無法令他滿意；隨著時間過去，他越來越不安、愈加警惕，未曾稍減。他擔心多蒂這種令人不安的行爲並不符合她平常的個性，在他的預測範圍之外，而且可能不是由她一人所爲。同時，他也爲自己擔心。看來多蒂似乎喚醒了他的某些意念和行爲，在他這一行是不可接受的。並不是說他最近的行爲很正常，並沒有。

放著卡片的紅色信封上一片空白，什麼都沒寫，沒有班頓、史卡佩塔或多蒂・郝奇的名字，至少這一點很符合他所認識的多蒂。她在麥克連時拒絕寫字，也拒絕畫畫。起先聲稱自己很害羞，後來傾向是住院時服用的藥物造成顫抖，影響她的協調功能，使她連最簡單的模仿幾何圖形設計、以特定次序連接號碼、整理卡片或操縱積木都做不到。將近一個月的時間裡，她只能宣洩挫折或製造麻煩、抱怨、訓話、建議、打探、說謊，講給任何一個願意聽的人，有時扯著嗓子嘶吼。她無法停止這些放大自我的衝突與神奇的想法，她是自己電影裡的明星，也是自己最大的影迷。

班頓最不願意處理的就是這種戲劇化的人格異常。自從多蒂在密西根州的底特律因偷竊和妨礙秩序被逮捕的那一刻起，所有相關人等的目標就是幫她取得心理衛生照護，並盡量遠離他們，完全不跟這個誇張的女人扯上關係。她在貝蒂書店咖啡館尖叫嚎哭說自己是電影明星哈波・裘德的姑姑，說她在他的「免費名單」上，因此，把四張他的動作片ＤＶＤ塞進褲子裡不算偷竊。就連貝蒂本人都很樂意撤銷告訴，只要多蒂保證不再走進她的書店、底特律或密西根州，條件是多蒂必須住院至少三週，如果她遵守的話就不提出告訴。

多蒂願意合作的條件則是選擇住進麥克連醫院，因為這裡是貴賓、有錢人和名人住的醫院，而且距離她在格林威治、康乃狄克州和麻州塞倫鎮的產業都很方便。她喜歡在塞倫的女巫商店購物，受雇在表演儀式中朗讀、出售〈魔女遊戲〉的周邊商品。由於私人醫療所費不貲，她堅持必須搭配最有成就、最卓越的鑑識專家，至少要有博士學位、聯邦調查局的背景，除此之外還要對超自然現象採取開放的態度，包容其他信仰，以及遠古的魔法信仰。

多蒂的第一個選擇是鑑識精神科醫師華納・亞吉。根據她的說法，他曾經擔任聯邦調查局的心理檔案側寫員，並上過電視，但這個要求遭到否決。首先，亞吉醫師和麥克連醫院並沒有合作關係；其次，底特律檢察官辦公室並不想和鑑識界的菲爾醫師扯上關係，他們是這麼稱呼他的。不論病人是誰，光是提到亞吉的名字就足以讓班頓避之唯恐不及，他就是這麼討厭那個傢伙。可是，班頓對麥克連醫院有專業上的義務，這個女人聲稱自己是女巫，又跟名人扯上關係，這麼麻煩的評估任務班頓卻是明顯的人選，只能說運氣不好。醫院的目標是讓她遠離法庭和監獄，並不是說地球上有哪一間監獄會想收容她。

在她住院的四週裡，班頓盡可能待在紐約，不只是爲了和史卡佩塔相處，也是爲了遠離多蒂。多蒂上週日下午出院時，班頓感覺如釋重負，確認了好幾次有人開車送她回家，不過他們並非前往她在格林威治村的產業，那只是另一個謊言。她被送到紐澤西水岸市的一棟小房子，她顯然獨居，四任丈夫不是死了就是早就逃之夭夭。可憐的混蛋。

班頓拿起電話撥打貝勒育主任鑑識心理醫師納森．克拉克的分機，問他有沒有空。等待時，班頓再次看著那聯邦快遞的信封，某些細節不斷困擾著他，使他擔憂，使他做出明知不該做的行爲。送貨單上沒有回郵地址，貝勒育的地址則是手寫，發揮功能的筆跡很精確，看起來像列印的字型，完全不像多蒂會做的事。當她在麥克連住院期間，若是必須在表格上簽名時，唯一出現的字體是粗大、圓滾滾又潦草的筆跡。班頓把厚重的亮面卡片滑出信封，卡片正面是高大肥胖的聖誕老公公正被憤怒揮舞著擀麵棍的聖誕老太太追著跑，圖說寫著「你說誰是婊子！」他打開卡片，多蒂．郝奇走音的聲音跟著〈神聖快樂的聖誕〉一起唱著：

聖誕、聖誕快樂
當你想起我
放些聖誕花圈在該放的地方
在樹上吊個天使
班頓和凱，聖誕快樂！

一次又一次，她那幼稚而大聲呼氣的娃娃音唱著同樣令人抓狂的歌詞與賀詞。

「比起伯爾．艾弗斯可是差多了，」克拉克醫師進門後說。他身穿外套，戴著帽子，歷盡風霜的眞皮背包與長背帶使班頓想到小馬快遞與篷車隊時期的郵包。

「如果你能忍受的話，它會一直唱到錄音結束爲止，」班頓說，「整整四分鐘。」

克拉克醫師把東西放在椅子上，走來班頓坐的地方，雙手抓著桌沿穩住後，彎身靠近，仔細研究卡片。年約七十出頭的他最近診斷出帕金森氏症，對一個身體總是如心靈一般靈敏、有才華的人而言，這是個殘酷的懲罰。他打網球、滑雪、登山、駕駛自己的飛機，任何事只要嘗試過就會成功。他對生命的熱愛無限，卻被生物、基因及環境所欺騙，也許平庸如暴露在含鉛的油漆或舊水管之舉對他那出色的大腦基底核自由基造成損害。沒人想到他會遇上這樣的苦難，可是病情進展相當快速，他已經開始駝背、動作遲緩且笨拙。

班頓闔上卡片，多蒂的聲音唱到一半嘎然停止，「這張卡片顯然是手工製的，」他說，「一般語音卡片的錄音時間只有十秒鐘，頂多四十五秒，沒有長到四分鐘。就我的了解，想要較長的錄音時間必須購買一種記憶體較大的裸音元件才能錄製，可以上網購買後再錄製自己的賀卡，也就是我這位前任病人所做的，或是有人幫她的忙。」

他用戴著白色棉質手套的雙手拿起卡片，換一個角度讓克拉克醫師看到紙張邊緣如何精確且謹慎的接合在一起。

「她找到這張賀卡，或由其他人幫她找到，」班頓繼續解釋，「用裸音元件自行錄音後再黏在卡片內部，用方形紙片覆蓋住，也許是從另一張賀卡的空白部分剪下來的，因此她的卡片內側完全空白，什麼都沒寫。她在麥克連的時候什麼字都沒寫過，她說她不寫字。」

「書寫恐懼症？」

「還有藥物副作用，她是這麼說的。」

「一個無法面對批評的完美主義者，」克拉克醫生走到桌子的另一側。

「裝病。」

「啊，一種虛構的障礙，動機是什麼？」克拉克醫師已經不信任班頓的話。

「金錢與關注是最強烈的動機，也許還有其他動機，」班頓說，「我開始好奇在麥克連住了一個月的病人是誰，什麼樣的人物，還有爲什麼。」

克拉克醫師緩慢且謹慎地坐下，連最小的肢體動作都不再視爲理所當然。班頓注意到，自夏天以來，他的同事老了不少。

「很抱歉拿這件事來麻煩你，」班頓又說，「我知道你很忙。」

「班頓，我永遠不嫌煩，我很想念與你的對話，一直想打電話給你，一直在想你最近好不好。」克拉克醫師說的好像他們有事要談，班頓才是逃避的那個人，「所以，她拒絕做紙筆測驗。」

「拒絕班達完形測驗、複雜圖形測驗、數字符號代換測驗、字母刪除測驗，連軌跡追蹤測驗都不肯做，」班頓說，「只要是需要寫字或畫圖的她都不肯做。」

「那心理動作功能測驗呢？」

「積木設計或釘板測驗都不做，也不做手指輕敲測驗。」

「很有意思，只要是測量反應時間的都不做。」

「她最新的藉口是，她服用的藥物讓她手指顫抖，使她雙手抖得很厲害，無法握筆。她不想嘗試寫字、畫畫或操控物體，以免羞辱自己。」班頓解釋多蒂·郝奇聲稱的抱怨時，忍不住想到克拉克的狀況。

「只要是要求展示生理功能的測驗都不行，她認爲可能會遭到批評或判斷的測驗都不行，她不想被打分數。」克拉克瞪著班頓腦袋後方的窗外，彷彿除了米色的醫院磚頭和逐漸入侵的夜色之外，還有別的東西可看，「她服用什麼藥物？」

「我猜現在什麼都沒有。她並不是很聽話，只對能使她感覺良好的東西有興趣，比如酒精。她住院時服用的是理思必妥。」

「可能造成不規則的遲發性運動失能。」克拉克醫師思考。

「她並沒有肌肉痙攣或抽搐，那都是裝出來的，」班頓說，「當然，她聲稱自己的症狀是永久性的。」

「理論上，理思必妥有可能造成永久性副作用，尤其在年老女性身上。」

「她的例子則是裝病，胡說，她有目的，」班頓重複，「感謝老天我聽從自己的直覺，要求我和她所有的會談都要錄影。」

「她對這一點的反應如何？」

「不論她想到什麼角色，什麼心情，勾引男人的女人、救世軍、威卡女巫，她都精心打扮。」

「你擔心她有暴力傾向嗎？」克拉克醫生問。

「她對暴力有先入之見，聲稱想起了撒旦崇拜惡習的記憶，她的父親在石祭壇上殺死小孩，和她性交。沒有證據顯示發生過這樣的事。」

「你以為會有什麼樣的證據？」

班頓沒有回答，他沒有權力查證病人的誠實度，也不該調查。對他而言，這種作業方式違反他的直覺，幾乎令他無法忍受，而且界線越來越模糊。

「不喜歡寫字可是喜歡戲劇效果。」克拉克說，仔細端詳班頓。

「戲劇效果是共同特性，」班頓說，知道克拉克醫師已經在前往眞相的途中。

他感覺到班頓所做的，或是他做了些什麼。班頓想到他下意識的主導了關於多蒂的對話，因爲他眞的需要談談自己。

「她對戲劇效果的慾望永遠無法滿足，而且大半輩子都有睡眠障礙，」班頓繼續說，「她在麥克連住院期間接受過睡眠測驗，幾年來參與過幾個腕動計研究，顯然有生理時鐘失調的問題，常年受失眠之苦。情況越糟，她的判斷和洞察力就越糟，生活形態也越混亂。她的知識庫出乎意料的豐富，智力中上。」

「服用理思必妥後是否有改善？」

「情緒似乎穩定了，沒有那麼輕躁，報告說她的睡眠狀況有所改善。」

「停藥的話情況可能會變糟。幾歲？」克拉克醫生問。

「五十六。」

「雙極障礙？思覺失調？」

「如果是的話就可以治療了。第二軸人格障礙，展現出邊緣性人格及反社會特質。」

「太好了，爲什麼開理思必妥給她？」

「上個月入院時，她似乎有妄想和錯誤信念的問題，可是事實上她是個慣性說謊者，」接下來，班頓簡短描述多蒂在底特律遭到逮捕的事。

「她是否可能指控你違反她的公民權？聲稱住院違反她的意願，她被脅迫強制服用造成永久性損害的藥物？」克拉克醫生問。

「她簽了附有條件的自願書，收到公民權資料和提醒她法律諮詢的權力之類的文件。納森，目前我擔心的不是法律訴訟的問題。」

「我不認爲你戴著檢驗手套是因爲怕被告。」

班頓把卡片和聯邦快遞的信封放進證物袋裡重新封上，除下手套丟進垃圾桶裡。

「她什麼時候從麥克連出院的？」克拉克醫師問。

「上週日下午。」

「她離開前你有跟她談過嗎？」

「有，她出院的前兩天，也就是週五。」班頓說。

「當時她並沒有對你表達任何感情，也沒有祝賀假期愉快？其實她可以親自這麼做，感受到觀察你反應的滿足感？」

「沒有，她提到凱。」

「我懂了。」

他當然懂，他非常清楚班頓得擔心的事。

克拉克醫師說，「也許，多蒂選擇麥克連是因爲她原本就知道你，著名的凱．史卡佩塔著名的丈夫在這裡工作？也許，多蒂選擇麥克連是因爲她可以跟你有時間好好相處？」

「我並非她的第一選擇。」

「那是誰？」

「別人。」

「我可能認識的人嗎？」克拉克醫師問，彷彿他也懷疑如此。

「你知道那個名字。」

「也許，你懷疑她的第一選擇眞的是她的第一選擇，因爲多蒂的動機和眞實性似乎有問題？麥克連是她的第一選擇嗎？」

「麥克連是她的第一選擇。」

「這很重要，因爲其他的第一選擇也許無法在這裡工作，他們得在員工名單上才行。」

「這就是事情的經過，」班頓說。

「她很有錢？」

「據說來自前夫，她住在亭閣安養院，你知道那裡是自費的，她付現金，嗯，她的律師付的。」

「那邊現在多少？一天三千？」

「差不多。」

「她付了九萬多的現金。」

「入院要付訂金，離開時付清，透過她在底特律的律師銀行轉帳。」班頓說。

「她住在底特律？」

「不是。」

「可是她在那裡有律師？」

「顯然如此，」班頓說。

「她在底特律做什麼？除了被逮捕之外。」

「她說是去玩、度假，住在皇宮飯店，」班頓說，「在吃角子老虎和輪盤桌上展現魅力。」

「她是豪賭客？」

「你要的話，她會賣你幾個護身符。」

「你似乎非常不喜歡她，」克拉克以同樣敏銳的眼神觀察。

「當我說她如何選擇醫院跟我沒關係，或是跟凱也沒關係時，不只是陳述事實而已，」班頓回答。

「我聽到的是你已經開始害怕這件事，」克拉克醫師拿下眼鏡，用灰色絲綢領帶擦拭，「是最近發生的事情使你焦慮，以致於過度懷疑周遭的人嗎？」

「你指的是什麼特定事件嗎？」

「何不由你來告訴我，」克拉克醫師說。

「我並不是疑神疑鬼。」

「所有疑神疑鬼的人都這麼說。」

「我把這話當成你特殊的陳年冷笑話，」班頓說。

「除了這件事之外，你過得還好嗎？這裡發生了很多事對不對？」克拉克醫師說，「過去一個月裡同時發生了很多事。」

「向來如此。」

「凱上了電視，出現在公眾面前，」克拉克醫師戴上眼鏡，「華納．亞吉也是。」班頓早已預期克拉克醫師會提起亞吉。今天之前，班頓也許在躲克拉克醫師，不是也許，是的確如此。

「我想到你在新聞報導看到華納一定會有所反應，此人破壞了你在聯邦調查局的事業，毀了你的人生，只因為他想當你，」克拉克醫師說，「如今他公然扮演起你的角色——只是個比喻——當起鑑識專家，他終於有機會當明星了。」

「很多人都做出誇大或不實的主張。」

「你讀過他在維基網站的履歷嗎？」克拉克醫師問，「他被稱為心理檔案側寫之父，你的導師。上面說，你在聯邦調查局擔任行為科學小組主任的那段時間，容我引述，也就是你和凱．史卡佩塔著名的外遇開始之時，他曾經和她合作過幾件惡名昭彰的案子。他真的跟凱合作過嗎？根據我的了解，華納從來沒有擔任過聯邦調查局或任何單位的檔案側寫員。」

「我不知道原來你把維基網站當成可靠的消息來源，」班頓說，彷彿克拉克醫師是散播這些謊言的人。

「我之所以會去看是因為，這些貢獻真偽難辨的消息給網路百科及其他網站的個別匿名消息來源，通常也剛好對他們鬼鬼祟祟寫出的內容有既定且偏頗的利害關係。」克拉克醫師說，「真是奇妙，過去幾個星期，他的履歷似乎遭到大量編輯與擴張，眞不知道是誰做的。」

「也許是當事人，」班頓的怨懟和憤怒使他整個胃都糾結起來。

「我猜露西可以查出這一點，或早已知道，可以移除錯誤的訊息，」克拉克醫師說，「不過，也許她沒像我一樣想到要查證某些細節，因爲你並沒有跟她分享你跟我分享的這些過去。」

「我跟那少數熱切渴望關注的個人不一樣，我們的時間可以用來做更好的事。露西不需要將她的電腦鑑識調查資源浪費在我們的網路八卦上。你說的對，我並沒有將告訴你的事分享給露西知道，」班頓不記得上次覺得如此受到威脅是什麼時候。

「如果你今天下午沒有打電話給我，要不了多久我也會找藉口跟你聊一聊，將一切攤開來。」克拉克醫師說，「你有很好的理由想摧毀華納．亞吉，我也有很好的理由希望你放棄這種想法。」

「納森，我看不出這和我們的談話內容有什麼關係。」

「班頓，所有的一切都是息息相關的。」看著他，解讀他，「可是，讓我們回到你從前的病人多蒂．郝奇身上，因爲我覺得到頭來還是跟她有關。我注意到幾件事情，首先是卡片本身明顯暗示家暴，一個男人叫女人婊子貶低她，妻子拿著擀麵棍追著丈夫跑，打算揍他，帶著性暗示，也就是那種不好笑的笑話，她要傳達給你的訊息是什麼？」

「投射，」班頓得強迫自己驅離對華納．亞吉的憤怒，「她所投射的內容，」他聽到自己用理性的聲音說。

「好，在你看來她在投射什麼？聖誕老公公是誰？聖誕老婆婆是誰？」

「我是聖誕老公公，」班頓說。那股浪潮離開了，原本似乎如海嘯般巨大的浪潮在退潮後幾乎消失了，他放鬆了些，「聖誕老婆婆認爲我對她做了一些既惡劣又貶低的事，因而對我有很深的敵意。我，聖誕老公公說『呵呵呵，』聖誕老婆婆認爲我是在叫她婊子。」

「多蒂．郝奇認爲自己受到錯誤的指控、貶低、不被賞識、輕視，但她知道自己的看法是錯的，」克拉克醫師說，「這就是做作型人格違常，這張卡片明顯的訊息是聖誕老公公即將被揍，因爲聖誕老婆婆嚴重誤解他的話。多蒂顯然看得懂這個笑話，否則就不會挑這張卡片了。」

「如果眞是她挑選的。」

「你不斷暗示可能有人幫忙她，也許有同夥。」

「我指的是技術性的部分，」班頓說，「懂得錄音資訊，上網訂購、組合。多蒂很衝動，尋求立即性的滿足。這張卡片中某種程度的深思熟慮和我在醫院看到的她有共同點。還有，她怎會有這種時間？就像我說的，她上週日才出院，卡片是昨天週三送來的，她怎麼知道要送到這裡？聯邦快遞送貨單上的手寫地址很奇怪，這整件事都很奇怪。」

「她渴望戲劇效果，會唱歌的卡片很有戲劇效果。你不認爲這很符合她的做作型傾向嗎？」

「你自己指出她並沒有目睹戲劇效果的發生，」班頓說，「沒有觀衆的話，戲劇性效果就不好玩了。她沒看到我打開卡片，不知道我的確打開了，爲何不在出院前親自交給我？」

「所以，是別人要她這麼做的，她的同夥。」

「裡面的歌詞讓我很困擾。」

「哪一個部分？」

「把聖誕花圈放在該放的地方，在你的樹上掛個天使，」班頓說。

「天使是誰？」

「你說呢。」

「可能是凱，」克拉克醫師凝視著他，「你的樹可能指的是你的陰莖，你和妻子的性關係。」

「還有暗示私刑。」班頓說。

4

史卡佩塔先輕輕敲門後才開門，紐約市首席法醫正彎腰看著顯微鏡。

「妳知道沒有出席員工會議的後果對不對？」布萊恩．愛迪生醫師頭也不抬的說，一面移動鏡台上的載玻片，「就是被人說三道四。」

「我不想知道。」史卡佩塔走進他的辦公室，坐在這位同事辦公桌旁的單人椅上。

「嗯，我應該再說明一下。討論的主題並不是關於妳個人，」他轉過來面對她，白髮蓬亂，充滿張力的眼神如鷹眼一般，「不過離題一下，妳知道我們每天接到多少電話嗎？ＣＮＮ、旅遊生活頻道、探索頻道，天底下所有的有線電視網都打電話來了。」

「相信你可以多雇一個秘書負責接聽所有的電話。」

「但其實我們得資遣很多人：支援人員與技工。我們已經刪減清潔服務和安全服務的費用了，」他說，「萬一州政府眞的將威脅付諸行動，刪減我們百分之三十的預算，老天才知道還得資遣哪些人。我們這一行可不是娛樂事業，不想當成娛樂事業，也承擔不起被當成娛樂事業。」

「布萊恩，如果我造成困擾的話，很抱歉。」

他大概是史卡佩塔所認識最優秀的法醫病理學家，對自己的任務非常清楚，和她所認知的有些不同，也沒有轉圜的空間。他認爲法醫學是公共服務，只有遇到危害生命或傳染性疾病，如可能致死的嬰兒床設計或爆發漢他病毒，需要告知大眾這些生死相關的訊息時才需要媒體。並不是說他的看法是錯的，而是其他都是錯的。世界改變了，不見得是變得更好。

「我努力在一條沒有選擇的道路上尋找方向，」史卡佩塔說，「在低標準的世界裡以高標準要求自己。所以，我們該怎麼做？」

「降到他們的水準？」

「我希望你不是以為我真的在這麼做。」

「妳對自己在CNN的事業有什麼看法？」他拿起已經不准在大樓裡抽的石南木菸斗。

「我當然沒有將它當成事業在看，」她說，「我只是認為那是這個時代為了傳播訊息而必須做的事。」

「不能打敗他們只好加入。」

「布萊恩，你希望的話我可以不要再上CNN的節目。我一開始就告訴過你，我永遠不會做出任何為難或損害這個辦公室的事，至少不會故意這麼做。」

「我們不需要一直圍繞著這個話題，」他說，「凱，一如往常，理論上我同意妳的看法。大眾對於刑事司法系統與鑑識科學相關的一切所知甚少，是的，這影響到犯罪現場、法庭審理、訴訟和稅金的分配。可是在我心裡，我並不相信上這些節目能解決問題。當然，那只是我的看法，我是個老頑固，偶爾覺得不得不提醒你，必須繞過那些印地安墓地。漢娜·史塔爾就是其中之一。」

「我假設這就是員工會議討論的重點，討論內容並不是針對我個人。」史卡佩塔回答。

「我不看那些節目，」他悠哉地把玩著菸斗，「可是，這個世界上的卡莉·克利斯賓和華納·亞吉們似乎將漢娜·史塔爾當成業餘嗜好，下一個凱麗·安東尼或安娜·妮可·史密斯。要是今晚妳在電視上被問到我們被謀殺的慢跑者，天知道該怎麼辦。」

「我和CNN早就協議好，我不評論調查中的案件。」

「妳和這個克利斯賓的協議呢？她的名聲似乎是不太遵守遊戲規則，今晚在現場節目口不擇言的會是她。」

「我受邀討論的主題是顯微鏡學，尤其針對毛髮分析。」史卡佩塔說。

「很好，也許會有幫助。我知道實驗室有幾位同事很擔心大衆及政治人物認爲DNA是神燈，不再認爲科學學科很重要。只要我們排除這個問題，所有的問題都能解決，管他什麼纖維、毛髮、毒物學、可疑文件，甚至是指紋，」愛迪生醫師把菸斗放回一個已經數年沒有用的骯髒菸灰缸裡，「我假設冬妮·達里安的身分沒有問題。我知道警方想公布這個消息。」

「我對公布她的名字沒有意見，可是我絕不打算公開我所發現的任何細節。我擔心她的犯罪現場是刻意布置的，她並非在屍體被發現的地點遇害，也許不是在慢跑途中遭到攻擊。」

「基於？」

「好幾個理由。她從後方遇襲，左顱骨背部一次重擊，」史卡佩塔摸摸自己的頭部給他看，「可能存活了數小時，證據是大幅腫脹、沼澤樣的腫塊和頭皮下出血水腫組織。她死亡後的某一個時間點裡，一條圍巾綁在她的脖子上。」

「妳知道凶器是什麼嗎？」

「圓形粉碎性骨折將多重骨頭碎片推進大腦裡。不論攻擊她的凶器是什麼，至少造成一個直徑五十毫米的圓形表面。」

「不是穿孔，而是破裂，」他思索，「所以不是類似鐵鎚的東西，不是有平整表面的圓形物體，如果有五十釐米的圓形表面，那也不是球棒，大約有撞球那麼大。我很好奇可能的凶器是什麼。」

「我認爲她星期二就死了。」史卡佩塔說。

「屍體已經開始腐爛了嗎？」

「完全沒有。可是已經出現屍斑，而屍斑的模式吻合死亡多時，至少有十二個小時，沒穿衣服，雙手放在兩側，掌心朝下。她被找到的時候並不是這個姿勢，不是屍體被放在公園的姿勢。當時她躺著，雙手在頭上，胳膊處稍微彎曲，彷彿可能被拖行或被拉住手腕。」

「屍僵呢？」他問。

「我試圖移動她的四肢時很容易就鬆開，也就是說，原本屍僵已經完全形成，並開始鬆弛，同樣的，這個過程也需要時間。」

「我假設妳想暗示的是想操弄她、移動她的屍體並不會很困難。她被棄屍在公園裡，屍體僵硬的話很難做到這一點。」他說，「乾燥程度呢？如果她被放在冰冷的地方保存一、兩天的話，妳可能會看到什麼？」

「手指、嘴唇、足跟瘀斑有某種程度的乾燥。她的眼睛微開，結膜由於乾燥而變成棕色，腋溫是十度，」史卡佩塔繼續說，「昨晚的低溫是攝氏一度，白天的高溫是攝氏八度。圍巾在她頸部留下一圈乾燥的棕色表面擦傷，臉部或結膜都沒有血絲或瘀斑，舌頭沒有突出。」

「所以是死後形成的，」愛迪生醫師下了結論，「圍巾捆綁的方式有角度嗎？」

「沒有，綁在頸部中段，」她用自己的脖子示範，「前方打了兩個結，我當然沒有割開，而是從後面割開再取下。毫無生命反應，身體內部也一樣，舌骨、甲狀腺和舌骨下肌群都完好沒有受傷。」

「剛好強化妳的猜測，她也許不是在被發現的地方遇害，也就是公園外圍，在白天的眾目睽睽之下。也許因為這一點，今早人們出門時她才能很快被發現。」他說，「有證據顯示她曾經被捆綁嗎？性侵害呢？」

「我沒有看到捆綁造成的挫傷或壓痕，沒有防禦性傷口，」史卡佩塔說，「我在兩邊大腿內側發現挫傷，後陰唇繫帶有表面擦傷，非常輕微的出血，鄰近邊緣挫傷。陰唇變紅、陰道口或陰道穹窿都沒有明顯分泌物，但她的陰道後壁有不規則擦傷，我做了PERK。」

她指的是身體證據檢驗裝備，包括DNA樣本採集。

「我也用鑑識燈檢視她的屍體，採集包括纖維在內的所有樣本，大多來自她的毛髮，」她繼續說，「我從撕裂傷的邊緣將她的頭髮剃掉，裡面有很多灰塵與碎片，用手持放大鏡檢視時看到多塊油漆碎片，有些卡在傷口內部。鮮紅、鮮黃和黑色，到時看微物證據化驗小組怎麼說。我鼓勵實驗室裡的每個人盡可能加速處理。」

「我相信妳總是這麼告訴他們。」

「另一個很有意思的細節是，她的襪子穿錯腳，」史卡佩塔說。

「襪子怎麼可能穿錯腳？妳是說內外穿反嗎？」

「慢跑襪的設計符合人體結構，因此有分左右腳，L是左腳，R是右腳。她腳上的襪子正好相反，右腳的襪子穿在左腳上，左腳的襪子穿在右腳上。」

「也許是她自己穿錯，換衣服時沒有注意到。」愛迪生醫師穿上西裝外套。

「當然有可能。可是，如果她很講究慢跑裝備的話，會把襪子穿錯嗎？既然要在冰冷的下雨天慢跑，有可能沒載手套、沒戴耳罩保暖、沒有外套，只穿著一件刷毛上衣？達里安太太說，冬妮討厭在壞天氣時跑步，她也不知道冬妮手上戴的那不尋常的手錶是什麼，笨重的黑色塑膠數位錶，後面刻著BioGraph，也許是收集某種資料。」

「妳上網搜尋過了嗎？」愛迪生醫師從辦公桌後方起身。

「有，也請露西搜尋，DNA小組處理完之後她會再深入研究。到目前爲止，顯然沒有一種叫BioGraph的手錶或裝置，我希望冬妮的醫生或她認識的人知道這是什麼錶，她戴著的目的是什麼。」

「妳知道，妳的兼職工作已經成了全職，」他拿起公事包，從房門後取下外套，「妳這個月好像還沒回去過麻州。」

「這邊有點忙，」她起身收拾自己的東西。

「那邊誰在負責？」

「所有的工作都送回了波士頓，」她一面說一面穿上外套，他們一起離開，「很可惜，跟過去一樣。我在瓦特城的東北區辦公室大概夏天就會關閉，彷彿波士頓辦公室的工作量還不夠大。」

「班頓來回支援。」

「他搭乘短程飛機，」史卡佩塔說，「有時露西會用直昇機載他一程。他常常過來。」

「她願意幫忙調查BioGraph手錶眞好，我們負擔不起她的電腦技術費用。不過，等DNA小組處理完之後，如果潔米．伯格同意，如果那個裝置裡有什麼資料，我想知道。我早上要到市政府的牛棚跟市長那些人開會，這件事對觀光業很不利。已經發生了漢娜．史塔爾案，現在又來一個冬妮．達里安。妳知道我會聽到什麼。」

「也許你該提醒他們，如果繼續砍我們的預算，我們的工作對觀光業的影響會更嚴重，因爲到時候我們連份內工作都沒辦法做了。」

「我在一九九〇年代早期來到這裡工作，當時，全國百分之十的命案都發生在紐約。」他們一起穿過大廳，收音機正播放艾爾頓．強的音樂。「我第一年處理了兩千三百件命案，去年不到五百件，減少了百分之七十八，大家似乎都忘了這一點，只記得最近轟動的命案。菲琳和她的音樂，我該沒收她的收音機嗎？」

「你不會的。」史卡佩塔說。

「妳說得對，大家的工作都很辛苦，而且沒什麼值得微笑的事。」

他們在寒風中來到人行道上，正值尖峰時段，第一大道上的車聲擾攘，計程車鑽來鑽去、按喇叭，警笛的哀嚎聲，救護車疾駛前往幾條街外的現代貝勒育醫院院區，還有隔壁的紐約大學朗格尼醫學中心。五點多的天色已經全暗，史卡佩塔想起她得打電話給班頓，從肩上的包包裡挖出黑莓機。

「祝妳今晚順利，」愛迪生醫師拍拍她的手臂說，「我不會看的。」

多蒂．郝奇和她隨身攜帶的《魔法之書》，黑色封面上有黃色星形圖案。

「咒語、儀式、護身符、販賣小塊珊瑚、鐵釘、小絲袋中的香豆，」班頓正在告訴克拉克，「她在麥克連時讓我們很頭痛，包括病人在內，甚至某些醫院員工都相信她自稱的屬靈恩賜，願意出錢尋求她的意見和護身符。她聲稱有通靈本領及其他超自然力量，一如你可能預期到的，人們，尤其是有困擾的那些人，對這種人完全無法抗拒。」

「看來她在底特律的書店偷這些ＤＶＤ時並沒有通靈能力，否則就能預測自己被捕了，」克拉克醫師說，沿著眞理之路前往不遠處的終點。

「問她的話她會說她沒偷，因爲哈波．裘德是她姪子，它們本來就屬於她，」班頓說。

「他們眞的有這層關係，還是只是謊言？在你看來也許是妄想？」

「我們不知道他們是否有親戚關係，」班頓回答。

「要查證似乎也很容易。」克拉克醫師說。

「我今天稍早打過電話給他在洛杉磯的經紀人，」班頓的話是告白，他不確定自己爲何就這麼脫口而出，但本來就知道會說出來。

克拉克醫師看著班頓等著他繼續說，沒有塡補空檔。

「經紀公司既沒有確認也沒有否認，只表示沒有立場討論哈波．裘德的私生活。」班頓繼續說，一波憤怒再度湧上，只是這次更加強烈，「接著她想知道我爲何要問這個叫多蒂．郝奇的事。雖然她假裝不認識，但她的語氣讓我覺得她完全知道我指的是什麼。當然，我能說的很有限，只說這個資料是人家給我的，我想證實而已。」

「你沒說明你的身分或想知道的原因。」

班頓的沉默就是答案。納森．克拉克很了解他，因爲班頓讓他了解。他們是朋友，他也許是班頓唯一的朋友，除了史卡佩塔之外，班頓唯一允許進入他內在管制區的人，而就連她也有限制，得避開她害怕的區域，而這就是她最害怕的部分。克拉克醫師讓班頓說出眞相，班頓並不打算阻止他，因爲他需要這麼做。

「待過聯邦調查局就是有這個問題，對不對？」克拉克醫師說，「不論在私人機關待了多久都很難抗拒臥底，以任何方式取得訊息？」

「她大概以爲我是記者。」

「你是這麼介紹自己的嗎？」

沒有回答。

「你沒有表明自己的身分、服務單位或去電原因。可是，這麼做的話會違反健康保險可攜與責任法（HIPAA）的隱私條款，」克拉克醫師繼續說。

「對，沒錯。」

「但你的行爲並沒有。」

班頓沉默，讓克拉克醫師盡情發揮。

「我們可能需要深入討論你跟聯邦調查局的事，」克拉克醫師說，「我們已經有一陣子沒談過那些年的事了。你是受保護的證人，凱以爲你被香多涅家族犯罪集團殺死了。那是你人生中最黑暗的時刻，躲起來活在大多數人無法想像的恐怖之中。也許我們該談談你最近對於跟聯邦調查局的那段過去有什麼感覺，也許還沒有過去。」

「那是很久以前的事了，是另一段人生，另一段職業生涯。」班頓不想談，卻也想談，他讓克拉克醫師繼續說，「但也許是眞的，一日警察……」

「終身警察。對，我知道這句老掉牙的話，但我想說這不是陳腔濫調而已。你向我承認你今天表現的像個執法人員、警察，而不是心理衛生從業人員，優先考量的應該是病人的福祉。多蒂·郝奇喚醒了你內在的某種東西。」

班頓沒有回答。

「某種從未眞正沉睡的東西，只是你以爲沉睡了，」克拉克醫師繼續說。

班頓保持沉默。

「所以，我問自己可能的誘因是什麼？因爲多蒂並不是眞正的誘因，她沒有那麼重要，她比較像是觸媒。」克拉克醫師說，「你同意我的看法嗎？」

「我不知道她是什麼，可是你說得對，她不是誘因。」

「我比較傾向於認爲華納．亞吉是誘因，」克拉克醫師說，「凱今晚要上的那個節目，過去三週他是固定來賓，被宣傳成聯邦調查局的鑑識精神科醫師，心理側寫的始祖，是所有連續殺人及精神變態最權威的專家。你對他的感覺很強烈，可以理解；事實上你曾經告訴我你很想殺死他。凱認識華納嗎？」

「沒有私交。」

「她知道他對你做了什麼嗎？」

「我們不談論那個時期的事，」班頓回答，「我們努力繼續生活，重新開始。有很多事我不能談，不過就算我能談她也不想談，不會想談。老實說，我越是分析，越不確定她記得什麼，我也很小心不去逼她。」

「也許你擔心她記得的話會怎麼樣，也許你害怕她的憤怒。」

「她有權感到憤怒，可是她完全不提，我相信她才是害怕那憤怒的人，」班頓說。

「你的憤怒呢？」

「憤怒和仇恨具有毀滅性，我不想當憤怒仇恨的人。」憤怒和仇恨已經在他的胃部啃噬一個洞，彷彿吞下了強酸。

「我要假設你從未告訴她華納對你所做的事的細節，我假設見到他上電視新聞讓你非常不舒服，打開了一扇門，而且是那個你竭盡全力不要進入的房間。」克拉克醫師說。

班頓沒有評論。

「你也許很好奇華納是否享受和直接競爭，因而刻意鎖定凱也參加的節目？我相信你向我提過，卡莉·克利斯賓極力邀請你和凱同時上節目。事實上，我認爲她甚至在節目公然這麼表示，我應該在哪裡看到或聽到過。你拒絕上節目，也有權利這麼做，然後發生什麼事？變成華納上節目。是陰謀嗎？華納爲了對付你的密謀？這事讓你不高興的主因是他和你的競爭嗎？」

「凱從不和別人一起上節目，也不參與座談討論，拒絕參與她稱之爲『好萊塢廣場』，所謂的專家們互相大吼爭吵。而且，她幾乎沒上過〈克利斯賓報告〉那個節目。」

「那個人在你死而復生之後企圖偷走你的人生，如今卻變成名人專家，變成你，他曾經最羨慕的對象。如今他和你太太出現在同一個節目裡，同一個電視網。」克拉克醫師再次陳述重點。

「凱並不是那個節目的常客，有別人的時候她也不上節目，」班頓重述，「現在她只是卡莉節目的來賓。我必須說，此舉違反我的建議，不過這兩次上節目都是爲了幫製作人的忙，因爲卡莉今年秋天收視率下滑的程度根本就如雪崩一樣，需要所有人幫忙提高收視率。」

「你對此事並沒有採取防禦性或逃避的態度，讓我覺得鬆了一口氣。」

「我只是希望她不要上節目，離卡莉遠一點而已。凱實在他媽的人太好，他媽的太樂於助人，覺得得當世人的老師，你知道她是什麼樣子。」

「可以想像最近很明顯，對你來說有點難以招架是嗎？也許具有威脅性？」

「我只希望她不要上電視，可是她也有自己的生活。」

「據我所知，華納大約在三週前進入聚光燈下，大約是漢娜．史塔爾失蹤之時，」克拉克醫師說，「在那之前，他在〈克利斯賓報告〉擔任幕後工作，很少出現在節目上。」

「那麼無趣又毫無魅力的無名小卒居然上得了黃金時段的電視節目，唯一的方法就是以非常不恰當的方式和卡莉討論一個很轟動的案子，也就是說，當個他媽的婊子。」

「你對華納．亞吉的人格沒有意見，這一點讓我覺得如釋重負。」

「這是錯的，錯得一塌糊塗。就算是那麼無可救藥的人都知道那是錯的。」班頓說。

「到目前爲止你都不願意說他的名字或直接提到他，不過，也許我們已經在暖身了。」

「凱並不知道二〇〇三年在麻州沃椹那家汽車旅館裡發生的細節，」班頓與克拉克目光接觸，「她什麼細節都不知道，並不眞的知道，不知道那機器的複雜性，推動任務的機器設計。她以爲我是整件事的背後主使，選擇進入證人保護計畫完全是我的主意，幫香多涅集團做心理側寫的是我，預測若是沒有讓敵人相信我已經死掉的話，不止我會沒命，我身邊的每一個人都會沒命。我活著的話他們會追殺我、追殺凱、追殺每個人。當然，排隊吧，可是他們還是找上凱，尙

—巴布提斯·香多涅找上她，她還能活著眞是奇蹟。要是我的話不會這樣處理，我會用我最後處理的方式，殺死那些想殺死我，想殺死凱和其他人的人。我會不動用那個機器但仍做到需要做的事。」

「什麼機器？」

「調查局、司法部、國土安全局、政府，某個提供有瑕疵意見的個人。這個有瑕疵的意見，這自私自利的意見啓動的就是這部機器。」

「是華納的意見與他造成的影響。」

「幕後有某些人在影響那些坐辦公室的，其中一個尤其希望把我趕走，希望我受到懲罰。」班頓說。

「爲了什麼受懲罰？」

「爲了擁有這個人想要的人生，看來那就是我的罪名。其實，只要對我的人生有所了解，都會好奇爲何會有人想要我的人生。」

「如果他們了解你的內在世界，」克拉克醫師說，「也許他們會知道你的苦惱，你的心魔。可是表面上你似乎擁有一切，的確擁有值得羨慕的人生。有外表，來自富有的血統，是聯邦調查局的明星側寫員，現在則是卓越的鑑識心理學家，與哈佛合作，還有凱。我可以想像爲何有人會羨慕你的人生。」

「凱認爲我是個曾經接受保護的證人，不見天日的躲了六年，出來後離開了調查局，」班頓說。

「因爲你突然批評起調查局，不再敬重他們了。」

「某些人相信是這個原因。」

「她呢？」

「大概吧。」

「眞相是，你認爲調查局批評你，對你失去敬重，由於華納而背叛了你，」克拉克醫師說。

「調查局邀請他們的專家提供意見以獲取資訊和建議。我可以理解他們爲何對我的安全問題有疑慮。不論是否受到偏頗的影響，那些負責做決定的人有很好的理由該關切，我可以理解在我經歷過這些事之後，他們爲何會關切我的穩定性。」

「然後，你認爲華納．亞吉對香多涅家族和需要讓你僞死的意見是對的？你認爲他所說關於你的穩定性，決定你已經不適任的意見是對的？」

「你知道答案，是我被整了。」班頓說，「不過，我不認爲他上電視節目是爲了和我競爭，我懷疑是別的因素，跟我無關的因素，至少沒有直接關聯。只是我不需要被提醒，如此而已，我不需要這些。」

「很有意思。在他相當長時間又不特別引人注意的事業裡，華納很安靜，近乎隱形。」克拉克醫師說，「現在他卻突然上了全國性電視節目。的確，我對於他眞正的動機感到很困惑，也許是錯的。不確定是否跟你有關，至少不是完全跟你有關，而是他對名聲的羨慕與渴望。我同意你的看法。大概是別的因素，所以有可能是什麼？爲什麼是現在？也許只是爲了錢。也許像很多人一樣，他遇上財務困難，就他的年紀來說眞的很可怕。」

「新聞節目的來賓沒有車馬費，」班頓回答。

「可是如果來賓夠活躍、夠挑釁，也許會改善節目的收視率，也許會引來其他方面的獲益：出書、諮詢。」

「的確有很多人由於失去退休金而尋找其他的生存方式。個人利益、自我、滿足感，我無從得知動機，」班頓回答，「我唯一知道的是漢娜．史塔爾爲他提供了一個機會。要是她沒有失蹤，他也沒電視節目可上，也就不會得到這些關注。如你所說，在那之前他都藏身幕後。」

「主詞的『**他**』和受詞的『**他**』，代名詞，我們在談的畢竟是同一個人，有進步了。」

「對，他，華納，他有病，」班頓同時覺得被打敗和如釋重負。他感覺哀傷、虛脫，「並不是說他曾經是個好人，他不是個好人，從來都不是，也永遠不會是。具破壞性、危險、毫無悔意，對，自戀、反社會人格、狂妄自大。但他不是個好人。在他悲慘人生的這個階段很可能代償機能不全的更加嚴重。我敢說，他的動機是貪得無饜的需要得到認可，他認爲若是公開那過時且毫無基礎的理論就會得到他所認爲的獎賞。也許他需要錢。」

「我同意他有病，我只是不希望你有病。」克拉克醫師說。

「我沒有病，我承認自己一點也不喜歡看到他媽的那張臉出現在他媽的新聞上，然後把我的事業當成是他媽的自己的功勞，或甚至提到我的名字，他媽的混蛋。」

「如果你知道我對華納．亞吉的看法，這些年來我們見面的次數超過我想記得的，這麼說會讓你好過一點嗎？」

「請盡情發揮。」

「我們總是在專業會議上碰面，不知為何他總是想討好我，或是更棒的，輕蔑我。」

「眞是令人震驚。」

「讓我們忘掉他對你做的事吧，」克拉克醫師繼續說。

「永遠不會發生，他該為此他媽的入獄。」

「他大概該為此下地獄，他是非常醜惡的人類，這樣夠坦白了嗎？」克拉克醫師回答，「至少年老衰敗有其好處，每天都好奇這一天會更糟還是好一點，也許不會跌倒或把咖啡潑在襯衫前襟。前幾天晚上我轉台時看到他，實在忍不住停下來看，他一直說一直說，吐出那些關於漢娜．史塔爾的胡言亂語。我們在討論的不僅是尙未審判的案子，連那個女人是生是死都還不知道，人也不見蹤影，他卻已經在臆測某個連續殺人凶手可能對她做的殘忍之事，眞是個傲慢的老笨蛋。我很訝異聯邦調查局竟然沒有將他私下滅口。他眞的讓人覺得很難為情，對行為分析小組造成名譽損害。」

「他從沒參與過行為分析小組，我帶領行為科學小組的時候他也沒有參與過，」班頓說，「這是他營造出來的神話，他從來沒有為聯邦調查局工作過。」

「但你曾經為他們工作，現在沒有了。」

「你說得對，現在沒有了。」

「所以，我們回頭總結一下，然後我就眞的得走了，否則會錯過一個很重要的約會，」克拉克醫師說，「底特律檢察官辦公室要求你對這位被告多蒂．郝奇進行心理評估，但此舉並沒有給你權力調查其他可能的犯罪行爲。」

「對，我沒有這個權力。」

「收到會唱歌的聖誕卡片並沒有賦予你那種權力。」

「對。不過，那不只是一張會唱歌的卡片，而是經過掩飾的威脅，」班頓不打算對這一點妥協。

「要看從誰的角度，就像證明羅夏克墨漬測驗是被壓扁的蟲子還是蝴蝶，到底是哪一個？有些人可能會說，你認爲這張卡片是經過掩飾的威脅，這個看法是你自己的退縮，清楚證明你在執法界的長久經驗、暴露在暴力及創傷的經歷造成你對所愛的人過度保護，造成潛在且無孔不入的恐懼，覺得那個混蛋就是要整你。你如果過度堅持這一點，可能讓自己看起來變成你才是那個思維有問題的人。」

「我會把紊亂的想法留給自己。」班頓說，「不會對無可救藥的人表達意見。」

「很好。誰無可救藥並非由我們決定。」

「就算我們知道事實的確如此。」

「我們知道很多事，」克拉克醫師說，「很多事我希望自己不知道。我從心理側寫員這個名詞出現之前就開始從事這一行了，當時，聯邦調查局還在用湯普笙衝鋒槍，比較勤於抓共產黨員而不是所謂的連續殺人犯。你以為我很愛我的病人嗎？」他撐著扶手從椅子上起身，「你以為我很愛今天花了好幾個小時相處的病人？親愛的泰迪，他以為將汽油倒進一個九歲女童的陰道是合理且有益的行為，他非常體貼地向我解釋，這樣子他強暴她之後她才不會懷孕。他負責任嗎？他是個沒有在控制的思覺失調症患者，本身就是重複性侵的受害者，幼時遭到虐待，該怪他嗎？他該被注射致命毒液，面對槍決部隊還是電椅？」

「歸咎於某人和承擔責任是不同的，」班頓說，電話響起。

他接了電話，希望來電的是史卡佩塔。

「我在外面，」她的聲音在他的耳朵裡。

「外面？」他警覺，「貝勒育外面？」

「我走路過來的。」

「天啊，好，在大廳等，別在外面等，進來大廳等，我馬上下來。」

「出了什麼事嗎？」

「外面很冷，非常冷。我馬上下來，」他說，從辦公桌後方起身。

「祝我好運，我要去網球場。」克拉克醫師在門口停下腳步，穿著大衣、戴著帽子，包包背在肩上，就像諾曼·洛克威爾筆下脆弱的老邁心理醫生。

「別對麥肯諾太狠，」班頓整理公事包。

「發球機的速度很慢，卻總是贏，我恐怕已經來到網球生涯的盡頭了。幾週前我在比莉·珍·金隔壁的球場摔了一跤，渾身上下沾滿紅土。」

「誰叫你愛現。」

「我想用撿球器撿球，結果踩到他媽的膠帶跌倒，她在我身邊看我是否沒事，這樣見到英雄眞是丟臉。班頓，好好照顧自己，幫我問候凱。」

班頓考慮該如何處理多蒂寄來的唱歌卡片，不確定爲何但決定放進公事包裡。他沒辦法拿給史卡佩塔看，卻也不想將其留在此處：萬一發生什麼事怎麼辦？不會發生什麼事的，他只是焦慮、緊張過度，被來自過去的鬼魂糾纏。一切都會沒事的。他鎖上辦公室，快步疾行；沒什麼好焦慮的，但他很焦慮，如同長時間以來的焦慮。他有一種不祥的感覺，靈魂受傷，可以想像其有紫色瘀青和傷口。他告訴自己這是記憶中的情緒，已經不再真實，也聽到腦袋裡的聲音。那是很久以前的事了，那是當時，現在已經沒事了。同事的辦公室都關著，大家都離開了，有些去度假，距離聖誕節只剩下整整一週。

他走向電梯，對面監獄病房入口傳來慣常的噪音。大聲的噪音大叫著：「讓路，」因爲控制室的警衛打開隔離柵門的速度永遠不夠快。班頓瞄到一名穿著萊克斯島監獄鮮橘紅色連身服的囚犯，身上戴著手銬腳鍊，兩邊各有一個警察護送他，大概裝病被抓到，也許是自己搞的，爲的是能在這裡過幾天好日子。堅硬的鐵門關上，班頓走進電梯，想到多蒂·郝奇，想到六年的空白、隔離，困在湯姆·哈維蘭這個不眞實的身分裡。由於華納·亞吉，他死了六年。班頓受不了自己的感覺，這種想要傷害某人的感覺非常醜惡，他知道那種感覺，値勤時曾經做過不止一次，但從不是因爲出自於幻想、如肉欲般的慾望。

他眞希望史卡佩塔早點打電話給他，沒有在城裡這一區獨自出發；這裡有太多流浪漢、窮人、毒蟲及精神病患，因同樣的疾病進出體系，直到再也無法負荷。也許會出現在地鐵月台上，在火車進站時將通勤族推下月台，或持刀攻擊陌生人，造成死亡和破壞，只因爲他們聽到別人聽不到的聲音。

班頓快步穿過彷彿沒有盡頭的走廊，經過自助餐廳和禮品店，穿過一群群病人與訪客，穿著白色外套與手術服的醫院員工。貝勒育醫學中心大廳裡歡樂的音樂與明亮的裝飾配合節慶，彷彿如此一來，生病、受傷或經鑑定爲精神喪失都沒有關係了。

史卡佩塔在玻璃大門附近等他，她穿著深色長大衣、戴著黑色皮手套，還沒注意到人群裡的他。他小心繞過她身邊的人群走過去，注意到有些人看著她的表情彷彿覺得她很面熟。他見到她的反應總是一樣，深刻的夾雜著興奮與悲傷，想到曾經以爲永遠無法再和她相聚的痛玷污了和她在一起的快樂。每次偷偷從遠處看著她時，班頓都重新經歷過去那種故意偷看她，渴望她的那個時光。有時候，他很好奇若是她所相信爲眞，他眞的死了，她的人生會如何發展。他好奇她是否會過得比較好，也許會。他無法原諒自己對她造成的苦難，使她受傷，身陷危險，造成她的傷害。

「也許妳該取消今晚的通告，不要上節目，」他走到她身旁對她說。

她轉身面對他，露出意外且愉快的表情，深藍色眼珠如天空，思想和感覺彷彿天氣一般，有光線有陰影，明亮的陽光和雲層和霧靄。

「我們該靜靜享用一頓美好的晚餐，」他將她拉近自己，彷彿他們需要彼此才能保暖，「我們去康提諾利餐廳吃晚餐，我打電話給法蘭克，請他幫我們弄張桌子。」

「別折磨我了，」她的手臂緊緊攬住他的腰部，「帕瑪森起士烤茄子配上蒙塔奇諾布魯內諾紅酒，我可能連你的份都吃掉，還把整瓶酒喝光。」

「如果眞是這樣的話就太貪心了，」他們走向第一大道，他保護性地將她拉近，狂風吹過，天空落雨，「妳知道妳眞的可以取消的，就跟亞力克斯說妳感冒就好了，」他招計程車，一輛車朝他們衝過來。

「不行，我們得回家，」她說，「我們有一通電話會議。」

班頓打開計程車後座的車門，「什麼電話會議？」

「是潔米，」史卡佩塔滑到後座的另一端，他跟著上車。她告訴司機目的地，對班頓說，「繫好安全帶。」她有這種提醒別人繫上安全帶的怪習慣，就算沒有必要時也一樣。「露西認爲他們再過幾個小時就能離開佛蒙特州，到時候冷鋒應該會移到我們的南邊。同時，潔米大約十分鐘前打電話給我，要你、我、馬里諾等人全體一起開個電話會議。當時我還在來這裡的路上，在人行道上不方便說話，所以不知道所有的細節。」

「妳完全不知道她爲什麼要開會？」班頓要計程車穿過第三大道北行，雨刷在朦朧的雨中大聲刷著，覆蓋住點著燈的大樓頂端。

「今天早上的狀況。」不管司機是否聽得懂英文或聽不聽得到，史卡佩塔不打算在他面前詳細說明。

「妳一整天都在處理的狀況，」班頓指的是冬妮．達里安的案子。

「下午有人打電話進來提供線索，」史卡佩塔說，「顯然有人目睹了什麼。」

5

馬里諾有一個很不幸的地址：禍根街一號六六六室。他平常沒這麼在意，但此刻和L·A·邦奈爾在鋪著灰色地磚的走廊停下腳步，文件箱堆到天花板，門上的三個六彷彿在控訴他的品格，警告有關人士小心提防。

「喔，好，」邦奈爾抬起頭說，「我沒辦法在這裡工作。首先，這會造成負面思考；如果有人相信厄運的話，那個人就是我，我絕對會搬家。」

馬里諾打開米色大門上的鎖，門把周圍有點骯髒，邊緣油漆脫落，強烈的中餐館味道。他很餓，等不及開動吃脆皮鴨肉春捲和碳烤小肋排，很高興邦奈爾點了類似的食物：照燒牛肉和麵，沒有生食，沒有壽司那種會讓他想起魚餌的狗屁食物。她和他想像的完全不同，他以爲她是嬌小傲慢、脾氣暴躁的大砲性格，在你還沒弄清楚狀況之前先把你撂倒在地，雙手銬在後方。不過邦奈爾不是那種人，你可以掌握狀況。

她身高將近一八〇，骨架很大，手大、腳大、奶也大，是那種在床上會讓男人全神貫注，或讓他好看的女人，像穿著套裝的武士公主齊娜，只不過邦奈爾的眼珠是淺藍色，留著淡金色短髮，馬里諾很確定那是她原來的髮色。他和她一起去豪賭客保齡球館的時候覺得自己很跩，看到一些傢伙瞪著他們，推推彼此。馬里諾希望自己也能下場打個幾局，昂首闊步。

邦奈爾把外帶餐點拿進馬里諾的辦公室，然後她說，「也許我們該去會議室。」

他不確定是因為門上的六六六，還是因為他的工作空間其實就是個垃圾堆，「我們待在這裡比較好，一來伯格會打到裡面這支電話，二來我需要用我的電腦，不希望有人不小心聽到我們的談話內容。」他放下手上的犯罪現場資料，灰色四格工具箱正好符合他的需要，然後他關上門，「我就知道妳會注意到，」指的是他的房間號碼，「別以為這對我個人有什麼意義。」

「我為何會以為和你有關？難道這間辦公室的號碼是由你決定的嗎？」她挪開椅子上的文件、雪衣和工具箱坐下。

「妳能想像我第一次看到這間辦公室時的反應，」馬里諾的金屬辦公桌上堆著高矮不一的雜物，他在後方坐下，「妳想等開完電話會議後再吃嗎？」

「好主意，」她看看四周，彷彿沒地方可吃飯。但其實並非如此，馬里諾總能找到地方放漢堡或碗或保麗龍餐盒。

「我們先在這裡接電話，然後再到會議室吃飯。」他說。

「那更好。」

「我得承認我差點放棄，我真的認真考慮過，」他接著剛剛的故事繼續說，「我第一次看到這間辦公室時的反應是，這玩笑也開得太大了吧。」

當時他真的以為潔米．伯格在開玩笑，以為門上的號碼是刑事司法系統慣用的病態幽默。他甚至以為也許那是潔米故意提醒他當初為何會來此在她手下工作，她之所以雇用他其實是因為人情，在他做錯事之後給他第二次機會，他每次走進辦公室都會想起這一點。他和史卡佩塔共事那麼多年，卻那樣傷害她。他很高興自己記不得太多，情況很糟，醉得不省人事，根本無意對她下手，做他曾經做過的事。

「我不認爲自己迷信，」他告訴邦奈爾，「但我在紐澤西的貝永市長大，上的是天主教學校，接受聖禮，甚至當上輔祭童，只不過沒有維持多久，因爲我總是跟人打架、打拳擊。我不是貝永弒血者，對上拳王阿里大概打不到十五回合。不過我曾在全國金手套拳擊賽打到半準決賽，也曾經考慮轉行，結果卻成了警察。」他確定她知道他的一些事，「大家都同意六六六是反基督的象徵，應該不計代價避開這個號碼，我也始終這麼做，不論是地址、郵政信箱、車牌或一天裡的時間。」

「一天裡的時間？」邦奈爾質疑，馬里諾看得出她覺得很有趣，很難預測或解讀她的態度，「並沒有六點六十六分這種時間。」她說。

「例如每個月六號的六點六分。」

「她爲何不把你搬到別處？難道沒有別的地方可以讓你辦公嗎？」邦奈爾伸手從錢包裡拿出一個拇指大小的隨身碟丟給他。

「全都在裡面嗎？」馬里諾把隨身碟插進電腦裡，「公寓、犯罪現場、錄音檔？」

「除了你今天在那裡拍的照片之外。」

「我得從相機下載，沒什麼重要的，也許妳跟鑑識小組去的時候都拍過了。伯格說我的辦公室在六樓的第六十六間，我說好啊，喔，剛好也在《啓示錄》裡。」

「伯格是猶太人，」邦奈爾說，「她不讀《啓示錄》。」

「這樣講的意思好像是說只要不看報紙昨天的事就沒有發生。」

「不是那個意思，《啓示錄》講的並不是發生過的事。」

「是關於即將會發生的事。」

「將會發生的事是預測、願望或恐懼，」邦奈爾說，「並不是事實。」

他桌上的電話響起。

他一把抓起電話說，「馬里諾。」

「我是潔米，我想大家都到齊了。」是潔米．伯格的聲音。

馬里諾說，「我們才正提到妳，」他看著邦奈爾，很難將視線移開，也許因爲就女性而言她的身材很魁梧，每個部位都是超級豪華版。

「凱？班頓？大家都還在嗎？」伯格說。

「我們在這裡，」班頓的聲音聽起來很遙遠。

「我要把電話改成擴音，」馬里諾說，「重案組的邦奈爾警探和我在一起，」他按下電話上的按鍵後放回話筒，「露西在哪裡？」

「在機棚準備直昇機。雪終於停了，希望我們再過幾個小時就能離開。」伯格說，「請你們打開電子郵件，應該會看到她前往機場前寄的兩個檔案，我們聽從馬里諾的建議，請即時犯罪中心的分析師登入多妮．達里安公寓大樓外監視器的伺服器，我很肯定你們都知道紐約市警局和好幾家監視器大公司都有合約，不需要找到系統管理員要密碼也能取得監視記錄。多妮所住的公寓大樓剛好就是其中一家公司負責，因此即時犯罪中心也能進入網路影音伺服器，檢視提及的錄影片段，優先著重在過去這一星期，並將影像與多妮最近的照片比對，包括她的駕照照片，她在臉書、MySpace的照片，網路上的資料之多眞是令人驚訝。我們先從名爲『錄影一』的資料夾開始看起。我已經和第二個資料夾一起看過了，我看過的內容和幾個小時前收到的情報吻合，我們馬上會詳細討論。你們應該可以下載影音檔並打開它，請開始。」

「我們看到了，」班頓的聲音聽起來不太友善，不過他最近總是如此。

馬里諾找到伯格所說的電子郵件，打開影音檔；同時，邦奈爾從椅子上起身過來蹲在他旁邊看。檔案沒有聲音，只有多妮．達里安在第二大道磚造大樓前車流的影像：背景有汽車、計程車與公車、路過行人的穿著配合多雨的冬日氣候，有些撐著傘，茫然不知錄影監視器正對著他們。

「大約現在，她進入鏡頭，」伯格聽起來總是一副掌控一切的樣子，就算只是正常說話時也一樣，與內容無關。「她穿著深綠色風衣、帽緣滾著毛邊，帽子拉上來，戴著黑色手套和紅色圍巾、黑色肩背包、黑色長褲、跑鞋。」

「如果有跑鞋的特寫就太好了，」史卡佩塔的聲音說，「看看是否和她今天早上被發現時穿的是同一雙，亞瑟士Gel-Kayano，白色跑鞋紅色閃電滾邊，腳踝滾一圈紅色，九號半。」

「影片裡那雙鞋是偏白色加上紅色，」馬里諾意識到邦奈爾和他靠得很近，他感覺得到腿邊與手邊的溫暖。

監視器從穿著綠色風衣的身影後方拍攝，由於拍攝角度和毛邊帽的關係，看不到她的臉。她右轉走上大樓前方潮濕的台階時已經拿出鑰匙，馬里諾覺得她是個很有條理的人，知道自己在做什麼，意識到周遭的環境，有安全概念。她打開大門消失在裡面。影音檔上的時間顯示昨天，十二月十七日下午五點四十七分。暫停後，同一個身影走出大樓下台階，穿著綠色風衣，帽子拉起，肩上背著同一個黑色大包包，右轉消失在雨夜裡，時間顯示十二月十七日下午七點〇一分。

「我很好奇，」班頓開口，「既然我們看不到她的臉，即時犯罪中心的分析師怎麼知道那是誰？」

「我也想過同一個問題，」伯格說，「但我相信是因爲前一個影像顯然是她，等等你們就會看到。根據即時犯罪中心的資料，我們現在看到的是她最後的影像，最後一次記錄到她進入或離開公寓大樓。她顯然回公寓停留了大約一個多小時後才離開。問題是，在那之後她的行蹤爲何？」

「我該補充，」史卡佩塔開口，「葛蕾絲．達里安收到從冬妮手機發出的簡訊，發送時間是第二段影像之後大約一小時，也就是晚上八點左右。」

「我留了話給達里安太太，」馬里諾說，「我們會拿到她的手機，看看裡面還有什麼線索。」

「我不知道你們現在是否想討論這一點，不過簡訊時間、這些影像的時間與我在解剖時做的筆記有衝突，」史卡佩塔說。

「讓我們先專注在即時犯罪中心的發現，」伯格回答，「然後再討論解剖結果。」

伯格的意思是她認爲就這個案子而言，即時犯罪中心的發現比史卡佩塔想報告的內容重要。伯格只靠一個證人的一份筆錄就弄清楚了？可是馬里諾不知道細節，只有邦奈爾告訴他的話，她又說得很模糊。她終於承認自己和伯格通過電話，伯格指示她不要告訴任何人她們討論的內容。馬里諾從邦奈爾口中套出的只有出現了一個證人提供線索，使冬妮的公寓與命案無關這一點變得「再明顯也不過」。

「我現在看著這些影像，」馬里諾說，「還是很好奇她的外套跑到哪裡去了，那件綠色風衣既不在公寓裡，也沒有出現在別的地方。」

「如果有人拿走她的手機，」史卡佩塔還在講這件事，「他或她有可能發送簡訊給冬妮通訊錄裡的任何一個人，包括她母親在內。傳送簡訊不需要密碼，希望簡訊看似從誰的手機傳出，拿到那個人的手機就好了。在這個案子裡就是冬妮．達里安。如果有人拿到她的手機，爲了讓某人以爲那則簡訊來自冬妮，爲了是讓人們以爲她昨晚還活著，雖然事實並非如此，那麼只要根據收發的簡訊就知道該寫些什麼，如何措辭。」

「根據我的經驗，典型的命案並沒有如妳所說的這麼精心策畫、或這麼聰明。」伯格說。

馬里諾覺得不可置信，基本上她是在告訴史卡佩塔這不是阿嘉莎．克莉絲蒂，不是他媽的謀殺謎團。

「通常會指出這一點的是我，」史卡佩塔的回答顯示她絲毫沒有受到侮辱或不悅，「可是，冬妮．達里安的命案一點也不尋常。」

「我們會努力找出簡訊發送的確實地點。」馬里諾說，「由於她的手機下落不明，我們只能這麼做。我同意提出這一點很合理，萬一她的手機在其他人手上，是那個人傳簡訊給冬妮的母親呢？也許聽起來有點牽強，但我們又怎麼知道並非如此？」他眞希望自己沒有說「牽強」，聽起來好像在批評史卡佩塔或質疑她。

「我看這段影片的時候也有相同的質疑，我們怎麼知道穿著綠色外套的那個人是冬妮．達里安？」開口的是班頓，「兩段影片裡我都看不到她的臉。」

「只知道她看起來是白人，」馬里諾把影片倒帶重看一次，「她的帽子拉起來，天色很暗，她又沒有面對監視器，我只看到她的下巴和一點點臉頰。這個畫面不但從背面拍攝，而且她進出大樓時都低著頭走路。」

「請打開露西寄的第二個資料夾，資料夾名稱是『錄影二』，」伯格說，「你們會看到先前錄影的幾張截圖，一張是幾天前，她穿著同一件外套，同樣的身型，只是這次可以清楚看到冬妮的臉。」

馬里諾關掉第一個資料夾，打開第二個，按下幻燈片播放，觀看冬妮進出大樓時的監視器畫面截圖。她在每一張畫面裡都戴著同一條鮮紅色圍巾，穿著同一件有毛邊帽的綠色風衣，只是這些影像裡沒有下雨，因此帽子沒有拉上來，深棕色的長髮散落在肩上。在多張截圖裡，她穿著慢跑褲，在其他的截圖裡則穿著寬鬆的褲子或牛仔褲，其中一張截圖裡她戴著橄欖綠和棕色露指手套，但沒有她戴著黑色手套或背著黑色大包包的畫面。每次她都步行，只有一次下雨天監視器捕捉到她上計程車的畫面。

「這吻合她鄰居給我的筆錄，」邦奈爾說，輕撥過馬里諾的手臂，已經是第三次了，幾乎沒有碰到，但非常明顯。「那就是他描述的外套，」她繼續說，「他告訴我，當時她穿著一件有帽子的綠色外套，手上拿著信件，一定是她在五點四十七分進入大樓之後就拿到的。我假設她打開信箱，拿出裡面的郵件後爬樓梯上樓，鄰居在這時看到她。她進入公寓，把信件放在廚房流理台上，我今天早上和鑑識小組去的時候發現信件沒有打開。」

「所以，她進了大樓之後並沒有把帽子拉下來？」史卡佩塔問。

「那個鄰居沒有指明這一點，只說她穿著一件有帽子的綠色風衣。」

「葛蘭姆．杜瑞德，」馬里諾說，「我們得查查他的背景，還有管理員喬．巴斯托。兩人都沒有犯罪紀錄，沒有逮捕紀錄，只有交通違規，包括沒有讓路、車牌過期、尾燈故障，都是很久以前的事。我讓即時犯罪中心調查了大樓裡每一個住戶所有的紀錄。」

「葛蘭姆．杜瑞德特地告訴我，有人給他〈女巫前傳〉的票，因此他昨晚和男性伴侶在戲院裡看戲，」邦奈爾說，「所以我就去問了衛斯理醫師……」

「不太可能，」班頓說，「這件案子極其不可能由男同志犯下。」

「我在她的公寓裡沒看見露指手套，」馬里諾說，「現場也沒有。她在早先的截圖裡既沒有戴黑色手套也沒有背著黑色包包。」

「我的看法是，這是一宗以性爲動機的命案，」班頓補充，彷彿馬里諾不在電話線上。

「解剖結果有性侵的跡象嗎？」伯格問。

「她的性器官有受傷，」史卡佩塔回答，「瘀青、變紅，是某種插入或創傷的證據。」

「精液呢？」

「我沒看到，得等檢驗結果。」

「我相信醫生提出的可能性，犯罪現場可能是刻意布置的，命案本身也是預先設計好的，」馬里諾還在爲了剛剛說「牽強」而難爲情，希望史卡佩塔不覺得他有什麼特別的意思。「如果眞是如此，那有可能是男同志，對不對，班頓？」

「潔米，根據我所看到的資料，」班頓回答伯格而不是馬里諾，「我懷疑布置現場的目的是爲了掩飾這宗犯罪眞正的動機、發生時間，以及被害人與加害者之間可能的關係。在這裡，不論犯罪的凶手是誰，刻意布置現場的目的是爲了規避，害怕被抓到。我再重申一次，這是一宗以性爲動機的案子。」

「聽起來，你不認爲是陌生人下的手，」馬里諾說，但班頓沒有回答。

「如果證人所言爲眞，聽起來我們所面對的正是這樣的案子，」邦奈爾對馬里諾說，又碰了他一次，「我不認爲我們的凶手是男友，也許她在昨晚之前根本沒見過對方。」

「我們得偵訊杜瑞德和管理員。」伯格說，「我要跟他們兩個談談，特別是管理員喬·巴斯托。」

「爲什麼特別是喬・巴斯托？」班頓想知道，而且聽起來有點不高興。

也許班頓和醫生處得不好。馬里諾完全不知道他們之間有什麼問題，已經好幾個星期沒見過他們了，可是他厭倦自己特別花心思對班頓好。這樣一直遭到輕蔑地對待已經不稀奇了。

「我從即時犯罪中心得到的資料和馬里諾的一樣。你剛好注意到巴斯托的就業紀錄嗎？」伯格問馬里諾，「幾家同業公會、計程車司機，還有各種不同的工作、酒保、服務生。根據我所看到的資料，二〇〇七年之前他在一家計程車公司工作，看起來過去三年是半工半讀，一面念曼哈頓社區大學，一面做很多不同的工作。」

邦奈爾起身打開一本筆記本，站在馬里諾身旁。

她說，「他想拿影音藝術與科技的副學士學位，彈低音吉他，曾在樂團表演，希望參與搖滾音樂會的製作工作，仍然希望在音樂界有所突破。」

她讀著自己的筆記，大腿碰到馬里諾。

「他最近在一家數位製作公司兼職，」她繼續說，「負責雜務，大部分是文書工作、跑腿，他稱之爲製作助理，其實就是跑腿。他二十八歲，我跟他談了大約十五分鐘。他說他對冬妮的認識只有來自於住同一棟大樓會有的接觸，我引述他的話，他們從未約會，但他曾經想約她出去。」

「這是妳問的問題還是他自己說的？」伯格問。

「他自己說的，他也說已經好幾天沒見到她。他說他昨晚整晚都待在家裡，因為天氣很不好，他很累，所以叫了外送披薩看電視。」

「他提供了很多不在場證明。」伯格說。

「這樣的結論很合理，不過在這種案子裡並非不尋常。大家都認為自己是嫌犯，就算不是如此，他們的生活也會有什麼不希望我們知道的事。」邦奈爾翻著筆記回答，「他對冬妮的描述是友善、不太抱怨，印象中她並不是派對型或會帶朋友回來的人，例如——我引述——很多男人。我注意到他非常難過、害怕，現在似乎沒在開計程車了，」她又補充，彷彿這項細節很重要。

「我們不知道這是否為真，」伯格說，「我們不知道他是否有計程車可開，比如他可能為了不用繳稅而私底下有什麼安排，就像市內的很多自由業司機一樣，尤其是最近。」

「那條紅色圍巾看起來很像我從冬妮頸部除下的同一條，」史卡佩塔說，馬里諾想像她和班頓坐在某處，看著電腦螢幕，也許在他們中央公園西側距離CNN不遠的公寓裡。「純紅色，由高科技布料製成的鮮紅色圍巾，很薄，但很保暖。」

「看起來的確是她身上那一條，」伯格說，「這些影像和她母親手機裡的簡訊似乎告訴我們，她昨晚七點〇一分離開住家時還活著，一小時後的八點左右也還活著。凱，妳剛剛說妳對她的死亡時間有不同的看法，和這些影像所暗示的不同。」

「我的看法是，她昨晚已經死了，」史卡佩塔的聲音很平穩，彷彿任何人都不該對她剛剛說的話感到意外。

「那我們剛剛看到的是什麼？」邦奈爾皺著眉頭問，「有人冒充她？有人穿著她的外套進入她住的大樓？那個人有她家的鑰匙？」

「凱？讓我們弄清楚，妳看過監視器畫面之後還是維持同樣的看法嗎？」伯格問。

「我的意見是根據對她屍體的檢查，而非監視器畫面，」史卡佩塔回答，「還有她死後的現象，尤其是屍斑和屍僵，這兩點使她的死亡時間遠遠早於昨晚之前，甚至在星期二。」

「星期二？」馬里諾很驚訝，「也就是前天？」

「我的看法是，她在星期二的某個時間點頭部遭到重擊，也許在下午時分，在她吃了雞肉沙拉的幾個小時後，」史卡佩塔說，「她的胃部殘留物是部分消化的羅曼生菜、番茄和雞肉。她的頭部遭到重擊後消化會停止；由於她死亡時食物還沒有消化完，根據她對傷勢的生命反應，我認爲這中間有一點時間，也許數小時。」

「她的冰箱有生菜和番茄，」馬里諾想起來，「所以，也許她的最後一餐是在公寓裡吃的，妳確定那不可能是她昨晚在公寓時發生的，當她進去一小時的時候？就在我們剛剛看到的監視器畫面之間的時間？」

「這樣很合理，」邦奈爾說，「她吃了東西，幾個小時後，假設九點或十點，她出門後遭到攻擊。」

「很不合理。我檢查她的時候看到的現象顯示她昨晚並沒有活著，昨天根本就不可能活著，」史卡佩塔用冷靜的聲音說。

她幾乎從來不曾用驚慌失措或尖銳的語氣說話，也從不讓人覺得她自以爲聰明，但其實她有資格用任何語氣說話。馬里諾和她共事多年，他在大城市工作的經驗告訴他，如果一具屍體告訴她什麼，那就是事實。可是，他又很難接受她剛剛說的，彷彿完全不合理。

「好，我們有很多事項要討論，」伯格開口，「一次一件。我們先專注在剛剛看到的監視器畫面上。假設穿著綠色外套的不是冒充者，眞的是冬妮．達里安，而她昨晚也傳送簡訊給她母親。」

伯格不相信史卡佩塔的話，伯格認爲史卡佩塔錯了；不可置信的是，馬里諾也質疑這一點。他認爲也許史卡佩塔開始相信自己的傳奇，眞的認爲她能找出所有的答案，永遠不會錯。CNN常用的那句話是什麼？他們用很誇張的方式形容她破案的能力？致命鑑識。可惡，馬里諾想，他看過太多次了，人們相信關於自己的新聞評論，不再埋頭苦幹，結果搞砸、自取其辱。

「問題在於，」伯格繼續說，「冬妮離開公寓大樓之後去了哪裡？」

「不在上班地點，」馬里諾努力回想史卡佩塔是否曾經犯過那種錯，使專家受到責難，在法庭搞砸案子。

他想不到任何例子，可是她以前並不有名，也沒有一天到晚上電視。

「我們先從她的上班地點豪賭客保齡球館開始，」擴音器上伯格的聲音很強烈，音量很大，「馬里諾，從你和邦奈爾警探開始。」

邦奈爾起身移到桌子的另一側，此舉使馬里諾很失望。他做了個喝東西的動作，暗示她拿出健怡可樂。他看著她時有不同的感覺，注意到她臉頰的顏色，明亮的雙眼，似乎活力十足。雖然他離她很遠，他的手臂卻再次感覺到她的存在，感覺到那堅實的渾圓，她的重量靠在他身上。他想像她的長相，她的感覺，很久沒有這麼注意、清醒，她輕撫過他的身體時一定知道自己在做什麼。

「首先，要我描述的話，那裡不是典型的保齡球館。」他說。

「比較像拉斯維加斯風格，」邦奈爾說，打開紙袋拿出兩瓶健怡可樂，一瓶遞給他，眼神如火星般短暫接觸。

「對，」馬里諾一面打開可樂一面說，健怡可樂噴溢出來滴到他的桌上。他拿幾張紙擦拭，雙手在褲子上抹一抹。「絕對是高級保齡球館：霓虹燈、電影螢幕、皮椅、炫麗的酒廊、裝飾著巨幅鏡子的酒吧。大約二十幾條球道、撞球桌，居然還有見鬼的服裝規定，打扮寒酸是進不去的。」

他曾在去年六月帶著喬姬雅．巴卡蒂到豪賭客保齡球館慶祝他們的六個月紀念，不過他們非常不可能慶祝週年紀念。他們上次見面是這個月的第一個週末，她用十種不同的藉口告訴他自己不想親熱，包括不用肖想、不舒服、太累、她在巴爾的摩市警局的工作跟他的一樣重要、有熱潮紅、他有其他女人，而她厭倦、厭煩這一點。伯格、史卡佩塔、露西，連巴卡蒂在內，馬里諾的生命裡總共有四個女人，他上次炒飯是十一月七日，他媽的將近六個星期前的事。

「那個地方很美，打保齡球時服務的女生也很漂亮，」他繼續說，「很多都想進軍演藝界、當模特兒，客戶都是上流階層，連洗手間，至少男洗手間裡都有名人照片。妳在女洗手間有看到嗎？」他問邦奈爾。

她聳聳肩，脫掉西裝外套，讓他不用懷疑她底下穿著什麼，他大剌剌地瞪著。

「男生廁所有一張哈波．裘德的照片，」馬里諾補充，因爲伯格會有興趣知道，「顯然不是放在最高榮譽的地方，而是掛在便斗上方的牆上。」

「你知道是什麼時候拍的，他是否常去嗎？」伯格的聲音問。

「也許和城裡很多名人一樣，是他在這裡拍片或做什麼的時候拍的，」馬里諾說，「豪賭客內部就像牛排館，到處擺滿名人照片。哈波．裘德的照片也許是去年夏天拍的，我問的人都不記得確切的時間。他去過那裡，不過不是常客。」

「那裡到底有什麼吸引人的地方？」伯格問，「我不知道名人這麼愛打保齡球。」

「妳沒聽過與明星一起打保齡球嗎？」馬里諾說。

「沒有。」

「很多名人都打保齡球，但豪賭客保齡球館也是時髦的聚會場所，」馬里諾腦袋昏昏沉沉的，彷彿血液都往下流，大腦缺血。「這個老闆在大西洋城、印第安那州、佛羅里達州南部、底特律和路易斯安那州等地方也開了餐廳、遊樂場和娛樂中心。這個叫傅萊迪．麥斯特羅的傢伙老得一塌糊塗，所有的名人照都是跟他合照，所以他一定很常去。」

爲了專心，他把眼神從邦奈爾身上移開。

「重點是，你永遠不知道會遇到誰，那是我的重點。」馬里諾繼續說，「因此，對冬妮·達里安這樣的人來說，也許這就是魅力。她想賺錢、那裡的小費豐厚，她也想拓展關係，建立人脈。她排的班是黃金時段，也就是晚班，通常大約週四到週日晚上六點上到凌晨兩點。她會走路或搭計程車上班，名下沒有車。」

他喝口健怡可樂，凝視著掛在門附近牆上的白板。伯格和她的白板，所有的東西都有規定的顏色，準備好上法庭的案子用綠色、還沒上法庭的用藍色，開庭日期用紅色，黑色顯示值班負責受理性犯罪案件的人。瞪著白板很安全，可以較爲清楚地思考。

「我們討論的是哪一種人脈？」伯格的聲音。

「我猜，在那種租金昂貴的地方大概想做什麼都可以，」馬里諾說，「所以，也許她在那裡遇人不淑。」

「或者，也許跟豪賭客保齡球館無關，也許和發生在她身上的事完全無關。」邦奈爾說出自己相信的話，也許就是因爲她這麼相信，所以她對照片、球道上方巨大螢幕播放的東西、見到富豪名人都沒興趣。

邦奈爾相信冬妮·達里安的命案是隨機發生的，恰好被正在尋找獵物的連續殺人犯鎖定目標。雖然她穿著慢跑裝，但是她在錯誤的時間來到錯誤的地點時並不是在慢跑。邦奈爾告訴馬里諾，等他聽過證人打的九一一電話後就會明白了。

「我們對她手機和筆電的下落完全沒有線索是嗎？」史卡佩塔說。

「還有她的皮夾，也許還有手提包。」馬里諾提醒他們，顯然這兩樣物品也失蹤了，既不在她的公寓裡也不在犯罪現場，「現在我很好奇她的外套和露指手套在哪裡。」

「邦奈爾警探取得的九一一報案電話內容也許能合理解釋失蹤的物件。」伯格說，「一名證人的證詞顯示冬妮也許上了計程車，不知爲何她帶著那些東西，因爲她並不是要出門慢跑，而是去做別的事，或是先去別的地方再去慢跑。」

「除了筆電和手機的充電器之外，還有別種充電器嗎？」史卡佩塔問，「她的公寓裡還有其他東西嗎？」

「我只看到這些，」馬里諾說。

「有沒有USB連接槽？是否有任何東西顯示她可能擁有某種需要充電的裝置？例如她手上的手錶？」史卡佩塔問，「顯然是一支叫BioGraph的資訊收集裝置。露西和我都無法在網路上找到資料。」

「怎麼可能有手錶是這個名字卻不存在於網路上？總得有人販賣吧，對不對？」馬里諾說。

「不見得，」班頓回答他時總是不同意他或貶低他，「如果是研發中或機密產品就不會。」

「所以，也許她在他媽的中央情報局上班，」馬里諾回嘴。

6

如果多妮的命案是情報單位下的手，不論下手的是誰都絕對不會將資料收集裝置留在她的手腕上。

班頓用平穩的語調強調這一點，他跟眞的很討厭的人說話時就是用這種語氣：枯燥、平淡，讓史卡佩塔聯想到焦土與石頭。他將公寓後方的客房改裝成辦公室，這個眺望市景的空間很棒，她就坐在裡面的沙發上。

「宣傳手法，刻意誤導我們，也就是刻意放置的，」馬里諾的聲音從班頓電腦旁的會議電話機傳來，「這是回應你認爲也許是機密計畫的看法。」

班頓坐在皮椅上冷淡地聽著，背後一整面牆的書以主題分類，包括精裝書、初版書，還有一些很古老的書籍。馬里諾很不高興，因爲班頓讓他覺得自己像個蠢蛋，於是他終於出擊；馬里諾說得越多聽起來就越蠢，史卡佩塔眞希望他們兩人不要再表現得像青少年一樣了。

「既然你們要討論這種可能性，也許他們是故意讓我們找到那支錶，因爲裡面的資料都是錯的。」馬里諾說。

「『他們』是誰？」班頓的聲音透露出明顯的不悅。

馬里諾不再認爲他有權爲自己辯護，而班頓已不再假裝他原諒了馬里諾，彷彿一年半前發生在查爾斯頓的是他們之間的事，和史卡佩塔無關。典型的傷害罪，她早就放下了，但其他的人還沒有。

「我不知道，可是老實說，我們不該排除任何的可能性，」馬里諾具侵略性的音量充滿班頓狹小的私人空間，「這一行做得越久就越應該學著維持開放的心態。這個國家有各式各樣的恐怖主義、反恐怖主義、間諜、反間諜、俄國人、北韓，一堆狗屁倒灶的事，應有盡有。」

「我並不想進一步研究中央情報局這個可能性，」伯格一本正經的說，這段對話的轉折令她耐性盡失，「毫無證據顯示我們面對的是由組織下令的命案，有政治動機、或與恐怖主義、間諜有關。事實上，充分的證據顯示正好相反。」

「我想請教現場屍體的位置，」邦奈爾警探的語氣溫和、充滿自信，偶爾有些彆扭、難以解讀，「史卡佩塔醫師，妳是否看到任何跡象顯示她可能被拉著手臂或被拖行？我覺得屍體的姿勢很奇怪，幾乎有點荒謬，好像她在跳〈一同歡慶吧〉，她的雙腿像青蛙一樣彎曲，雙手舉高。我知道也許聽起來很奇怪，但我第一次看到她的時候的確想到這一點。」

班頓看著電腦上的犯罪現場照片，在史卡佩塔還沒開口前就回答，「屍體的姿勢傳達出的是一種羞辱與嘲弄，」他按下更多照片，「她被棄屍的方式明顯看出性意味濃厚，目的是爲了表達輕蔑與震驚的效果。凶手不但沒有試圖遮掩屍體，反而完全相反，她的姿勢是刻意安排的。」

「除了妳所描述的姿勢之外，並沒有證據顯示她被拖行，」史卡佩塔回答邦奈爾的問題，「背部沒有摩擦的痕跡，手腕沒有瘀青。但妳得記得，她不會對傷勢有生命反應，就算死後被拉著手腕拖行也不會出現瘀青。除了頭部的傷勢之外，她的主要身體部位傷勢很少。」

「讓我們假設妳說她已經死了一段時間這一點是成立的，」開口的是伯格，她的聲音從班頓用來開電話會議的時髦黑色喇叭強而有力的傳出，「我認爲針對這一點也許有其他的解釋。」

「也就是我們知道人體死後產生的變化，」史卡佩塔說，「冷卻的速度有多快，循環的血液因重力而垂積於低處，看起來是什麼樣子，由於三磷酸腺苷的降低，肌肉僵硬的特性。」

「可是還是有例外，」伯格說，「衆所周知的是，這些與死亡時間有關的生理現象可能由於死者生前正在做的事而有極大的差異，如氣候、屍體大小、死者的穿著，甚至可能服用的藥物，我說的對嗎？」

「死亡時間並非精確的科學，」對於伯格與她爭辯，史卡佩塔絲毫不感到意外。眞相使得一切變得無止盡的困難，此處即爲一例。

「那麼多妮的屍僵和屍斑似乎進展的很快這一點就可能有其他的解釋，」伯格說，「比如說，也許當加害者從她背後攻擊的時候她正用很多力氣，在跑步，也許跑步遠離她的加害者。這難道不能視爲屍僵進展異常快速的因素嗎？或甚至立即性的屍僵，也就是屍體痙攣？」

「不，」史卡佩塔回答，「因爲她頭部遭到攻擊之後並沒有立刻死亡，而是存活了一陣子，事實上絕不可能還能活動，她會無法移動，基本上陷入昏迷或垂死邊緣。」

「但我們若是客觀來看，」彷彿在暗示史卡佩塔不客觀，「例如她的屍斑並無法告訴妳確切的死亡時間，很多變數都會影響屍斑。」

「她的屍斑並沒有告訴我確切的死亡時間，只是用來估算，但它的確明確地告訴我屍體被移動過。」史卡佩塔覺得自己彷彿在證人席上，「也許是發生在她被移動到公園的時候。不論這麼做的是誰，那個人可能不知道由於他將她雙手放在這樣的位置，反而提供了明顯矛盾的線索。屍斑形成的時候，她的雙手並非在頭部上方，而是接近兩側，掌心朝下。此外，她的身上並沒有衣服造成的凹痕或痕跡，可是在她的手錶錶帶下方卻有泛白之處，顯示手錶是在屍斑加劇、開始固定之後才戴上去的。我懷疑她死後至少十二小時的時間裡除了手上的手錶之外身體是赤裸的，甚至連襪子都沒穿，因為襪子的鬆緊帶一定會在身上留下痕跡。她的屍體被運到公園之前才被穿上衣服，但襪子被穿反了。」

她解釋冬妮身上符合人體構造的慢跑襪，進而補充加害者事後幫被害人穿衣服時常常會露餡，犯錯，例如衣服穿錯或穿反。在這個案子裡則是無意間將左右穿反。

「為什麼要把手錶留著？」邦奈爾問。

「這件東西對幫她穿衣服的人不重要，」班頓看著螢幕上的現場照片，放大冬妮左手腕上的BioGraph手錶。「除了留著當紀念品之外，取下首飾和除下衣服、暴露出肌膚不一樣之處在於後者是以性為動機的舉動。不過重點在於對加害者而言什麼東西具有象徵意義，帶有性的意涵。不論她的屍體在誰手上，如果她在他手上一天半的時間，表示那個人並不趕時間。」

「凱，我想知道妳是否曾經碰過這種案子，有人只死了八小時，看起來卻像已經死了五倍長的時間？」伯格已經下定決心想盡力引導證人。

「只有屍體開始腐爛的過程急速加劇的例子，例如在非常炎熱的熱帶或亞熱帶環境，」史卡佩塔說，「我在佛羅里達擔任法醫時經常看到加速腐爛的例子，並非不尋常。」

「依照妳的看法，她是在公園受到性侵害，還是也許在車上，然後像班頓描述的被移動、陳列？」伯格問。

「我很好奇，爲什麼是車子？」班頓說，往後靠在椅背上。

「我想丟出可能的情境，她在車上遭到性侵謀殺，然後被棄屍，陳列在屍體被發現的地方。」伯格說。

「我檢查屍體外觀或解剖時都沒有線索告訴我她是在車上遭到攻擊的，」史卡佩塔回答。

「我指的是她若在公園或在地上遭到性侵時會有的傷勢，」伯格說，「我想問的是，在妳的經驗裡，如果有人在硬質表面上遭到性侵，例如地面，那就會有瘀青和擦傷。」

「通常我的發現是如此。」

「相對於在汽車後座遭到性侵，被害人身體底下的表面比鋪著石頭、樹枝和其他垃圾的結冰地面更有彈性。」伯格繼續說。

「我無法從屍體的狀況得知她是否在車上遭到性侵遇害。」史卡佩塔再說一次。

「也許她上了車，頭部遭到重擊，那個人對她性侵，和她在一起一段時間後才將她的屍體丟在被發現的地點。」伯格不是在問，而是在告訴他們，「事實上，她的屍斑、屍僵與溫度的狀況之所以令人迷惑與誤導，是因爲她的屍體近乎全裸地暴露在接近冰點的環境中。如果她眞的不是立刻死亡，也許由於頭部傷勢而拖延了幾個小時，那麼也許這就是屍斑進展如此快速的原因。」

「潔米，這些規則有例外，」史卡佩塔說，「但我不認爲我能提供妳似乎在尋找的例外。」

「凱，我這些年來搜尋過很多相關文獻，也經常在法庭上面對、爭論死亡時間的問題，發現幾件有趣的事。當死者並非立即死亡，而是經過緩慢的死亡過程，如心臟衰竭或癌症時，有些人的屍斑在死亡之前就開始形成。然後，有些記錄顯示某些人的屍僵是立刻形成的。所以假設由於某種因素，多妮的屍僵在她死亡之前就開始發生，由於某個非常不尋常的原因，她的屍僵是立即形成的？我相信這種情況在窒息死亡時也可能發生，而她的頸部的確綁著一條圍巾，除了頭部受到重擊之外顯然也被勒死。她已經死亡的時間難道不可能比妳所假設的還要短很多嗎？也許只有幾個小時？少於八小時？」

「依照我的看法，那是不可能的。」史卡佩塔說。

「邦奈爾警探，」伯格說，「妳有那個錄音檔嗎？也許妳可以用馬里諾的電腦播放，希望我們能用擴音機聽到。這是今天下午大約兩點鐘時打到九一一的電話錄音。」

「我現在就放，」邦奈爾說，「讓我知道你們是否聽得到。」

錄音開始播放時，班頓打開會議電話機的音量：

「九一一勤務中心，請問需要什麼緊急服務？」

「嗯，我要報告今天早上在公園被發現的那個小姐，公園北側一百街和十街的交叉口？」那個男子的聲音很緊張、害怕，聽起來很年輕。

「你指的是哪個小姐？」

「那個小姐，嗯，那個被謀殺的慢跑者，我在新聞聽到……」

「先生，請問這是緊急事件嗎？」

「我覺得是的，因爲我看到，我覺得我看到是誰做的。我今天早上五點開車經過那附近，看到一輛黃色計程車靠邊停車，一個男的幫一個看起來喝醉酒的女生下車。我本來以爲那是她的男友，他們出去一整晚，我沒有仔細看清楚，天色很暗、有霧。」

「是黃色計程車嗎？」

「然後她好像，喝醉酒還是昏過去，發生得很快，像我說的，天色很暗，起霧朦朦朧朧的，視線不是很清楚。我朝向第五大道開過去時看了一眼。我沒有理由減速，可是我知道自己看到什麼，絕對是黃色計程車。車頂的燈關著，就像有人坐車。」

「你有看到車牌號碼或漆在車門上的識別號碼嗎？」

「沒有，沒有，我沒有理由去看，嗯，可是我在新聞上看到，他們說是個慢跑者，我記得這個小姐看起來好像穿著某種慢跑裝。紅色領巾什麼的？我覺得好像看到她脖子上有紅色的東西，她穿著淺色毛衣或類似的衣服，但不是外套，因爲當時我馬上注意到她看起來好像穿的不是很保暖。根據他們說她被發現的時間，嗯，距離我開車經過那裡不是很久……」

錄音檔停止。

「調度中心聯絡我，我和這位先生通過電話，也會親自追蹤，我們在他那裡有所突破。」邦奈爾說。

史卡佩塔眼前出現她從冬妮．達里安頭髮取得的黃色油漆碎片，就在頭部傷口附近。她記得在停屍間的顯微鏡底下觀察那片油漆碎片時，覺得那顏色讓她想到法國芥末醬和黃色計程車。

「哈維．法利，二十九歲，在布魯克林的克萊恩藥廠擔任企畫經理，在布魯克林有一間公寓，」邦奈爾繼續說，「她的女友的確在曼哈頓的晨邊高地區有個公寓。」

史卡佩塔當然不知道那油漆來自汽車。有可能來自建築物、煙霧、工具、單車、路標，什麼都有可能。

「他告訴我的供詞吻合他在九一一報案電話裡說的，」邦奈爾說，「他在女友家過夜後開車回家，朝著第五大道，打算穿過五十九街到皇后區大橋才來得及上班。」

這樣一來伯格不願接受史卡佩塔所相信的死亡時間就很合理了。如果計程車司機是凶手，比較有可能的情況是他開車時看到昨天深夜也許正在步行或慢跑的冬妮。比較不可能的是計程車司機在星期二的某個時間載了她，也許在下午，然後留著她的屍體到今天早上五點鐘才棄屍。

邦奈爾繼續解釋，「他的背景和對我說的供詞都毫無可疑之處。最重要的是，他所描述那名女子的穿著，還有她被扶著下計程車的過程？他怎麼可能知道那些細節？那些細節並沒有公開。」

屍體不會說謊。史卡佩塔提醒自己在早期受訓時所學到的：證據和罪行之間的關係不可倒果為因。不論伯格想相信什麼，不論證人怎麼說，冬妮．達里安不是昨晚被殺的，不是昨天遭到殺害的。

「針對那個據說幫助看起來喝醉酒的女性下計程車的男子，哈維．法利是否提供了更詳細的描述？」班頓發問，抬頭看著天花板，雙手交握，不耐煩地敲著指尖。

「他說對方穿著深色服裝，戴著棒球帽，也許戴眼鏡。他的印象是這個男的很瘦，也許一般身材，」邦奈爾說，「可是由於他沒有減速，還有天氣況狀，他並沒有仔細看清楚。他說由於那個男的跟女的位在計程車和人行道之間，因此計程車擋住了他的視線。如果從一一〇街往東開向第五大道的話，是有可能的。」

「車上有計程車司機嗎？」班頓問。

「他沒有看清楚，但認爲應該有，」邦奈爾回答。

「他爲何會這樣假設？」班頓問。

「右側後座的車門是唯一打開的車門，看起來司機好像還坐在駕駛座，那個男的跟女的坐在後座。哈維說，如果是司機幫女的在那種地點下車，他大概就會停車了，因爲他會以爲那個女的遇上麻煩，不該就這樣把一個酒醉昏迷不醒的女人丟在路邊。」

「聽起來他是在爲自己沒有停車找藉口。」馬里諾說，「他不願意以爲自己看到的其實是計程車司機把受傷或死掉的女人丟在路邊，以爲看到的是外出喝酒一整晚的情侶會讓他好過一點。」

「他在九一一錄音裡描述的地區，」史卡佩塔說，「那裡距離屍體被發現的地點有多遠？」

「大約十公尺，」邦奈爾說。

史卡佩塔告訴他們從冬妮的頭髮發現的鮮黃色油漆碎片，她鼓勵他們不要太在意細節，因爲微物證據都還沒檢驗；她也在冬妮身上發現紅色和黑色的細微碎片。油漆可能是從敲碎冬妮頭蓋骨的凶器轉移過去的，但也可能來自其他的物品。

「如果她眞的在黃色計程車上，怎麼可能已經死了三十六小時？」馬里諾開口問明顯的問題。

「那麼殺死她的凶手一定是計程車司機，」邦奈爾的回答充滿自信，比他們任何人目前應有的自信都還要強烈，「不論你們的看法爲何，如果哈維說的是眞的，那她一定是昨晚被計程車司機載走，殺死，今早再把她棄屍在公園裡。如果史卡佩塔醫師對於死亡時間的見解是對的，那就是他把她的屍體留著一段時間後棄屍。那輛黃色計程車司機可以將冬妮·達里安與漢娜·史塔爾拉上關係。」

史卡佩塔早就在等這個假設出現。

「最後一次有人看到漢娜·史塔爾時她就是搭上一輛黃色計程車，」邦奈爾補充。

「我完全不打算將冬妮的案子跟漢娜·史塔爾相提並論，」伯格說。

「問題是，我們如果不說什麼卻又再次發生的話，」邦奈爾說，「我們手上就會有三件命案。」

「我目前不打算做這樣的連結，」伯格的話是警告：其他人也別想公開做出這種連結。

「不一定是我怎麼想的問題，也不是漢娜．史塔爾的案子，」伯格繼續說，「她的失蹤還有其他因素，我調查的許多線索顯示她的案子很可能非比尋常，我們也不知道她是否已經死了。」

「我們也不知道是否有別人看到哈維．法利所看到的，」班頓說，抬頭看史卡佩塔，為她說話，「如果其他證人現在做出典型的不找警方卻上電視的事不是很好嗎？萬一這輛黃色計程車的細節洩漏出去，我可不想在CNN或任何媒體的十公里範圍內。」

「我明白。」史卡佩塔說，「不論有沒有，我擔心今晚若沒有出席節目反而會使情況更糟，會加深案子轟動的程度。CNN知道我不會討論多妮．達里安或漢娜．史塔爾的案子，我不討論調查中的案件。」

「我會離遠一點。」班頓充滿寓意的看著她。

「這一點寫在我的合約裡，不會造成問題，」她告訴他。

「我同意凱，要是我的話也會按照既定行程。」伯格說，「臨時取消只會給卡莉．克利斯賓談論的話題。」

7

華納·亞吉醫師坐在英式古董風小套房裡凌亂的床上，窗簾拉著，提供一些隱私。

他的飯店房間周圍都是大樓，窗戶之間的距離很近，使他忍不住想到前妻，當他被迫另外找地方住的時候那種感覺。注意到華盛頓市中心多少公寓有望遠鏡時，他非常震驚，有些只是具有望遠功能的裝飾品，其他則眞的只供觀賞之用。例如，一支放在三角架上的獵戶座望遠鏡置放在躺椅前，並沒有對準河流或公園，而是另一棟高樓。房仲對景觀興奮地說個不停，亞吉則直接看到馬路對面的公寓裡有人光溜溜的走來走去，窗簾沒拉。

在華盛頓特區或紐約這種市內人口密集地區使用望遠鏡或天文望遠鏡，除了監視之外還有什麼目的？除非是偷窺。遲鈍的鄰居換衣服、性行爲、爭吵打架、沐浴、蹲馬桶。如果人們以爲在家或飯店房間就有隱私的話，就需要三思。性侵加害者、強盜、恐怖分子、政府——別讓他們看到你，別讓他們聽見你。確定他們沒在看，確定他們沒在聽。他們看不到你、聽不到你的話就抓不到你的把柄。每個路口的安全監視器、汽車追蹤、隱藏式攝影機、聲音放大器、偷聽，在陌生人最脆弱、最羞辱的時刻觀察他們。只要一點點情報落入不當人士手裡就可能改變一生。要玩這個遊戲的話就得先發制人，亞吉從不讓百葉窗或窗簾開著，就算是白天也一樣。

「你知道最好的安全系統是什麼嗎？百葉窗，」他在職業生涯中都提供這個建議。

這正是他對卡莉．克利斯賓說的話，再眞實不過。他們第一次見面是在魯伯．史塔爾的晚宴上，當時她是白宮新聞秘書，亞吉是橫跨許多領域的諮詢師，不只是聯邦調查局。那是二〇〇〇年，她眞是個十足的美女，漂亮的不得了，火焰般的紅髮，尖銳、聰明，當說話的對象不是記者，可以說出眞心話的時候像個貓鵲。他們不知怎麼來到魯伯．史塔爾的珍本圖書館，仔細研究亞吉最喜歡的主題的大部頭舊書，會飛的異教徒西蒙．馬吉斯和會飛的聖徒聖若瑟．古白定，他們無可置疑地具有漂浮的能力。亞吉介紹她看法蘭茲．安東．梅茲梅爾，解釋動物磁力學的療效，還有布萊德和伯恩罕，以及他們在催眠和神經質睡眠的理論。

相較於卡莉對新聞業的熱情，她對這些超自然現象比較沒興趣，不過對書架上的相簿比較有興趣是正常的：這些相簿都用佛羅倫斯皮革裝訂，亞吉稱呼這是珍本圖書館裡最受歡迎的一區，魯伯稱之爲朋友的無賴藝廊。在那棟大宅三樓的房間裡，亞吉和卡莉兩人並肩而坐、指出他們認得的人，花了很多時間嘲諷、研究這些拍攝於數十年間的照片。

「錢能買到什麼朋友眞是令人驚訝，他還覺得他們是眞正的朋友。如果我能讓自己同情一個他媽的億萬富翁，我會對這一點感到難過。」亞吉說話的對象誰都不信任，因爲她沒有道德意識，和魯伯．史塔爾可能認識的任何人都一樣，盡可能利用他人。

只是，魯伯從來沒有幫卡莉賺過一毛錢，跟亞吉一樣，她只是爲其他賓客所設的景點。若是沒有至少一百萬的身家，根本沒辦法在魯伯的特別俱樂部接受面試。不過如果他喜歡你，覺得你具有娛樂性的話就會邀請你參加晚宴、派對，娛樂他眞正的客人，有錢的投資客：演員、職業運動員與華爾街最新的巫師會來到公園大道的豪宅，這個讓魯伯更富有的榮幸使他們有機會認識其他擁有並非現金資產的名人，政治人物、電視主播、報紙專欄作家、鑑識專家、法庭律師——可能新聞上看到的任何一個人，或有一、兩個好故事符合魯伯想打動的人的背景。他會先研究潛在客戶，找到能打動他們的東西，再招募這些人。他不用認識你也能把你放在他的B級賓客名單裡。你會收到信件或電話：魯伯．史塔爾邀請你大駕光臨。

「就像丟花生給大象，」在他永遠不會忘記的那一夜，亞吉這樣告訴卡莉，「我們就是花生，他們是大象，就算我們活到跟大象一樣老也永遠不會是重量級人物。不公平的諷刺之處在於，這些大象還不到加入馬戲團的年紀，看看這一個，」他拍拍照片上那個非常漂亮的女孩，她大膽地瞪著鏡頭，手臂攬著魯伯，上面寫的年份是一九九六年。

「一定是某個年輕女演員，」卡莉想弄清楚是哪一個。

「再猜一次。」

「她是誰？」卡莉問，「她漂亮的方式比較不一樣，像非常漂亮的男生。也許是個男生。不，我覺得有看到胸部，對。」她翻頁時把亞吉的手拿開，稍微嚇到他，「這裡還有一張，絕對不是男生。哇，如果不看她的藍波打扮和化妝的話，其實她真的很漂亮。身材很棒，像運動員。我在想到底在哪裡見過她。」

「妳沒見過她，而且也絕對猜不到。」他把手放回原位，希望她可能會再移動一次，「給妳個暗示，聯邦調查局。」

「能被放在史塔爾這個收藏裡的一定是犯罪組織成員，」彷彿人類和魯伯寶貴的古董車沒什麼兩樣，「遊走於法律的另一邊。如果她非常有錢的話，只可能跟聯邦調查局是這種關係。除非她像我們一樣，」也就是B級賓客。

「她跟我們不一樣，她買得起這棟豪宅，買完還剩很多錢。」

「她到底是誰？」

「露西．費里奈利，」亞吉找到另一張照片，露西在史塔爾的地下車庫，坐在一輛杜森伯古董車的駕駛座上，似乎打算弄清楚這輛她會毫不猶豫開動的無價古董雙人轎車，也許那一天或某一天，她到史塔爾的帳房數錢時的確開出去了。

亞吉並不知道。他從未和露西同時去過那間豪宅，簡單的理由是亞吉是最不可能受邀娛樂或取悅她的人。至少她會記得在匡提科遇過他，她在匡提科以優異高中生的身分協助設計犯罪偵查人工智慧網路的程式，聯邦調查局簡稱為「該隱」（CAIN）。

「好，我知道這是誰了。」卡莉發現露西和史卡佩塔之間的關係後又變得很好奇，尤其是和班頓．衛斯理的關係。他身材高大，如斧鑿的雕像般英俊。「她就是〈沉默的羔羊〉裡那個角色的原形，」她是這麼說的，「他叫什麼名字，扮演克勞佛的那一個。」

「根本就是狗屁，電影拍攝的時候班頓根本就不在匡提科，而是出外勤辦案，他自己也會這麼跟你說，那麼傲慢的混蛋。」亞吉說，不只是怒火中燒，還感覺到其他的不安。

「所以你認識他們。」她覺得很了不起。

「我認識他們那一整幫人，他們頂多知道我，也許只聽過我的名字而已。我跟他們不是朋友，嗯，除了班頓之外，他對我很熟悉，人生與其功能失調的交互關係。班頓上了凱，凱愛露西，班頓幫露西在聯邦調查局弄到實習工作，華納吃到苦頭。」

「你爲何吃到苦頭？」

「什麼是人工智慧？」

「眞品的替代品。」她說。

「妳看，如果戴這個的話可能有點難，」碰碰他的助聽器。

「你似乎可以很清楚聽到我說的話，所以我不知道你是什麼意思。」

「這樣說吧，如果不是出現了電腦系統取代的話，我也許本來會被賦予某些任務，一些機會。」他說。

也許是受到非常美味的波爾多葡萄酒影響，他開始告訴卡莉自己那毫無成就感又不公平的事業，以及造成的影響。人們和他們的問題，警察和他們的壓力、創傷，最慘的是那些幹員，他們不可以有問題，不可以把自己當作人，一切都必須以聯邦調查局爲優先，被迫向調查局任命的心理學家或治療師傾訴。照顧、安撫、很少被問到刑案，如果是轟動的案子更是從來不會提及。他用一九八五年發生在維吉尼亞州匡提科聯邦調查局學院的事件解釋自己的意思，名爲普易特的副局長告訴亞吉，聾子不可能進入最嚴格的監獄進行訪問。雇用戴助聽器讀唇語的鑑識心理學家本來就有風險，講白一點，調查局才不會用一個可能誤解暴力犯說的話，或者得不斷要求他們重複的人。要是他們誤解亞吉對他們說的話呢？要是他們誤解他做的事、手勢，他雙腿交叉或歪頭的方式呢？要是某個剛剛將女人分屍、挖出眼睛的偏執思覺失調者不喜歡亞吉瞪著他的嘴唇呢？

此刻，亞吉終於知道聯邦調查局是怎麼看待他，在他們眼裡，他永遠都是殘障人士，不完美，不夠威風凜凜。重要的不是他評估連續殺人犯和殺手的能力，而是外表，他呈現在偉大的調查局前的方式。重要的是他令人難堪。亞吉說他理解普易特的立場，當然會盡力配合聯邦調查局的需要。這是唯一的方法，否則免談。而亞吉一直想進入聯邦調查局的核心，從他還是個虛弱的小男孩時就玩官兵捉強盜的遊戲，扮演軍隊和黑幫老大卡邦，發射他幾乎聽不到的玩具槍。

他被通知調查局可以雇用他從事內部工作，基本上在重要事件、壓力管理、臥底保護小組等方面為執法單位提供心理服務，特別加強從深入臥底出來的幹員。混在其中的還有管理階層的特別幹員和心理檔案側寫員。由於行為科學小組的訓練和發展相對來說還比較新，調查局應該更關心檔案側寫員經常接觸到的資料，以及是否干擾情報蒐集與任務的成效。在這單邊對談的某個時間點，亞吉問普易特聯邦調查局是否曾考慮讓罪犯自行做紙上評估，因為他可以幫忙。如果他能拿到偵訊謄本、評估報告、犯罪現場、解剖照片或整個案件檔案等原始資料，他就能消化分析，做出有意義的資料庫，讓自己成為他應該成為的資料來源。

當然，這和殺人兇手坐下來面對面不一樣，但至少比當個病床禮儀良好的南丁格爾好多了。不但只能扮演支援角色，還得眼睜睜看著帶來滿足感、認可、回饋的正經工作，被交給那些訓練、才智或洞察力都比不上他的次等人，像班頓．衛斯理這樣的次等人。

「當然，如果有人工智慧，如果有『該隱』系統就不需要人工資料分析，」他們看著魯伯．史塔爾圖書館裡的照片，亞吉這麼告訴卡莉。「到了九〇年代早期，統計計算和不同的分類分析方法已經自動化，我所有的努力都輸入到露西俏皮的人工智慧環境裡。如果我繼續原本的工作，就像伊萊．惠特尼發明了軋棉機之後還在用手工清除棉籽。我回到評估幹員的工作，在他媽的聯邦調查局眼裡，我只配做這種工作。」

「當我知道自己的想法被美國總統拿去當成自己的功勞時，可以想像我的感受，」一如往常，卡莉把話題轉到自己身上。

當其他賓客在幾層樓外盡情享受派對時，他帶她參觀豪宅，在一間客房裡帶她上床，很清楚使她興奮的來源並不是他，而是性與暴力、權力與金錢、以及他們的對話，關於班頓、史卡佩塔和露西，以及任何被他們蠱惑的一群人。事後，卡莉不想再有瓜葛，但亞吉還想要更多，想跟她在一起，想在接下來的人生裡永遠跟她做愛。她終於叫他不要再寫電子郵件，不要再留言給她時，為時已晚，傷害已經造成。他無法確定誰不小心聽到他的談話內容，或是他講得有多大聲。只需要一個不小心，他在卡莉的手機留言時老婆剛好在關起的辦公室門外，正要拿三明治和茶進來，這樣就夠了。

他的婚姻很快結束，他和卡莉維持偶爾的長距離聯絡，大多是他從新聞得知她轉到某個媒體單位。大約將近一年前，他在新聞讀到關於〈克利斯賓報告〉的企畫報導，將節目設定為難纏的新聞報導，加入執法單位的討論，著重在當前的案件，並接受觀眾扣應。亞吉決定聯絡她，也許提出不只一個的提案。他很孤單，並沒有放下她。坦白說，他需要錢，因為他的一般諮詢服務生意欠佳，跟聯邦調查局的關係也斷了，這個情形也部分導致班頓和調查局的關係破裂，有些認為這些關係很麻煩，其他人則認為具有破壞性。過去五年來，亞吉的行動將他帶到各地，大多只是為企業、個人、機構擔任酬勞少得可憐的清道夫，以操弄顧客、客戶、病人、警方而獲取極大利益。他不在乎對象是誰。亞吉不斷向那些比他不如的人鞠躬哈腰，不斷旅行，常去法國，深深陷入看不見的深淵，債務與絕望。然後他遇到卡莉，她和他一樣不年輕了，未來同樣危機重重。

擔任她這個職位最重要的就是資訊的取得。他努力說服她，她將會面臨的問題在於，節目成功所需要的專家不會自願出現在鏡頭前。好人不開口，也不能，或是像史卡佩塔，他們有合約，你連問都不敢問。可是亞吉告訴她，妳可以說，那是他教卡莉的秘密。帶著你需要知道的資料來到現場，不要用問的，而是說出來。他可以在幕後尋找、蒐集資料，提供劇本給她，讓她最新的重大消息可以得到支援、證實，或至少不會遭到反駁。

當然，他很樂意在她需要時跟她一起上節目，他指出這是史無前例。他從沒上過鏡頭也沒拍過照片，鮮少接受採訪，他沒說的是因為他從未受邀過，她也沒有明說她知道那是理由。卡莉並不是什麼正派的人，他也不是，但她已經盡可能對他友善。他們忍受彼此，形成一種節奏，一種專業陰謀的和諧，但尚未更進一步。如今，他已經接受他們在史塔爾豪宅裡的波爾多之夜不會重演。

那不是巧合，因為他不相信巧合。他不相信一開始讓他和卡莉相遇的目的是注定做出更大的事業。她不相信超感官能力或鬧鬼，不發送也不接收心電感應，任何可能發送過來的訊息都被感官噪音所掩蓋。可是她信任史塔爾家的心靈感應，尤其是魯伯的女兒漢娜。當她失蹤時，他們立刻抓住這個機會，這是他們等待已久的案子，是他們應得的，有資格佔爲己有。亞吉認爲這個案子來自從前非隨機存在的關係，是來自漢娜的消息，他在豪宅認識她，將他全神貫注的超自然感官興趣介紹給她，再將她介紹給國內外人士，她嫁給其中一人。在他看來，漢娜失蹤後可能開始傳送心電感應給他，這一點並非不可能。接下來哈維．法利也會傳送心電感應，這一點也並非不可能。不是想法或影像，而是訊息。

該拿他怎麼辦。亞吉非常焦慮，越來越不耐煩，因爲他大約一小時前回覆了哈維的電子郵件，然後就沒有消息了。如果卡莉今晚要公布這條消息，而且是趁解剖冬妮的法醫病理學家在場時，那就沒有等待的奢侈。還有更好的時機嗎？坐在那裡的應該是亞吉才對。還會有更好的時機，可是他沒有受邀，只要史卡佩塔上節目他就不會受邀，他不能在現場或同一棟大樓裡。根據卡莉的說法，她拒絕跟他一起上節目，認爲他不值得信賴。也許，亞吉可以在信賴這一點給史卡佩塔一點教訓，幫卡莉一個忙。他需要記錄謄本。

該如何讓哈維開口，如何讓他講電話，如何搶奪他的訊息。亞吉考慮再寄一次電子郵件給他，附上自己的電話號碼，要求哈維打電話給他，但就算這麼做也不一定有用。唯一能讓亞吉達到目的的方法是讓哈維打網路上的聽障免費電話，可是，哈維會知道他受到第三者監聽，有人同步將他說的每一句話謄寫下來。如果他眞如表面上那麼警覺、受創的話，他不會容許這種事發生。

然而，如果由亞吉這邊主動打電話，那麼哈維就完全不會知道他所說的話被謄寫下來，成為幾乎跟錄音一樣好的證據，但完全合法。亞吉代表卡莉訪問資料來源時經常這麼做，偶爾，當對方抱怨、或聲稱自己沒有說這些話時，卡莉會拿出謄本，裡面沒有亞吉這一邊的對話，只有資料來源說的話，這樣反而更好。如果亞吉的問題和意見沒有顯示在記錄裡，卡莉就可以任意詮釋受訪者的話。大部分的人只想讓自己顯得很重要，並不在乎自己的話是否被錯誤引述，唯一重要的是要把他們的名字說對，適當的時候保持匿名。

亞吉不耐煩的按下筆電的空白鍵喚醒電腦，檢查他的CNN信箱是否有新的電子郵件，沒有一封是他感興趣的。他每五分鐘就檢查一次，但哈維就是沒有回信，這次的不耐與焦慮更加強烈。他重新讀一次哈維稍早寄給他的電子郵件。

親愛的亞吉醫師：

我在〈克利斯賓報告〉節目上看過你，寫信給你並不是為了上節目，我不想受到關注。

我的名字是哈維．法利，我是那宗慢跑命案的證人，我剛剛看到新聞上說死者叫冬妮．達里安，我今天早上開車經過一百一十街的中央公園附近，很肯定看到她從一輛黃色計程車被拉下來。我現在懷疑被拉出來的是她的屍體，就在她的屍體被發現的幾分鐘前。

漢娜．史塔爾最後被看到也是在黃色計程車上。

我將證詞提供給警方一個叫L・A・邦奈爾的調查員，她說我不能將這些話告訴任何人。由於你是鑑識精神科醫師，我相信我能信任你可以聰明運用我所提供的消息，並嚴格保密。

我最關心的顯然是大眾是否需要受到警告，但我不認為該由我來做，而且我也不能這麼做，否則警方會找我麻煩。可是萬一別人受傷或遇害，我永遠無法原諒自己。我已經為了沒有停車而開走感到內疚，我該停下來看看她的，也許為時已晚，可是萬一還沒有呢？這件事真的讓我很難過。我不知道你是否收私人病患，也許將來我需要找人談談。

我要請你正當且適當的處理我的訊息，但請勿揭露我是消息來源。

真誠的，哈維・法利

亞吉按下已傳送資料夾，找到他四十六分鐘前回覆的電子郵件，再看一次，不知道裡面是否有什麼地方使哈維打消回覆的念頭：

哈維：

請給我你的電話號碼，讓我們審慎的處理這件事。同時，我強烈建議你不要跟任何人討論這件事。

僅此問候

華納・亞吉醫師

哈維沒有回答，最可能的答案是因爲他不要亞吉打電話給他。警方要哈維封口，他擔心透露更多訊息，也許後悔一開始就聯絡亞吉，也許哈維過去一小時並沒有檢查他的電子郵件。亞吉在電話簿上找不到哈維．法利的名字，網路上有一個，可是是空號。他大可以回信說謝謝你，或至少確認收到了亞吉的電子郵件，可是哈維卻不理他。他可能無法控制一時衝動，會再聯絡其他人，接下來就會對別人透露重要資訊，然後亞吉又被耍了。

他用遙控器指著電視按下電源鍵，電視閃了一下出現CNN，廣告宣傳凱．史卡佩塔今晚將出席現場節目。亞吉看看手錶，只剩下不到一小時。一系列的剪輯畫面：史卡佩塔從法醫的白色休旅車下車，肩上背著她的犯罪現場處理包；史卡佩塔穿著白色高密度聚乙烯纖維製成的拋棄式連身服，站在可移動式平台上，爲重大災難準備的巨型附篩選機的牽引式掛車，如民航機失事：史卡佩塔在CNN現場。

「我們需要的是鑑識，而爲此前來的就是我們的凱．史卡佩塔醫師，在電視上提供最佳鑑識意見，就在CNN。」緊接著主播最近常說的標準用詞之後的是她接受訪問。這些話一直在亞吉的腦海裡迴盪，彷彿他在臥室裡聽到，看著電視上靜音的廣告。史卡佩塔和她的鑑識解決了大問題。亞吉看著她的影像，卡莉的影像，三十秒的空檔廣告今晚的節目，亞吉應該上的節目。卡莉對收視率很抓狂，很肯定如果沒有重大改變的話，她撐不到下一季。如果她的節目被取消，亞吉又該做什麼？他是個被豢養的男人，被低道德標準、卡莉豢養，卡莉對他的感覺和他對她不同。如果節目無法繼續存在，他也不會。

亞吉下了床，從浴室洗手台拿他的耳道式助聽器，看著鏡子裡蓄著鬍子的面孔，髮線倒退的白髮，回瞪著他的這個人既熟悉又陌生。他既認識自己，又不認識。你到底是誰？他打開抽屜，注意到剪刀和刮鬍刀，把它們放在一條開始發酸的小毛巾上，打開助聽器。電話鈴聲在響，又有人抱怨電視的音量了。他轉低音量，CNN從原本幾乎分不出的背景雜音變成聽力正常者聽起來大聲又刺耳的普通高分貝。他回到床上開始準備，拿出兩支手機，一支摩托羅拉手機用的是他名下的華盛頓特區號碼，另一支是他花了十五塊在時代廣場專賣觀光客的電子產品店買來的拋棄式手機。

他把助聽器的藍芽遙控和摩托羅拉手機配對，在筆電登入網路版的電話聽打服務。他按下螢幕上方的「來電」，鍵入特區那支電話的號碼，再用那支拋棄式手機撥打這個服務的免付費電話，等到語音指示時，他鍵入要想撥打的十個號碼，也就是他的特區手機號碼，然後出現嗶一聲。

他用右手的拋棄式電話打電話給左手的摩托羅拉手機，電話響了，他接聽，壓在左耳上。

「喂？」他用普通的深沉聲音說，既愉快又令人安心。

「我是哈維，」緊張的高音，年輕人的聲音，很難過的人，「你是一個人嗎？」

「對，我是一個人，你好嗎？你聽起來好像很苦惱。」亞吉說。

「我眞希望我沒看到，」男高音的聲音顫抖地說，彷彿要哭出來，「你明白嗎？我並不想看到那樣的事，介入那種事。我該停下車的，我該想辦法幫忙。萬一我看到她被拖下黃色計程車的時候她還活著呢？

「告訴我你究竟看到什麼。」

亞吉理智、理性且舒服地融入他精神科醫師的角色，來回把手機換到左耳，讓他跟自己的對話同步被他從未見面或交談，只知道是五六二二號聽打員聽打出來。粗體黑色文字出現在亞吉電腦螢幕的網路瀏覽器上，他用兩個聲音在兩支電話上說話，偶爾插入咕噥聲和噪音，模仿電話線路不佳，讓聽打員只聽打假扮的哈維．法利的對話：

「……那個調查員跟我說話的時候，她說警方知道漢娜．史塔爾已經死了，因為採集到的毛髮，已經腐化的頭髮（不清楚），從哪裡？呃，她沒有，那個調查員沒有說。也許他們已經知道計程車司機的事，因為漢娜被看到上了計程車？也許他們知道很多，只是由於牽涉的含意所以沒有公開，對市政府來說會很糟。對，沒錯，錢。（不清楚）不過，如果在計程車上發現漢娜腐爛的頭髮，卻沒有人公開這件事，（不清楚），很糟，真的很糟。（不清楚），我告訴你，我聽不清楚（不清楚），反正我不該說出來，我真的很害怕，我要掛斷了。」

華納．亞吉結束通話，選取那段文字後複製到剪貼簿，再貼到文件檔裡。他用電子郵件傳送這個附件，幾秒鐘之後就會出現在卡莉的iPhone上。

卡莉：

附上一名證人剛剛在電話訪問中告訴我的。一如往常：不可出版或公開，因為我們必須保護消息來源。萬一節目受到質疑，我以此聽打謄本證明。——華納

他按下傳送鍵。

〈克利斯賓報告〉的現場布置使她聯想到黑洞。黑色隔音磚，黑色地板上的一張黑色桌子，幾張黑椅，上方是鐵軌般交錯漆成黑色的燈光架。史卡佩塔猜這暗示著CNN的風格，也就是處理嚴肅議題的嚴謹與可信度高的戲劇，卻剛好是卡莉．克利斯賓無法提供的。

「DNA並不是靈丹妙藥，」史卡佩塔在現場節目上說，「有時候甚至不重要。」

「我很震驚，」卡莉今晚表情特別生動，她身穿鮮豔的粉紅色，和棕色頭髮撞色，「鑑識科學裡最受信任的人居然不相信DNA的重要性？」

「卡莉，我並不是那個意思。我想強調的是我過去二十年來一直強調的：DNA並不是唯一的證據，不能取代詳盡調查的地位。」

「大家聽聽看！」卡莉的臉上是整出來的豐唇，由於肉毒桿菌而表情僵硬，她瞪著鏡頭說，「DNA不重要。」

「再說一次，我不是這個意思。」

「史卡佩塔醫生，我們老實說吧，DNA很重要，事實上，DNA可能是漢娜．史塔爾案裡最重要的證據。」

「卡莉……？」

「我不會問妳這個案子，」卡莉舉手打斷她，嘗試新的策略，「我只是用漢娜．史塔爾舉例，DNA可以證明她死了。」

攝影棚內的螢幕上出現一張照片：漢娜．史塔爾的這張照片在過去幾星期來出現在各個媒體上，赤腳、美麗的她身穿白色低胸洋裝，在沙灘旁的人行道上露出沉思的微笑，背景是棕櫚樹和顏色深淺不一的藍色大海。

「刑事司法系統裡很多人已經決定這是事實，」克利斯賓繼續說，「就算妳不打算公開承認，不承認這個眞相，」──她開始聽起來帶著控訴的意味──「妳容許危險的結論出現。如果她死了，難道我們不應該知道嗎？她可憐的丈夫巴比．富勒不應該知道嗎？難道不該展開正式的刑事調查，取得拘票？」

螢幕上出現另一張已經出現數週的照片：巴比．富勒和他美白牙齒的微笑，穿著網球裝的他坐在價值四十萬美金的紅色保時捷卡列拉跑車駕駛座上。

「史卡佩塔醫師，是不是眞的？」卡莉說，「理論上，DNA不是可以證明某人死掉了嗎？如果從某個地點採集到他們毛髮的DNA，例如車上？」

「DNA無法證明人是否已經死了，」史卡佩塔說，「DNA只能證明身分。」

「比如說，DNA可以告訴我們在車上找到的毛髮來源是漢娜。」

「我不評論這一點。」

「DNA可以進一步告訴我們她的毛髮是否有腐爛的痕跡。」

「我不能討論這件案子的任何細節。」

「不能還是不願意？」卡莉說，「妳不想讓我們知道的是什麼？也許是不利的眞相，像妳這樣的專家也可能弄錯漢娜．史塔爾眞正的處境？」

螢幕上出現另一張不斷回收使用的照片：漢娜穿著杜嘉班納名牌套裝，金色長髮往後梳，戴著眼鏡，坐在眺望哈德遜河的角落辦公室裡俾德麥時期的辦公桌後方。

「她悲劇性的失蹤可能與包括妳在內的大家所假設的完全不同，」卡莉把她的質疑當成事實陳述，帶著李．貝利交叉詰問的語調。

「卡莉，我是紐約市法醫，我很確定妳明白我爲何不能加入這個討論。」

「技術上妳接受的是私人聘僱，並不是紐約市的員工。」

「我是員工，直屬紐約市首席法醫辦公室，」史卡佩塔說。

另一張照片：紐約市首席法醫辦公室一九五〇年代的藍磚門面。

「我相信新聞報導過妳做的是免費公衆服務，妳將時間捐給紐約市政府，」卡莉轉向鏡頭，「對於那些可能不清楚的觀衆，讓我解釋一下，凱．史卡佩塔醫師是麻州的法醫，但也免費在紐約市法醫辦公室兼職。」對史卡佩塔說，「不過我並不是完全明白妳如何能同時爲紐約市和麻州州政府工作。」

史卡佩塔沒有解除她的疑問。

卡莉拿起一支鉛筆彷彿要抄筆記，然後她說，「史卡佩塔醫師，妳說妳不能談論漢娜·史塔爾這件案子正是因爲妳相信她已經死了。如果妳不相信她已經死了，妳就可以對自己的意見暢所欲言，她死了才會變成妳的案子。」

並非如此。必要時，法醫病理學家也會檢查活著的病人，或參與假設死亡的失蹤人口案件。不過史卡佩塔不打算澄清。

她說的是，「討論任何調查中或尚未裁定的案件細節都是不恰當的。卡莉，我同意今晚在妳的節目裡針對鑑識證據做一般性的討論，尤其是微物證據，其中最普遍的就是毛髮的顯微分析。」

「很好，讓我們討論微物證據，討論毛髮。」她用鉛筆敲著文件，「毛髮的測試可以證實毛髮是死後才脫落的，這一點是眞的，對不對？比如毛髮在被用來載運屍體的車上被發現？」

「DNA不會告訴你某人死了，」史卡佩塔重複說明。

「那假設來說，如果證實是漢娜的毛髮在某處被發現，例如汽車上，那毛髮能告訴我們什麼？」

「我們何不討論一般性的顯微毛髮檢驗？因爲這是妳我同意今晚討論的內容。」

「那就一般性來說，」卡莉說，「請告訴我們，妳如何能決定毛髮是來自死人。妳在某處找到毛髮，例如在車上，妳如何判斷那個人的毛髮脫落時是死是活？」

「死後的髮根損害或缺乏髮根損害可以告訴我們這頭髮由活人或死人身上脫落。」史卡佩塔回答。

「那正是我的重點。」她像節拍器一樣敲著鉛筆，「根據我的消息來源，漢娜．史塔爾案採集到的毛髮絕對顯示妳所提及，與死亡和腐爛相關的損害證據。」

史卡佩塔完全不知道卡莉在說什麼，不尋常的很想知道她是否把漢娜．史塔爾案的細節跟失蹤兒童凱麗．安東尼的細節搞混了，據說後者家用汽車後車廂發現的頭髮有腐爛的跡象。

「那麼，如果一個人沒有死，她的毛髮卻呈現死後的毛髮損害，妳如何解釋？」卡莉瞪著史卡佩塔的眼神彷彿永遠都處於大吃一驚的狀態。

「我不知道妳所謂的『受損』是什麼意思，」史卡佩塔說，想到她應該立刻走人。

「例如受到蟲的損害，」卡莉大聲敲著鉛筆，「資料來源告訴我，漢娜．史塔爾案所發現的毛髮受到損害，是那種死後才會出現的損害，」她對著鏡頭，「這個消息尚未對大眾公開，我們第一次在這裡，在我的節目裡討論。」

「昆蟲損害不一定表示毛髮脫落的主人已經死了，」史卡佩塔回答問題，避開漢娜．史塔爾，「如果妳在家裡、車上、車庫裡自然落髮的話，頭髮有可能、也很可能受到昆蟲的損害。」

「也許妳可以向觀眾解釋昆蟲如何損害毛髮。」

「他們會吃毛髮，在顯微鏡底下看得到咬痕，如果發現的毛髮有這種損害的證據，通常會假設毛髮並不是最近脫落的。」

「繼而假設那個人已經死了，」卡莉用鉛筆指著她。

「光是這個發現並不能做出這樣的結論。」

螢幕上出現兩根人類頭髮在顯微鏡底下放大五十倍的影像。

「好，史卡佩塔醫師，我們這邊有妳要求我們播放給觀衆看的影像，」卡莉宣布，「請仔細告訴我們，我們看到的是什麼。」

「死後的髮根帶根鞘，」史卡佩塔解釋，「或者，卓越的微物證據專家尼克．佩塔科稱之爲毛幹最接近髮根處一群平行細長氣泡所形成的不透明橢圓形帶狀物。」

「哇，可以請妳幫觀衆翻譯一下嗎？」

「在妳現在看的這張照片裡是球狀根部的深色地帶，看到深色帶狀物嗎？可以說這樣的現象不會出現在活人身上。」

「我們看到的這些是漢娜．史塔爾的毛髮，」卡莉說。

「不是，當然不是。」她走人的話只會使情況更糟。史卡佩塔告訴自己，把這件事做完。

「不是嗎？」戲劇性的停頓，「那麼這是誰的毛髮？」

「我只是舉例毛髮顯微分析可以告訴我們什麼而已。」史卡佩塔回答，彷彿這個問題很合理，但其實絕對不是。卡莉非常清楚這並不是漢娜．史塔爾案子的毛髮，她很清楚這只是史卡佩塔在法醫調查員死因調查學校做例行演講時使用的一般影像而已。

「這不是漢娜的毛髮，而且跟她的失蹤無關？」

「這是範例。」

「嗯，我猜他們說『史卡佩塔原則』就是這個意思，妳從帽子裡變出戲法支持妳的理論，顯然就是漢娜已經死了，也就是為什麼妳給我們看死人脫落的毛髮。嗯，我同意，史卡佩塔醫師，」卡莉緩慢而強調的說，「我相信漢娜．史塔爾已經死了，我相信她的死可能與那位在中央公園遭到殘暴謀殺的慢跑者冬妮．達里安有關。」

螢幕上出現冬妮．達里安穿著緊身褲和短襯衫的照片，背景是保齡球館；另一張照片是她在犯罪現場的屍體。

見鬼了，那張照片是哪裡來的？史卡佩塔並沒有表現出驚訝之意。卡莉怎麼拿到犯罪現場照片的？

「一如我們所知，」卡莉．克利斯賓對著鏡頭說，「我有我的消息來源，有時無法透露他們的身分細節，可是我可以證實這個消息。可以說，我的消息來源指出至少有一名證人曾經向紐約市警局報告，今天早上冬妮．達里安的屍體被看到從一輛黃色計程車拖下車，顯然一名計程車司機正在將她的屍體拉出他的黃色計程車。史卡佩塔醫師，妳知道這件事嗎？」敲鉛筆的節奏變慢了。

「我也不能針對冬妮．達里安的調查發表意見，」史卡佩塔努力不要被犯罪現場照片吸引注意力，看起來很像首席法醫辦公室的法醫調查員今天早上拍的照片。

「妳的意思是說有內容可以討論。」卡莉說。

「我不是那個意思。」

「讓我提醒大家，漢娜·史塔爾最後一次被看到是在感恩節前一天，她和朋友在格林威治村共進晚餐後上了一輛黃色計程車。史卡佩塔醫師，我知道妳不打算討論這件事。可是讓我問妳一個妳應該可以回答的問題。預防工作不也是法醫的職責之一嗎？妳不是應該找出某人的死因，以防止同樣的事再度發生？」

「預防，沒錯。」史卡佩塔說，「爲了預防，有時候我們這些負責公共衛生及公共安全的人對於發出什麼樣的訊息得非常謹愼。」

「嗯，讓我問妳這一點。爲什麼知道紐約市是否可能有一個開著黃色計程車的連續殺人犯在尋找下一個被害人不符合大眾的最佳利益？史卡佩塔醫師，如果妳接觸得到這樣的情報，難道不應該公開嗎？」

「如果消息經過查證，能保護大眾，是的，我同意妳的說法，應該公開。」

「那爲什麼沒有公開？」

「我不一定會知道這樣的消息是否應該公開，是否爲眞。」

「妳怎麼可能不知道？妳的停屍間裡有一具屍體，從警方或可靠的消息來源指出可能跟一輛黃色計程車有關，爲了防止其他可憐無辜的女性遭到殘忍的性侵殺害，妳不認爲將這樣的消息傳達給民眾是妳的職責？」

「妳已經偏離我的專業和管轄範圍了，」史卡佩塔回答，「法醫的功用是決定死因和死法，將客觀資訊提供給執法單位。不該期望法醫根據他人獲得的消息，或可能產生的謠言就採取執法行動，或放出所謂的線報。」

提詞機讓卡莉知道有電話進來，史卡佩塔懷疑製作人亞力克斯·巴奇塔可能想轉移討論主題，警告卡莉見好就收。他們已經極盡所能的違反史卡佩塔的合約內容了。

「嗯，我們有很多要討論，」卡莉對觀眾說，「不過，首先讓我們接聽來自底特律的多蒂的來電。多蒂，妳在線上，密西根那邊還好嗎？你們很高興選舉結束了，萬一妳還不知道的話，我們終於被告知進入經濟衰退了。」

「我投給麥坎，我丈夫剛被克萊斯勒資遣，我的名字不是——」史卡佩塔的耳機裡出現沉著的喘息聲。

「妳的問題是什麼？」

「我要問凱問題，妳知道，凱，我覺得和妳很接近，眞希望妳能過來喝杯咖啡，我知道我們會成爲好朋友，我很樂意提供一些妳從其他地方得不到的精神指引——」

「妳的問題是什麼？」卡莉打斷她。

「爲了得知屍體是否已開始腐化，他們可能做什麼樣的測試，我相信最近他們可以用某種機器人測試空氣——」

「我沒聽說過機器人的事，」卡莉又打斷她。

「卡莉，我不是在問妳，我已經不知道該相信什麼了，只知道鑑識科學顯然沒有在矯正這個世界的問題。某天早上，我在讀一篇班頓．衛斯理醫師的文章，他是凱的先生，備受尊崇的鑑識心理學家。根據他的說法，過去二十年來刑案的破案率降低了百分之三十，還會繼續下降。同時，國內大約每三十名成人就有一個在監獄服刑，想像一下如果我們把該抓的都抓到該怎麼辦，要把這些人關在哪裡，又如何負擔得起。凱，我想知道關於機器人的事是否為真。」

「妳指的是一種偵測器，用來當成機械嗅探器或電子鼻，妳說得對，」史卡佩塔說，「的確有這回事，用來取代嗅屍犬以尋找秘密墳墓。」

「卡莉，這個問題是要問妳的，妳這麼平庸又魯莽眞是太可惜了，看看妳自己如何在那天晚上羞辱自己——」

「這不是問題，」卡莉中斷通話，「我們恐怕沒有時間了，」她瞪著鏡頭，整理桌上的紙張，上面只有提示而已，「明天晚上請繼續收看〈克利斯賓報告〉，關於漢娜．史塔爾驚人的失蹤有更多獨家內容。她是否和多妮．達里安的殘忍命案有關，後者受到摧殘的屍體今天早上在中央公園被發現。黃色計程車是失落的那個環節嗎？大衆應該受到警告嗎？明天和我討論的是聯邦調查局前任鑑識心理學家華納．亞吉，他相信這兩名女子都是被暴力的性變態殺死的，這個人也許是紐約市的計程車司機，市府官方也許爲了保護觀光業而隱瞞這個消息，沒錯，觀光業。」

「卡莉，我們下線了，」攝影師的聲音。

「最後關於觀光業那部分有拍到嗎？我該早點掛斷那個女人的電話的，」卡莉對著深色布景說，「我猜有很多觀衆來電。」

一陣沉默之後，有人說，「卡莉，觀光業那段有拍進去，很棒的結尾。」

「嗯，那段應該會讓電話響個不停，」卡莉對史卡佩塔說，「非常感謝妳，今天的節目很棒，妳不覺得很棒嗎？」

「我以為我們有過協議，」史卡佩塔取下耳機。

「我沒有問妳漢娜或冬妮的案子，而是做了陳述。妳不能希望我不理會可靠的消息來源。妳不需要回答任何不願意回答的問題，妳也處理得很完美。妳明晚要不要來？我可以讓妳和華納同時上節目。我要請他撰寫計程車司機的心理側寫檔案。」卡莉說。

「根據什麼理論？」史卡佩塔很衝地說，「某個並非來自實證研究的過時主觀側寫理論？如果華納·亞吉跟妳剛剛公開的消息有關的話，妳麻煩大了。問問妳自己他是如何取得這些消息的。他跟這些案子根本就沾不上邊。我可以明白告訴妳，他從來沒擔任過聯邦調查局的心理檔案側寫員。」

史卡佩塔取下麥克風，從桌前起身，繞過地上的電線獨自走出攝影棚。她來到一道明亮的冗長通道，經過海報大小的照片，包括沃夫·布列茲、南西·葛雷斯、安德森·庫柏、坎蒂·克勞麗等，她很訝異地發現亞力克斯·巴奇塔坐在化妝室的旋轉高椅上。他茫然地瞪著電視，音量降低，他在講電話。她從衣櫃裡的衣架拿出外套。

「……並不是說有任何疑問，可是我同意，對，既成事實。我們不能有這種……我知道，我知道，」亞力克斯對電話那一頭的人說，「我得掛了。」

他身上的襯衫與領帶皺巴巴的，掛電話時臉上表情嚴肅且疲倦。史卡佩塔注意到他修剪整齊的鬍子變白很多，臉上多了皺紋，眼袋更深。卡莉對人就是會造成這種效果。

「別再問我一次，」史卡佩塔對他說。

亞力克斯作勢要她關上門，手機又亮起。

「我不做了。」她繼續說。

「別這麼急，先坐下來。」

「亞力克斯，你們違反了我的合約，更重要的是背叛了我的信任。看在老天的份上，你們從哪裡拿到犯罪現場照片的？」

「卡莉的研究是她自己做的，跟我無關，跟CNN也無關。我們完全不知道卡莉他媽的要說黃色計程車和找到毛髮的事。拜託，希望是真的大頭條，嗯，很棒。不過他媽的最好是真的。」

「你真的希望有個連續殺人凶手在市內開著黃色計程車到處跑？」

「我不是那個意思，拜託，凱。這是個見鬼的蜂窩，電話響個不停。紐約市警局的公共資訊副組長加以否認，嚴正否認。他說發現漢娜．史塔爾死後毛髮這件事毫無根據，完全是狗屁。他說的對嗎？」

「我不打算在這件事上幫你的忙。」

「可惡的卡莉，真是他媽的好勝，他媽的嫉妒南西．葛雷斯、比爾．寇蒂斯、多明尼克．

鄧恩。她最好有證據證明她說的都是眞的，因爲我們承受很大的壓力，我無法想像明天會發生什麼事。不過有趣的是，紐約市警局沒有否認也沒有證實黃色計程車的連結。妳對這一點看法如何？」

「我不打算對這一點發表意見。」史卡佩塔說，「我身爲鑑識分析師的工作並不是幫你在空中辦案。」

「如果我們有機械嗅探器的補充影片會好一點，」亞力克斯用手指梳理頭髮。

「我不知道會出現這個話題。我得到的承諾是漢娜．史塔爾的案子不會出現，冬妮．達里安的案子更是根本就不該提到。天啊，你們明知道那是首席法醫辦公室的案子，今天早上送到我辦公室。亞力克斯，你答應我的，合約不算數嗎？」

「我在努力想像這個叫嗅探器的破案工具長什麼樣子，很難認眞想像。不過，我猜大部分的警察局都沒有嗅屍犬可用。」

「你們不能讓負責調查中刑案的專家上節目卻讓這種事發生。」

「如果妳解釋了嗅屍犬一定會很棒。」

「我原本會很樂意詳細解釋的，可是不是像這樣，你同意不拿史塔爾案出來討論，你也非常清楚冬妮．達里安的案子不能碰。」

「妳聽我說，妳今晚的表現很棒，好嗎？」他與她眼神接觸，嘆了一口氣，「我知道妳不這麼認爲，而且很不高興。我知道妳很不爽，可以理解，我也是。」

史卡佩塔把外套放在化妝椅上坐下，「也許我在幾個月前，甚至一年前就該辭職了，一開始就不應該接受邀請。我答應愛迪生醫師絕對不會討論調查中的案件，他相信我的承諾，你陷我於不義。」

「不是我，是卡莉。」

「不，是我自己。最應該提防這一點的是我，陷我於不義的是我自己。我相信你們能找到很想做這份工作的法醫病理學家或犯罪學家，也會樂意發表聳動的意見及臆測，而不是像我一樣客觀謹慎地使用理論。」

「凱……」

「我做不到卡莉那樣，那不是我的風格。」

「凱，〈克利斯賓報告〉已經一敗塗地了，不只是收視率而已。她被評論、部落客攻擊得體無完膚，我接到上層的抱怨已經好一陣子了。卡莉以前還算是個稱職的記者，但可以確定現在已經他媽的不是了。用她上節目不是我的想法，而且老實說，她從一開始就知道這只是試鏡而已。」

「是誰建議用她的？你是執行製作人，什麼試鏡？」

「一名前任白宮新聞秘書，曾是個大人物。我不知道發生了什麼事，不過是個錯誤。老實說，她知道這個節目只是試播而已，其中一個條件就是她答應用正當的管道找到像妳這種出色的來賓。」

「她找我是因為目前為止你已經三次拿槍指著我的頭逼我。」

「想挽救已經無法挽救的局勢。我試過，妳也試過，我們給了她很多機會。至於是誰的想法並不重要，這些都不重要。除了妳之外，她的來賓都很爛，都是濫竽充數，沒有人能跟她相處。至於那個過時的鑑識精神科醫生亞吉醫師，眞的無法再忍受他賣弄的獨白。重點是，這是一門生意，如果只做一季反應卻不怎麼樣，也許再試試看，但兩季還是不行的話就出局了。就她的例子來說答案很明顯。她屬於某個小鎭的地方電視台，也許報報氣象，主持烹飪或雷普利的〈信不信由你！〉，但她肯定不屬於CNN。」

「我假設這表示你要結束她的節目了，」史卡佩塔說，「不是什麼好消息，尤其是這個時節，這樣的經濟環境。她知道嗎？」

「還不知道，拜託不要向任何人提起。聽我說，我會馬上進行。」他靠在化妝台邊緣，將手伸進口袋裡。「我們要妳取代她的位置。」

「希望你是在開玩笑，不可能的，而且你也不是眞的想這麼做。我不適合這種劇院般的環境。」

「的確是劇院，荒謬劇院。」亞力克斯說，「她把自己變成一場荒謬劇，不到一年就搞砸了。我們並不希望妳跟她做同樣的節目，不是卡莉那種狗屁節目內容。不，同一個時段的犯罪節目，只有這一點相同。我們希望妳做的是完全不同的內容，其實我們已經討論一陣子了，而且看法很一致，妳該擁有自己的專屬節目，完全為妳個人及專業量身打造。」

「爲我個人及專業量身訂做的應該是海邊別墅和一本好書，或星期六早上我的辦公室裡沒有任何人。我不想做節目。我告訴過你，我只會以分析師的身分協助，而且一定不能干擾或傷害到我的現實生活。」

「我們做的就是現實生活。」

「記得我們稍早討論過的嗎？」史卡佩塔說，「我們同意不能干擾我身爲執業法醫病理學家的責任。經過今晚的節目之後，毫無疑問已經干擾到了。」

「妳讀過那些部落格，那些電子郵件嗎？對妳的反應好得不得了。」

「我不讀那些東西。」

「鑑識的角度，」巴奇塔說，「這個名稱非常適合妳的新節目。」

「你所建議的正是我非常努力想遠離的。」

「爲何要遠離？這已經變成家喻戶曉的名詞了。」

「正是我非常不希望的結果，」她努力不表現出自己感覺到的冒犯之意。

「我的意思是，那才是刺激的地方。每次出現什麼看似無法解決的，人們就想要鑑識的角度。」

「是因爲你們的人在節目上用這個詞，才開始這所謂的刺激。用這樣的方式介紹我，用這樣的方式介紹我要說的內容，既難爲情又誤導。」

「我要寄一份提案書到妳家，」亞力克斯說，「妳看過後我們再討論。」

8

紐澤西的燈光如一百萬盞小火焰般閃爍著，有些貌似超新星的飛機停留在黑色的太空，完全靜止。這幻象讓班頓想起露西每次總是說：當飛機看起來靜止不動時，要不就是直接朝向你的方向飛來，要不就是正好背對著你。最好知道是哪一個，否則就死定了。

他坐在窗前最喜歡的橡木椅上，緊張地傾身向前眺望著百老滙，再次留言給史卡佩塔：「凱，不要一個人走路回家。請打電話給我，我來接妳。」

她一個小時前就該到家了，這是他第三次打她的手機，她還是沒接。他有一股衝動想抓了鞋子外套就出門，可是這麼做並不明智。時代華納中心和哥倫布圓環那一區很大，班頓不太可能找得到她，而她回家發現他不見了也會擔心，最好先留在原地。他從椅子上起身眺望南邊的CNN總部，鐵灰色玻璃高樓交錯著柔和的白色燈光。

卡莉．克利斯賓背叛了史卡佩塔，會引起市府官員的騷動。也許哈維．法利聯絡了CNN，決定要當網路記者，或是自我指定爲電視記者的人如何稱呼自己。也許正如班頓所擔心、預測的，別人聲稱目擊了什麼，有線索。可是計程車上發現腐爛的頭髮這種細節不會來自法利，除非是他捏造的，根本就是一派胡言。誰會說出這種事？並沒有任何地方發現漢娜．史塔爾的毛髮。

他再打一次亞力克斯．巴奇塔的手機，這次製作人接聽了。

「我在找凱，」班頓連招呼都懶得打。

「她幾分鐘前剛剛離開，跟卡莉一起走出去，」亞力克斯說。

「跟卡莉一起？」班頓覺得很疑惑，「你確定嗎？」

「很確定。她們正好同時離開，一起走出去。」

「你知道她們要去哪裡嗎？」

「你聽起來很擔心，還好嗎？順便告訴你，關於黃色計程車和漢娜的消息——」

「我不是爲了這件事打來的，」班頓打斷他的話。

「嗯，其他人都是爲了這件事打來的。這不是我們的主意，是卡莉自己搞出來的，她得負責任。我不管她的消息來源是誰，是她的責任。」

班頓在窗前踱步，對卡莉或她的事業都沒興趣。「凱沒接電話。」他說。

「我可以幫你打給卡莉，有什麼問題嗎？」

「告訴她我想找到凱，她們最好搭計程車。」

「考慮到前面講的，這麼說似乎很奇怪，但我不知道現在是否會推薦搭計程車，」亞力克斯說，班頓不知道他是不是故意搞笑。

「我不要她步行，我不是想驚動任何人。」班頓說。

「你是在擔心這個兇手可能找上——」

「你不知道我在擔心什麼，我也不想浪費時間討論。請你幫我找到凱。」

「等一下，我現在馬上打電話給卡莉，」亞力克斯說，班頓聽到他用另一支手機按電話，留言給卡莉，「……所以盡快回電給我，班頓在找凱，我不知道妳們是否還在一起，不過很緊急。」他回來班頓這邊，「也許她們節目結束後忘了把手機打開。」

「這是我們大樓門房櫃臺的電話號碼，」班頓說，「如果有什麼消息，他們會幫你接過來，還有我的手機。」

他希望亞力克斯沒有用「緊急」這個字眼。他給了他電話號碼，考慮接下來打給馬里諾，又坐下來，電話放在大腿上。他今晚不想跟馬里諾說話，甚至不想再聽到他的聲音，卻又需要他的協助。哈德遜河對岸高樓的燈光沿著河岸反映在河面上，河水中央深沉的虛無，全無渡輪的蹤影，只是空曠、寒冷的黑暗，正是班頓想到馬里諾時胸口的感覺。班頓不確定該怎麼做，片刻之間什麼也沒做。只要史卡佩塔身處險境，他就覺得很憤怒，而馬里諾是他第一個想到的人，任何人第一個想到的人，彷彿有某個神聖力量指定他保護她。爲什麼？爲什麼他有理由需要馬里諾？

班頓依然非常憤怒。這種時候他的感受尤其強烈，在某些方面比事件發生當時的感受還要深刻。這件實質上是犯罪的侵犯行爲到春天就滿兩年了，班頓很清楚每一個殘酷的細節，也在發生後面對。馬里諾醉得一塌糊塗、瘋狂、怪罪於酒精和服用的壯陽藥，一個又一個的因素，但並不重要。大家都很遺憾，非常遺憾。班頓以仁慈和機敏處理那個狀況，當然還有人性，讓馬里諾接受治療，幫他找了工作，到現在班頓也應該已經放下了，可是卻沒有。正如那些盤旋在空中的飛機一般，明亮且巨大的如行星般靜止不動，也許正要朝他撞擊而來。他是個心理學家，卻無法看出自己為何無法離開軌跡，或為何一開始就存在於他媽的同一個空間。

「是我，」電話響一聲馬里諾就接起來，班頓說，「你在哪裡？」

「在我的爛公寓裡，你想告訴我他媽的發生了什麼事嗎？卡莉．克利斯賓從哪裡拿到這些狗屁資料的？天啊，等伯格發現就完蛋了。她正在直昇機上，所以還不知道。卡莉是卡到誰啊？她不可能就這樣拿到那種資料的，一定是有人說了什麼。她又是從哪裡拿到犯罪現場照片的？我一直在找邦奈爾，可是一直轉到語音信箱，眞是令人意外。我很確定她在講電話，也許在跟署長通話，大家都想知道紐約市是否有個開著計程車的連續殺人犯。」

顯然馬里諾也看了史卡佩塔上〈克利斯賓報告〉。班頓感覺一絲不悅，接著什麼感覺都沒有，不打算讓自己陷入黑暗的深坑裡。

「我不知道發生了什麼事，顯然有人找到她提供消息，也許是哈維．法利，也許是別人。你確定邦奈爾不會——」班頓開始說。

「你他媽的開什麼玩笑？她可能把自己案子的細節洩漏給ＣＮＮ嗎？」

「我不認識她，也許她擔心大眾沒有受到警告。」

「相信我，她對這件事一定會很不爽，」馬里諾說，彷彿邦奈爾是他最新結交的好友。

「你在電腦附近嗎？」

「可以啊，做什麼？醫生有什麼看法？」

「我不知道，她還沒到家，」班頓說。

「你不知道？你爲什麼沒有跟她在一起？」

「我從不去CNN，也從不跟她一起去。她不喜歡，你知道她的脾氣。」

「她自己一個人步行過去？」

「只有六條街的距離而已。」

「都一樣，她不該這麼做。」

「嗯，她就是這麼做了，自從一年多前開始上這個節目之後，每次都堅持自己走路去，不願意使用接送服務，就算我和她同時在市內她也不肯讓我陪她一起走路過去，而我常常都不在市內。」班頓說個不停，聽起來很不悅。他很不高興還得解釋這件事，馬里諾讓他覺得自己沒有盡到做丈夫的責任。

「她上現場電視節目的時候我們其中一人應該跟去，」馬里諾說，「CNN的網站跟廣告時間在她上節目的好幾天之前就開始宣傳，節目播放前後都可能有人埋伏在大樓外等她。我們應該有人陪她去，就像我跟伯格一樣。出席現場節目的時候，什麼時間、人在哪裡，可是一清二楚。」

班頓擔心的正是這一點，也就是多蒂．郝奇。她打電話到電視台給史卡佩塔。班頓不知道多蒂在哪裡，也許在市內，也許在附近。她住的地方離這裡不遠，就在喬治．華盛頓大橋的另一頭。

「這樣吧，我讓你針對安全的重要性把凱訓一頓，看她會不會比較聽你的，」班頓說。

「我大概應該私底下偷偷保護她。」

「這樣她應該很快就會恨你。」

馬里諾大可以回答，可是他沒有。他大可以說史卡佩塔的個性不會恨人，不然她早就恨他了。她會在一年半前那個春天的晚上就開始恨他，當醉醺醺又憤怒的馬里諾在查爾斯頓她自己的家裡侵害了她。可是班頓沒有開口。他剛剛說的恨似乎還徘徊著，如那種不會動的飛機一般盤旋著，他很遺憾自己將話說出口。

「多蒂．郝奇，」班頓說，「那個被認為來自底特律的觀眾來電，我可以告訴你，我之所以會知道她的名字是因為她寄了一張匿名的聖誕卡片給我們，給凱和我。」

「如果這是你可以告訴我的，那顯然還有其他是你不能告訴我的。我猜猜看，來自瘋子的世界，貝勒育醫院、寇比、麥克連。你的病人解釋她為何讀了你所撰寫關於破案率很低的報導，可是卻都是眞的，再過二十年也解決不了，大家都會住在裝著機關槍的堡壘裡。」

「我並沒有發表這個主題的期刊論文。」

他沒有說的是華納．亞吉有，在班頓不記得哪份報紙延伸出來的老掉牙社論裡。自從那些狗屁開始出現在維基百科之後，為了自衛起見，他把亞吉設在google快訊，所以才會知道。克拉克醫生告訴班頓的那些事，他早就知道了。

「她是你的病人，對或錯？」是馬里諾的聲音，天啊他講話眞大聲。

「我不能告訴你是或不是。」班頓說。

「過去式，所以她出院了，像杜鵑一樣自由。告訴我你要我怎麼做，」馬里諾說。

「我認為用即時犯罪中心調查她的背景是個好主意，」班頓只能想像克拉克醫師會怎麼說。

「反正我要去那邊，大概明天一整天都會待在那裡。」

「我的意思是今天晚上，現在，」班頓說，「也許看看巨獸電腦系統會出現什麼我們該知道的，他們現在讓你遙控進入還是得去警察廣場一號？」

「不能遙控挖資料。」

「抱歉，很不想麻煩你。」

「得和分析師合作，不過這樣反而好，我可不是露西。我還在用兩根手指打字，根本不知道什麼是差別數據來源或同步訊號。他們稱之為追捕。我現在正在穿鞋子出門『追捕』，班頓，為了你。」

班頓很厭惡馬里諾企圖跟他和解，彷彿什麼事都沒有發生一樣想贏得他的信任。班頓並不友善，也不算有禮貌，他知道這一點，似乎也無能為力，最近這幾週越來越嚴重。如果馬里諾叫他去吃屎可能還好一點，也許這樣他們就能放下。

「不要介意我問一下，你是怎麼把聖誕卡跟這個從底特律打電話來，聲稱是底特律的多蒂連在一起的？」馬里諾說，「醫生知道聖誕卡的事嗎？」

「不知道。」

「這是哪一個問題的答案？」

「全部，」班頓說。

「這個多蒂小姐見過醫生嗎？」

「據我所知沒有，重點不是凱，重點是我，她打電話到CNN是爲了我。」

「對，我知道，班頓，每次重點都是你，可是這不是我的問題。」攻擊，就像用手指戳班頓的胸部。*好，很好，盡量生氣，盡量反擊。*

「我認得她的聲音，」班頓回答。

若是在幾個世紀前，他們兩人可能要到外面決鬥解決，原始行爲有其好處，有淨化作用。

「從聖誕卡片上？我聽不懂。」馬里諾繼續質疑。

「那是一張會唱歌的卡片，打開後會播放錄音，不過是多蒂．郝奇唱著一首不太恰當的聖誕歌曲。」

「卡片還在你手上嗎？」

「當然，這是證物。」

「什麼的證物？」馬里諾想知道。

「先看看你在電腦上找到什麼資料。」

「我再問一次，醫生不知道多蒂或她寄卡片的事？」

「她不知道。讓我知道你在即時犯罪中心找到什麼資料。」班頓不能自己過去解決，因爲他沒有權限，他對這一點非常不滿。

「也就是說我會找到什麼，所以你才會建議我這麼做，」馬里諾說，「你已經知道我會找到什麼了，你知道你這些保密的狗屁浪費多少時間嗎？」

「我不知道你會找到什麼，我們只需要確定她不危險，不曾做了什麼事遭到逮捕。」班頓說。

馬里諾應該會找到多蒂在底特律被捕的記錄，也許還有其他的資料。班頓又在當警察了，只不過是代理警察。他覺得那股無力感難以忍受。

「我擔心的是精神狀況不穩定的人對名人產生過於積極的興趣。」班頓補充。

「除了醫生之外還會有誰？多蒂做這件事的目標是你，不過還有誰？你想得到其他名人嗎？」

「例如電影明星，例如哈波．裘德這樣的電影明星。」

靜默之後馬里諾說，「你提起他倒是很有意思。」

「為什麼？」

馬里諾知道什麼？

「也許你該告訴我為何提到他，」馬里諾說。

「就像我所建議的，先看看你在即時犯罪中心找到什麼資料，」班頓說太多了，「你知道，我沒有調查權限。」

他連和病人坐下來要求看駕照的權力都沒有，也不能搜身看是否攜帶武器，更不能做背景調查，什麼都不能做。

「我會調查多蒂．郝奇，」馬里諾說，「也會調查哈波．裘德，你還對誰有興趣的話順便告訴我，我什麼人都可以查。我很高興我不是心理檔案側寫員，那麼多狗屁限制會把我搞瘋。」

「如果我還是心理側寫員的話就不會有這些限制，也不需要你幫我調查了，」班頓沒好氣的說。

「如果我在你之前先跟醫生聯絡上的話，可以告訴她多蒂的事嗎？」想到馬里諾在班頓之前先跟史卡佩塔講到話這件事不只讓他不悅而已。班頓說，「如果由於某種原因你先聯絡上她，請你告訴她我在找她，我會非常感謝。」

「了解。我要出門了，」馬里諾說，「我有點意外她不在家，我可以找一些制服警員注意一下。」

「除非你希望新聞大肆報導，否則目前我還不會這麼做。記得她跟誰在一起嗎？她和卡莉．克利斯賓一起離開的。如果警察接觸她們，你覺得卡莉明天節目的頭條會是什麼？」

「我猜是曼哈頓恐怖計程車。」

「現在換你捏造頭條了？」班頓說。

「不是喔，他們已經在流傳了。講到黃色計程車這個共同點，大概會是這個連假的新聞重點吧。也許醫生和卡莉去喝咖啡什麼的。」

「我無法想像經過今天晚上發生的事，凱還會想跟她喝咖啡。」

「需要什麼再通知我，」馬里諾掛斷了。

班頓再一次撥打史卡佩塔的手機，直接進到語音信箱。也許亞力克斯說得對，她忘了把手機打開，沒人提醒她，也許沒電了。可是不論怎麼解釋都不像她的作風。她一定是心有旁騖，如果正要去哪裡，又知道他在等著她的話，她通常不會失聯。亞力克斯也沒接電話。班頓開始研究他一小時前錄的〈克利斯賓報告〉中史卡佩塔的部分，一面打開大腿上筆電裡的影音檔，這是十一月中他在麥克連醫院的錄音。

「……前幾天早上我讀班頓．衛斯理醫師的一篇文章，她是凱備受尊崇的鑑識心理學家老公……」多蒂呼吸濃重、毫無實體的聲音從平面電視傳出。

班頓快轉筆電上的影音檔，史卡佩塔出現在他們中央公園西側戰前公寓裡沒用的壁爐上方的電視裡，看起來非常漂亮，五官姣好的臉龐比實際年齡年輕，輕便的金髮輕撫合身套裝的領口，套裝是帶有一絲醬紫色的海軍藍。一面看著她，一面播放大腿電腦上多蒂．郝奇的錄音實在很不搭調，令人心煩意亂。

「……你可以認同一點點吧，對不對？我們差不多是在同一條船上，對不對，班頓？」一名穿著邋遢的大塊頭居家女子，灰髮綁成髮髻，眼前是黑色封面與黃色星星的《魔法之書》，「當然，這跟家裡有電影明星不一樣，可是你的確有凱，我希望你會告訴她，我從不會錯過她上CNN的節目。他們爲何不安排你們一起上節目，而是那個自認重要迂腐、助聽器像肉色水蛭一樣掛在耳朵後方的華納．亞吉？」

「妳似乎不喜歡他，」多蒂也曾說過類似的話。

班頓看著錄影影像中的自己，穿著正式深色西裝領帶的他僵硬地坐著，莫測高深的模樣，多蒂感覺得到他很緊繃，很享受他的不安，似乎直覺知道提到亞吉會使班頓坐立不安。

「他有過他的機會，」多蒂露出微笑，但眼神無精打采。

「什麼樣的機會？」

「我們有共同認識的人，他應該受到尊敬……」

當時，班頓被自己想離開會談室的慾望所淹沒，因而對這些話沒有多加解讀。如今他收到一張會唱歌的卡片，多蒂打電話到CNN，他很好奇她對於亞吉的評論暗示的是什麼。班頓和多蒂不可能有共同認識的人，除非那個人是華納．亞吉，可是她又爲什麼會認識他？除非她不認識他，是她在底特律的律師認識他。她那個叫拉富舒的律師竟然提出荒謬的要求，要亞吉評估在麥克連醫院住院的她。說話很慢的拉富舒聽起來像卡郡人，似乎別有動機。班頓從沒見過他，對他一無所知，只是通過幾次電話。當時拉富舒會打電話請人呼叫班頓，詢問他「我們的女孩」狀況如何，拿一個「能把故事講到傑克與豆子那麼荒謬」的客戶開玩笑，發表意見。

「……妳這麼平庸、無禮，眞是太可惜了……」多蒂的聲音從壁爐上方的電視傳來。

鏡頭對著史卡佩塔，她一面聽一面無心地摸摸耳機，雙手放回桌面，心平氣和的疊好。像班頓對她這麼熟悉的人才知道這個手勢的意義爲何，她非常努力在控制自己。他應該警告她的，不理會健康保險可攜與責任法的規定與保密條款。他抗拒衝出門，在嚴寒的十二月夜晚尋找妻子的衝動。他看著、聽著，感覺自己多麼愛她。

9

哥倫布圓環的燈光驅散了中央公園的黑暗，入口附近緬因紀念碑的噴水池及鍍金的哥倫比亞勝利紀念碑四下無人。

假日市集的紅色攤位關閉著，這個季節的顧客急遽減少，報攤附近一個人影都沒有，連平日會出現的警察也沒有，只有一名貌似遊民的老人，層層包裹著睡在木製長凳上。疾駛而過的計程車少了車頂的廣告燈箱，公寓大樓與飯店門口一長排的加長禮車也不見蹤影。史卡佩塔所見之處都是沉鬱時刻的象徵與跡象，記憶以來最糟糕的時期。她在邁阿密邊緣的貧窮家庭長大，但與那時的感覺不同，因為不是大家都窮，而是只有他們這個義大利移民的史卡佩塔一家。

「妳住在這裡眞幸運啊，」卡莉從上翻的外套衣領往外看，跟史卡佩塔一起走在路燈不平均照射的人行道上，「有人給妳不錯的薪水，也許那是露西的公寓，她是來我節目談電腦鑑識調查的完美人選。她還是潔米·伯格的好朋友嗎？不知道她們是否提過，有天晚上我在猴子酒吧看到她們，潔米拒絕上節目，我可不打算再問一次。眞的很不公平，根本與我無關。」

卡莉似乎完全不知道節目已經不會繼續做了，至少不會由她擔任主持人。或許她是在打探消息，因為她懷疑CNN在幕後進行一些什麼。史卡佩塔和亞力克斯走出化妝室時發現卡莉就在門外的走廊等著，這一點使史卡佩塔覺得很困擾。表面上她當時正要離開，她和史卡佩塔應該一起走，可是一點都不合理。卡莉並不住在附近，而是在康乃迪克州的斯坦福。她從不步行、搭火車或計程車，總是搭乘公司的接送車。

「我不知道妳有沒有看她去年上的〈美國早安〉節目，」卡莉繞過一灘骯髒的冰水，「她起訴的動物虐待案，連鎖寵物店。CNN請她上節目討論其實是幫她忙，給她人情。結果她被問到爲難的問題就生氣了，猜猜被懲罰的是誰？是我。妳邀請她的話，也許她會上節目，我打賭以妳的關係，妳想邀請任何人都能說服他們上節目。」

「妳要不要叫輛計程車？」史卡佩塔說，「這裡回妳家不順路，我一個人走沒關係，我家就在前面而已。」

她想打電話讓班頓知道自己爲什麼還沒到家，要他不用擔心，可是她的黑莓機不在身上，一定是放在公寓裡，大概在主臥室浴室的洗手台旁。她考慮過好幾次想跟卡莉借手機，可是這表示得用她的手機撥打未註冊的私人號碼，經過今晚的事，史卡佩塔很肯定她無法信任卡莉。

「我很高興露西沒有把財富交給馬多夫投資，並不是說只有他這個騙子而已，」卡莉說。一列火車在腳下卡嗒作響，路面的地鐵鐵柵欄通風口飄來溫暖的空氣，卡莉在打探消息，史卡佩塔不打算上鉤。

「我沒有在該退的時候退出市場，一直等到道瓊指數掉到八千以下才退場，」卡莉繼續說，「結果變成現在這樣。有時候我跟理財天后蘇絲．歐曼同台，我有問她的意見嗎？露西損失多少？」

就算史卡佩塔知道也不會告訴她，更何況她並不清楚。

「我知道她在電腦和投資大賺了一筆，一直都在富比士的百大富豪名單上。不過，」卡莉繼續說，「我注意到她的名字不在上面了，嗯，就是不久之前，由於高速科技和她從尿布時期就開始發明的各種軟體，她的身價上億？還有，我很肯定她得到很好的財務諮詢，至少曾經如此。」

「我不看富比士名單，」史卡佩塔說，也不知道答案。露西從不交代自己的財務狀況，史卡佩塔也沒問。「我不談論家人。」她又說。

「妳不討論的事還眞多。」

「到了，」她們來到史卡佩塔住的大樓前，「卡莉，好好照顧自己，聖誕快樂，新年快樂。」

「公事就是公事，對不對？很公平，別忘了我們是朋友。」卡莉給她一個擁抱，以前從未發生過。

史卡佩塔走進鋪著光亮大理石地板的大廳裡，在外套口袋裡尋找鑰匙，隱約記得那是她最後一次看到黑莓機的地方。她確定嗎？不記得，努力回憶今晚做了什麼事，是否曾經用過手機，也許帶去CNN卻留在某處？沒有，她很肯定沒有。

「妳在電視上的表現很好，」那新來的年輕門房對她微笑，穿著整潔的藍色制服使他看起來很體面，「卡莉．克利斯賓眞的很會爲難妳，要是我的話一定會生氣。剛剛有東西送來給妳。」櫃臺後方的他彎腰拿起，史卡佩塔記得他叫羅斯。

「剛送來？」她說，「這個時間？」然後她想起來了，亞力克斯說要送提案過來。

「這個城市永未眠，」羅斯交給她一個聯邦快遞的箱子。

她搭上電梯，按下二十樓的按鈕，瞄了送貨單一眼，再仔細看。她尋找資料想確定包裹是來自亞力克斯，來自CNN，可是上面沒有寄件人地址，她的地址也不對。

凱・史卡佩塔醫師
高譚市首席法醫
美國10023中央公園西側1111號

稱她爲高譚市主任法醫是嘲諷，很古怪。上面的筆跡很精確，看起來幾乎是像電腦列印出來的印刷字體，可是她分辨不出到底是不是，感覺嘲諷的聰明控制著拿筆寫字的那隻手。她很好奇對方如何知道她和班頓在這棟大樓裡有一間公寓。他們的地址和電話號碼並沒有公開，也不在電話簿上，她的警覺越來越強烈，發現寄件人的收據欄還在上面。包裹並不是由聯邦快遞送來的，

天啊，別讓這個包裹是炸彈。

老舊的電梯裝著華麗的銅色電梯門，內嵌木製天花板，上升速度緩慢的令人難以忍受。她想像悶住的爆炸聲，電梯猛然直直掉進黑暗的電梯井，墜落在底部。她聞到很臭的柏油化學味，類似石油基的催化劑，有甜味但很噁心。她專注在上面，不確定那是什麼，或者是否眞實。柴油、

二苯機膦丙烷、過氧化丙酮、C4和硝化甘油。由於工作上碰到過火場與爆炸案，以及九〇年代末期在爆破學校的教學，她懂得分辨氣味及危險性，當時露西在菸酒槍械局管制擔任特別幹員，史卡佩塔跟班頓是他們國際調查應變小組的成員。那是班頓死而復生之前的事。

銀白髮色，燒焦的肌肉與骨頭，他的百年靈手錶在一灘煤灰水裡。在費城的第一現場，她感覺到世界末日的來臨。她以爲那是班頓的遺體，他的私人物品。不僅是懷疑，而是確定他已經死了，因爲故意要讓她很肯定。那縱火和催化劑的骯髒臭味，空虛在眼前張開血盆大口，無法穿透的永恆，只剩下孤寂與痛苦。她知道空虛是什麼感覺，因而害怕空虛，那年復一年的不存在，大腦仍然運作，心靈卻非如此。該如何描述？班頓還會問她，但已不頻繁。當時他在躲避殺人不眨眼的香多涅家族犯罪集團追殺，當然也是爲了保護她。如果他身陷危險，她也有危險，彷彿他不在身邊就能降低她的危險。沒有人問過她的意見，聯邦調查局說大家都相信他死了比較好。*拜託，老天爺，希望這不是炸彈。*石油、焦油的味道，煤焦油、環烷酸、凝固汽油彈刺鼻的油味。她的眼睛濕潤，一陣暈眩。

電梯的銅門打開，她雙手顫抖，盡量不推擠到包裹。她不能把這個聯邦快遞的箱子留在電梯裡，不能放下，不能丟棄，不使住戶或大樓員工陷入危險。她緊張地尋找鑰匙，心跳加速，唾液過度分泌，幾乎喘不過氣。金屬碰撞、摩擦和靜電都有可能引爆。深呼吸，深呼吸，保持鎮定。她打開公寓大門門鎖，發出驚人的聲響，*老天爺，拜託別讓我的憂心成真。*

「班頓？」

她走進公寓裡，大門敞開。

她小心翼翼地將那聯邦快遞的箱子放在茶几中央，客廳擺放著藝術品及早期傳道風格的家具。她想像昂貴的窗戶爆裂，巨大的玻璃炸彈爆炸，鋒利的碎片飛下二十層樓。她拾起一座玻璃藝術雕像及一個顏色鮮豔的波浪型碗，將它們從茶几移到地毯上，確認從門口到聯邦快遞箱子的通道暢通沒有阻礙。

「哈囉？班頓？」

「班頓，你在哪裡？」

他通常坐在窗前的莫利斯躺椅上眺望著上西區和哈德遜河，椅子上放著一疊文件，遠方的飛機彷彿泰德堡明亮跑道上方的幽浮。露西大概正開著她的直昇機前往紐約及西卻斯特郡。史卡佩塔不喜歡露西在夜色中飛行。萬一引擎故障她還能不用動力自轉，可是要怎麼尋找降落地點？萬一她在一大片樹林上方引擎故障呢？

「班頓！」

史卡佩塔穿過走廊走向主臥室。她深呼吸，不斷吞口水以減緩心跳速度，緩和腸胃的不適。她聽到沖馬桶的聲音。

「天啊，妳的手機到底怎麼了？」班頓的人跟著聲音一起出現在臥室門口。「妳聽到我的留言嗎？凱？到底怎麼了？」

「別再靠近我，」她說。

他身上還穿著簡單樸素的深藍色法蘭絨西裝。他對於自己在囚犯或精神科病人之前呈現出來的印象非常謹慎，因此從不穿昂貴的西裝出現在監獄病房或鑑識小組。他已經解開領帶，脫掉鞋子，解開白襯衫領口，拉出下擺，銀髮貌似用手指梳理過。

「發生了什麼事？」他問，並沒有離開門口，「有事發生了，是什麼？」

「穿上鞋子跟外套，」史卡佩塔說，清清喉嚨，「別靠近，我不知道我身上有什麼東西。」她很想用漂白水溶液刷手、消毒，洗個長長的熱水澡，抹去一層層的化妝品，再好好洗個頭。

「發生了什麼事？妳碰到誰了？發生了什麼事嗎？我一直在找妳。」臉色蒼白的班頓彷彿門口的雕像，視線看著她後方的大門，彷彿害怕有人跟著她一起進來。

「我們得快點離開，」她上電視化的妝黏黏的，如膠水般地厚重。她聞聞味道，覺得聞到了焦油、硫磺，它們的分子卡在她的化妝粉、美髮劑和鼻子深處，那火災硫磺石的味道，地獄的味道。

「那個來自底特律的扣應觀眾？我一直想找到妳，」班頓說，「怎麼了？有人做了什麼事嗎？」

她脫掉外套和手套，丟在走廊上用腳踢走，然後說，「我們得離開，現在就離開。有可疑包裹，就在客廳裡。幫我們拿個保暖的大外套。」別噁心，別吐。

他消失在臥室裡，她聽到他到衣櫃裡拿衣服，衣架在吊桿上移動時刮出的聲響。他再出現時手上拿著一雙登山鞋，一件羊毛外套，以及一件他很久沒穿的滑雪外套，拉鍊還綁著登山滑雪纜車的票根。他把外套遞給她，兩人匆忙來到走廊另一頭。班頓看看敞開的大門以及客廳裡聯邦快遞的箱子，東方地毯上的玻璃藝術碗，面色凝重。發生爆炸時，打開窗戶可將壓力和傷害降到最低。不，你不能，不要進去客廳，不要接近茶几。不要驚慌，疏散公寓，關上門，不要讓別人進去。不要製造噪音，不要製造震波。她輕輕關上門，沒有上鎖，這樣警方才能進入。這層樓還有兩間公寓。

「妳問過門房包裹是怎麼送來的嗎？」班頓說，「我整晚都在家，他們沒有打電話通知有人送貨。」

「我進了電梯才注意到細節，所以沒有，我沒問。包裹有一股很奇怪的味道。」她穿上他的及膝滑雪外套，被包覆在裡面。他們上次去亞斯本是什麼時候？

「什麼樣的味道？」

「甜甜的，焦油跟蛋臭掉的味道。我不知道，也許是我的想像。還有送貨單上面填寫的方式，我不該把它拿上樓的，應該留在櫃臺，要羅斯離開，讓大家疏散等警方過來。天啊，我眞笨。」

「妳不笨。」

「喔，我眞的有夠笨，卡莉．克利斯賓害我分心，笨得一塌糊塗。」

她按下隔壁公寓的門鈴，這戶邊間公寓屬於一個服裝設計師，她只有經過時看過。這裡是紐約，隔壁鄰居可能比鄰數年而從不交談。

「他應該不在家，」史卡佩塔說，按門鈴，敲門，「我最近都沒看到他。」

「送貨單上的地址是怎麼寫的？」班頓問。

她告訴他寄件人收據還在上面，還有稱她為高譚市首席法醫。她再按一次門鈴，一面描述那不尋常的筆跡。接著他們來到第三間公寓前，這裡住著一位老太太，幾十年前是個喜劇演員，最知名的表演是電視節目〈傑基秀〉。她叫茱蒂，先生大約一年前過世，史卡佩塔只知道這麼多。她有一隻很神經質的小捲毛狗，史卡佩塔一按門鈴它就拚命叫個不停，不是很舒服。茱蒂打開門時露出意外的表情，不是很高興。她擋住門口，彷彿裡面藏著情人或逃犯，小狗在她雙腳後方跑來跑去，上下跳著。

「什麼事？」她困惑地看著班頓，他穿著外套，卻只穿著襪子，鞋子拿在手上。

史卡佩塔解釋她需要借用電話。

「妳沒有電話？」茱蒂的話含糊不清，她的骨架不錯，但表情茫然。酒鬼。

「我們沒有時間解釋，但我沒辦法使用手機，也不能使用我們公寓裡的電話，」史卡佩塔說，「我們需要借用妳的市內電話。」

「我的什麼？」

「妳家的電話，然後妳得跟我們一起下樓，發生了緊急狀況。」

「我才不要，我哪裡都不去。」

「我們收到了可疑的包裹，需要借用妳的電話，這層樓的每一個人都得盡速下樓。」史卡佩塔解釋。

「妳為什麼要把包裹帶上來！妳為什麼這麼做？」

史卡佩塔聞到酒精的味道，不知道她會在茱蒂的醫藥櫃裡發現什麼處方藥。易怒型憂鬱、濫用藥物、沒有生活目標。她和班頓走進鑲板客廳時嚇了一跳，客廳放滿精緻的法國古董，各種西班牙雅緻瓷偶，包括在貢多拉平底船、馬車上、馬背上、鞦韆上的浪漫情侶接吻聊天。窗台上放著精緻的水晶耶穌誕生景象，另一邊排列的是皇家道爾頓的聖誕老人，但沒有燈飾，也沒有聖誕樹或大燭台，只有一些來自輝煌過去的收藏品和照片，包括馬丁漆玻璃展示櫃裡的艾美獎和手工上漆的邱比特和情侶。

「你們的公寓出了什麼事嗎？」茱蒂一面問，小狗繼續尖聲吠叫著。

班頓自顧自在貼金木雕小桌上找到電話，憑記憶按下號碼，史卡佩塔很肯定地知道他打給誰。班頓總是很有效率，謹慎處理情況，他稱之為「主要幹線處理法」，也就是直接與源頭聯絡，這次是馬里諾。

「他們送了一個可疑包裹上來？他們為何這麼做？那算什麼保全？」茱蒂還在說。

「可能沒什麼，不過為了安全起見，」史卡佩塔向她保證。

「你到總部了嗎？嗯，先別管那件事了，」班頓告訴馬里諾，接著告訴他有極微小的可能性，有人送了一個危險包裹給史卡佩塔。

「我猜像你們這種人在外面會遇到很多瘋子，」茱蒂正穿上扇形袖口的栗鼠短毛長大衣，小狗依然上下跳著。茱蒂從緞木多層架上拿起狗繩時小狗叫得更加瘋狂。

班頓拱著肩膀用免持聽筒講話，一面穿上鞋子一面說，「不是，在鄰居的公寓裡，既然不知道裡面是什麼，不想用我們的電話以免送出電子訊號。宣稱是聯邦快遞，在茶几上。現在要下樓了。」

他掛斷電話，茱蒂蹣跚地彎腰把狗鍊綁在捲毛狗搭配的藍色皮革項圈上，還有一個愛馬仕的小鎖頭，大概刻著這隻神經質小狗的名字。他們走出大門進了電梯，史卡佩塔聞到炸藥極具刺激性又帶著甜味的化學味道。是幻覺，是她的想像。她不可能聞到炸藥的味道。沒有炸藥。

「你聞到什麼味道嗎？」她問班頓，「很遺憾妳的狗這麼不舒服，」其實她是在求茱蒂叫那隻鬼叫的狗閉嘴。

「我什麼都沒聞到。」班頓說。

「也許是我的香水，」茱蒂聞聞她的手腕，「喔，妳是說不好的味道。我希望沒有人寄炭疽病毒什麼的給妳，妳爲什麼要把它拿上樓？這樣對我們其他人怎麼公平？」

史卡佩塔發現她的包包還在公寓裡的玄關桌上。她的皮夾與證件都在裡面，而大門沒鎖。她不記得她的黑莓機在哪裡，她把包裹拿上樓之前應該先檢查一下的，她到底是怎麼了？

「馬里諾在路上，可是沒辦法在其他人之前到達，」班頓說，懶得向茱蒂解釋馬里諾是誰。

「他從市中心的總部過來，緊急指揮中心。」

「爲什麼？」史卡佩塔看著樓層緩慢經過。

「他本來要去即時犯罪中心搜尋資料。」

「如果這棟大樓是合作公寓的話，我們不會投票讓你們搬進來的，」茱蒂向史卡佩塔說，「妳上電視講那些可怕的犯罪，結果發生了什麼事，妳帶回來害我們一起跟著受害，你們這種人都會吸引怪人。」

「我們希望沒什麼事，很抱歉讓妳不舒服，還有妳的狗，」史卡佩塔說。

「眞是天殺的最慢的電梯。鎭定一點，法絲卡，鎭靜一點，妳知道她會叫，但不會咬人。我不知道你們希望我去哪裡，我猜是大廳，我不打算在大廳坐一整晚。」

茱蒂瞪著前方的銅色電梯門，臉上露出不悅的表情，班頓和史卡佩塔不再交談。史卡佩塔腦海中出現很久沒有想起的影像和聲音。那時候，九〇年代末期，在菸酒槍械管制局時，人生眞是一整個悲慘到不行。低空飛過矮小的松樹林，當螺旋槳在空中旋轉，有韻律的揮舞時，細沙般的土壤彷彿白雪一般。受到驚嚇的鳥兒從煙霧中飛起，像一撮胡椒，飛向喬治亞州葛林柯的舊飛艇機棚，菸酒槍械管制局的爆裂物場、突襲屋、水泥地堡和燃燒室都在這裡。她不喜歡爆破學校，在費城的火災之後就不再教學了，離開了菸酒槍械管制局，露西也是，兩人都放下班頓，繼續她們的人生。

如今他在這裡，在電梯裡，彷彿史卡佩塔部分的過去是場惡夢，不眞實的惡夢，一場她沒有忘記、也忘不了的惡夢。從那之後她就迴避，不在爆破學校教書了，覺得做不到該有的客觀。炸開的屍體影響她的心情。燃燒過的肌肉、炸彈的碎片、大面積撕裂的軟組織、碎裂的骨頭、凹陷撕裂且破碎的器官、血淋淋的殘肢。她想到拿進公寓的包裹，當時她忙著討厭卡莉，思索著亞力克斯私底下告訴她的話，過於介意愛迪生醫師對她上CNN節目的評論，因而沒有注意。她應該立刻注意到送貨單上沒有寄件人的地址，寄件人的收據還在上面。

「是法絲卡還是法絲可？」班頓問茱蒂。

「法絲卡，跟汽水一樣。巴德用糕餅盒裝著她走進公寓時，我手上正拿著一杯，那是我的生日禮物，應該是我的第一條提示，上面那麼多洞洞，我還以為是蛋糕，然後她叫了。」

「不叫才怪，」班頓說。

法絲卡開始拉扯狗鍊，高音吠叫穿透史卡佩塔的雙耳，刺進她的腦袋裡。她唾液過度分泌，心跳不穩。別噁心。電梯停了，沉重的銅門緩緩打開，紅藍交錯的燈光透過大廳前方的玻璃門照射進來，冰冷的空氣跟著六、七名身著深藍色制服的拆彈小組進來，他們穿著拆彈裝備與靴子，沉重的皮帶上掛著電池架、彈匣袋、警棍、手電筒和裝在槍套裡的手槍。一名警察兩手各抓了一台行李推車，推出門外。另一名警察彷彿認識史卡佩塔，直接朝她走過來。他的身材高大、年輕、黝黑頭髮與皮膚，肌肉發達，外套的臂章繡著金色星星和拆彈小組有點卡通化的紅色炸彈。

「妳是史卡佩塔醫生嗎？我是阿爾·羅伯隊長，」他說，與她握手。

「發生了什麼事？」茱蒂要求知道。

「夫人，我們需要將妳從大樓疏散，為了妳的安全，請妳先出去等我們解除危險情況。」

「要多久？天啊，眞不公平。」

隊長看看茱蒂，彷彿她看起來很眼熟，「夫人，請妳出去外面，那邊會有人引導妳……」

「外面這麼冷，我不能帶我的狗出去，實在太不公平了，」她瞪著史卡佩塔。

「隔壁的酒吧呢？」班頓建議，「她可以去那邊嗎？」

「酒吧不准帶狗進去，」茱蒂憤慨的說。

「只要妳好好詢問的話一定可以的，」班頓陪她走到門口。

他回到史卡佩塔身邊，拉起她的手，大廳突然成了混亂、吵雜且冰冷之地。電梯門叮的一聲打開，小組成員上樓，從最靠近史卡佩塔和班頓家的樓層公寓開始疏散，隊長聲稱他們的公寓爲「目標」，他開始了機關槍似的提問。

「我很確定我們那一層樓已經沒人了。」史卡佩塔回答，「有一個鄰居沒有應門，好像不在家，不過你們應該再檢查一次。另一個鄰居就是她，」她指的是茱蒂。

「她看起來很眼熟，像卡羅·柏奈特那種舊節目裡面的明星。你們樓上只有一層樓嗎？」

「兩層，我們樓上還有兩層。」班頓說。

透過玻璃窗，史卡佩塔看到更多緊急應變車輛靠邊停車，有著藍條紋的白車，其中一輛還拖著輕型拖車。她發現馬路兩頭的交通都停止了，警方封鎖了中央公園西側的這一段路。柴油引擎轟隆轟隆響著，接近的警笛大聲鳴叫，大樓周圍的地區看起來越來越像電影場景，馬路上停滿卡車和警車，腳架和拖車上的鹵素燈照明著，紅藍警示燈不斷地閃爍著。

拆彈小組的成員打開卡車側面儲存箱門，拿出鵜鶘牌氣密箱、應變包、應變袋、吊索裝備、工具，雙手拿滿東西跳上台階，堆在推車上。史卡佩塔的胃不再翻騰，看著一名女性拆彈小組技工打開一個箱子拿出一件上衣和褲子，八十磅重的厚重防火重裝備，是拆彈裝。一輛無標記的黑色休旅車開過來，另一名技工下車，讓他的巧克力色拉不拉多犬從後方下車。

「我要妳盡可能告訴我關於這個包裹的訊息，」羅伯站在櫃臺對著門房羅斯說，他看起來一臉茫然、害怕，「不過我們需要去外面談。史卡佩塔醫師，班頓？請跟我們來。」

他們四人來到外面的人行道上，鹵素燈明亮得讓史卡佩塔眼睛發痛，柴油引擎的隆隆聲如地震般迴盪著。轄區警察和緊急應變小組用鮮黃色犯罪現場膠帶封鎖大樓的範圍，人們快速聚集在馬路對面，在公園深邃的陰影下，坐在牆上，他們興奮的交談，用手機拍照。天氣很冷，極地吹來的強風在大樓之間流竄，可是空氣的感覺卻很好。史卡佩塔腦袋清醒起來，呼吸也比較順暢。

「描述那個包裹，」羅伯對她說，「多大？」

「中型的聯邦快遞箱子，我看大約三十五公分乘以二十八公分，也許七公分高。我放在客廳中央的茶几上，門口到茶几之間淨空，你或機器人需要的話應該很容易接近，我們的公寓大門沒有上鎖。」

「妳估計大約多重？」

「也許四百五十公克，不會超過七百公克。」

「妳移動箱子的時候裡面的東西會移動嗎？」

「我沒有大幅移動它，沒有感覺到箱子內容物有移動。」她說。

「妳有聽到或聞到什麼嗎？」

「我沒有聽到什麼，不過可能有聞到什麼，是一種汽油味，焦油，可是又甜又臭，也許是硫磺煙火那種味道。我辨識不出來，不過很刺鼻，讓我眼睛流淚。」

「你呢？」羅伯問班頓。

「我什麼都沒聞到，不過我沒有靠近。」

「包裹送來的時候你有聞到味道嗎？」羅伯問羅斯。

「我不知道，我有點感冒，鼻塞很嚴重。」

「我穿的外套和戴的手套，」史卡佩塔對羅伯說，「它們在公寓走廊的地上，你們可能要放進證物袋裡帶走，檢驗是否有殘餘物。」

隊長本來不打算說，可是她提供了很多訊息。依照包裹的大小及重量看來，不可能有超過七百公克的爆裂物，沒有感應式開關，除非是很有創意的定時裝置裝在傾斜的開關上。

「我完全沒有注意到不尋常之處，」羅斯說話很快，他看著馬路上的場面，燈光閃爍在他男孩般的臉上，「那個傢伙把包裹放在櫃臺上就轉身離開了，我把它放在桌子後方而不是後面，因爲我知道史卡佩塔醫師很快就會回來了。」

「你爲何會知道？」班頓問。

「我們的休息室裡有電視，我們知道她今晚上ＣＮＮ……」

「我們是誰？」羅伯想知道。

「我，門房，其中一個送信的，她出門前往CNN的時候我也在這裡。」

「描述一下送聯邦快遞包裹來的那個人。」羅伯說。

「黑人，穿著深色長外套，戴著手套，聯邦快遞的帽子，文件夾，不確定幾歲，不過沒有很老。」

「你以前見過他到這棟大樓或附近送貨取貨嗎？」

「印象中沒有。」

「他走路來，還是把貨車或卡車停在前面？」

「我沒看到貨車什麼的，」羅斯說，「他們通常把車停在停車位再走路過來，我只注意到這些。」

「你的意思是說，你完全不知道這傢伙是否眞的是聯邦快遞的送貨員，」羅伯說。

「我沒辦法證明。不過他也沒有做什麼讓我懷疑的事，我知道的就這麼多。」

「然後呢？他放下包裹，然後怎麼樣？」

「然後他就離開了。」

「離開時他走最短距離到門口？你確定他沒有逗留，也許徘徊或接近樓梯或在大廳坐了一下？」

緊急應變小組的警察走出電梯，護送其他住戶離開大樓。

「你很確定那個聯邦快遞的送貨員進門後直接走到你的櫃臺前，然後轉身直接離開？」羅伯問羅斯。

羅斯驚訝地瞪著開往大樓的一列列車隊，巡邏車護送裝載著可完全阻絕爆裂物的十四噸拆彈卡車。

他驚呼道：「見鬼……了，我們是遇到恐怖攻擊還是什麼的嗎？這麼大陣仗就爲了一個聯邦快遞包裹？你們在唬我嗎？」

「也許他走到大廳那邊的聖誕樹旁？你確定他沒有靠近電梯嗎？」羅伯堅持繼續問，「羅斯，專心聽我說，這一點很重要。」

「我的媽呀。」

那藍白相間的拆彈卡車後面載著的防爆車上覆蓋著黑色帆布，就停在大樓正前方。

「很小的事情可能具有很大的意義，就算是最細微的細節，」羅伯說，「所以我再問你一次，那個聯邦快遞的送貨員，就算有一秒鐘也算，他去了哪裡嗎？廁所？喝口水？看了大廳聖誕樹底下的東西？」

「應該沒有。天啊。」還在目瞪口呆看著拆彈卡車。

「應該沒有？這樣不夠好，羅斯。我需要百分之百肯定他去了哪裡，沒去哪裡。你知道爲什麼嗎？我告訴你爲什麼。他可能去過的任何地方我們全都得檢查，確定他沒有在沒人想到的地方放下什麼裝置。我跟你講話的時候看著我。我們要檢查你們的監視器畫面，不過你現在告訴我看到什麼比較快。你確定他進入大廳時沒有帶著其他的東西嗎？告訴我每一個細節，最小的細節。

然後我要看監視器畫面。」

「我很確定他直接走進來，把包裹交給我之後直接走出去。」羅斯對他說，「但我不知道他在大樓外面做了什麼或可能去了哪裡。我沒有跟著他，也沒有理由關注。監視器的電腦在後面。我只想到這些。」

「他離開的時候往哪邊走？」

「我看到他從那扇門出去——」他指著玻璃大門——「就這樣。」

「這是什麼時候？」

「剛過九點。」

「所以你最後一次看到他是大約兩小時、兩小時十五分鐘之前。」

「我猜是吧。」

班頓問羅斯，「他戴著手套嗎？」

「黑色手套，可能有兔毛內裡，他把包裹交給我的時候，我看到兔毛從手套裡跑出來。」

羅伯突然從他們身邊退開，拿起無線電。

「你還記得什麼嗎？什麼都好，關於他的穿著？」班頓問羅斯。

「深色衣服，他可能穿著深色靴子和深色長褲，還有長大衣，你知道，到膝蓋以下。黑色，領口拉起，戴著手套，像我說的，可能有兔毛內裡，還有聯邦快遞的帽子。就這樣。」

「眼鏡呢？」

「有點深色，會反光的那種。」

「反光？」

「你知道，像鏡子一樣。還有，我剛想起一件事，我覺得好像聞到香菸的味道，也許是火柴，好像剛抽過菸。」

「我還以為你說你鼻塞什麼都聞不到，」班頓提醒他。

「我剛想到的。也許是因為我的確聞到類似香菸的味道。」

「可是那不是妳覺得妳聞到的味道。」班頓對史卡佩塔說。

「不是，」她回答，沒有補充也許羅斯聞到的是硫磺的味道，聞起來像點燃的火柴，所以他才會聯想到香菸。

「羅斯描述的這個人呢？」班頓對她說，「妳步行回來或稍早前往CNN時，是否曾經看過符合這個描述的人？」

她想了想，卻毫無線索。接著她想到，「那個文件夾，」她問羅斯，「他有要你簽收嗎？」

「沒有。」

「那文件夾是做什麼的？」

羅斯聳聳肩，說話時吐出的氣變成白霧，「他沒要我做什麼，什麼都沒有，只是把包裹交給我。」

「他特別說交給史卡佩塔醫師？」班頓問。

「他說一定要交給她，對。他說了她的名字，既然你提到，他說，『這是要給史卡佩塔醫師的，她在等。』」

「聯邦快遞通常會那麼詳細，服務那麼好？那不是有點不尋常嗎？我從沒聽過聯邦快遞送貨員說過那樣的話。他怎麼會知道她在等送貨？」班頓說。

「我不知道，我猜的確有點不尋常。」

「文件夾上面有什麼？」史卡佩塔回到這一點。

「我真的沒看。也許是收據、送貨單之類的。我會因爲這件事惹上麻煩嗎？我老婆懷孕了，我可不需要麻煩。」羅斯說，他看起來根本還沒到結婚生子的年紀。

「我很好奇你爲何沒有打電話上來通知我有包裹。」班頓對他說。

「我已經跟你說了，既然你要再問一次，因爲那個聯邦快遞說是給她的，我知道她很快就會回來，就假設她的確在等。」

「你知道她很快就會回來是因爲？」

「我大約八點離開的時候他正好在櫃臺，」史卡佩塔幫羅斯回答，「他祝我上節目順利。」

「你怎麼知道她今晚要上節目？」班頓問。

「我看到電視跟平面廣告，你看，」羅斯指著哥倫布圓環另一頭的大樓，CNN的新聞跑馬燈從好幾條街外就看得到，「妳的名字他媽的閃閃發亮。」

在CNN的霓虹招牌下，史卡佩塔在鏡頭外的發言不斷在摩天大樓頂端四周捲動著：

……將漢娜．史塔爾和遇害的慢跑者兩案做出關聯，表示聯邦調查局的檔案側寫已經「過時」，並非根據可靠資料。在今晚的〈克利斯賓報告〉中，法醫凱．史卡佩塔醫師將漢娜．史塔爾和遇害的慢跑者兩案做出連結……

10

彼德．馬里諾從設了路障管制的馬路中央出現，強大的鹵素燈光從背後照射，彷彿他從未來出現。

旋轉的警燈打在他歷盡風霜的大臉以及完全不時髦的金邊眼鏡上，他的身材高大魁梧，穿著羽絨外套、登山褲與靴子。禿頭上戴著紐約市警局的帽子，拉得低低的，帽舌上黏著一片民用航空隊的徽章，讓人聯想起老電影《外科醫生》裡老舊的貝爾四十七型直昇機。這是露西送的禮物，挖苦意味濃厚，因爲馬里諾討厭飛行。

「我猜你們見過羅伯了。」馬里諾來到史卡佩塔和班頓面前，「他有好好照顧你們嗎？我沒看到熱巧克力，不過這個時間波本酒比較好。去我車上坐吧，免得你們長凍瘡。」

馬里諾走向他停在拆彈卡車北邊的車子，而拆彈卡車則被燈光架上的大片鹵素燈照亮著。警方已經將防水油布除下，降下鐵製斜坡。史卡佩塔曾在其他場合看過這個特製斜坡，上面鋪著鋸齒大小的鋸齒型地面，如果不小心在上面跌倒，就會出現深可見骨的傷口，但如果拿著炸彈時跌倒那可就慘了。防爆車裝在菱形格子的鋼板平台上，貌似用十字軸架封死的鮮黃色潛水鐘此時正由一名緊急應變小組的成員鬆開移除。下面是大約十公分厚的蓋子，那名緊急應變小組成員在蓋子上裝上一條鋼纜，用絞盤將它降到平台上。他拉出一張鋪著尼龍布的木框底盤，將絞盤遙控器放在上面，把鋼纜夾到旁邊，做好準備。接下來，拆彈員的工作就是將史卡佩塔的可疑包裹鎖進十四噸的高強度鋼鐵中後載走，再交由紐約最優秀的拆彈專家處理。

「眞抱歉發生這一切，」他們上了馬里諾的深藍色福特汽車，距離卡車和上面的防爆車有一段安全距離後，史卡佩塔對馬里諾說，「我很確定應該沒什麼。」

「我很肯定班頓會同意我的看法，我們永遠無法確定任何一件事，」馬里諾說，「妳和班頓處理得很正確。」

班頓抬頭看著川普國際飯店後方CNN的鮮紅色招牌，飯店頂樓閃亮的銀色大地球儀是法拉盛公園十層樓高地球儀的縮小版，只不過這個代表地球的鋼鐵製品所代表的是唐納·川普不斷擴展的版圖，而不是太空時代。史卡佩塔看著新的跑馬燈上一成不變、沒有上下文又毫無意義擷取的文字往左滾動著，好奇這個時機是否由卡莉精心安排，她相信一定是如此。

卡莉不可能希望在她跟被害目標一起步行回家時大剌剌進行她的暗算，而是等個一小時後再讓史卡佩塔跟聯邦調查局惹上麻煩，也許讓她從此上任何電視節目之前都要三思。可惡，爲什麼需要做出這種行爲？卡莉知道自己的收視率很差，這就是原因。她拚命想用轟動世人的方法留住事業，也許加上破壞。卡莉不小心聽到亞力克斯的提議，知道自己未來的下場。史卡佩塔已經不只是懷疑了，還深信不疑。

馬里諾打開車門，對史卡佩塔說，「妳坐前面會比較方便交談。抱歉，班頓，得把你塞在後座。羅伯和拆彈小組剛去過孟買，盡可能蒐集資料以避免同樣的事不會在這裡發生。班頓大概知道這件事，恐怖分子使用的策略已不再是自殺炸彈了，而是一小群受過高度訓練的突擊隊員。」

班頓沒有回答，史卡佩塔感覺到他的敵意就像是靜電一般。當馬里諾過於努力地表現友善或想讓人有參與感時，反而會使情況更糟，班頓會很無禮，然後馬里諾會由於自己被看輕而生氣，因而更堅持己見。既煩膩又可笑的優柔寡斷，一下子這樣，一下子那樣，來來回回，史卡佩塔眞希望他不要這樣。眞是的，她已經受夠了。

「重點是，這些人是箇中好手，最優秀的。醫生，他們會好好照顧你們的。」彷彿馬里諾本人確保會如此。

「我覺得發生這件事很糟糕，」史卡佩塔關上門，由於習慣而去拉安全帶，繼而改變想法，他們並沒有要去哪裡。

「妳並沒有做錯事。」坐在後座的班頓說。

馬里諾發動引擎，把暖氣開到最強，「也許那包裹裡面是一盒餅乾。」他對史卡佩塔說，「妳和比爾．柯林頓發生一樣的事。送錯地址，找來拆彈小組，結果是餅乾。」

「正是我想聽的，」她說。

「妳寧願是炸彈嗎？」

「我寧願這些都沒有發生。」她忍不住覺得很丟臉，內疚，彷彿這一切都是她的錯。

「妳不需要道歉，」班頓說，「妳不能冒險，就算十次有九次是假警報也一樣。我們都希望不是眞的。」

史卡佩塔注意到架在儀表板上的行動資料電腦螢幕，上面的地圖顯示白原市西卻斯特郡機場。也許跟伯格有關，跟她今晚和露西一起飛回來有關，如果她們還沒抵達的話。不過很奇怪，馬里諾的車上顯示機場地圖這件事不太合理。目前每件事都不太合理。史卡佩塔覺得迷惑、不安又羞愧。

「有人得到消息了嗎？」班頓問馬里諾。

「附近有看到幾架新聞直昇機，」他說，「這件事不可能不張揚出去的，既然拆彈車之王都來了就會變成這樣，等他們載著醫生的包裹到羅德曼岬時會像護送總統的車隊一樣。我直接找羅伯省去許多麻煩，可是我沒辦法將此事保密。我看見妳的名字在跑馬燈上批評聯邦調查局，你們不需要這種關注。」

「我沒有批評聯邦調查局，」史卡佩塔說，「我指的是華納．亞吉，而且是在鏡頭外，非正式的談話內容。」

「這種事不存在。」班頓說。

「尤其是跟犀利．克利斯賓有關，就絕對沒有這回事，她會爲了名聲不惜犧牲消息來源。眞不知道妳到底爲何要上那個節目，」馬里諾說，「並不是說我們有時間討論這一點，可是眞他媽的亂得一塌糊塗。看看街上多麼空曠？要是卡莉繼續她那黃色計程車的屁話，從現在開始馬路都會空無一人，大概就是她想要的結果。另一則獨家，對不對？三萬輛計程車載不到人，街上人群驚慌暴動，像金剛跑出來一樣。聖誕快樂。」

「我很好奇你的電腦螢幕爲何會顯示西卻斯特郡的機場。」史卡佩塔不想討論她在CNN的失言，也不想談卡莉或聽馬里諾的誇張言詞。「你有露西和潔米的消息嗎？我以爲她們早就已經降落了。」

「我也是。」馬里諾說，「我在地圖上尋找最快路線，並不是說我要去那裡，而是她們如何過來。」

「她們爲何要來這裡？她們知道發生了什麼事嗎？」史卡佩塔不希望她的外甥女在發生這件事時出現。

露西曾經擔任特別探員，也是菸酒槍械管制局的合格火事調查員，經常面對爆裂物和縱火案。她很拿手，擅長所有技術性的冒險工作，其他人越是退避三舍、搞砸案子，她就越快上手，得以在他們面前炫耀。她的天賦和凶猛並沒有帶來朋友。如今已不再是雙十年華的她雖然身段已經比較柔軟，但與人之間的周旋仍非她所擅長，尊重界線和法律幾乎是不可能的。露西在這裡的話一定會有意見和理論，也許還有自己的解決辦法。史卡佩塔目前沒心情面對這些。

「不是我們所在的地方，」馬里諾正在說，「而是回到城裡。」

「她們什麼時候開始需要網路地圖才找得到回城裡的路？」坐在後座的班頓問到。

「我實在無法討論的狀況。」

史卡佩塔看著馬里諾粗眉大眼的熟悉側面，看看萬能支架上電腦螢幕點亮的地點。她轉身看著後座的班頓，他正瞪著窗外的拆彈大隊離開公寓大樓。

「我假設大家的手機都關機了，」班頓說，「你的無線電呢？」

「沒開，」馬里諾說，彷彿被控做出愚蠢的行為。

穿著爆裂物處理裝和頭盔的拆彈技術人員正在離開大樓，雙手手臂包覆著襯墊，因而看不出樣子，但伸長捧著黑色防彈包。

「他們一定是在X光機上看到不喜歡的景象，」班頓的意見。

「而且他們沒有使用安卓。」馬里諾說。

「用誰？」史卡佩塔問。

「機器人，外號安卓，那位女性拆彈員叫安．卓伊汀。人們的名字眞奇怪，像醫生和牙醫居然有人姓賀特（譯註：hurt，痛）、潘恩（譯註：pain，痛）、普勒（譯註：puller，拔牙器）。她很厲害，長得也很漂亮，那些傢伙總是想讓她處理他們的包裹，如果你知道我的意思。當拆彈大隊裡唯一的女性成員一定很辛苦。我會熟悉是因為——」彷彿他需要解釋自己為什麼一直提起這名漂亮的女性拆彈員安——「她以前在哈林區的二卡（譯註：指緊急應變小組的車庫），他們的防爆車停放在這裡，她現在還會偶爾過去找緊急應變小組的老同事。二卡離我家不遠，只有幾條街而已，我散步過去，喝個咖啡、帶點零食給他們養的拳師犬麥克，牠是一隻很棒的搜救犬。如果大家都在忙，我也方便的話，就會帶麥克回家，才不會讓牠獨自寂寞的度過整個晚上。」

「如果他們出動的是她而不是機器人，那麼不論裡面裝的是什麼都不是行動感應裝置。」史卡佩塔說，「他們一定是很確定這一點。」

「如果裡面放的是行動感應裝置，我猜我們早就在收拾妳殘缺不堪的屍體了，因爲妳把它帶到公寓裡。」馬里諾使用慣常的外交辭令。

「也有可能是裝了定時器的行動感應裝置，不過顯然不是。」班頓說。

警方管制民衆，確定大家在至少一百公尺外。拆彈員走下大樓前方的台階時，面罩遮住了臉。她走向柴油引擎隆隆作響的卡車，腳步緩慢，似乎有點僵硬，但格外輕快。

「他們在九一一時失去了三名應變小組成員，維吉亞諾、達拉亞和庫丁，拆彈小組失去了丹尼．理查斯，」馬里諾說，「從這邊看不到，不過他們的名字漆在拆彈卡車上和二卡所有的卡車上。他們的廚房邊有一個小小的紀念室，像靈堂一樣放著跟屍體一起找到的裝備：鑰匙、手電筒、無線電，有些已經融化了。你們知道嗎，看到某人融化的手電筒感覺很不一樣。」

史卡佩塔已經有一陣子沒見到馬里諾了。每次她來紐約時總是無可避免地將行程排得太滿，來去匆匆。她從未想過也許他很寂寞，並不知道他和去年開始認眞交往的巴爾的摩警探女友喬姬雅．巴卡蒂之間是否有問題。也許他們之間已經結束了，或是快要結束了；如果眞是如此，也完全不令人意外。馬里諾的感情通常只有蝴蝶的壽命那麼長。現在史卡佩塔感覺更糟了，自責沒有先檢查包裹就拿上樓，對馬里諾很內疚，她進城應該先跟他聯絡的，甚至沒進城的時候也該跟他聯絡，偶爾一封簡單的電話或電子郵件就可以了。

拆彈員來到卡車前，穿著靴子的腳踩著格紋斜坡走上去。透過馬里諾後方的窗戶很難看到街上，但史卡佩塔知道發生什麼事，對這個程序並不陌生。拆彈員會將防爆包放在平台再送進防爆車裡，用絞盤將巨大的鐵蓋蓋回圓形孔上，放下十字軸架，可能徒手轉緊。拆彈員頂多戴著絕緣隔熱手套或橡膠手套保護起火或潛在的有毒物質，因爲襯墊過於厚重的話，他們連最簡單的動作都無法做到，反正眞的爆炸了也救不了手指。

拆彈人員處理好之後，其他警察和羅伯隊長聚集在拆彈卡車後方將斜坡放回原處，用防水油布將防爆車蓋好固定。卡車在封鎖的馬路上怒吼著朝北前進，前後都由警車護送，整個車隊彷如一波波明亮的浪花，開向西區高速公路，再遵循事先規畫的安全路線來到紐約市警局在羅德曼岬的靶場，大概會走跨布朗區的快速道路和九十五號公路往北，萬一裝置在路上爆炸或防爆車失效的話，才能讓震波、生化危險、輻射和子彈碎片與車流、建築物與行人之間產生緩衝，

羅伯走向他們，來到馬里諾的汽車前上了後座，坐在班頓身邊，一股冷風吹進來。他說，「我把影像寄到你的電子郵件信箱了，」他關上車門，「安全監視器的影像。」

馬里諾在卡在前座之間的筆電上打字，白原市的地圖被要求使用者名稱與密碼的螢幕取代。

「你的聯邦快遞送貨員有一個很有意思的刺青，」嚼著口香糖的羅伯彎身向前，史卡佩塔聞到肉桂的味道，「他的左側頸部有一個很大的刺青，由於他的深色皮膚所以不容易看清楚。」

馬里諾打開電子郵件下載附件，螢幕上出現安全監視器的影像，一名戴著聯邦快遞帽子的男子走向門房櫃臺。

班頓重新調整位子以便看清楚，接著他說，「不認識，完全沒看過，也不認得這個人。」

史卡佩塔對這個人也不熟悉。非裔美國人，高顴骨，留著鬍子和八字鬍，帽子壓得低低的，

反光眼鏡遮住眼睛。黑色羊毛外套的領口部分遮住了覆蓋頸部左側的刺青，這個頭骨刺青一直延伸到耳朵。史卡佩塔數了有八個頭蓋骨，但看不見它們堆在什麼上面，只知道是一個細長東西的邊緣。

「可以放大嗎？」她指著刺青，看起來像是一個箱子的邊緣，按了觸控板之後變大，「也許是棺材，堆在棺材裡的頭骨，我很好奇他是否曾在伊拉克或阿富汗服役。頭骨、駭骨、爬出棺材、墳墓的駭骨，這是紀念犧牲的士兵。通常每一個頭骨代表一名犧牲的同袍。過去幾年，這種刺青變得很受歡迎。」

「即時犯罪中心可以以此開始搜尋，」馬里諾說，「如果這傢伙由於某種理由進了資料庫，也許我們可以用刺青搜尋他，我們有一整個資料庫的刺青。」

肉桂刺鼻的味道又出現，讓史卡佩塔想到火災現場，燒成平地之處，令人出其不意的味道混雜交融在一起。羅伯碰碰她的肩膀問，「所以，這傢伙完全沒有令人感覺熟悉之處。什麼都沒有想到。」

「沒有，」她說。

「看起來像是個兇狠的傢伙。」羅伯又說。

「門房羅斯說，他並沒有任何讓人必須警覺之處。」史卡佩塔說。

「對，他是這麼說的，」他嚼口香糖，「當然，他之所以會在妳的大樓工作是因爲他在上一棟大樓因擅離職守遭到開除而失業，至少他很誠實。還有，他沒有提到去年三月被控持有管制藥品。」

「我們確定他跟這個傢伙沒關係？」班頓指的是電腦螢幕上的那個人。

「我們什麼都不確定。」羅伯說，「可是這個傢伙？」他指著對方刺青的頸部，「他大概不是聯邦快遞的送貨員，這一點很明顯。拍賣網站上就買得到那種帽子，一點都不難，也可以自己做。妳從CNN走路回來的時候呢？」羅伯問史卡佩塔。「妳有見到任何人莫名的想吸引妳的注意嗎？」

「我唯一想到的是睡在長凳上的遊民。」

「哪裡？」班頓問。

「在哥倫布圓環附近，就在那邊。」史卡佩塔轉身指著。

她發現緊急服務的車輛和好奇的人群已經離開，鹵素燈已經熄滅，馬路回到不完全的黑暗中。不久，車流會恢復，居民會回到大樓裡，三角錐、阻隔欄和黃色警示帶都會消失，彷彿什麼都沒有發生過。她知道沒有其他城市能如此快速的排除緊急狀況，如此快速地恢復秩序。九一一的教訓，代價不斐得來的專門技能。

「那個區域現在沒有人，」羅伯說，「所有的長凳上都沒有人，不過這些動靜也會讓他們離開，妳走路回家時沒有看到什麼值得注意的人？」

「沒有。」史卡佩塔回答。

「有時候，人們留下反社會的禮物後，喜歡在現場附近逗留，或事後出現，親眼目睹他們造成的損害。」

「還有其他照片嗎？」班頓問，他的氣息碰到史卡佩塔的耳朵，拂動她的髮絲。

馬里諾按下另外兩張監視器畫面並排陳列，是刺青男穿過公寓大樓的大廳走向櫃臺和離開的全身照片。

「他沒穿聯邦快遞的制服，」史卡佩塔觀察到，「單色深色長褲，黑色靴子，黑色外套扣到頸部。還有手套。我認爲羅斯說得對，我覺得看到一絲毛內裡，可能是兔毛內裡。」

「還是看不出什麼線索。」羅伯說。

「我看不出來。」班頓說。

「我也是。」史卡佩塔同意。

「嗯，不論他的身分爲何，他不是信差就是寄件人。今晚最重要的問題是妳是否知道有人想傷害妳或威脅妳。」羅伯對她說。

「我想不到什麼特定人士。」

「一般而言呢？」

「一般來說誰都有可能，」她說。

「有什麼不尋常的粉絲來信或聯繫送到妳在麻州或這裡的法醫辦公室嗎？也許送到ＣＮＮ？」

「我想不出來。」

「我想到了，」班頓說，「今晚打電話到節目給妳的那個女的，多蒂。」

「沒錯。」馬里諾說。

「沒錯？」羅伯問。

「多蒂．郝奇，可能曾是麥克連家醫院的病人。」馬里諾每次都把醫院的名字弄錯。並沒有「家」，一直都沒有。「我本來要去即時犯罪中心查她的檔案，結果被醫生這起小事件打斷了。」

「我不認識她。」史卡佩塔說，想到那名來電者直呼班頓的名字，提到他寫過的文章，使她又是一陣反胃。

她轉過身對班頓說，「我不打算問。」

「我什麼都不能說。」他回答。

「讓我來說，反正我沒興趣保護瘋子。」馬里諾對她說，「這位女士從麥克連家醫院出院後，班頓收到她寄的唱歌聖誕卡片，妳也是收件人之一。接下來，妳在現場節目接到電話，有人送包裹給妳。」

「這是眞的嗎？」羅伯問班頓。

「我無法證實任何一點，我從未說過她曾是麥克連的病人。」

「你要跟我們說她不是嗎？」馬里諾逼問。

「我也不能證實這一點。」

「好，」羅伯說，「這麼做如何，我們知道這個病人多蒂．郝奇目前也許在這個地區，也許就在城裡嗎？」

「也許。」班頓說。

「也許？」馬里諾說，「你不認爲果眞如此的話我們應該被告知嗎？」

「除非我們知道她眞的做了違法的事，或造成威脅。」班頓開始說，「你很清楚規矩。」

「喔，拜託，法規最不保護的就是無辜的人，」馬里諾說，「對，我知道規矩，瘋子跟未成年都受到保護，我們有朝人開槍的八歲小孩，當然也要保護他們的隱私。」

「那張會唱歌的卡片是怎麼送來的？」羅伯問。

「聯邦快遞。」班頓就說這麼多，「我不是說沒有關聯，我也沒說有關聯。我不知道。」

「我們會去問CNN，追蹤多蒂．郝奇打到節目的那通電話，」羅伯說，「看看她是從哪裡打的，我也需要節目的錄影帶，我們得找到她，和她談一談。她曾經給你理由擔心她或許具有危險性嗎？」他問班頓，「算了。你不能談論她。」

「對，我不能。」

「好，等她把某個人炸掉的時候也許就可以了。」馬里諾說。

「我們並不知道包裹是誰送來的，只知道是一個頸部有刺青的黑人男子。」班頓說，「我們也不知道包裹裡面裝的什麼，我們根本不能確定裡面裝的是爆裂物。」

「我們所知道的已經足以令我感到不安。」羅伯說，「我們從X光看到一些電線、鈕釦電池、一個微動開關，真正讓我覺得不安的是一個小型透明容器，有點像試管，裡面有某種塞子。沒有偵測到輻射線，可是我們不想那麼靠近，因此沒有使用其他的偵測器。」

「太好了。」馬里諾說。

「你是否聞到什麼味道？」史卡佩塔問。

「我沒有靠近。」羅伯說，「我們去妳住的那層樓時都待在樓梯間，進入妳公寓的拆彈員則穿著完整的防彈裝。除非味道很強烈，否則她不可能聞到味道。」

「你們今晚會處理嗎？」馬里諾問，「也許我們會知道裡面到底他媽的裝著什麼東西？」

「我們不在夜間進行爆裂物安全處置程序。卓伊汀剛好也是危險物品技工，正在前往羅德曼岬的途中，應該很快就會抵達，將東西從防爆車移到日置箱。她會用偵測儀器決定內容物是否可能具有化學、生化、輻射或核子污染，如果有氣體外洩也能安全偵測到。一如我所說，包裹沒有觸動輻射警報，也沒有白色粉末的證據，不過我們還是不知道。我們的確從X光看到小玻璃瓶形狀的東西，顯然裡面可能裝著東西，這一點值得關注。包裹會被鎖在日置箱裡，明天一早就進行爆裂物安全處置程序，然後才會知道我們面對的是什麼。」

「我們再聯絡，」羅伯下車時，馬里諾對他說，「我大概整晚都會在即時犯罪中心，看看能否找到這個瘋子多蒂，還有那個刺青的什麼資料，看還能找到什麼。」

「很好，」羅伯關上車門。

史卡佩塔看著他走向一輛深藍色休旅車。她將雙手伸進口袋裡找手機，才想起這不是她的外套，她的黑莓機不在身上。

「我們得確定露西不會從新聞或緊急應變中心的簡報上知道這件事。」她說。緊急應變中心的網路會頻繁的更新訊息以供需要的人參考，內容包括消失的檢修孔蓋和命案在內。露西看到拆彈小組被派到中央公園西側的訊息會引起不必要的擔憂。

「我上次查詢時她們還在飛行途中，」馬里諾說，「我可以打直昇機上的電話給她。」

「我們可以進去再打，」班頓想下車，遠離馬里諾。

「別打直昇機電話，她不需要在飛行時被分散注意力。」史卡佩塔說。

「這樣吧，」馬里諾決定，「你們兩人何不進屋去放鬆一下，我來聯絡他們，反正我得告訴伯格發生了什麼事。」

史卡佩塔以爲她沒事，直到班頓打開公寓大門。

「可惡，」她大聲說，脫掉滑雪外套丟在椅子上，突然覺得很憤怒，很想大叫。警方很體貼，硬木地板上連個髒腳印都沒有，她前往CNN前放在玄關小桌的皮包並沒有被碰過，但在威尼斯穆拉諾小島看著玻璃工藝大師製作出來的千花雕塑則被放到錯誤的位置，不在茶几上，而是沙發後方的長桌。她向班頓指出這一點，他不發一語。他知道什麼時候該保持靜默，就是這種時候。

「上面有指紋，」她捧著雕塑在燈光下檢視，讓他看明顯的隆起凹陷、螺紋及帳型，鮮豔玻璃的邊緣可見細微可辨別的模式。犯罪的證據。

「我來清理。」他說，但她不肯交給他。

「有人沒戴手套，」她憤怒的用絲質襯衫下襬擦拭玻璃。「一定是拆彈員，拆彈員不戴手套。她叫什麼名字，安，她沒有戴手套，是她拿起來移動的。」彷彿那個叫安的拆彈員是個竊賊。「他們還碰了我們家裡什麼東西？」

班頓知道不要回答。他知道史卡佩塔少見這麼不悅時該做什麼，不該做什麼。她覺得又聞到包裹的味道，然後她聞到港灣的味道，威尼斯潟湖。那淺淺的鹹水，春陽的溫暖。她和班頓在科隆納的碼頭下了水上計程車，沿著海岸的碼頭來到聖希皮安諾路。工廠謝絕參觀，但這一點並沒有阻止她。她拉著班頓的手，經過裝著廢棄玻璃的平底船來到寫著「燒窯——免費進入」的入口處，進門要求參觀示範。開放空間裡的燒窯如火葬場一般，還有漆著深紅色的磚牆與挑高天花板。工匠阿爾杜身材短小，留著八字鬍，穿著短褲和球鞋，他的吹玻璃家族可代代回溯到七百年前，祖先從未離開過小島，也不准超越潟湖以外的地方，否則就會被處以死刑或砍掉雙手。

史卡佩塔當場請阿爾杜爲他們，爲班頓和她這對快樂夫妻隨興製作一件作品。那是一趟特別又神聖的旅程，她想紀念那一天的每一分鐘。後來，班頓說他從沒聽她說過那麼多話，解釋自己對玻璃科學的著迷之處。她用不甚完美的義大利文解釋沙子和鈉鈣如何轉變成既非液體也非固體的東西，這不熟悉的物體繼續流動後被塑造成一片玻璃或花瓶。玻璃結晶後只剩下些微的活動空間，但形狀已定。一個碗在千年之後還是一個碗，史前黑曜石做成的匕首不會失去鋒利性，卻帶有某種程度的神秘感，也許這正是她喜愛玻璃的原因。史卡佩塔還解釋玻璃對可見光線產生的影響，加上染色材質時產生的變化，如鐵、鈷、硼、錳和硒加入綠色、藍色、紫色、琥珀色和紅色之後產生的變化。

第二天，史卡佩塔和班頓回到穆拉諾領取他們的作品，在窯裡緩緩上釉，冷卻後包在泡泡紙裡。那是她的手提行李，放在機艙上方行李箱一路提回家。這趟旅程的目的本來是公事而非娛樂，班頓卻意外的向她求婚。至少對她而言，義大利的那段旅程不止是難忘而已，成了她快樂或悲傷時思緒造訪的想像殿堂。當她將玻璃雕塑放回原本的櫻桃木茶几上時，覺得那個殿堂遭到蹂躪與玷污，覺得受到侵犯，彷彿自己走進家門時卻發現家裡遭竊，被洗劫一空，成了犯罪現場。她開始踱步，檢查是否有其他東西被動過或不見，檢查水槽和肥皂，看誰洗了手或沖了馬桶。

「沒人進過浴室，」她說。

她打開客廳的窗戶消除那個味道。

「我聞到包裹的味道，你一定也聞到了。」她說。

「我什麼都沒聞到。」班頓站在大門旁，外套還穿在身上。

「有，」她堅持，「你一定有聞到，聞起來像是鐵的味道。你沒聞到嗎？」

「沒有，」他說，「也許妳只是記得聞到過。包裹已經拿走了，離開了，我們很安全。」

「那是因為你沒碰過包裹，而我碰過。那是一種黴菌金屬的味道。」她解釋，「好像我的皮膚接觸到鐵離子。」

班頓很鎮靜地提醒她，當她拿著可能是炸彈的包裹時手上戴著手套。

「可是我拿著的時候包裹一定碰到了手套和外套袖口之間的皮膚。」她走向他。

那個包裹在她的手腕留下味道，一種邪惡的香水味：皮膚的油脂與汗水產生脂質過氧反應，由酵素氧化之後造成腐蝕與分解。她解釋就像血液一樣，那個味道聞起來像血液。

「像血液抹在皮膚上的味道，」她說，舉起手腕讓班頓聞。

他說，「我什麼都沒聞到。」

「某種石油製造的化學物品，我不知道是什麼。我知道聞到鏽的味道，」她停不下來，「那個箱子裡有什麼不好的東西，很不好。我很高興你沒碰。」

她在廚房用洗碗精和清水洗手、手腕和手臂，好像手術前刷手、消毒。她用莫菲蔬菜油清潔劑擦拭茶几上包裹放置的地方，小題大作的發脾氣，班頓則靜靜站在一旁看著她，努力不打擾她的發洩，努力體諒，保持理性。然而，他的態度只是讓她更不高興、更不滿。

「你可以至少有點反應，」她說，「也許你不在乎。」

「我非常在乎，」他脫下外套，「說我不在乎不公平，我知道這件事有多糟糕。」

「我看不出來你在乎，永遠無法、一直都看不出來。」彷彿將疑似包裹炸彈留給她的是班頓。

「我發脾氣會讓妳舒服一點嗎？」他一本正經的看著她。

「我要去淋浴。」

她沿著走廊大步走向主臥室，生氣地脫下衣物塞進乾洗袋裡。她將內衣丟進洗衣籃，在淋浴室裡將水開到可以承受的最高溫，蒸汽卻將那個味道，包裹的味道，火、硫磺的味道與熱度送進鼻腔更深處，進入鼻竇，她的感官開始另一場幻燈秀。費城和黑暗燃燒的地獄，伸入夜空的梯子，鋸子在屋頂切割，水從水管流出的聲音，這樣大的火勢得從消防車頂端的主要集水口抽取每分鐘一千五百加侖的水才能撲滅。

拱型水柱從馬路上的消防車噴出，燒焦的汽車如結冰盒般扭曲，輪胎燒光。融化了鋁、玻璃，圓球狀的銅，牆上的髒污，歪斜的鐵，破掉的窗戶四周搖擺的木頭，濃密的黑煙。一支電線桿宛如燒過的火柴。他們說那是一場連發滾動式火災，會愚弄消防隊員的那一種，溫度不是很高，但一下子又熱到燒掉帽子。他們帶她來到他殘餘遺體所在之處，涉過浮著汽油彩虹的髒水，用手電筒在黑暗中探測著，水從鋪著瀝青紙的屋頂上用斧頭劈出的方形洞口滴下的聲音，黏稠的空氣聞起來像被腐蝕性灼傷的棉花糖，又甜又刺鼻，又令人作嘔。後來，他們說起火時他已經死亡，被拐到那裡被開槍殺死。

史卡佩塔把水關掉站在蒸汽裡，透過口鼻吸入霧氣。玻璃門起霧，她看不到另一面，但光影的改變顯示班頓進來了。她還沒準備好要跟他說話。

「我幫妳倒了一杯飲料。」他說。

光影又改變，班頓走過淋浴室，她聽到他拉出化妝椅坐下的聲音。

「馬里諾打電話來。」

史卡佩塔打開門伸手拿掛在一旁的浴巾，拉進淋浴室裡。「請關上浴室門，這裡才不會變冷。」她說。

「露西和潔米幾分鐘前剛離開白原市，」班頓起身關門又坐下。

「她們還沒降落？到底是怎麼一回事？」

「由於氣候因素，她們很晚才出發，純粹因爲氣候因素延誤多時。他打到直昇機上的電話跟露西談過了，她們沒事。」

「可惡，我明明叫他不要那麼做。她不需要在飛行時講電話。」

「他說他只跟她講了一分鐘，沒告訴她發生什麼事，等她們抵達後再詳細說明。我知道她一定會打電話給妳的。別擔心，她們沒事。」班頓透過蒸汽看著她。

她在淋浴室裡擦乾，玻璃門半開著，她不想出來。他沒問她怎麼了，爲何像小孩一樣躲在淋浴室裡。

「我又找了一次妳的手機，不在公寓裡。」他又說。

「你有打打看嗎？」

「我沒猜錯的話，我敢打賭是在CNN化妝室的衣櫃地上，妳每次掛外套的地方。」

「我跟露西聯絡上的話她可以找到手機在哪裡。」

「我以爲今天稍早她們還在史托鎭的時候妳有跟她講過話了。」這是他鼓勵她講道理的方式。

「那是我打給她的。」史卡佩塔這種時候不可能講道理。「她從不打電話給我，最近根本沒有。也許她可以偶爾打個電話給我，例如被困在暴風雪中造成延誤或還沒降落的時候。」

班頓看著她。

「這樣她就可以找到我天殺的手機了，她一定可以的，當初就是她要加載廣域增強系統的，加強我黑莓機的接收器，你的黑莓機，潔米的黑莓機，馬里諾的黑莓機。在她的鬥牛犬頸部加裝項圈，這樣她才知道我們在哪裡，更精確的說，我們的手機和她的狗在哪裡，三公尺的精確度。」

班頓靜靜透過團團蒸汽看著她。她還在淋浴室裡擦乾，可是由於蒸汽的緣故，一點用也沒有，擦乾了又流汗。

「當然，美國聯邦航空總署也在考慮將同樣的科技使用在飛機進場和自動駕駛降落。」彷彿有人透過她的嘴巴在說話，她不認識也不喜歡的人，「也許他們也會用在靶機上，根本沒人在乎。只是我他媽的手機完全知道這一分鐘他媽的在哪裡，但我卻不知道，那種追蹤對露西而言是小意思。我會寄電子郵件給她，也許她會幫我找到手機。」她用毛巾擦著頭髮，正要哭出來，卻不確定原因，「也許她會打電話因爲她有點關心或許有人留了個炸彈給我。」

「凱，請不要這麼難過……」

「你知道我眞的很討厭人家叫我不要難過，我一輩子都努力不要難過，因爲我他媽的就是不准他媽的難過。嗯。我現在很難過，我要感覺它，因爲我似乎控制不了。如果我可以控制的話，我現在就不會難過了對不對？」她的聲音顫抖著。

她彷彿生病似的全身顫抖，也許她眞的生病了。首席法醫辦公室很多人都得了正在流行的感冒。她閉上眼睛，靠在越來越冰冷的潮濕磁磚上。

「我叫她從佛蒙特州起飛前打電話給我。」她努力鎮靜下來，擊退無法承受的哀傷與憤怒。「她以前都會在起飛前降落後打電話給我，只是打個招呼而已。」

「妳找不到妳手機，所以並不知道她有沒有打電話給妳。我相信她曾經試著打給妳。」班頓用他那安撫的聲音說，專門用來緩解迅速變得爆炸性的情況。「我們回想一下，妳記得離開公寓後曾拿出來用嗎？」

「沒有。」

「可是妳確定離開公寓的時候手機在外套口袋裡。」

「我現在什麼都不確定。」

她記得跟亞力克斯．巴奇塔說話時將外套放在化妝椅上，也許是那時候掉出來的，還在椅子上。她會寫電子郵件給亞力克斯，請他找人看一看，找到的話先幫她保管好。她討厭那支電話，做了愚蠢的事。她無法相信自己居然做了這麼愚蠢的事。那支黑莓機沒有密碼保護，她不打算告訴班頓這一點，也不打算告訴露西。

「露西會找到的，」班頓說，「馬里諾提到妳可能會好奇，想去羅德曼岬看他們有什麼發現。他會在妳方便的時候來接妳，例如明天一早七點，我陪妳去。」

她用浴巾包住身體，踩在止滑竹墊上。班頓沒穿上衣，打赤腳，穿著睡褲靠在化妝椅上。她討厭這個感覺，也不想有這種感覺。班頓什麼都沒做錯，她不該這樣對待他。

「我認爲我們該從拆彈小組及檢驗室那裡盡量收集資料，我想知道包裹到底是誰寄來的，爲什麼，裡面到底裝著什麼。」班頓看著她，充滿蒸汽的空氣溫暖而潮濕。

「對，你某個貼心病人留給我的一盒餅乾，」她語帶嘲諷的說。

「我猜可能是需要用到電池的餅乾，還有用試管形狀瓶子裝的液體，聞起來像催化劑。」

「馬里諾要你也去嗎？不是只有我？我們兩個都要去？」她要梳頭髮，可是洗手台上方的鏡子充滿霧氣，她看不見自己。

「怎麼了，凱？」

「我只是很好奇馬里諾是否特別邀請你，如此而已。」她用毛巾擦掉鏡子上的霧氣。

「怎麼回事？」

「讓我猜，他沒有邀請你，或是他邀請你，可是並非眞心的。」她梳著頭髮，看著鏡中的自己，「你今天在電話會議上、在車上那樣對待他，他沒有邀請你或邀請了但並非眞心，我完全不意外。」

「我們不要討論他。」班頓舉起裝了波本酒加冰塊的杯子。

美格波本威士忌的味道使她想起很久以前經手的一件案子。一家酒廠倉庫起火，一桶桶的威士忌爆開，一名男子在大火之河裡被活活燙死。

「我並非友善或不友善，」班頓又說，「那是我的專業態度，妳爲什麼心情這麼差？」

「為什麼？」她問，彷彿這個問題不可能是認眞的。

「除了明顯的原因之外。」

「我厭倦了你和馬里諾之間的冷戰。沒必要假裝，你們的確在冷戰，你自己也知道。」她說。

「我們沒有在冷戰。」

「我認爲他沒有了，老天知道他以前也是，但他似乎眞的放下了。可是你還沒有，結果他變得防衛性很強，憤怒；過去那些年來都是他對你不滿，結果現在變成這樣，我覺得非常諷刺。」

「我們要精確一點，他不滿的是妳，」班頓的耐心隨著蒸汽漸漸消散，就連他也有底線。「現在我在談的不是我，但如果你一定要提起的話，對，他曾經對我有很嚴重的問題，可是現在沒有了。」

「我同意他好多了，希望可以維持下去。」班頓把玩著手上的飲料，彷彿無法決定該怎麼處理。

在散發的蒸汽中，史卡佩塔看到她留在花崗岩檯面上給自己的紙條：潔米，週五早上打電話。早上她會請人送一盆蘭花到禍根街一號伯格的辦公室當成遲來的生日祝福，也許會選高貴的萬代蘭，寶藍色是伯格最喜歡的顏色。

「班頓，我們是夫妻，」史卡佩塔說，「馬里諾非常清楚這一點，也接受了，也許還覺得如釋重負。我認爲他一定快樂多了，因爲他接受了，也在認眞的交往，展開新的人生。」

她不確定馬里諾的感情或新生活是否認眞，他們在他車上相鄰而坐時，她感受到的寂寞使她並不這麼認爲。她想像他稱哈林區的緊急應變小組車庫叫二卡，到那邊和搜救犬一起殺時間。

「他已經放下了，你也得這麼做，」她說。「我要這一切結束。不論你必須怎麼做，結束它，不只是假裝，我看得出來你是不是在假裝。就算我沒說什麼也一樣。我們在同一條船上。」

「快樂的大家庭。」班頓說。

「就是你現在這樣的態度。你的敵意、你的嫉妒，我要它結束。」

「喝一口妳的飲料，會讓妳好過一點。」

「別一副高高在上的樣子，這樣只會讓我更生氣而已。」她的聲音又在顫抖。

「凱，我沒有高高在上。」輕柔的聲音，「妳已經生氣了，妳已經生氣很久了。」

「我覺得你一副高高在上的樣子，我已經很久沒有生氣了。我不明白你爲什麼這樣說，根本就是挑釁。」她不想吵架，痛恨吵架，可是正把情況往那個方向推。

「如果我讓妳覺得我高高在上，那我很抱歉，對天發誓，我眞的沒有。我不怪妳生氣。」他啜飲自己的飲料，瞪著它，搖晃杯中的冰塊。「我最不想做的就是挑釁。」

「問題是你並沒有眞的原諒，當然也不會忘記。你跟馬里諾之間的問題就在這裡。你不肯原諒他，當然也不肯忘記，這對情況有什麼幫助？他做過的事就是做了。他喝醉酒，磕了藥，瘋了，做了不該做的事。對，他做了，也許我才該是那個不該原諒不該忘記的人。他粗暴侵害的人是我，可是已經過去了，他很抱歉，非常抱歉，以至於要避開我，讓我可以好幾個星期不用接觸他。他在我身邊，在我們身邊時過度有禮貌，過於努力想把你包括在內，幾乎有點諂媚，結果只是讓大家更不舒服。除非你決定這麼做，否則我們永遠卡在這裡，取決在你。」

「我沒有忘記是眞的。」他冷酷的說。

「如果你考慮到我們必須原諒遺忘的事，你這麼做並不是很公平。」她說，難過到令自己害怕，彷彿可能會像被送走的包裹一樣爆炸。

他的淡褐色眼珠謹愼地看著她，靜坐不動，等著接下來的發展。

「你逼迫他們保守秘密，尤其是馬里諾，尤其是露西。對我來說已經夠糟了，可是他們必須爲你說謊，這一點非常不公平。我不喜歡舊事重提。」可是她阻止不了自己，過去已經爬上來，來到喉嚨一半。她想利用吞嚥阻止過去從她口中吐出來，灑遍他們的生活，班頓和她共同的生活。

他看著她，眼中一股無法言喻的溫柔與悲傷，汗水從脖子的凹陷處消失在胸前的銀白毛髮之間，流下他的腹部，浸濕了她買給他的灰色平滑棉質睡衣的腰間。他的身材削瘦，肌肉線條清楚，肌肉和皮膚緊繃，依然是個引人注目的美男子。浴室如溫室般潮濕而溫暖，那洗了很久的淋浴並沒有使她覺得更乾淨，比較不髒、比較不愚蠢。她無法洗去那個包裹特有的味道，或卡莉·克利斯賓的節目、CNN看板或任何東西。她覺得無能爲力。

「所以，你沒有意見嗎？」她的聲音顫抖得很嚴重。

「妳知道這是什麼。」他從椅子上起身。

「我不想吵架，」她眼眶泛淚。「我一定是累了，如此而已。我累了，很抱歉我這麼累。」

「嗅覺系統是大腦最古老的一部分，輸送主導情緒、記憶與行爲的資料。」他站在她背後，雙手環繞她的腰部，兩人都看著模糊的鏡子。「個別氣味的分子會刺激各種接收器，」他親吻她的頸背，擁抱她，「告訴我妳聞到什麼。盡量告訴我所有的細節。」

她看不到鏡子裡的任何東西，眼中滿是淚水。她喃喃地說，「火熱的人行道、汽油、燃燒的火柴、燃燒的人體。」

他伸手拿毛巾擦乾她的頭髮，按摩她的頭皮。

「我不知道，我不是很清楚。」她說。

「妳不需要知道得很清楚，重要的是它帶來的感受，這才是妳需要清楚知道的。」

「無論留下包裹的是誰都已經達到目的了。」她說，「就算不是炸彈也已經達到爆炸性的效果。」

11

露西駕駛的貝爾四〇七型直昇機在K跑道上方的等候線盤旋，在等候塔台的指示降落時，強風彷如一雙大手將她推來推去。

「別再來了，」她對左邊副駕駛座上的伯格說，她是那種有選擇的話就不會坐後座的人，「眞不敢相信他們居然把可惡的停機檯放在那種地方。」

西卻斯特郡機場的西側停機坪擠滿停放的飛機，從單引擎、實驗性自製飛機、挑戰者超級中型噴射機到超長程波音客機都有。露西強迫自己保持鎭靜，焦躁不安和飛行是危險的組合，可是此刻的她卻一觸即發。她很焦躁，靜不下來，也討厭這一點。可是討厭一件事並不會使它消失，那股憤怒揮之不去。她這麼努力面對後，終於有好事發生了，快樂的事，因而使這一切較爲容易。結果這股憤怒又釋放出來，經過漫長的無視與忽略，也許這次更不安定。那股憤怒並沒有消失，只是她以爲消失了，「沒有人比妳更聰明、更麗質天生或更加値得被愛，」她的凱阿姨喜歡這麼說，「妳爲什麼時時刻刻都這麼憤慨？」這次換伯格說，她聽起來就像史卡佩塔，同樣的語言，同樣的邏輯，彷彿她們在同一個頻率上放送。

露西計算停靠在停機檯上最好的方式。這塊附輪子的木製小平台放得過於靠近其他飛機，而且拖曳桿還放錯方向。最好的方式是從李爾噴射機和十點鐘方向金恩機型的翼梢之間的高處盤旋降落，因爲這些飛機比小飛機更能面對她的旋翼氣流。然後直接來到停機檯上方，這麼做比她希望下降的角度更陡，而且還得面對降落時機尾二十八節的強風，前提是航管員還記得她在那裡。機尾的強烈順風使她擔心降落時的動力問題，搖搖擺擺又笨重的降落，廢氣會噴回機艙。伯格會抱怨廢氣，開始頭痛，接下來又要好一陣子才願意跟露西一起飛行，另一件她們無法一起做的事。

「這是故意的，」露西對著無線電說，手臂小腿都很緊張，手腳堅定地努力控制著直昇機，維持在距離地面十公尺的高度。「我要找出他的姓名跟號碼。」

「停機檯放在哪裡不是塔台管的，」伯格的聲音出現在露西的耳機裡。

「妳聽到他怎麼說了，」露西專注在擋風玻璃外，掃視著一大群飛機黑暗的陰影，注意到綁在地面固定的繩索鬆鬆捲著，磨損的繩尾在她兩千萬燭光的夜陽聚光燈下跳動著。「他叫我走E跑道，我本來就是這麼飛，並沒有不理會他的指示，他根本就是在整我。」

「塔台有比停機檯位置更重要的事要擔心。」

「他想怎麼做都可以。」

「別再想了，不值得。」伯格的聲音堅定，質地如細緻的硬木般豐富，雨林鐵木、桃花心木、柚木，美麗但毫不屈服或折損。

「每次他值班都有事，根本就是針對我來的。」露西一面盤旋，注意著機艙外小心不飄走。

「不重要，別管他。」這是伯格律師的那一面。

露西覺得自己受到不公平的指控，但不確定指控的內容是什麼。她覺得受到壓制、批判，卻不確定原因。她的阿姨也給她這種感覺，每個人都讓她有這種感覺，就算史卡佩塔說她並不是在壓制或批判露西，卻總是讓露西覺得受到壓制和批判。史卡佩塔和伯格年紀差不多，幾乎同年，但露西和她們差了一整個世代，一整個世代的文明。她沒想過這一點會造成問題，完全不相信。至少她找到一個尊重她的人，一個有權力、有成就、永不乏味的人。

潔米．伯格令人喜愛，留著深棕色短髮的她，五官美麗，天生麗質，後天也細心呵護，眞的，而且聰明得要命。露西喜歡伯格的外表，她的動作，表達自己的方式，也喜歡她的穿著，不論是套裝或軟質燈芯絨或牛仔布，她的他媽的政治不正確皮草。露西到現在還是很難相信她終於達成一直以來的願望與想像。並不完美，甚至不接近完美，她也不明白到底發生了什麼事。她們在一起不到一年，過去幾週眞是慘不忍睹。

她按下控制軸上的通話鍵，對著無線電說，「九LF直昇機還在等候。」

一陣冗長的沉默之後，帶著官腔的聲音出現，「呼叫直昇機，妳被蓋過了，請重複請求。」

「九LF直昇機還在等候，」露西無禮地重複，鬆開通話鍵，在無線電裡對伯格說，「我才沒有被蓋過，妳剛剛有聽到其他人的通訊嗎？」

伯格沒有回答，露西沒有看著她，只看著前方的擋風玻璃外。飛行的好處之一就是生氣或覺得受傷時不需要看著對方。馬里諾跟她說過多少次好心沒好報，只是他用的是人情，不是好心。做人情都沒有好下場，從她還是個孩子，一天到晚找他麻煩時他就這麼說，現在她覺得只剩下他這個朋友。眞是不可置信。不久之前她還想拿槍往他頭上開一槍，就像他對他那個混蛋兒子所做的，那個逃犯因謀殺罪名被國際刑警組織以紅色警戒通緝，當時他坐在波蘭斯塞新拉迪森飯店五一一號房間的椅子上。有時候她會莫名其妙想起小洛寇，流汗、發抖，眼球突出，到處都是骯髒的餐盤，他的大小便失禁使空氣充滿臭味。他苦苦哀求，沒用就賄賂。他對那些無辜的人做出這種事，居然還敢要求給他第二次機會，要求慈悲，或用錢買出路。

好心沒好報。露西並沒有做好心的事，也沒打算這麼做。她如果大發慈悲讓洛寇活下來，他會殺死自己那當警察的父親，暗殺、報復。小彼德·洛寇·馬里諾把自己的名字改成卡吉安諾，因爲他就是這麼痛恨父親。這個壞胚子小洛寇身負命令，精確又冷血的命令，在老馬里諾一年一度前往伯格司湖的小木屋悠閒釣魚度假時殺死他，布置得像出了差錯的闖空門。嗯，小洛寇，再好好想一想。露西走出飯店時耳邊還迴響著槍聲，她只感覺如釋重負，不過並沒有完全卸下。她和馬里諾不談這件事。她殺了他兒子，看似自殺，其實是審愼的處決，黑箱作業，她的任務，做了對的事。但那還是馬里諾的兒子，他唯一的後代，就她所知是他家族的最後一條血脈。

塔台回覆她，「九LF待命。」

他媽的魯蛇，露西想像他從塔台往下看著她時坐在黑暗的控制室裡假笑。

「九LF，」她確認後向伯格說，「跟他上次說的一樣，根本就是在整我。」

「別受影響。」

「我應該去找他的電話號碼，我要他媽的去查這個人到底是誰。」

「妳受到影響了。」

「他們最好別弄丟我的車，否則就等著瞧。」

「塔台跟停車場沒有關係。」

「希望妳跟州警關係很好，我得開快車，」露西說，「我們不能遲到。」

「這個計畫本來就不是什麼好主意，我們應該另選時間的。」

「別的時間就不是妳生日了，」露西說。

她不打算讓自己感覺受傷，尤其是當她已經用到將近百分之九十的扭力，努力踩著踏板穩定機身，以循環及集合傾角做微幅調整，而強勁的側風拍打在尾翼上，想將她吹翻。伯格已經承認了，說出眞話：她本來就不想去佛蒙特州過生日。天啊，露西早就知道了。她獨自一人在壁爐的火焰前看著窗外史托鎭的燈光與雪景時，伯格就算人在墨西哥也沒什麼差別，因爲她是這麼的疏遠，全神貫注在其他的事情上。身爲紐約市檢察官辦公室的性犯罪小組組長，她監督五個轄區裡最窮兇惡極的案件，漢娜·史塔爾失蹤沒多久就有人假設她是不法行爲的受害者，可能是遭到性侵害。經過三個星期的挖掘，感謝露西和她電腦鑑識科學的技巧，伯格有一個非常不同的理論。露西得到什麼回報呢？伯格根本無心想這些。接著又出現一個死掉的慢跑者。露西計畫了好幾個月的驚喜小旅行搞砸了，又是好心受到懲罰。

另一方面，露西有自己全神貫注的心思與情緒，有時間在爐火旁啜飲著頂級夏布利白酒，一面暗自思索著自己黑暗的想法，非常黑暗的想法，令人擔心的想法。那是她所犯下的錯誤，更精確的說是她在漢娜．史塔爾案所犯下的錯誤。露西無法原諒，也無法擺脫，她是如此憤怒，充滿仇恨，彷彿慢性疲勞或肌肉神經疼痛般持續，使她苦不堪言。可是她不動聲色，伯格不知道，也不可能看出露西的心思。露西在聯邦調查局、菸酒槍械管制局和準軍事組織臥底多年，還當過私家偵探，她必須完美的控制自己表露出來的情緒，隱藏內在情緒，只要一丁點的面部表情變化或手勢都可能壞了一個案子，或是害她送命。

客觀上，道德上，她不該同意擔任漢娜．史塔爾案的電腦鑑識分析，也應該趁現在迴避這個案子，卻不打算這麼做，因爲她知道漢娜故意做了什麼事。露西是處理這種拙劣掩蓋假貨最恰當的人選，因爲她和漢娜．史塔爾有私人過節。但露西搜尋、重建這個尊貴、被寵壞婊子的電子檔案和電子郵件帳號，每天看她那親愛的丈夫巴比繼續寄的信，發現了比她之前想像打擊更大的過去，她發現更多就越藐視漢娜．史塔爾，更增添正義的憤怒。她不會放棄，沒有人能讓她退出。

她在漆著黃色的等候區上方盤旋，聽著塔台指示某個可憐的鷹式機型飛行員到處亂飛。這些人到底有什麼毛病？經濟情況直線下降時，世界似乎也正在分崩離析；露西還以爲人們會像九一一之後一樣表現得比較好，就算不考慮其他因素，恐懼會引發生存模式。除非能從中獲得實質利益，否則表現文明，不故意做出惹人討厭行爲的生存機會較高。那個混蛋塔台管制員並不能從他對露西與其他飛行員的行爲得到任何實質利益，但他還是這麼做，因爲他在塔台裡，沒人知道他的眞實身分。可惡的懦夫，她很想跟他當面對質，走到塔台按下設在大門深鎖外面的對講機，有人會讓她進去。塔台裡面的人很清楚她的身分。天啊，她告訴自己，要冷靜下來，最重要的原因是她根本沒時間。

她關掉引擎之後不會再加油了，也不打算等加油車來，因為依照目前的狀況要等太久，也許永遠不會輪到她。她會鎖上直昇機，趕緊開車衝往曼哈頓，沒有其他延誤的話，最遲一點半應該可以回到她在格林威治村倉庫改建的家，用這種方式前往一個僅有一次機會的凌晨兩點偵訊可是很趕，但這個偵訊可能協助他們找到漢娜．史塔爾。她在感恩節前一天失蹤，據說最後有人看到她是在包羅街上，搭上黃色計程車，引起大眾病態的想像。諷刺的是，那個地方距離露西住的地方不遠，伯不止一次指出：「而且那天晚上妳在家，妳什麼都沒看到真是太可惜了。」

「編號九ＬＦ直昇機，」無線電那頭的塔台管制員說，「妳可以前往停機坪了，降落後果自負。如果妳對這個機場不熟悉的話需要告知我們。」

「九ＬＦ了解，」露西語氣平淡的說，用她把人幹掉或威脅幹掉之前的口氣，她把直昇機輕輕向前推進。

她盤旋前往停機坪邊緣，垂直降落後停在停機檯上，就在讓她聯想到蜻蜓的羅賓森直昇機和讓她聯想到漢娜．史塔爾的灣流噴射機之間。強風拍打著尾翼，廢氣充滿機艙。

「不熟悉？」露西把引擎速度調到飛行怠速，關掉低轉速警報器，「我不熟悉？妳聽見了嗎？他想讓我看起來像個爛飛行員。」

伯格沉默不語，廢氣的煙味很濃。

「現在他每次都這樣，」露西伸手關掉頭頂的開關，「很抱歉有廢氣，妳還好嗎？再撐兩分鐘就好，眞的很抱歉。」她該與那個航管員當面對質，她不該放過他。

伯格摘下頭上的耳機，打開她那一側的窗戶盡量靠過去。

「打開窗戶反而更糟糕，」露西提醒她。她該走到塔台，搭電梯上樓，在航管室的同事面前好好教訓他一頓。

她看著數位時鐘的時間一秒一秒過去，還有五十幾秒，她的焦慮和憤怒越來越深。她會查出那個可惡的航管員叫什麼名字，好好教訓他。她到底對他和這裡的員工做過什麼事？她又不管閒事，小費很慷慨，該付的錢都付。還有三十一秒。她不知道他叫什麼名字，也不認識他。不論他多麼無禮，她在通訊時總是維持專業態度，而他總是對每個人都很無禮。好，如果他想吵架的話就讓他得償所願，天啊，他完全不知道自己惹到什麼角色。

露西向塔台報告，同一個航管員回答她。

「要求你上司的電話號碼。」露西說。

他提供了，因為別無選擇，這是美國聯邦航空總署的規定。她寫在飛行圖膝板上。讓他擔心，讓他緊張。她用無線電聯絡固定基地營運服務，請他們把她的車子開過來，將直昇機拖進機棚。不知道下一個令人不愉快的意外是否為她的法拉利受損，也許那個航管員也確保此事的發生。她關掉引擎，最後一次關掉警告器，摘下耳機掛在鉤子上。

「我要下去了，」伯格在黑暗又臭不可聞的機艙裡說，「妳不用找人吵架。」

露西伸手往下拉關掉機翼。「等我關掉旋翼，記得，我們在停機檯上，不是地上。下去的時候別忘記這一點，再幾秒鐘就好。」

伯格鬆開四點安全帶，露西完成關機程序，確認發動機轉速爲〇，關掉電池。她們下了直昇機，露西拿了包包鎖好門，伯格沒等她就直接走向固定基地，穿梭在飛機之間，閃開固定繩索及加油車，穿著貂皮大衣的苗條身影越來越遠，逐漸消失。露西知道她的習慣，伯格會衝到女化妝室，大口吞下四顆安舒疼止痛藥或一顆樂兒痛，用冷水洗臉。如果不趕時間的話，她不會馬上上車，而是先給自己機會恢復狀況，在附近走一走，呼吸新鮮空氣，可是沒時間了。

她們若是沒有在凌晨兩點之前回到露西的家，哈波．裘德會受驚離開，永遠不再聯絡伯格。他不是會容忍藉口的那種人，會認爲藉口是陰謀，他被設計了，狗仔就在街角，他就是會這麼想，因爲他偏執得一塌糊塗，而且也有罪得要命。他會放她們鴿子，找律師，最笨的律師都會叫他不要開口，而她們從此丟了最有希望的線索。他們永遠不會找到漢娜．史塔爾，然而爲了眞相與正義，她應該被找到，雖然不是她的正義。她不讓別人得到的，她自己也不應該得到。眞是個笑話。大衆完全不知情，全世界都在他媽的同情她的遭遇。

露西從未同情過她，直到三週前才發現自己對她到底是什麼感覺。有人報案漢娜失蹤時，露西已經很清楚這個女人所能造成的傷害，以及已經造成的傷害，只是不知道原來那是刻意的。她把這筆帳歸因於厄運、市場表現、崩潰的經濟，一個膚淺的人的膚淺建議，一個遭到懲罰的人情，但完全沒有預謀或惡意。錯，錯，錯。漢娜．史塔爾就是個惡魔般邪惡的人，要是露西更相信自己的直覺就好了，因爲她和漢娜在佛羅里達第一次單獨見面時的直覺就不是很好，根本就是很差，她現在明白了。漢娜很有禮貌，人很好，幾乎到調情的程度，但露西現在才發現還有其他因素影響了她的直覺，只是當時她不想發現。也許是漢娜一直看著經過她北邁阿密海灘華麗公寓陽台下方的高性能船隻的表情，那聲音大得令人憎惡，露西幾乎聽不到她說話。貪婪，毫不難爲情的貪婪與競爭。

「我敢打賭妳也有一艘那種東西，」漢娜的聲音沙啞而活潑，有如一艘四十六萊德ＸＰ快艇，三層立體船身，內側發動機每座至少有九十五匹馬力，朝向大海開去時聽起來就像妳把頭擺在馬力全開的哈雷機車旁的排氣孔邊一樣。

「我對快艇沒興趣，」老實說，露西痛恨快艇。

「怎麼可能，妳跟妳那些機器？我記得妳以前對著我父親的汽車流口水，他只肯讓妳開他的法拉利恩佐，眞是難以相信，當時妳還那麼小。我還以爲希格瑞賽艇很合妳的胃口。」

「完全沒有。」

「我還以爲我了解妳。」

「除非我秘密販毒或幫俄國黑手黨跑腿，那種東西對我沒用。」

「秘密生活？快跟我說，」當時漢娜說。

「我沒有秘密生活。」

「天啊，看它飛馳的樣子。」另一艘快艇留下一大片帶狀白色浪花，從海岸間衝入堤岸下的小灣，衝向大西洋。「我的另一個野心就是有一天要擁有一艘。不是秘密生活，而是像那樣的快艇。」

「有的話最好不要讓我發現，我指的不是船。」

「沒有，親愛的，我的生活公開透明。」漢娜把手放在陽台欄杆上時，手上的藝術裝置鑽石戒指在陽光底下閃閃發亮；她凝視著湛藍的海水及淺藍色天空，淺灰黃色的沙灘上散落著收起的雨傘，看起來像攪拌棒和葉尖發黃呈羽毛狀的棕櫚樹。

露西記得自己覺得漢娜彷如自五星級休閒飯店廣告走出來的，穿著恩加諾絲質成衣的金髮美女，豐腴而性感，卻又有高級金融家所需要的風霜。四十歲又完美，少數不受平庸、苦難或醜陋事物碰觸的幸運兒。在她父親魯伯·史塔爾所舉辦的豪華晚宴和派對上，她正是露西會避開的那種人。漢娜似乎沒有犯罪的能力，最重要的原因是她不需要靠謊言過日子，偷光人們財富這種亂七八糟的生活。沒錯，露西對漢娜所謂公開透明的人生判斷錯誤，錯誤到造成無可計算的損害。漢娜的小人情造成露西九位數的損失。露西對說謊有自己的定義，結果是眞的，那就不能眞的算是謊言。然而，接連不斷的謊言造成如今露西也活在這個謊言中。

她在停機坪走到一半時停下腳步，用黑莓機打電話給馬里諾。這個時間他應該在監視、調查哈波·裘德所在的地點，希望他沒有臨時變卦。他牽扯一大堆理由，怕被人認出來，不想上《紐約郵報》的第六版或被傳遍網路，所以才約在這種凌晨時分見面。也許潔米·伯格三週前第一次聯絡他又被他放鴿子時他就該想到這一點。也許他向陌生人開口前就應該好好想清楚，怎麼會想到對方剛好是露西的朋友，告密者。

「是妳嗎？」馬里諾的聲音從她的頷骨傳來，「我都開始擔心妳們決定去拜訪約翰．丹佛了。」

露西沒有笑，連微笑都沒有。她從不拿墜機喪命的人開玩笑。飛機、直昇機、摩托車、汽車、太空梭，一點也不好笑。

「我把路線圖寄給妳了，」她繼續穿過停機坪，把行李用力拋到肩上，馬里諾說，「我知道妳那輛賽車沒有衛星導航系統。」

「我怎麼可能需要衛星導航才能找到回家的路？」

「道路封閉，車流改道，由於妳還在空中飛著那架死亡陷阱時發生了一些我不願意詳細解釋的小狀況。還有，那貨物在妳身邊。」他指的是他的上司伯格，「萬一妳迷路或被拖延，趕不上兩點的約會，妳猜會怪到誰的頭上？我不去她已經很生氣了。」

「不去？這樣更好，」露西說。她只要求他慢慢來，也許遲到個三、四十分鐘，讓她有機會先跟哈波．裘德談談。如果馬里諾從一開始就坐在那裡，她無法以她想要的方式進行偵訊，以她想要的解構方式處理。露西對偵訊具有特別的才華，她打算問出需要知道的答案，才能好好處理。

「妳有在追蹤新聞嗎？」馬里諾說。

「停下來加油的時候。我們知道漢娜和慢跑者間有關黃色計程車的關聯已經傳遍網路了，」她假設他指的是這件事。

「我還以為妳在追蹤緊急應變中心的消息。」

「怎麼可能？根本沒時間，我被轉向了兩次，一座機場沒有航空燃油，另一座機場沒有除雪，發生了什麼事？」

「一個聯邦快遞包裹送到妳阿姨住的大樓。她沒事，不過妳該打電話給她。」

「聯邦快遞包裹？你在講什麼啊？」露西停下腳步。

「我們不知道裡面裝了什麼，也許跟班頓的某個病人有關，某個神經病留了聖誕禮物給醫生，得用聖誕老公公的雪橇把它運到羅德曼岬。這是不到一個小時前發生的事，正朝著妳的方向而去，跨布朗區快速道路，妳離開白原市的時候會碰到，所以我才寄路線圖給妳，讓妳走布朗區東邊，以防萬一。」

「可惡，你們跟拆彈小組的誰交涉？不論是誰，我會跟他們聯絡。」拆彈小組總部在格林威治村的第六分局，靠近露西家。她認識裡面的幾個技工。

「謝謝，是菸酒槍械管制局特別幹員，不過已經處理好了。沒有妳，紐約市警方還是處理好了。別擔心，該處理的我都在處理，醫生會告訴妳。她很好。班頓同一個神精病病人，可能跟好萊塢有關係。」這是馬里諾對哈波・裘德的嘲諷外號。「我要去即時犯罪中心查查，不過也許這個話題會出現。她叫多蒂・郝奇，是麥克連精神病院的病人。」

「她為什麼會認識他？」露西又邁開腳步。

「也許是她的想像、幻想？對不對？不過考慮到妳阿姨大樓的這件事，也許妳該向好萊塢

打聽一下這個人。我大概會在即時犯罪中心待一整晚，幫我向老闆解釋一下。」他指的是伯格，

「我不想讓她生我的氣，可是這件事很重要，我得在情況變糟之前查清楚。」

「所以你到底在哪裡？翠貝卡（譯註：TriBeCa，指紐約市曼哈頓下城街區）附近？」露西穿梭在噴射客機的機翼之間，小心翼翼地避開如機翼背鰭般延伸的部分，以及能刺穿眼睛的通訊天線。她曾看過一名飛行員一面喝咖啡一面講電話，結果撞到容克斯副翼後緣，在頭上撞出一個大洞。

「幾分鐘前剛經過好萊塢明星的住處，正要前往下城。他看起來在家，這是好消息，也許他會現身。」馬里諾說。

「你該監視他，確認他會出現，我們是這麼說好的，」露西無法忍受依賴別人完成工作。可惡的天氣。她早點抵達的話就會自己去跟蹤哈波·裘德，確認他會現身見面。

「比起監視自認爲是下一個詹姆斯·狄恩的變態，我現在有更重要的事要做。愛蜜麗亞·艾爾哈特，萬一妳改道後迷路的話再打電話給我。」

露西掛斷電話，加快腳步，考慮打電話給阿姨，又想到她寫在膝板上的電話號碼，也許該在離開機場之前打電話給航管員的上司，也許等到明天再打給航管小組的經理比較好，甚至向美國聯邦航空總署投訴，讓那個傢伙再次接受訓練。他用塔台通訊頻道聯絡的內容，確定大家都聽得到他指控她是無能的飛行員，指控她不熟悉自己每星期使用多次的機場，她想到這些就怒火中燒。

拜託，她的直昇機和塞斯納獎狀10商務噴射機都慣常停靠在這裡的機棚，也許這就是他的動機。他聽說了傳聞，或假設她在大家稱爲三〇年代以來最慘烈的財務危機之中出了什麼事，刻意要讓她低調一點，消消她的銳氣。只是，造成眞正損害的並不是華爾街崩盤，而是漢娜．史塔爾的一個人情，一份她父親魯伯會希望露西擁有的禮物，分手禮物。漢娜和巴比交往時，她不斷聽到露西這樣露西那樣。

「他還以爲妳是愛因斯坦，漂亮的愛因斯坦，不過是個野丫頭。他超喜歡妳的。」不到六個月前，漢娜這麼對露西說。

露西看不出漢娜是誘惑還是嘲笑，也不知道她的意思或知道或假設什麼。魯伯戴著薄薄的金框眼鏡，毛茸茸的白髮，沒有光澤的藍眼珠，矮小的身材穿著整潔的西裝，誠實且衣冠楚楚。可以確定的是，他知道露西所有的生活細節，根本不在乎她跟誰有一腿，只要他們不碰她的錢，只要不會讓她付出任何實質的代價。他能理解女人爲何會愛女人，因爲他也愛女人，說自己根本應該是女同志，如果他是女人的話也會想跟女人在一起。所以，愛誰又有什麼關係？他以前常說內在最重要。一個總是微笑、慈祥正派的男人，是露西從未有過的父親。他去年五月前往喬治亞州出差時，因沙門氏桿菌感染去世。露西覺得不可置信，悲痛異常。魯伯這樣的人怎麼可能因爲吃了墨西哥青辣椒而死？難道存在的偶然性只靠他媽的是否決定點辣味玉米片嗎？

「我們眞的很想念他。他是我的模範，最要好的朋友。」今年六月，漢娜在她的陽台上看著百萬快艇呼嘯而過，「妳跟他合作得很好，跟我合作甚至可以更好。」

不止一次，露西告訴她不用了，謝謝。她禮貌的說自己不放心將整個資產交給漢娜．史塔爾管理，他媽的不可能。至少這一點她信任自己的直覺，可是她應該注意她對這個人情的感覺，也就是不要，可是她卻這麼做了，也許因爲露西感覺到競爭，覺得想讓漢娜刮目相看。也許狡猾的漢娜認出她的傷口而伸手染指。露西小時候被父親拋棄，長大後則不想被魯伯遺棄。他一開始就處理她的資產，始終正直又關心她，是她的朋友。對他而言，她很特別，他會希望自己離開人世之後露西能得到一些特別的東西。

「要是他活得夠久，就會指點妳這麼做，」漢娜將名片遞給她時碰到她的手指，名片背後用她熟練且花俏的筆跡寫著灣橋財務與電話號碼。

「妳就像他的女兒一樣，他要我承諾照顧妳。」當時漢娜說。

他怎麼可能承諾這種事？露西發現時已經太晚了。他的病況急轉直下，在亞特蘭大去世前，漢娜根本沒有機會見到他或跟他說到話，而露西要到損失九位數之後才想到要問這個問題。現在她很確定，漢娜除了陷害有錢人得到大筆佣金之外，一定還有其他目的，爲了想傷害露西而傷害她，使她重傷，削弱她的力量。

那名航管員不可能知道露西的淨值出了什麼問題，不可能得知她所受到的損害與羞辱。她只是焦慮過度、謹慎、不理性，伯格稱之爲病態的壞心情，因爲她計畫了好幾個月的驚喜週末失敗了，伯格疏遠、易怒，在每個重要時刻都拒絕她。在那間連棟別墅裡，出門的時候伯格都不理她，上了直昇機之後也沒有改善。前半部的飛行旅程裡她沒有提到任何私人的事，後半旅程都用直昇機的手機在傳簡訊，因爲卡莉．克利斯賓和黃色計程車，還有天知道什麼事，所有的小事都間接牽連到同一件可惡的事：漢娜。她佔據了伯格的生活，這次奪走了露西所擁有的無價之寶。

露西看了塔台一眼，玻璃牆面的頂端如燈塔般閃閃發亮，想像那個航管員，她的敵人坐在雷達螢幕前瞪著目標和發信代碼，代表眞正載著乘客的眞正的飛機，大家都盡力使乘客安全抵達，他一面下令，大叫侮辱性的字眼。**可惡的王八蛋**，她該去找他算帳。她總得找個人算帳。

「所以，是誰把我的停機檯拖出來轉成順風方向？」她問在固定基地營運服務中心遇到的第一個前線員工。

「妳確定嗎？」他是個瘦弱長滿青春痘的小子，穿著過大的防寒工作服，整理著禦寒外套口袋裡的指揮棒，不肯正眼看她。

「我確定嗎？」她說，彷彿自己聽錯了。

「妳想問我的上司嗎？」

「不，我不想問你的上司，這已經是我過去兩週來第三次得順風降落，F．J．里德。」她讀出他名牌上的名字，「你知道那代表什麼意思嗎？那表示不論誰把我的停機檯拖出機棚，那個人把拖桿指著錯誤的方向，也就是直接朝著下降氣流，所以我得在順風中降落。」

「不是我，我絕對不會指到順風的方向。」

「指著。」

「什麼？」

「指著，不是指到，」露西說，「你對空氣力學有概念嗎？F．J．里德？飛機，包括直昇機在內，降落和起飛進入氣流之中，不是風在背後推著。側風也很糟，爲什麼？因爲風速等於空速減去地面速度，而風向會改變飛行軌跡，弄亂前進角度。起飛時沒有進入氣流的話比較難達到平移升力。降落時可能會讓油門垂直下降，他媽的墜機。跟我通訊的那個航管員是誰？你認識塔台那幾個傢伙對不對？F．J．里德？」

「其實我並不認識塔台的人。」

「眞的？」

「是的，女士，妳開的是那架有紅外線攝溫影像儀和夜陽探照燈的黑色直昇機，看起來有點像國土安全局的。可是如果妳是的話我會知道，我們知道這邊進出的人。」

露西很確定他就是那個把停機檯拖出去擺錯方向的白癡，因爲塔台的那個混蛋叫他這麼做，或至少鼓勵他找她麻煩，嘲笑她、羞辱她和貶低她。

「謝謝你告訴我我需要知道的。」她說。

她大步走開，伯格從女化妝室出來，扣上貂皮大衣的扣子。露西看得出她洗過臉，潑了很多冷水。伯格很容易有她所謂的「暈機頭痛」，露西稱之爲偏頭痛。她們一起離開固定基地營運服務中心，上了法拉利599GTB，十二汽缸引擎大聲咆哮，露西用她的怒火牌手電筒照著發亮的羅素巴切塔紅酒般美麗的酒紅色外漆，尋找最細微的瑕疵，她的六百一十一馬力超跑是否遭到任何一點意外或損害的跡象。她檢查防爆胎，後車廂，整理行李，坐上碳纖維方向盤後方，巡視儀表板，注意里程，檢查收音機頻道，最好是她上次下車時的頻道，確定她和伯格不在時沒人把她的法拉利開出去兜風，或如伯格說的，「困在史托鎮。」露西想到馬里諾寄給她的電子郵件，不過沒有找出來看。不論車流如何轉向，道路封閉，她都不需要他幫忙找路。她該打電話給阿姨。

「我沒有給他。」伯格說，清晰的輪廓在近乎黑暗中非常美麗。

「他最好希望我不會找他麻煩。」露西說，打到一檔。

「我是說小費，我沒給服務員小費。」

「不用小費。有點不對勁，在我弄清楚之前不再當好人了。妳還好嗎？」

「還好。」

「馬里諾說，一個班頓以前的精神科病人在我阿姨的大樓留了一個包裹，他們得叫來拆彈小組，包裹現在羅德曼岬。」露西說。

「所以我從不度假，看看我離開後發生了什麼事。」

「她叫多蒂．郝奇，馬里諾說她可能和哈波．裘德有關，他要去即時犯罪中心調查她的資料。」

「妳在網路上搜尋那麼多都沒找到她的資料嗎？我還以爲有的話會被妳找到，」伯格問。

「不熟悉，」露西說，「我們該問問哈波有關她的事，問他們怎麼認識的，或是否認識她。這下子這個混蛋顯然和某個可能留包裹給我阿姨的人有關，我實在很不喜歡。」

「現在做這樣的連結還太早。」

「馬里諾正忙得不可開交，他要我轉達給妳。」

「什麼意思？」

「他只說告訴妳他有很多工作要做，他聽起來很急。」露西說。

她以三秒鐘達到時速九十五公里後打回三檔，在聯絡道路上要開慢一點，到一二〇公路之後不要太急，在公園大道上以半睡眠狀態也能開到一百六。她不打算跟伯格說馬里諾沒辦法現身偵訊。

「開慢一點。」伯格抗議。

「可惡，我告訴過凱阿姨上現場節目的事。」她以高速過彎，將車輛動態的控制扭轉到賽車模式，關閉動力輔助，「我跟妳擔心的理由相同，上現場節目的時候人們知道妳在哪裡，而她今晚顯然在城裡。我們有很多方法可以避免今晚這種狗屁倒灶的事發生，她應該想辦法讓這種事不容易發生。」

「別責怪受害人，這不是凱的錯。」

「看在老天的份上，我不斷提醒她離卡莉．克利斯賓遠一點，」露西對著前方愚蠢的慢車打大燈，超車濺得他滿臉泥巴。

「不是她的錯，她以爲自己在幫忙。」伯格說，「天知道外面垃圾這麼多。尤其是陪審員，大家都成了專家；漸漸地，像凱這種聰明人無可避免地得出來解釋清楚。我們都一樣。」

「凱阿姨唯一幫到的大概只有卡莉而已，跟那種人不需要說清楚講明白。看看發生什麼事？

今天早上還有多少人敢搭計程車。」

「妳為何對她這麼嚴厲？」

露西開快車，沒有回答。

「也許跟妳對我這麼嚴厲是同樣的理由，」伯格直視著前方說。

「什麼理由？我多久見妳一次？一星期兩次？很抱歉妳討厭妳的慶生方式。」

「每一個生日我都很討厭。」伯格用的是想舒緩張力時的語氣，「等妳過了四十歲就知道，妳也會討厭生日的。」

「我不是那個意思。」

「我知道妳的意思。」

露西加速。

「馬里諾正在前往妳家的路上？」伯格問。

「他說他可能會晚點到。」一個不是謊言的謊言。

「我對這件事有不好的預感，」伯格指的是漢娜．史塔爾、哈波．裘德。她心事重重，專注的目標並非露西。不論伯格如何向她保證或道歉，一切都改變了。

露西努力回想確切的時間點，也許是夏天的時候，市政府宣布削減預算，地球開始脫離軸心。然後，過去幾個星期就別提了。現在？已經沒有了，感覺沒有了，結束了。不可能，露西不會讓它發生，她得想辦法不讓這一切結束。

「我再說一次，結果最重要。」露西伸手拉近伯格的手，用大拇指撫摸著，「哈波·裘德會開口，因爲他具有傲慢的反社會人格，只在乎自己的利益，他相信這麼做對他有利。」

「並不表示我就覺得沒關係，」伯格的手指和露西的交纏在一起。「這麼做有引人入罪的危險，也許根本就相去不遠。」

「又來了。我們沒事，別擔心。艾瑞克爲了止痛而買了八分之一盎司的白寡婦大麻，醫療用大麻沒什麼問題，至於他的來源？也許是哈波，哈波吸大麻。」

「記得妳講話的對象。我不想知道艾瑞克或妳從哪裡取得你們所謂的醫療用大麻，我假設妳身上沒有，也從未有過，」伯格曾經說過不止一次，「最好不要讓我發現妳在某處的室內種大麻。」

「沒有，我已經不做那種事，也好幾年沒抽了。我保證。」露西露出微笑，換低檔從六八四號州際公路南向出口離開，伯格的觸碰使她安心，增加自信，「艾瑞克喝了幾杯，正在享受的時候剛好遇到哈波，哈波正好是習慣的動物，常去同一個地方，這麼做並不明智，容易被人找上刻意與他交朋友。」

「對，妳說過。我還是要說這句話：萬一艾瑞克決定告訴不恰當的對象呢？例如哈波的律師？我問完話之後他一定會找律師的。」

「艾瑞克喜歡我，我給他工作。」

「沒錯，妳信任做雜活兒的。」

「他是個吸大麻的，有犯罪紀錄，」露西說，「不可靠，除非必要沒人會相信他的話，我保證妳不需要擔心。」

「我有很多事得擔心，妳勸誘一個有名的演員……」

「拜託，他又不是克里斯汀．貝爾。」露西說，「這件事發生之前妳根本沒聽過哈波．裘德這個名字。」

「我現在聽過他的名字了，而且他還算有名。更重要的是，為了取得對他不利的證據，妳用管制藥品鼓勵他犯法，而且還是代表公務員這麼做的。」

「我不在現場，根本不在紐約。」露西說，「星期一晚上哈波和我的雜工一起逍遙的時候，妳和我在佛蒙特州。」

「所以，妳在工作日硬把我帶走就是為了這個原因。」

「妳的生日在十二月十七日又不是我決定的，被雪困住也不在我的計畫之內。」她又被刺傷了，「可是沒錯，趁我們不在城裡時，尤其是妳不在城裡時，讓艾瑞克到幾家酒吧看一看很合理。」

「妳不只要求他去幾家酒吧看一看，妳還提供了非法毒品。」

「沒有，是艾瑞克買的。」

「他哪來的錢？」伯格問。

「我們已經討論過這件事了，妳這樣只會把自己逼瘋而已。」

「辯方律師會宣稱這是誘人入罪的圈套，政府無法無天的作為。」

「那妳就說哈波本來就打算做那些事。」

「換妳教我怎麼做？」伯格悲哀的笑，「不知道我幹嘛花時間去念法學院。簡單的說，我們就坦白說吧，妳向哈波灌輸的想法可能害他遭到起訴，我們則是永遠無法證明這些罪名。基本上，妳故意設計讓他吸大麻吸得恍恍惚惚，再讓妳的雜工誘導他談到派克綜合醫院的事，妳之所以會起疑則是因為駭進了哈波的電子郵件帳號，天知道還有什麼，大概連他媽的醫院也有，老天爺。」

「我取得他們的資料用的是很正當的方法。」

「拜託。」

「而且，我們不需要證明，」露西說，「那不是重點嗎？把好萊塢先生嚇得半死，讓他做對的事？」

「我不知道為什麼要聽妳的，」伯格將露西的手握得更緊，靠在自己身邊。

「他大可以表現出剛正不阿，很想幫忙的樣子，他大可以當個守法的公民，結果他不是，」露西說，「這叫自作自受。」

12

探照燈在喬治華盛頓大橋頂端的鋼柱上方來回掃射著，一名正要跳河的男子抓著纜線。他身材高大，表情茫然，也許六十來歲左右；風吹著他的褲管，沒穿襪子的腳踝如烈日下的魚肚白。馬里諾忍不住一直注意到房間對面平板電視上的現場轉播。

他真希望攝影機的鏡頭固定在跳河者的臉上，他想看看那人臉上的表情，看那表情少了什麼。不管他目睹過多少次，每個絕望的人都不一樣。馬里諾曾經看著人死去，看他們意識到自己會活下去，看人們殺人、被殺，直視他們的面孔，目睹他們得知一切即將結束與否的那一刻。他們的表情永遠不盡相同：憤怒、仇恨、震驚、哀傷、焦慮、恐怖、受辱、高興，以上皆有或以上皆非，有多少人就有多少種反應。

馬里諾最近常到這個無窗的藍色房間挖掘資料，此處使他聯想到時代廣場或耐吉城，兩層樓高的數據牆由巨大的三菱方塊組成，平板螢幕上一排排令人眼花撩亂的影像，有些動態，有些靜態，全都大於實際尺寸。當即時犯罪中心的軟體在超過三兆位元的資料庫裡搜尋可能符合那戴帽聯邦快遞傢伙的資料時，其中一個方塊裡的沙漏旋轉著；監視器畫面裡他的影像在牆上變成三公尺高，一旁是史卡佩塔在中央公園西側花崗岩公寓大樓的衛星照片。

「他往下跳的話還沒碰到水面就翹了，」馬里諾坐在工作台前的人體工學椅上，由分析師佩特羅斯基協助他，「天啊，他會他媽的先撞到橋面的，他爬上電纜線的時候在想什麼啊，要掉在汽車上，順便砸死一個開著迷你庫柏汽車的無辜倒楣鬼嗎？」

「在那種精神狀態下已經不會思考了，」佩特羅斯基是個三十來歲的警探，穿著預科生般的西裝領帶，對於凌晨兩點在喬治華盛頓大橋上發生的事並不是特別有興趣。

他忙著在刺青報告上輸入關鍵字，**in vino**（在酒裡面）、**veritas**（真相）、**in vino veritas**（酒後吐真相），以及**bones**（骨）、**skulls**（頭蓋骨）、**coffin**（棺材）。在那名戴著聯邦快遞帽的男子和史卡佩塔大樓的衛星影像附近，沙漏影像如警棍般在資料庫四分之一處旋轉著。平板螢幕上那名想跳橋的人還在考慮，彷如精神錯亂的空中飛人被困在電纜上。強風隨時會將他吹離，結束一切。

「我們沒有搜尋到有用的資料，」佩特羅斯基說。

「對，你說過了。」馬里諾說。

他無法看清楚那名跳河者的面孔，不過也許並不需要，也許他了解那種感覺。那個傢伙終於說管他的，問題在於他是不是認眞的。今天清晨，他要不就死了，要不就留在活生生的地獄；他爬到橋的北塔頂端，走到電纜線上又是什麼意思呢？他是打算消滅自己，還是由於生氣而刻意強調什麼？馬里諾想從他的打扮、衣服和配戴物決定他的社經地位，可是很難：寬鬆的卡其褲、沒穿襪子、某種跑鞋、深色外套、沒戴手套，也許戴著金屬手錶，有點邋遢不修邊幅，禿頭。他也許丟了錢、工作、老婆，也許三者都有。馬里諾很肯定自己了解他的感受，大約一年半前他也是這種感覺，考慮從橋上一躍而下，差點開車衝過距離河面幾百公尺高的護欄，衝下查爾斯頓的庫柏河。

「只有被害人的住處，沒有其他地址。」佩特羅斯基又說。

他指的被害人是史卡佩塔，聽到她被稱爲被害人時撼動了馬里諾。

「這個刺青很獨特，是我們手上最好的線索。」馬里諾看著跳河者緊緊抓住橋梁上層的電纜線，高聳於哈德遜河上方的黑色深淵之中。「天啊，別他媽的讓燈對著他的眼睛，那是幾百萬燭光？他的手一定很痲了。你能想像那些鋼鐵電纜線有多冰冷？老兄，幫自己一個忙，下次呑槍、呑藥比較快。」

馬里諾忍不住想到自己，想起南卡羅萊納，他人生最黑暗的日子。當時他很想死，也很該死，至今仍然無法百分之百確定他爲何沒死，爲何沒有像這個在喬治華盛頓大橋上的可憐傢伙一樣淪落到上電視。馬里諾想像警察、消防員和潛水夫從庫柏河裡拉出他的小貨車，他坐在裡面，那景象會有多麼醜陋，對大家都很不公平。當你那麼絕望，受到如此重大的打擊時，不會想到怎麼做才公平。浮屍的狀況是最糟的，屍體因腐爛而腫脹，氣體會使他的身體腫脹、變綠，眼珠子像青蛙一樣突出，嘴唇、耳朵，也許還有老二都被螃蟹和魚類啃蝕。

最終的懲罰就是那副噁心的樣子，臭得令人想吐，在醫生的解剖台上那見鬼的恐怖景象。她是查爾斯頓唯一的法醫，他會變成她的案子，由她下刀。她不可能把他運到幾百公里外，也不可能找另一個法醫解剖。她會打點他，馬里諾很確定這一點。過去，他曾經看過她解剖認識的人，出自於尊重，她會在他們臉上蓋上毛巾，盡可能覆蓋那赤裸的屍體。她知道自己是打點他們最好的人選。

「不見得很獨特，大概也不在資料庫裡。」佩特羅斯基正在說。

「什麼不在資料庫裡？」

「那個刺青。城裡大概有半數人口符合那傢伙的外型描述，」佩特羅斯基說，平板螢幕上的跳河者就像他看過的電影一樣，根本不足以吸引他轉頭。「二十五歲到四十五歲之間的黑人男子，身高介於一七二到一八七之間。沒有電話號碼、地址或車牌號碼，沒有其他線索可供搜尋，目前只能搜尋到這裡。」彷彿馬里諾眞的不該來到警察廣場一號八樓，用這種小事打擾即時犯罪中心的分析師。

眞的，馬里諾大可以先打電話來問，可是最好親自帶著磁碟出現。他母親總是說，「彼德，先邁出第一步，第一步。」

跳河者踩在電纜上的腳滑了，不過他抓穩了。

「哇，」馬里諾對著平板螢幕說，好奇他剛想到腳這個字，那人的腳就滑掉了。

佩特羅斯基看著馬里諾的視線，發表意見，「他們常常上去了才改變心意。」

「如果眞的想結束生命又何必經歷這一切？何必改變心意？」馬里諾開始藐視那個跳河者，覺得很不爽。「問我的話，我覺得都是狗屁。這種瘋子只是想得到關注而已，他們想上電視，報復，也就是說根本不想死。」

就算在這種時間，大橋上層的車流也開始堵塞；警方在跳河者正下方設置了一個區域放置氣墊床，一名談判專家想說服跳河者下來，其他警察爬上塔橋試圖想接近。這個人說「管他的」，不論那是什麼意思，然而大家都爲了一個不在乎的人冒著生命的危險。音量關掉了，馬里諾聽不到電視的聲音，也不需要，因爲那不是他負責的案子，跟他沒關係，也不該有興趣。然而，他在即時犯罪中心時很容易分心，這裡的感官刺激太多也太少。這裡沒有窗戶，只有藍色隔音板，排成曲線的雙螢幕工作站，灰色地毯，牆上顯示著各式各樣的影像。

隔壁會議室的百葉窗現在沒有打開，但只有這扇百葉窗開著，他才能看到布魯克林大橋、市中心的長老教會、佩斯大學學生會與老舊的伍爾沃斯大樓時，才有了參照點。他剛開始在紐約市警局工作時所記得的紐約，和他在貝永市所記得的紐約完全不同。當時他放棄拳擊，放棄揍人，決定幫助人。他不確定原因，不確定自己爲何離開紐約，在八〇年代早期來到維吉尼亞州的里奇蒙。他似乎某天醒來後突然發現自己成了南方聯盟前任首都的明星警探。這裡物價低廉，適合成家，也是桃麗斯想要的。大概是這個原因。

眞是狗屁連天。他們的獨生子洛寇離家後加入了犯罪集團，丟了性命，桃麗斯和一名汽車業務私奔，跟死了沒什麼兩樣。馬里諾在里奇蒙期間，這裡是美國命案發生率最高的地方。九十五號州際公路由紐約經由里奇蒙通往邁阿密，人渣沿途做生意，由於里奇蒙有好幾個聯邦國宅提供給顧客群，因而成了毒販休息站。風水輪流轉，九十五號公路南北和道上都盛傳里奇蒙是個販毒殺人的好地方，因爲這裡的警察很蠢，馬里諾以前聽了會覺得受到冒犯，現在不會了。那是很久以前的事，把不是私人恩怨當成私人恩怨有什麼好處？大部分的事情都是隨機發生的。

隨著年歲漸長，他再也無法以人生中的事件證明他的選擇和混亂，那些超出界線的混亂，尤其是女人，其實出自於明智與關懷。有幾個是他眞正愛過、失去，或只是單純上過？他還清楚記得第一次，十六歲，熊山州立公園眺望哈德遜河的碼頭邊。可是整體而言他完全不清楚，他喝醉的那幾次尤其不可能記得。電腦不會喝醉或忘記，也不會遺憾，不會在乎。它們連結一切，在資料牆上創造出邏輯樹。馬里諾害怕自己的資料牆，擔心它毫無章法，所有做過的決定都是壞決定，毫無章法或理由，也沒有宏大的計畫。他不想看到這個邏輯樹的旁支毫無出路，或和史卡佩塔有關。在某種意義上來說，她已經成了他的連結和非連結的中心。某種意義上，她扮演的角色最爲重要，也最微小。

「我一直以爲你們可以對照影像和照片，」馬里諾對著佩特羅斯基說，一面看著平板螢幕上的跳河者，「如果這個聯邦快遞傢伙的大頭照出現在某個資料庫裡，你們可以拿他的臉部特徵和刺青跟我們從監視器拍到的畫面做比對。」

「我懂你的意思，只不過，我想我們已經確定他並不是聯邦快遞的員工。」

「那你就用電腦在資料庫裡尋找吻合的影像。」

「我們用關鍵字或類別搜尋，不是用影像，也許未來可以。」佩特羅斯基說。

「爲什麼可以在谷歌上搜尋想要的照片下載？」馬里諾問。

他的目光無法離開那個跳河者。眞的，他一定是改變心意了。是什麼原因？懼高症嗎？還是那他媽的關注？天啊，直昇機、警察、現場轉播。也許他決定繼續活下去，以便可以登上《時人》雜誌封面。

「因爲你是用關鍵字搜尋，而不是用實際的影像搜尋。」佩特羅斯基很有耐性的解釋，「影像搜尋應用程式需要一個或多個關鍵字，比如你看到牆上的標誌嗎？如果你用即時犯罪中心標誌或記號這個關鍵字查詢，軟體會找到一個或以上包含同樣關鍵字的影像，找到主機的實際位置。」

「牆上？」馬里諾疑惑地看著牆上的老鷹和美國國旗標誌。

「不是，主機位置不在牆上，而是一個資料庫，在我們這裡的話就是資料倉庫，因爲我們集中化之後增加了空間和複雜度。每一張拘票、犯罪行爲、事件報告、武器、地圖、逮捕、投訴、刑事案件傳票、攔檢、偵訊、搜身、少年犯，想得到的都有，跟我們針對反恐做的連結分析是同一類。」佩特羅斯基說。

「好，如果你們能搜尋影像，」馬里諾說，「就可以辨識恐佈分子，用不同名字的個人。我們爲什麼沒有這麼做？好，他們快抓到他了。天啊，好像我們該爲了那樣的松鼠從橋上纜線滑下去。」

穿戴吊具的緊急應變小組隊員用繩索懸吊著，從三個方向接近。

「我們無法這麼做，也許有朝一日可以吧。」佩特羅斯基回答，對跳河者是否獲救毫不關心。「我們連結的是公開記錄，例如地址、地點、物件，其他較大的資料庫，但不是眞正的人臉照片。你眞正搜尋到的吻合結果是關鍵字，並非刺青的影像。你聽得懂嗎？因爲我覺得你好像聽不懂我的意思。也許如果你焦點是放在這個房間裡的我，而不是在喬治華盛頓大橋的話就會聽懂了。」

「眞希望我能看清楚他的臉，」馬里諾對著顯示跳河者的平板螢幕說，「他有點熟悉，好像在哪兒看過。」

「哪裡都有可能，最近這種人多得有如過江之鯽，眞是自私透頂。想結束生命的話就別牽拖其他人，害到別人，也別花納稅人的錢。他們今晚會把他送進貝勒育，明天我們就會發現他涉及龐氏騙局（非法吸金）。我們的預算剛被砍了一億，居然還得從橋上救下這個混蛋，一個星期後他就會找到其他方法自殺了。」

「不會，他會上賴特曼的節目。」馬里諾說。

「別踩我的地雷。」

「回到你剛剛在講的拉什莫爾山總統石像酒鬼刺青，」馬里諾伸手拿咖啡，而緊急應變小組的隊員正冒著生命危險解救一個不值得救的人，多得有如過江之鯽的人，也許早該跳下去，讓海防撈起來送到停屍間。

佩特羅斯基按下早先打開的記錄，用滑鼠將影像拖到筆電螢幕上巨大的空白方框裡，資料牆上出現一張黑人的大頭照，刺青蓋住他左側頸部：露出地面的岩石上有四個頭蓋骨，馬里諾覺得看起來像總統石像，還有拉丁字**In Vino veritas**（酒後吐真相）。

「一瓶酒，葡萄藤之果實。」馬里諾說，兩名緊急應變小組隊員就快抓到跳河者了。馬里諾看不到他的臉，看不出他的情緒或是否在說話。

「酒後吐眞相，」佩特羅斯基說，「這句話可回溯到羅馬時代，他媽的叫什麼名字？普林尼什麼的，也許是塔西陀。」

「馬刁士蜜桃紅和藍瑟斯玫瑰紅，記得那些日子嗎？」

佩特羅斯基露出微笑，沒有回答。他太年輕了，或許也從沒聽過瘋狗或波恩農場蘋果酒。

「在車上喝一杯藍瑟斯，運氣好的話把空瓶送給約會對象當紀念品，」馬里諾繼續說，「那些女孩會在上面放蠟燭，讓蠟油往下流，各種不同顏色的蠟燭，我叫它蠟燭幹，嗯，我猜你得在場才會懂。」

馬里諾從不確定佩特羅斯基和他的微笑到底是什麼意思，只知道他覺得這傢伙是緊張型，大部分的電腦宅男都是，除了露西之外，她這陣子不搞自閉了。佩特羅斯基將影像並排在資料牆上時，他看了手錶一眼，不知道露西和伯格與哈波．裘德進行得如何。那名戴著聯邦快遞帽的男子頸部刺青、四個頭蓋骨和酒後吐真相的字眼並列。

「不是，」馬里諾又喝了一口冷掉的黑咖啡。「仔細一看根本就不像。」

「我不是就說了嘛。」

「我的意思是模式，例如他可能在哪裡刺的，找到同樣的設計就可以找到刺青設計師，讓他看這個聯邦快遞傢伙的照片。」馬里諾說。

「不在資料庫裡，」佩特羅斯基說，「用那些關鍵字搜尋不到，用coffin（棺材）、fallen comrade（犧牲同志）或Iraq（伊拉克）等關鍵字試過都沒有吻合的結果。我們需要名字、事件、地點、地圖等別的關鍵字。」

「聯邦調查局的資料庫呢？」馬里諾建議，「他們有一個花了十億的新電腦系統，忘了叫什麼。」

「NGI，下一代辨識系統，還在發展中。」

「可是我聽說已經啓動了。」馬里諾是從露西那裡聽來的。

「這是非常先進的科技，跨越許多時期，我知道初期系統已經實施，包括指紋辨識自動整合系統、DNA整合索引系統，我認爲還有州際照片系統，不確定還有什麼。你知道目前的經濟狀況，很多東西都被砍了。」

「嗯，我聽說他們有一個刺青資料庫。」馬里諾說。

「喔，當然。」

「所以我說我們撒網撒大一點，做全國性搜索，甚至國際性，找到這個聯邦快遞的混蛋，」馬里諾建議，「你應該不能從這裡搜尋聯邦調查局的下一代辨識系統。」

「沒辦法，我們不能共用，不過我可以把你的刺青寄給他們，沒問題。嗯，他已經不在橋上了，」佩特羅斯基指的是那個跳河者，他終於感到好奇，不過是出自於無聊。

「那不可能是好事，」馬里諾看著平板螢幕，發現他錯過了重要時刻，「可惡，我只看到緊急應變小組隊員，看不到他。」

「他在那裡。」

直昇機的探照燈照在地面的跳河者身上，人行道上的身影是遙遠的影像，他沒掉到氣墊上。

「那些緊急應變小組隊員會很生氣，」這是佩特羅斯基對整個情況的總結，「他們最討厭發生這種事。」

「你把刺青的照片寄給聯邦調查局好了，」他看著資料牆上所謂的聯邦快遞員說，「我們再試試其他搜尋關鍵字，聯邦快遞，也許聯邦快遞制服、聯邦快遞帽子，所有跟聯邦快遞有關的。」馬里諾說。

「這一點我們做得到。」佩特羅斯基開始打字。

資料牆的沙漏又繼續旋轉，馬里諾注意到牆上的平板螢幕變成漆黑一片，警方直昇機的影像傳送已經中止，因爲跳河者也沒命了。他突然覺得那個跳河者看起來很面熟，像看過的演員，是哪部電影？跟妓女惹上麻煩的警察署長？那部電影到底是什麼？馬里諾怎麼想都想不起片名，最近似乎經常發生。

「你看過丹尼·德維托跟貝蒂·蜜勒主演的電影嗎？那部電影的片名到底是什麼？」馬里諾問。

「完全不知道，」佩特羅斯基看著沙漏和令人安心的訊息：正在進行你的報告。「跟電影有什麼關係？」

「跟什麼都有關係。我還以爲這地方的重點就在於此。」馬里諾指著這藍色大房間。

找到十一項結果。

「好戲上場了，」馬里諾說，「眞不敢相信我以前多麼痛恨電腦，或是負責電腦的笨蛋。」以前他眞的很討厭他們，喜歡嘲笑負責電腦工作的人，現在不會了。他已經習慣透過所謂的「連結分析」找出重要的資訊，可以立刻用電子郵件傳送。他也越來越喜歡調查事件或偵訊投訴人時已經知道疑犯過去做過什麼事，對象是誰，長相、同夥、親戚、對自己或他人是否具有危險。馬里諾很想說這是美麗新世界，他從未讀過，也許未來會讀的一本書。

佩特羅斯基正將資料陳列在資料牆上，在傷害、搶劫、一件性侵案和兩件槍擊案裡，「聯邦快遞員」這幾個字吻合遭竊物、被說過的話和職業，在某個案子裡則是致命的比特犬攻擊。這些報告的資料對馬里諾來說都沒有用，直到他看到一張捷運裁決所的傳票，這張八月一日發出的傳票在資料牆上如眞人大小。馬里諾看了姓氏與名字，紐澤西水岸市的地址，性別、種族、身高、體重。

「嗯，眞沒想到會看到這個名字，我才打算接下來請你查她的名字，」他一面說一面唸著違規細節：

當事人被看到於早上十一點三十分在南方大道與東一四九街路口搭上紐約市公車，與另一名乘客發生口角，當事人聲稱對方坐了她的座位，當事人對著另一名乘客大叫。警員接近當事人，請她停止大叫並坐下時，她表示：「你可以用聯邦快遞把你的屁股送到地獄，我又沒有做錯什麼事。那邊那個男的才是個無理的大混蛋。」

「我懷疑她身上會有頭蓋骨的刺青，」佩特羅斯基嘲諷的說，「我不認爲她是你那個送貨員。」

「眞他媽的不可置信，」馬里諾說，「可以幫我列印出來嗎？」

「你該數數自己每個小時講幾次他媽的，要是在我家你會被罰很多錢。」

「多蒂．郝奇，」馬里諾說，「就是那個他媽的打電話到CNN的神經病。」

13

露西的電腦鑑識調查公司康奈宣位於她所居住的建築裡，這棟建築在十九世紀時是格林威治村，實際上是遠西村包羅街上一家香皀蠟燭工廠的倉庫。這棟兩層樓建築裝有拱型窗戶、充滿自信的羅馬式風格，已被登記爲歷史古蹟，隔壁原本是馬車車庫，現在也是古蹟，由露西去年春天買下當車庫。

她是所有古蹟維護委員會的夢想，翻修時只在意她不尋常的網路及監視需要注意的細節，完全沒興趣改變建築的完整性。對非營利團體來說更重要的是她的慈善行爲，並非她自己沒有得到好處，不過潔米．伯格完全不相信利他主義背後有純正的動機，一點也不相信。她完全不知道露西到底捐了多少錢去處理利益衝突，她應該知道的，而這一點使她不安。露西不該對她有所隱瞞，事實卻是如此。過去幾個星期裡，伯格開始對她們之間的關係感到不安，與她目前爲止經歷的憂慮不盡相同。

「也許你該刺青在手上，」露西舉起手，掌心朝前，「當作小抄，演員最喜歡小抄了，要看喔，」她假裝讀著寫在掌心的文字，「將『要看喔』這句話刺青，每次想說謊的時候就看一下。」

「我不需要小抄，我也沒有說謊。」哈波．裘德回答，維持他的沉著，「就算講很多話也不表示做錯了什麼事。」

「我知道了。」伯格對袞德說，希望馬里諾動作快一點。他到底在哪裡？「十二月十五日星期一晚上在酒吧裡，你的意思是端看我如何詮釋你對艾瑞克．蒙德說的話，如果你告訴他你可以理解對一個昏迷不醒的十九歲女孩感到好奇，想看她沒穿衣服的樣子，剛好以性愛方式碰觸她，都只是詮釋的問題。我想弄清楚，除了覺得非常不安之外，我該如何詮釋這樣的一句話。」

「老天，我就是想告訴妳這件事。詮釋，那不是……不是像妳想得那樣。媒體上到處都是她的照片，當時我在那裡工作，她剛好就在我工作的醫院，」袞德沒那麼沉著了。「對，我很好奇，誠實的人都會承認自己很好奇。我就是以好奇為生的，對各種事情感到好奇，並不表示我就做了什麼。」

伯格不禁覺得哈波．袞德看起來不像電影明星，不像那種參與《古墓奇兵》或《蝙蝠俠》那種大製作、高成本電影的演員。他們在露西穀倉般的空間裡，外露的木樑，菸木地板，無紙書桌上的平板電腦螢幕處於休眠中。她隔著拉絲鋼會議桌坐在哈波．袞德對面，中等身高的他肌肉發達，再一點點就太瘦，毫不出色的棕髮和棕色眼珠，美國隊長般的完美面孔卻顯得平庸，那種在電影螢幕上很好看，實際上卻不怎麼樣的臉蛋兒。他要是隔壁鄰居男孩，伯格會形容他輪廓鮮明、好看。要是由她來取名的話她會取哈不幸或哈意外，因為他有一種悲慘的遲鈍與不在乎的味道；露西沒看出這部分，也許她看出來了，而且是她如此折磨他的原因。伯格很擔心過去半小時露西整哈波的方式。馬里諾到底在哪裡？他早就該到了。他應該來協助偵訊，而不是露西。她已經越來越超過，好像跟裘德有什麼私人恩怨，以前就認識的樣子。也許眞是如此，露西本來就認識魯伯．史塔爾。

「就因爲我剛好在酒吧裡對陌生人說了些話，不表示我做了什麼事。」同樣的話裘德已經講了十次。「妳得問自己，我爲什麼會說那些妳覺得我說過的話。」

「我才不會問自己，我在問你。」露西雷射般的眼神直視著他。

「我知道的都說了。」

「你說的是你想要我們聽的。」伯格還沒機會插嘴，露西立刻回嘴。

「我記不清楚了，當時我在喝酒。我很忙，有很多事，會忘記本來就很正常。」裘德說，「妳不是律師，她爲什麼像律師一樣跟我說話？」他對伯格說，「妳也不是眞正的警察，只是助理之類的，」他對露西說，「妳到底有什麼資格問我這些問題，指控我？」

「你倒是記得什麼都沒做，」露西覺得沒有必要爲自己辯白，在自家改建倉庫的會議桌前自信滿滿。眼前電腦螢幕上陳列著地圖，是某個伯格認不出來的地區。「你記得的足以讓你改變自己的說法。」露西又說。

「我什麼都沒改變，不論那天晚上發生了什麼事，我根本一點都記不得，」裘德回答露西的話，看著伯格，彷彿她可能會來解救他。「妳們到底要我怎樣？」

露西不能那麼咄咄逼人，伯格打了很多訊號，但她視而不見。除非伯格直接要求露西解釋和電腦鑑識調查相關的問題，否則她根本不該問哈波話，可是她們根本還沒進行到那裡。馬里諾在哪裡？露西一副她是馬里諾的樣子，代替他的位置，伯格開始起疑，她從未想過也許露西知道的已經夠多了，但她無法承受對露西更多的懷疑。露西有所隱瞞，她沒有向伯格提到自己認識魯伯·史塔爾。她有自己的動機，可是她並不是檢察官，也不再是執法人員了，但她覺得怎麼做都不會有損失。

但伯格禁不起，不需要名人破壞她的名譽，她已經承受夠多這種不公平的打擊了。她和露西之間的關係也沒什麼幫助，天啊，根本就差遠了。網路上那些不友善的八卦和惡毒的評語。痛恨老二的蕾絲邊，女同志猶太檢察官伯格上了新納粹的十大暗殺名單，將她的地址和私人資料公開，希望有人會做出正義之舉。福音派基督徒提醒她記得爲前往地獄的單向旅程打包。伯格從未想像過誠實居然這麼辛苦，得受這些懲罰。和露西在公開場合露面，沒有躲藏或說謊，對伯格造成的傷害遠遠超過她的想像。爲了什麼？被欺騙？這個欺騙有多深？多遠？但她不斷告訴自己：不用擔心，會結束的，她們遲早會討論，露西會解釋，一切都會沒事，露西會告訴她魯伯的事。

「我們要你說實話，」伯格在露西開口前先說，「這件事非常、非常嚴重，我們不是唬弄你。」

「我不知道自己爲何來這裡，我根本什麼都沒做，」哈波·裘德對她說，她不喜歡他的眼睛。

他大膽地瞪著她，上下打量她，知道此舉對露西的影響。他目中無人，完全知道自己在做什麼，有時候，伯格感覺到他覺得她們很有趣。

「我很想送人進監獄。」伯格說。

「我什麼都沒做！」

也許是真的，也許不是，但他也沒幫上忙。伯格已經給了他將近三週的時間。有人失蹤，也許被綁架或已經死掉，更可能是忙著在南美州、斐濟、澳洲或天知道的哪裡創造新的身分，在這種時候，三週是很長的時間。

「那還不是最糟的，」露西說，綠眼珠毫不留情的瞪著他，在頭頂燈光的照射下，她的短髮散發出玫瑰金的光芒，「我無法想像獄中囚友會怎麼對付你這種人渣，」她開始打字，這次是電子郵件。

「妳知道嗎？我差點決定不來，妳們不會相信我真的差點就決定不來了。」他對伯格說。提到監獄的確有效，他不再那麼自以為是，也不再盯著她的胸部。「結果卻受到這種狗屁待遇，」他已經失去沉著的自信，「我不打算坐在這裡聽妳們他媽的放屁。」

他並沒有起身，卻抖著褪色牛仔褲下的小腿，寬鬆白襯衫的腋下有汗漬。伯格看到他呼吸時胸部上下起伏，每次淺淺地呼吸時，皮製項鍊上不尋常的銀色十字架在白色棉質襯衫下移動著。他雙手抓著扶手，結實的銀製頭蓋骨戒指閃閃發亮，肌肉緊繃，頸部迸出青筋。他的確得坐在這裡，如今已無法脫身，正如他無法將視線從即將發生的火車相撞移開。

「記得傑佛瑞．丹墨嗎？」露西一面說一面打字，但沒有抬頭。「記得那個人渣的下場嗎？他的囚友怎麼對待他？用掃帚把他活活打死，也許還用掃帚做了別的事。他跟你喜歡同樣病態的東西。」

「傑佛瑞．丹墨？眞的？」裘德笑得太大聲，不過並不眞的是笑，其實他很害怕，「她眞的他媽的瘋了，」他對伯格說，「我這輩子從沒傷害過任何人，我不傷害人的。」

「你是說還沒，」露西說，螢幕上顯示城市地圖，彷彿她在尋找路線。

「我不跟她說話，」他對伯格說，「我不喜歡她。他媽的叫她走，否則我走。」

「我給你一份受過你傷害的被害者清單如何？」露西說，「從法菈．雷西的親友開始。」

「我不認識這個人，妳可以去死，」他發脾氣了。

「你知道什麼是E級重罪犯嗎？」伯格問他。

「我什麼都沒做，我沒傷害任何人。」

「E級重罪犯最高可處十年刑期。」

「爲了保護起見住在隔離房。」露西繼續說，不理會伯格叫她退下的訊號，她眼前的螢幕出現另一個地圖。

伯格看到一張充滿街道的地圖，代表公園的綠色和代表水域的藍色。她的黑莓機發出通知訊號，有人剛剛在凌晨快三點寄了一封電子郵件給她。

「隔離監禁，可能是福斯堡監獄，」露西說，「他們很習慣接受高知名度囚犯，還有那個自稱爲山姆之子的連續殺人犯，阿提卡的下場也不怎麼好，他在裡面被割喉。」

電子郵件是馬里諾寄的。

精神病患也許和醫生事件多蒂·郝奇有關我在即時犯罪中心找到線索記得問你的證人他是否認識她我目前走不開稍後再解釋。

伯格看完抬起頭，露西繼續恐嚇哈波·裘德，像他這樣的人在監獄會受到什麼樣的待遇。

「告訴我多蒂·郝奇的事，」伯格說，「你跟她的關係。」

裘德露出疑惑的表情，隨即憤怒的脫口而出，「她是吉普賽，他媽的女巫。我才是被害人，我該投訴那個瘋女人是怎麼騷擾我的。妳到底爲什麼要問我啊？她跟這些事有什麼關係？也許就是她指控我的。這件事就是她在幕後搞鬼嗎？」

「你先回答我的問題，也許我會回答你的問題，」伯格說，「告訴我你認識她的經過。」

「她是靈媒，靈修顧問，隨便妳想怎麼稱呼。很多好萊塢人士、成功的大人物，甚至政治人物都認識她，找她諮詢金錢、事業與感情意見。所以我很笨，也找了她，然後她煩我煩個不停，一天到晚打電話到我在洛杉磯的辦公室。」

「然後她跟蹤你。」

「我就是這麼說的，沒錯。」

「什麼時候開始的？」伯格問。

「我不知道，去年吧，也許一年前的秋天，有人介紹我去的。」

「誰介紹的？」

「業界有人認爲我去可能會有好處，諮詢事業問題。」

「我要名字。」

「我得幫他們保密，很多人都去找她，妳會嚇一跳。」

「你去找她還是她來找你？」伯格問，「你們在哪裡見面？」

「她來我位在下曼哈頓翠貝卡附近的公寓，名人才不會冒著被跟蹤或被拍到的風險去她住的地方。她也接受電話諮詢。」

「那她怎麼收費？」

「現金，電話諮詢的話就把現金支票寄到紐澤西的郵政信箱。我可能做了幾次電話諮詢，後來她實在太瘋狂，我就不理她了。對，她跟蹤我，我們應該談談我被跟蹤的事。」

「她會出現在你去的場所嗎？例如你在下曼哈頓翠貝卡附近的公寓？你拍電影的現場，你常去的地方，例如紐約克里斯多夫街的酒吧？」伯格問。

「她一天到晚在我經紀人辦公室留言。」

「她打到洛杉磯？好，我幫你介紹一個聯邦調查局洛杉磯辦公室的優秀幹員，」伯格說，「跟蹤這種事是聯邦調查局處理的，他們的專長。」

裘德沒有回答，也沒興趣找聯邦調查局洛杉磯辦公室。他是個緊張兮兮的混蛋，伯格好奇他是否在保護漢娜·史塔爾的隱私。根據他剛剛的說法，他認識多蒂的時間差不多就是他跟漢娜財務移轉開始的時間，也就是去年秋天。

「克里斯多夫街的酒吧，」伯格重新回到剛剛的話題，不滿意多蒂．郝奇並沒有重要關聯，不爽馬里諾打斷她偵訊這個越來越討厭的人。

「妳什麼都證明不了，」他的目中無人又回來了。

「既然你覺得我們什麼都證明不了的話又何必來？」

「尤其是既然你差點決定不來，」露西插嘴，忙著在MacBook上打電子郵件，查看地圖。

「爲了配合，」裘德對伯格說，「我是來配合調查的。」

「我懂了，三週前我第一次注意到你，不斷找你的時候你忙得沒辦法配合。」

「當時我在洛杉磯。」

「我忘了，洛杉磯沒有電話。」

「我很忙，我收到的訊息也不清楚，當時我不清楚重要性。」

「很好，你現在知道了，也決定配合調查，」伯格說，「那麼，我們來談談星期一發生的事，尤其是星期一半夜你離開克里斯多夫街五十三號的石牆酒館之後發生的事。你跟你認識的那傢伙艾瑞克一起離開，記得艾瑞克嗎？你跟他一起抽大麻的小子，對他敞開胸懷的對象？」

「我們飄飄欲仙。」裘德說。

「對，吸毒之後都會亂講話，你飄飄欲仙，跟他說了一個瘋狂的故事，根據他的說法，是發生在哈林區派克綜合醫院的事。」伯格說。

羽絨被下的他們光著身子，睡不著，緊緊依偎著對方，看著窗外的景色。曼哈頓的天際線並不是海景、洛磯山脈或羅馬廢墟，但依然是他們鍾愛的景色，他們習慣晚上打開百葉窗，關燈欣賞。

班頓輕撫著史卡佩塔的肌膚，下巴靠在她的頭上。他親吻她的脖子與耳朵，嘴唇碰觸的肌膚冰冷。他的胸部貼著她的背部，她感覺得到他緩緩的心跳。

「我從不問你病人的事。」她說。

「如果妳現在想的是我的病人，顯然我還不夠吸引妳的注意力。」班頓在她的耳邊說。

她拉過他的手臂抱住自己，親吻他的手，「也許你等一下可以讓我再分心一次。我想提出一個假設性問題。」

「妳有權利這麼做，我很意外只有一個。」

「你以前的病人怎麼會知道我們住在哪裡？我並不是說包裹是她寄的，」史卡佩塔不想在床上說出多蒂·郝奇的名字。

「可以想見如果有人心機夠重的話，也許能成功地從其他人身上得到訊息，」班頓說，「比如說，麥克連有些員工知道我們住在哪裡，因為郵件和包裹偶爾會送到這裡。」

「員工會告訴病人嗎？」

「希望不會，我的意思並不是說真的這麼發生了，我甚至沒說那個人曾經進過麥克連，曾是那裡的病人。」

他不需要這麼說，史卡佩塔對於多蒂．郝奇曾是麥克連的病人這一點毫無疑問。

「我的意思並不是說她跟送來大樓的包裹有任何關係。」他又說。

他也不需要指出這一點，她知道班頓害怕那包裹就是他的前病人送來的。

「我會說其他人可能懷疑是她，雖然我們也許會發現事實與此相反，」班頓輕輕地說，語調中的親密完全不適合這段對話內容。

「你的意思是馬里諾這樣懷疑，事實上大概相信就是這樣，但你並不相信。」史卡佩塔不相信。

她確信班頓相信這個叫多蒂．郝奇的病人厚顏地打電話到CNN，深信她很危險。

「馬里諾可能是對的，也可能不對，」班頓說，「這個前病人也許是壞消息，可能會造成傷害。但如果包裹是別人寄的，大家卻以爲已經找到答案就不繼續找了，可能會更危險。萬一他們並不知道答案呢？那怎麼辦？接下來怎麼辦？也許下次眞的會有人受傷。」

「我們不知道包裹裡面是什麼東西，可能沒什麼，你只是在臆測。」

「我可以向妳保證，裡面一定有什麼，」他說，「除非妳參加《蝙蝠俠》的演出卻沒有告訴我，妳不是高譚市的首席法醫。我不喜歡那種語調，不是很確定爲何讓我覺得這麼不舒服。」

「因爲很卑劣、很不友善。」

「也許。我對上面的筆跡很有興趣。妳的描述是那筆跡很精準，有風格，就像鉛字字型一樣。」

「寫地址的人手很穩，也許很有藝術家風格，」史卡佩塔說，感覺到他在思考別的事。他知道多蒂．郝奇的某件事，因而專注在筆跡上。

「妳確定那不是雷射印表機印出來的。」班頓說。

「我在電梯裡看了很久，黑色墨水，原子筆，字母構成裡有足夠的變化顯示地址是手寫的。」她說。

「希望我們去羅德曼岬的時候有東西可看，那張送貨單可能是最佳證據。」

「如果我們幸運的話。」她說。

運氣佔了很重要的一部分。最可能的是拆彈小組會用非電子啓動衝擊破壞器破壞箱子所有的電路，這種儀器也叫水槍，用改造過的十二口徑散彈槍射出三到四盎司的水柱，主要目標是可能爆裂物的電源，從X光上面看到的小型電池。史卡佩塔只能希望電池並沒有直接放在手寫地址的送貨單後方。如果是的話，今早處理完只會剩下一堆濕漉漉的碎紙片。

「我們可以做一般性的討論，」班頓說，稍微坐起來重新整理枕頭，「妳很熟悉邊緣性人格，這種人的自我界線崩潰或分裂，受到極大壓力時可能做出侵略性的暴力之舉。侵略性的內涵在於競爭，爲男性競爭，爲女性競爭，爲最適合繁殖的那個人競爭。爲資源競爭，例如食物和庇護所。爲權力競爭，因爲沒有階級就沒有社會秩序。也就是說，侵略性發生於有利可圖之時。」

史卡佩塔想到卡莉．克利斯賓，想到失蹤的黑莓機，她已經想了好幾個小時，焦慮得心頭緊繃，無時不感覺到恐懼，就算做愛時也一樣，她感覺到憤怒，對自己很不滿，不知道露西會如何看待這件事。史卡佩塔太過愚蠢，她怎麼會這麼笨？

「不幸的是，這些對於物種生存很合理的基本原始衝動可能變成惡意且無法調整，也可能以非常不恰當，毫無利益可圖的行為出現，」班頓說，「到最後，騷擾或威脅妳這種知名人物的行為對做的人並沒有好處，反而會得到懲罰，不論被送到精神病院或監獄都會喪失那些值得競爭的東西。」

「所以，我應該得出的結論是，今晚打電話到CNN給我的這個女人有邊緣性人格障礙，在面對足夠的壓力之下可能會出現暴力行為，來和我競爭男性，也就是你。」史卡佩塔說。

「她打電話給妳是為了騷擾我，也成功了，」他說，「她想吸引我的注意力，邊緣性人格最喜歡見到負面反應，身處暴風的中心，再加上其他不幸的人格障礙，就會從暴風眼轉變成或許會很完美的風暴。」

「轉移，你那些女性病人想要我所擁有的，但她們根本毫無機會。」

而且她還想再要一次，想要他的關注，不想再談工作、問題、可怕的人。她想接近他，感覺恣意妄為；她無盡的渴求親密感，因為無法從班頓身上得到她想要的，所以才繼續渴望他，明顯的渴望他。那也是她一開始渴望他，感受到他吸引力的原因，在他們第一次見面時就感覺到強烈的慾望，二十年後的現在也是這種感覺，一種無可救藥的吸引力，同時滿足她，卻也使她覺得空虛。和他之間的性愛便是如此，一個施與受，滿足與空虛的循環後再重新整裝出發，以便能再度享受。

「你知道，我是愛你的，」她在他嘴邊說，「就算是生氣的時候。」

「妳會一直生氣的，我希望妳會一直愛我。」

「我想要了解，」她不明白，也許無法明白。

她又再度想起過去，無法了解他所做出的選擇，居然能這樣突然離開她，做出不再關心她的決定。她做不出這種事，但不打算再次提起。

「我知道我會永遠愛你，」她吻他，爬到他身上。

他們重新調整姿勢，直覺知道該如何移動，早已不需要筋疲力盡與苦惱的算計如何呈現最好的一面或極限。關於史卡佩塔如何能將她對人體構造的專長發揮在床上的笑話，她已經聽過許多不同的版本，也覺得很荒謬，甚至不只是荒謬，因爲她覺得一點也不好笑。她所處理的對象都已經死了，只有非常少數的例外，因此，他們對她碰觸的反應並無實質意義，也沒有幫助。這不表示停屍間沒有讓她學到重要的事，當然有，這份工作使她的感官更加敏銳，從那些已經無法開口的人身上看到、聞到、感覺到最細微的差別，他們並非自願需要她，卻又無法回報她。停屍間使她的雙手更強壯，更有能力，並帶來強烈的慾望。她想要溫暖、碰觸，她想要性愛。

事後，班頓陷入沉沉的夢鄉，她下床時他動也不動，她的心思再度快速轉動，焦慮和怨懟再度一湧而上。時間是三點多，眼前將是漫長的一天，隨著事件發展才會知道將發生什麼事，她稱之爲「沒有劇本」的一天。羅德曼岬的靶場，她那可能的炸彈，也許還有檢驗室，說不定還得去辦公室口述解剖報告，處理進度落後的電話和文書作業。她今天並沒有排定的解剖行程，不過總是可以變更，端看誰出去，誰進來。她的黑莓機該怎麼辦，也許露西已經回覆她了。她該拿外甥女怎麼辦？她最近的行爲很奇怪，容易生氣，不耐煩，沒有經過他們的允許就擅自幫他們換了智慧型手機，彷彿是慷慨貼心之舉。史卡佩塔告訴自己，妳該回床上休息，疲勞時看什麼都不順利。可是現在根本不可能回去睡覺，她得處理事情，得處理露西的問題，遲早要處理。告訴她妳做了什麼，告訴她凱阿姨有多蠢。

露西大概是史卡佩塔認識的人之中最具科技才華的人，打從呱呱落地就對事物的運作非常感興趣，把東西組合在一起、拆開，總是很有自信她能改善那些東西的功能。這樣的個性再加上非常沒有安全感、非常需要權力與控制，結果就是破壞力與修復力相當的露西，端看她的動機，大部分看心情。沒有准許就幫人換智慧型手機並不是恰當的行爲，史卡佩塔還是不明白她的外甥女爲何突然這麼做。過去她會先問，不會在沒有徵詢意見的情況下就擅自指定自己成爲大家的系統管理員，連警告都沒有。她發現史卡佩塔愚蠢的行爲之後會被激怒，會說這就像過馬路前沒有先看清楚來車，就像是直接撞上尾旋翼。

史卡佩塔拿到黑莓機的兩天後就取消密碼功能了，她的挫折感就是那麼深，她擔心承認這一點時會聽到什麼樣的教訓。妳不該這麼做的，根本就不該這麼做——這個想法像跳針一樣不斷出現。可是，她每次從手機套裡拿出手機時都得先解鎖，如果十分鐘沒用就會再度鎖上。最後的一根稻草是她連續六次輸入密碼時打錯字，把她嚇壞了。露西的說明裡清楚寫到，輸入密碼八次錯誤的話，黑莓機差不多就會自我摧毀，裡面的資料會像《不可能的任務》裡的錄音帶一樣全部銷毀。

史卡佩塔寫電子郵件告訴露西黑莓機「不見了」時，並沒有提到解除密碼功能這件事。有人撿到她的手機的話會非常糟糕，史卡佩塔很害怕這一點，她也怕露西，最重要的是害怕自己。妳什麼時候變得這麼不小心？妳把炸彈帶到公寓裡，把智慧型手機的密碼功能解除。妳到底怎麼了？想想辦法，好好處理，解決，別光是煩惱。

她得吃點東西，這也是問題之一，她沒吃東西導致胃酸過多，吃點東西會覺得好過一點。她得動手做點什麼，讓雙手做些性愛以外的療癒之事。準備食物有助於恢復精神，平穩心情。做自己最喜歡的一道菜，注意細節，可以恢復秩序與正常狀態。不是烹飪就是打掃，她已經打掃夠了，穿過客廳走進廚房的時候還聞得到莫菲蔬菜油清潔劑的味道。她打開冰箱掃視內容物，尋找靈感。義式蛋餅，煎蛋捲，其實她並沒有想吃蛋、麵包或義大利麵，而是想吃清淡健康的食物，加上橄欖油和新鮮香草，如番茄水牛乳酪羅勒沙拉，這道不錯。這是夏天的菜，只有在番茄盛產時上桌，最好是從史卡佩塔自己的花園採的。不過，在波士頓和紐約這樣的城市裡，她全年都能在全食超市或美食超市找到原種番茄，濃郁的黑色克里米亞番茄，芬芳的白蘭地番茄，多汁的裏海粉紅番茄，柔和的黃金蛋番茄，甜美且酸的綠番茄。

她從流理台的籃子裡挑了幾顆番茄放在砧板上，切成四塊，將新鮮的莫札瑞拉乳酪放在夾鍊袋裡再放進熱水數分鐘，讓它接近室溫。將番茄和乳酪以圓形擺排在盤子上，加上新鮮羅勒葉，大方灑上一些冷榨未過濾橄欖油，最後灑上粗海鹽。她將點心端到隔壁餐廳，窗外的景象是西邊點著燈的高樓以及哈德遜河，以及遠方紐澤西州的空中交通。

她打開MacBook的瀏覽器，吃一口沙拉。該面對露西了，她大概已經回覆了，乾脆面對現實，處理黑莓機不見的問題。這並不是瑣碎的擔心，不能算微不足道。她第一次注意到黑莓機不見後就一直放在心上，如今完全揮之不去。她花了好幾個小時回想裡面有什麼，想像有人拿到的話會得到什麼資料，一部分的她希望自己能回到過去，在那個過去裡，她最關心的是被偷窺的問題，有人翻閱她的通訊錄、工作日程表、解剖標準流程、經常擺在她桌上的照片。過去，她以上鎖處理可能的輕率或洩漏資料，將高度敏感的記錄放進上鎖的檔案櫃；如果桌上有不想讓人看到的東西，離開時會將辦公室上鎖，就這麼簡單，只是運用常識而已，都可以處理，把鑰匙藏起來就好了。

她擔任維吉尼亞州首席法醫時，辦公室裝了第一台電腦，那也可以處理，她並不會對未知感到害怕，覺得能以正克邪。當然，安全問題出了疏失，但都是可以處理及預防的。當時手機還沒有造成嚴重的問題，起先並沒有；當時她對手機的不信任多半來自偷聽的人可能竊聽到內容，更無聊的是人們發展出這種既不文明又魯莽的習慣，讓他人聽得到自己的對話內容。這些危險都比不上今天所存在的危險。她完全無法形容自己經常面對的焦慮，現代科技似乎已經不再是她最要好的朋友，反而經常咬她一口，這次可能咬得很慘。

史卡佩塔的黑莓機是她工作及私人生活的縮影，裡面有很多聯絡人的電話號碼和電子郵件地址。如果這些個人資訊落到不當人士手上，這些人也許會憤怒或遭到危險。她最嚴格保護的是那些慘死死者的家屬，在某些方面來說，那些家屬也成了她的病人，仰賴她得到訊息，會爲了突然想起的細節、問題、理論或只是需要談一談而打電話她，經常是在忌日或這個家人團聚的時節。史卡佩塔與家屬和死者親人所分享的是她工作中最神聖的一個面向。

萬一有不當的人看到那些名字，例如在無線新聞網工作的人，那眞是形容不出的糟糕，因爲手機裡的許多名字都和高知名度案件有關，例如葛蕾絲·達里安。她是史卡佩塔最後一個交談的對象，大約晚上七點十五分結束與伯格的電話會議，急著準備前往CNN的時候，達里安打史卡佩塔的黑莓機，幾近歇斯底里，因爲公布冬妮·達里安姓名的新聞稿指出她也遭到性侵，且被毆死。達里安太太既困惑又驚慌，原本以爲頭部外傷和被打死不一樣，史卡佩塔說什麼都無法使她安心。史卡佩塔並沒有不誠實，也沒有誤導，那不是她的新聞稿，也不是她的措辭。雖然很困難，但達里安太太需要了解史卡佩塔爲何無法更詳細的解釋。她很抱歉，可是就是無法更進一步的討論案情。

「記得我說的話嗎？」史卡佩塔一面跟她交談一面換衣服，「保密非常重要，因爲有些細節只有凶手、法醫和警方知道，所以我目前無法告訴妳更多。」

她是這麼擁護保密與符合倫理規範的行爲，但如今就她所知，可能已經有人在她那無密碼保護的黑莓機裡找到葛蕾絲·達里安的聯絡資料，聯絡了這名心煩意亂的女子。史卡佩塔無法停止思考卡莉在電視新聞上大鳴大放的消息，包括黃色計程車這個細節，聲稱因此將冬妮·達里安和漢娜．史塔爾的案子連在一起，還有漢娜腐爛的頭髮被找到的這個假消息。記者都會想採訪世界上的每一個葛蕾絲．達里安，尤其是冷血又拚命的記者，隨著史卡佩塔想起越來越多的名字，遺失手機所可能造成他人受到侵犯的名單也越來越驚人的增長。她繼續思索一開始工作就保留的聯絡人姓名，一開始是寫在紙上，後來成了電子格式，每次手機升級的時都匯出到新手機，最後來到露西買的手機上。

史卡佩塔猜測她聯絡人子目錄裡有上百個姓名，如果卡莉．克利斯賓這種人打了他們的手機、專線電話或家用電話聯絡他們，這些人也再也不會信任史卡佩塔了。裡面的聯絡人包括史卡佩塔的衆多法醫界同僚、醫師、檢察官辯護律師，還有她的家人、朋友、醫生、牙醫、美髮師、健身教練與管家，以及彭博市長、凱利署長和愛迪生醫師。手機裡的資料包括她在哪裡購物，從亞馬遜買些什麼，讀什麼書，上哪一家餐廳，她的會計師、私人銀行業務經理，她越想名單就越長，越令她不安。儲存在螢幕上的語音留言不需密碼就可以播放，文件和簡報投影片裡包括她從電子郵件下載的寫實影像，也就是冬妮．達里安的現場照片。卡莉在節目現場上展示的照片有可能來自史卡佩塔的手機。接著她的焦慮轉向即時訊息，那些允許即時不斷聯絡的應用程式。

史卡佩塔不信任即時訊息，認爲這種科技是強迫行爲，而非改善，可能是史上最不幸、最有勇無謀的創新。人們在極小的觸控螢幕及鍵盤上打字，但其實他們應該專注在更重要的事物上，例如開車、穿過繁忙街頭、操作飛機或火車等危險機械，或是坐在教室裡、演講廳，參與巡房、出席劇院或音樂會，在餐廳裡注意坐在對面的人或枕邊人。不久前，她看到一名在紐約辦公室實習的醫學院學生在解剖時傳訊息，用帶著乳膠手套的手指按著極小的按鍵。她把他趕出停屍間，不再指導他，並鼓勵愛迪生醫師禁止所有電子用品進入休息室以外的區域。但此事永遠不會發生，爲時已晚，就像把時鐘往回撥，沒人會遵守。

警察、法醫調查員、科學家、病理學家、人類學家、矯正牙醫師、法醫人類學家、葬儀社、指認身分技工及警衛都不可能放棄他們的ＰＤＡ、iPhone、黑莓機、手機和呼叫器。她不斷警告同事不要使用即時訊息、甚至電子郵件傳播機密訊息，或更嚴重的，使用這些電子用品拍照或錄影，但依然發生，而且她也成了犧牲品，傳簡訊、下載影像和資料的行爲越來越鬆散，已不在明智的範圍之內。她最近花在計程車和機場的時間多到資訊流動從未停止，從未休息，幾乎完全沒有密碼保護。她的挫折感越來越深，也許是她不喜歡受外甥女控制的感覺。

史卡佩塔按下收件匣，最近一封電子郵件就在幾分鐘前由露西發出，挑釁撖的標題寫著：

跟著麵包屑

史卡佩塔打開電子郵件：

凱阿姨，

附檔是每十五秒更新的衛星定位戰術追蹤系統的數據記錄。我只包涵關鍵時間和地點，大約

從十七點三十五分開始，當妳把外套掛在化妝室衣櫃裡時，假設當時黑莓機在口袋裡。照片傳達了千言萬語。看看幻燈片，自己下結論，我知道我的結論是什麼。不消說，我很高興妳很安全。馬里諾告訴我聯邦快遞的事。露西。

第一張幻燈片是露西稱為「鳥瞰時代華納中心」的影像，基本上就是特寫空照圖。接下來是一張附有街道地址和經緯度的地圖。史卡佩塔的手機肯定在晚上七點三十五分去過時代華納中心，當時她首先抵達世貿大樓北塔在五十九街的入口，通過安全檢查，搭電梯到五樓，沿著走廊來到化妝室，將外套掛在衣櫃裡。此時化妝室裡只有她和化妝師，她坐在化妝椅上讓化妝師化妝，接下來二十幾分鐘的等待裡，她看著化妝室的電視總是播放的《坎伯爾．布朗》節目，不可能有人能碰到她的外套口袋。

如今史卡佩塔想一想，頂多有一名音效師在八點二十分左右進來幫她戴麥克風，比往常至少提早二十分鐘。接著她被帶到現場，坐在桌前。卡莉．克利斯賓快九點才出現，在她對面坐下，用吸管喝水，打招呼寒暄，然後節目就開始了。根據露西的資料，史卡佩塔上節目以及她在近十一點離開大樓時，黑莓機都維持在同一個地點，不過有一個但書：

如果妳的黑莓機被移動到同一個地址的不同地點，例如另一個房間或另一層樓，經緯度不會改變，因此看不出來，只知道的確在大樓裡。

在那之後，大約快十一點時，卡莉·克利斯賓和史卡佩塔一起離開時代華納中心，黑莓機也離開時代華納中心。史卡佩塔跟著資料記錄的旅程幻燈片，按著魚眼影像，這次來到哥倫比亞圓環，另一張鳥瞰影像是她在中央公園西側的公寓大樓，十一點十六分。可能有人會認爲這時候史卡佩塔的黑莓機還在她的外套口袋裡，廣域加強接受器每十五秒鐘追蹤記錄的是她走回家時的地點，可是那是不可能的。班頓打了好幾次電話給她，如果黑莓機在史卡佩塔的外套口袋裡，爲什麼沒有聽到鈴響？她並沒有關機，幾乎從不關機。

更重要的是，史卡佩塔發現當她進入公寓大樓時，她的黑莓機並不在。幻燈片的下一張影像是一系列的鳥瞰空照圖、地圖和地址，顯示她的黑莓機經歷的奇幻旅程：首先回到時代華納中心，接著沿著第六大道在東五十四街六十號停下來。史卡佩塔放大鳥瞰照片，研究高樓與汽車，停在街上計程車之間的一群灰色建築，認出背景有現代美術館、西格拉姆大廈以及法式哥德尖塔風格的聖湯瑪斯教堂。

露西的註記：

東五十四街六十號是麗榭飯店所在地，最為人知的是猴子酒吧，只有內行人知道，並沒有對外「正式開放」，就像私人俱樂部一樣，限制非常嚴格，非常好萊塢，是重要名人和玩家聚集的地方。

猴子酒吧現在可能還開著嗎？凌晨三點十七分？根據資料記錄，史卡佩塔的黑莓機顯然還在東五十四街的這個地址。她記得露西說的關於經緯度的問題，也許卡莉並沒有進入猴子酒吧，而是在同一棟大樓裡。

史卡佩塔回信給外甥女：

酒吧還開著，還是黑莓機可能在飯店裡？

露西回覆：

可能在飯店裡。我正在偵訊證人，否則就會親自過去。

史卡佩塔：

馬里諾可以去，除非他跟妳在一起。

露西：

我覺得我應該將它銷毀。妳的資料大多備份在伺服器上，不會有事。馬里諾沒有跟我在一起。

她的意思是，她能從遠端進入史卡佩塔的黑莓機，刪除儲存在裡面的所有資料及客製化設定，也就是將手機還原到出廠設定。如果史卡佩塔所有的懷疑成眞，那就有點爲時已晚。她的黑莓機已經離開手上六小時，如果是卡莉．克利斯賓偷的，她已經有充分的時間對這些珍貴的隱密資料下手，也許早就下手，將到手的犯罪現場照片在節目上公開。史卡佩塔不僅不打算原諒這件事，而且還要證明。

她回信：

不要銷毀。黑莓機和裡面的資料是證據。請繼續追蹤。馬里諾在哪裡？在家嗎？

露西回覆：

黑莓機過去三個小時都沒有移動。馬里諾在即時犯罪中心。

史卡佩塔沒有回覆，不打算在這種時候提出密碼的問題。雖然史卡佩塔要露西不要銷毀手機內容，但露西也許決定還是這麼做，反正她做事也不需要許可。露西暗中參與的事情頗令人驚訝，令史卡佩塔感到不安，某件她無法精準確定的事情不斷困擾著她。露西知道她的黑莓機在哪裡，也知道馬里諾在哪裡，似乎以從未有過的方式掌握著每一個人的行蹤。她的外甥女還知道些什麼？她為何如此堅持監視每個人的行蹤，或至少有這種能力？露西曾經說，這是為了萬一妳遭到綁架，而且她不是開玩笑。她曾經解釋過，萬一妳把黑莓機弄丟了，萬一妳把黑莓機遺忘在計程車上的話，這樣我才找得到。

眞奇怪。史卡佩塔回憶這支時髦手機出現的當時，讚賞露西以這個禮物給他們所有人驚喜的預先策畫、精準及機敏。史卡佩塔記得那是一個週六下午，十一月的最後一個星期六，二十九日。她和班頓在健身房運動，和教練有約，接著進入蒸氣室、烤箱，提前吃午餐，再到戲院觀賞《舞動人生》。露西很清楚他們的慣常作息。

她知道他們到大樓健身房時絕不會帶手機，一方面那裡的訊號很差，而且也沒有必要，萬一有急事的話可以經由健身房的櫃臺轉接，聯絡到他們。當他們回到公寓時，綁著紅色緞帶的嶄新黑莓機已經放在餐桌上，上面的紙條解釋持有鑰匙的露西在他們出門時自己開門進來，把他們舊手機裡的資料輸出到新手機裡，大概是這樣的意思，附上詳細使用說明。她一定也對伯格和馬里諾如法炮製。

史卡佩塔從餐桌前起身拿電話。

「麗榭飯店，請問需要什麼服務？」一名帶著法國口音的男子回答。

「請找卡莉．克利斯賓。」

一陣冗長的沉默，接著對方說，「小姐，妳是要我把電話轉接到她的房間嗎？已經很晚了。」

14

露西終於停止打字，也不再看地圖或寫電子郵件，而是打算說些不該說的話。伯格感覺到了，但無法阻止她。

「我坐在這裡聽了這麼久，很好奇你的粉絲會怎麼想，」露西對哈波．裘德說，「我努力想了解你的粉絲的心態，現在我進入影迷心態，想像我的偶像，我迷戀的這個電影明星哈波．裘德用乳膠手套取代保險套，在醫院停屍間的冰櫃裡上一個十九歲女生的屍體。」

哈波．裘德目瞪口呆，張大嘴巴，臉色漲紅，彷彿被甩了一巴掌。他快爆發了。

「露西，我剛剛想到可能需要帶『傑特漫遊者』出去了，」伯格在短暫沉默後說。

那隻老鬥牛犬在樓上露西的公寓裡，不到兩個小時前才出門上過廁所。

「時間還沒到。」露西的綠眼珠大膽且固執的直視著伯格，如果露西不是露西，伯格會炒她魷魚。

「哈波，再喝點水如何？」伯格說，「其實我也想喝點健怡百事可樂，」伯格注視著露西，並不是建議，而是命令。

她需要與證人獨處片刻，需要露西退一步，停止她的行為。這是刑事調查，不是路怒情境。

她到底出了什麼問題？

伯格繼續問裘德：「我們剛剛談到你告訴艾瑞克的話，他聲稱你提到和醫院裡一名剛死的女孩子有性關係。」

「我從來沒說過自己做過那種噁心的事！」

「你跟艾瑞克提到法莅．雷西，你告訴他，你懷疑醫院有不恰當的行爲，醫院員工和葬儀社員工對她的屍體做出不當行爲，也許還有其他屍體。」伯格對裘德說，露西從桌前起身離開房間。「你爲什麼會對陌生人說這些事？也許是因爲你非常需要告白，降低你的罪惡感。當你談到派克綜合醫院發生的事時，其實指的是你自己，你做的事。」

「鬼扯！到底是誰在陷害我？」裘德大吼，「這事跟錢有關係嗎？那小混蛋想勒索我還是什麼的嗎？這是那個神經錯亂的婊子多蒂．郝奇想出的病態謊言嗎？」

「沒有人要勒索你，跟錢或據稱的跟蹤狂無關，而是在你發跡之前，也許你有個跟蹤狂，跟你在派克綜合醫院所做的事有關。」

伯格身邊桌上的黑莓機發出聲響，有人發了電子郵件給她。

「光是想到屍體就讓我想吐。」裘德說。

「可是你做的不只是想而已，不是嗎？」伯格說。

「什麼意思？」

「你會看到的，」她說。

「妳在找代罪羔羊，或是想讓我他媽的爲妳的出名而付出代價。」

伯格並沒有解釋她已經出名了，並不需要一個二流演員的幫忙。她說，「我再重複一次，我要的是眞相。眞相具有療癒的效果，你會感覺好一點，人本來就會犯錯。」

他擦擦眼睛，一腳抖得很用力，好像快要從椅子上飛出去。伯格不喜歡他，可是她更不喜歡此刻的自己。不過她覺得這一切都是他自找的，要是他在三週前她第一次找他時就合作，便可避免這一切。如果當時他肯跟她談，她就不用想出這個到最後逐漸失控的計畫，有露西保證的計畫。伯格本來就沒有打算為了哈波．裘德據傳在派克綜合醫院的行為起訴他，她對這個從未偵訊、見過、吸大麻告密者艾瑞克也沒有什麼信心，或是根本就沒有。馬里諾跟艾瑞克談過，他說艾瑞克告訴他有關派克綜合醫院的事，對，這個消息令人不安，甚或會使人入罪，但伯格有興趣的是一件更大的案子。

漢娜．史塔爾的財務管理公司經營得很成功，聲譽卓越，而哈波．裘德是她的客戶；在伯格稱之為龐式騙局本質的詐騙裡，他並沒有損失，一毛錢都沒有。據傳漢娜在八月四日將他的投資撤出股市時救了他。同一天，整整兩百萬美元匯進他的銀行戶頭。他在一年前只投資了四分之一的金額，這筆錢沒有進過股市，而是在地產投資銀行灣橋財務公司的口袋裡，執行長最近才因詐欺罪嫌遭到聯邦調查局逮捕。漢娜會聲稱不知情，說她對灣橋財務公司的龐式騙局一無所知的程度正如馬多夫之流的受害者，也就是那些金融機構、慈善事業與銀行。漢娜無疑會聲稱自己和衆多受害者一樣都受到愚弄。

可是伯格不相信。漢娜．史塔爾代替哈波．裘德執行的轉帳時機點顯示她顯然不需要他或任何人的提醒，這證明她非常清楚自己的行爲，也是共謀。從漢娜在感恩節前一天失蹤後便開始的財務記錄調查顯示，她是父親魯伯．史塔爾財產與公司的唯一繼承人，調查並暗示漢娜在業務執行上很有創意，尤其是向客戶收費的時候，但此舉並不表示她犯了罪。露西發現匯給哈波．裘德的兩百萬美金之前，沒有人發現異狀。然後漢娜突然失蹤，原本以爲是性犯罪，因而由伯格負責，卻開始出現不一致之處。伯格和辦公室調查小組的律師和分析師合作，大多來自詐騙小組，她也徵求聯邦調查局的協助。

這是高度機密的調查工作，大衆一無所知，因爲她最不希望傳出去的就是她所相信的與大衆的理論相反，漢娜．史塔爾並不是性變態的被害者。如果眞的和黃色計程車有關，比較有可能是那輛車將她載到固定基地營運服務中心，她在那裡搭上早已安排好時間的私人噴射機。她本該在感恩節當天搭上灣流班機前往邁阿密，再轉往聖巴特島。她沒有現身，因爲她有其他更秘密的計畫。漢娜．史塔爾是行騙高手，很可能還活著，早已遠走高飛，除非她對哈波．裘德的興趣超過專業所需，否則不可能讓他逃過一劫。她愛上這位名人客戶，他也許知道她的下落。

「你沒想到艾瑞克會在星期二早上打電話到我的辦公室，在電話裡向我的調查員重複你對他說的每一句話。」伯格對裘德說。

馬里諾若是現身這場偵訊的話可以在這時幫上忙，可以重複艾瑞克對他說的話。伯格感覺被孤立，受到蔑視。露西目中無人，對她有所隱瞞，而馬里諾則他媽的太忙了。

「諷刺的是，」伯格繼續說，「我不確定艾瑞克是眞的懷疑你，還是只想炫耀他和電影明星在一起，炫耀他聽到了大醜聞。看來最近大家都很想讓下一個美國偶像上遍所有新聞媒體。對你來說，不幸的是，我們調查了艾瑞克的說法，也就是派克綜合醫院，結果居然有所斬獲。」

「他只是個口無遮攔的小混混，」如今露西離開房間了，裘德也變得比較鎭靜。

「哈波，我們證實過了。」

「那是很久以前的往事，大約四年前我還在那裡工作的時候。」

「四年，五十年，」伯格說，「並沒有法律追訴期。我承認你帶給紐約市民不尋常的法律挑戰。一般來說，當我們遇到屍體遭到褻瀆的案子時，我們講的是考古學，不是戀屍癖。」

「妳希望眞是如此，可是這並非實情，」他說，「我發誓絕不會傷害任何人。」

「相信我，沒有人希望眞的發生這種事。」伯格說。

「我來這裡是爲了幫妳的忙，」他伸出來擦眼睛的手不斷發抖，也許是在演戲，想博取同情。

「另一件事？不論那個傢伙怎麼說，他說錯了，他媽的錯了。」

「艾瑞克很有說服力，」可惡，馬里諾在場就可以幫她解圍，她對他非常生氣。

「去他媽的人渣。我們離開酒吧點了一根大麻，我拿醫院的事出來開玩笑，只是誇大而已，天啊，我不需要做那種事，我爲什麼要做那種事。只是說說而已，就是哈草聊天而已，大概又喝了點龍舌蘭酒。我本來就吸了毒，在酒吧裡，這個傢伙……他媽的人渣，去他的。我會把他告到天荒地老，把他整慘。我友善對待這種不值一提的人渣追星族，結果居然是這種下場。」

「你爲什麼會以爲艾瑞克是追星族？」伯格問。

「他在酒吧裡找我搭訕。妳知道，我自己一個人在喝酒，他來跟我要簽名。我不該對他友善的，結果我們走在一起，他問我這些關於我自己的狗屁，顯然希望我是同志，但我不是，一次都沒有過。」

「艾瑞克是同志嗎？」

「他在石牆酒館流連。」

「你也是。」伯格說。

「我就跟妳說了，我不是同志，從來都不是。」

「對你來說出現在那裡並不尋常。」伯格觀察，「石牆酒館是全國最有名的同志酒吧，而且是同志運動的象徵地點，並不是直男會流連之處。」

「演員會在很多不同的地方流連，才能扮演各種不同的角色。妳知道，我是方法演技派的，要先研究，尋找思考的靈感，我就是這種人，大家都知道我喜歡實際挑戰，不惜一切。」

「上同志酒吧是爲了研究？」

「我對自己很有安全感，不介意在哪裡逗留。」

「哈波，那你還做了哪些研究？你知道田納西州的人體農場嗎？」

起先裘德臉上露出迷惑的表情，接著是不可置信，「什麼？妳們侵入我的電子郵件信箱？」

她沒有回答。

「我在他們的網站訂了東西，那又怎樣？是為了研究。我要在一部電影裡扮演考古學家的角色，我們挖掘瘟疫的亂葬崗，妳知道，有骨骸，成千上百的骨骸。只是為了研究而已，我甚至研究是否能親自去諾斯維爾，體驗在那種環境裡是什麼感覺。」

「在腐爛的屍體旁邊？」

「想做得好就得親自看到、聞到，才能扮演好角色。我很好奇屍體腐化的過程，妳知道，屍體在地下或某處經過很久的時間之後外觀會產生什麼變化。我不需要向妳解釋這些，向妳解釋演戲跟我他媽的事業。我什麼都沒做。妳入侵我的電子郵件已經侵犯了我的權利。」

「我不記得說過我們入侵了你的電子郵件信箱。」

「妳們一定有。」

「資料搜尋，」她回答時他直視著她，或是看著她的四周，但已不再上下打量她，只有露西在的時候他才這麼做。「你借了可上網的電腦，在網路上購物，人們留下的行蹤實在驚人。我們再談一些艾瑞克的事。」伯格說。

「他媽的基佬。」

「他告訴你他是同志？」

「他根本就在把我好嗎？妳知道的，很明顯，他問到我的事，我的過去，我提到我做過很多不同的工作，包括在一家醫院做兼差技工。那基佬一直跟我打情罵俏，」他又說。

「你為何會講到在醫院的工作？是誰提起的？」

「我不記得是怎麼提到的，他問起我的事業，怎麼開始演戲，我告訴他醫院的事。我提到演藝工作足以養活自己之前做過哪些工作，例如幫忙做靜脈切開術，採檢體，甚至在停屍間幫忙拖地，將屍體送進出冰櫃，需要什麼我就做什麼。」

「為什麼？」露西帶著健怡百事可樂和一瓶水回來。

「妳問『為什麼』是什麼意思？」裘德歪著頭，態度改變了。他討厭她，也毫不隱藏。

「為什麼要做那種爛工作？」她打開罐裝健怡百事可樂放在伯格面前，然後坐下來。

「我只有高中畢業。」他說，沒有看著她。

「你在發展演藝事業的時候為何不去當模特兒之類的？」露西繼續離開前的話題，侮辱他、嘲弄他。

一部分的伯格專注在聽，另一部分的她則被黑莓機的第二次訊息提示吸引。可惡，到底是誰在凌晨四點找她？也許又是馬里諾，忙得無法出席卻又不斷打擾她。也許不是他，反正就是有人。哈波．裘德繼續對答，最好看一下訊息，她把黑莓機滑近一點，精巧的鍵入密碼。

「我做過模特兒，只要能賺錢、能得到實際生活經驗的工作我都做。」他說，「我不怕工作，什麼都不怕，只怕他媽的有人編造跟我有關的謊言。」

幾分鐘前的第一封電子郵件來自馬里諾：

關於醫生的案子需要盡快取得搜索令，立刻傳案情資料給妳

活。」

「什麼都嚇不倒我，」裘德繼續說，「我是那種不計代價的人，我從沒過過不勞而獲的生

馬里諾的意思是他正在撰寫搜索令，馬上就會傳給伯格，她得負責檢查準確性和語言，找一個能隨時找到的法官，把搜索令拿到他家讓他簽名。到底是什麼搜索令，爲什麼這麼緊急？史卡佩塔出了什麼事？伯格很好奇是否和昨晚留在她家大樓的可疑包裹有關。

「就是因爲我不害怕，不怕蛇，也不怕蟲子，所以才能具有說服力的扮演我的角色。」裘德對伯格說，她仔細聆聽，一面處理電子郵件。「我是說，我可以學吉恩·西蒙斯那樣把蝙蝠放進嘴裡吐火，我有很多特技。我不想跟她說話，如果得跟她說話那我要離開了。」他瞪著露西。

剛剛收到的第二封電子郵件來自史卡佩塔：

關於搜索令，根據我的訓練與經驗，我認為搜索遭竊的資料儲存裝置需要一位鑑識專家。

馬里諾顯然已經和史卡佩塔討論過了，只不過伯格不知道她指的是什麼遭竊裝置，需要搜索哪裡。她無法想像史卡佩塔爲何沒有對馬里諾下達同樣的指示，讓他能將鑑識專家加在正在撰寫的搜索令附錄裡，而是直接告訴伯格她需要平民協助搜索，一個懂得電腦資料儲存裝置的人。然後伯格懂了，史卡佩塔需要露西在場，要求伯格確認這一點。不知爲何這一點很重要。

「你在醫院停屍間搞的花招可真了不起，」露西對裘德說。

「我沒有要花招，」他每句話都是對著伯格說，「只是在聊天而已，說我覺得葬儀社的人出現時可能發生的事，因爲她眞的很漂亮，就一個受重傷的人來說外表不算太差。我只是半開玩笑而已，不過我曾經好奇那些葬儀社的人到底在搞什麼鬼倒是眞的，曾經懷疑遇到的某些人。我覺得只要不被抓到，有些人什麼事都做得出來。」

「我會引述你的話，」露西說，「哈波．裘德說只要不被抓到，有些人什麼事都做得出來，立刻成爲雅虎頭條。」

伯格對她說，「也許該讓他看看我們的發現了。」她對裘德說，「你聽過人工智慧，這比人工智慧更先進，我猜你很好奇我們爲何會要求你到這裡見面？」

「這裡？」他看看四周，美國隊長臉上一片茫然。

「時間是你要求的，地點是我要求的。這個高科技簡約主義空間，」伯格說，「看到四處都是電腦嗎？這裡是電腦鑑識調查事務所。」

他沒有反應。

「所以我才選擇這個地點，讓我澄清一下，露西是地區檢察官辦公室所聘用的電腦顧問，不過她的身分不止於此。她曾任聯邦調查局及菸酒槍械管制局等單位，細述她的履歷需要太多時間，我就不多說了。不過，你描述她不是眞正的警察這一點不是很準確。」

他似乎不明白。

「讓我們回到你在派克綜合醫院工作的時期。」伯格說。

「我眞的不記得，嗯，不太記得當時的情形。」

「什麼情形？」伯格用露西描述爲「磨坊儲水池」的平靜表情問，只不過露西這麼說並非恭維之意。

「那個女孩。」他說。

「法菈·雷西，」伯格說。

「對，我是說，不是，我想說的是，那是很久以前的事了。」

「電腦就是這麼棒，」伯格說，「它們不在乎是多久以前，尤其是露西的電腦，她的類神經網路應用程式會模仿大腦運作。讓我提醒你很久以前在派克綜合醫院的日子，當時你得使用門禁卡才能進入醫院停屍間，聽起來熟悉嗎？」

「我猜是的，我是說，通常是這樣。」

「所以你每次使用門禁卡的時候，你的安全代碼就會進入醫院的電腦系統。」

「還有監視器錄影。」露西補充，「還有你的電子郵件，因爲它們儲存在醫院的伺服器裡，會固定儲存副本資料，這表示它們還有你在那裡工作時的電子記錄，包括所有你用來寫東西的電腦，不論你剛好從醫院裡借的是哪一台桌機。如果從那裡登入私人電子郵件信箱，喔，那些也會記錄下來，所有的記錄都有關係，問題在於知道如何取得。我就不拿那些電腦專有名詞來煩你了，不過我在這裡做的就是這種工作。我的工作就像你大腦神經元這一分鐘做的連結一樣。輸入、輸出、大腦將你的眼睛、雙手的感官及運動神經傳出的訊息拼湊在一起，以完成任務、解決問題。影像、想法、寫下的訊息、對話，甚至是劇本，全都互相有關聯，形成模式，使其得以偵測、決定、預測。」

「什麼劇本？」哈波．裘德嘴巴很乾，說話時聽起來黏黏的。「我不知道妳在說什麼。」

露西打字，用遙控器指著牆上的平板螢幕。裘德伸手拿瓶裝水，笨手笨腳的打開後喝了一大口。

平板螢幕分成兩個被影像填滿的視窗：年輕的哈波．裘德穿著手術服走進醫院停屍間，從盒子拿了一雙乳膠手套，打開不鏽鋼冰櫃；另一張是新聞照片，十九歲的法菈．雷西，是膚色較淡的非裔美國人，非常漂亮，身穿啦啦隊制服，手上拿著彩球，露齒而笑；還有電子郵件，劇本的一頁。

露西在劇本那一頁按了一下隨即充滿整個螢幕：

切到，臥室，夜晚

一名美麗的女子在床上，床罩拉開堆在她赤裸的腳邊。她看起來死掉了，雙手如宗教姿勢般交握胸前，全身一絲不掛。一個我們不認得的闖入者走近、靠近、更靠近！他抓住她的腳踝，將她癱軟的身體拉到床尾，打開她的雙腿。我們聽到他解開皮帶的聲音。

闖入者

好消息，妳即將前往天堂。他的褲子落到地板上。

「妳從哪裡拿到的？到底是誰給妳的？妳無權侵入我的電子郵件，」哈波．袞德大聲說，「而且並不是像妳想得那樣。妳們在陷害我！」

露西按下滑鼠，平板螢幕顯示一封電子郵件：

嘿，她的屁股真是太慘了，操她的，我不是指真的去操她。如果想來個硬的找我。哈波

「我是說來一杯烈酒，」他雖然堅持沒說錯，聲音卻動搖，「我不記得誰……聽我說，我一定是在講烈酒，我在問他們有沒有要跟我碰面喝一杯。」

「我不確定，」露西對伯格說，「聽起來，他假設我們把『硬的』詮釋成別的東西，也許是屍體？你該偶爾試試拼字檢查，」露西對他說，「還有，你該注意自己的行爲，電子郵件的內容，用醫院的電腦上網時傳送的簡訊。如果你想的話，我們可以在這裡待上一整個星期，我的電腦程式可以把你那一整個想像的魯蛇人生的所有細節全部連在一起。」

那是嚇唬他的。目前她們手上資料很少，頂多只有他用醫院電腦寫的東西、他的電子郵件，當初存在伺服器裡的資料，法菈．雷西入院兩週期間的監視器畫面和停屍間進出記錄。她們沒有時間過濾其他資料。伯格擔心如果再不找哈波．袞德談話，可能永遠不會再有機會，她稱此舉爲

「閃電出擊」。如果她先前不喜歡對此事的感覺，那現在則是眞的離開了舒適圈，感覺到嚴重的質疑，她一直以來都感覺到這份質疑，只是現在更嚴重。露西在主導這件事，已經有了成見，似乎不是很在乎這個成見是怎麼來的。

「我不想看別的東西了。」裘德說。

「只是還有很多資料得清查而已，我都快成鬥雞眼了，」露西用食指敲敲MacBook。「全都下載了，我懷疑你還記得的事情，根本不知道存在的東西。不確定警方會如何處理這些資料，伯格小姐？警方會如何處理這些資料？」

「我擔心的是，被害人還活著時發生了什麼事，」伯格說，因爲她無法停止，必須繼續演下去，「法菈去世前住院的兩週期間。」

「精確的說是十二天，」露西說，「她依靠維生器，一直沒有恢復意識。其中有五天哈波在醫院值班。哈波，你進過她的病房嗎？也許趁她昏迷不醒的時候上下其手？」

「妳才是變態的那一個。」

「有嗎？」

「我告訴妳了，」他向伯格說，「我根本不知道她是誰。」

「法菈．雷西，」伯格再說一次這個名字，「你在《哈林新聞》裡看過這個十九歲啦啦隊員的照片，我們剛剛給你看的照片。」

「你用電子郵件把照片寄給自己，」露西說，「我猜猜看，你不記得了。讓我提醒你，這張照片出現在網路新聞的同一天，你把那篇車禍的報導用電子郵件寄給自己，我覺得這一點很有意思。」

她按下照片，顯示在牆上的平板螢幕上，「法菈．雷西穿著啦啦隊的制服。」哈波．袞德撇過臉。

他說，「我對車禍一無所知。」

「二〇〇四年七月一個美麗的週六下午，」伯格說，「他們一家人從哈林區的馬庫斯．加維紀念公園返家，某個傢伙一面開車一面講手機，在勒諾大道闖紅燈，攔腰撞上他們的車。」

「我不記得。」袞德說。

「法菈的傷勢是所謂的封閉式頭部外傷，基本上就是由非穿透性傷害所造成的大腦損害。」伯格說。

「我不記得。我只隱約記得她在醫院。」

「對，你記得法菈是你工作醫院的病人，在加護病房以呼吸器維生，有時你會去加護病房抽血，記得嗎？」伯格問他。

他沒有回答。

「你不是頗具聲譽的抽血技工嗎？」伯格問。

「他連石頭都可以抽血，」露西說，「其中一個護士是這麼告訴馬里諾的。」

「誰是他媽的馬里諾啊？」

露西不該提到他，如果要提到伯格的調查員或她用來協助辦案的人，應該由伯格提出，而不是露西。馬里諾謹愼地和一些醫院員工通過電話，情況很微妙。由於可能成爲被告的身分，伯格感覺負有更深的責任感，但露西顯然不在乎這一點，似乎只想毀了哈波．裘德，也許跟幾個小時前對航空管制員，還有在固定基地營運服務中心喝斥的員工同樣的感覺，其實伯格透過洗手間的門聽到一切。露西想見血，可能不只是哈波．裘德的血，也許還有其他人。伯格不知道原因，已經不知道該怎麼想了。

「我們有很多人在清查你的狀況，」伯格對裘德說，「露西已經用她的電腦清查你以及各種資料好幾天了。」

並不完全是事實。露西在史托鎭大概花了一天做遠端調查，馬里諾開始調查之後醫院很合作，順從地用電子郵件傳了一些資料過來。由於這是私人問題，與某個前任員工有關，馬里諾以他獨有的方式暗示派克綜合醫院，他們越是合作，這件事就越可能以外交手腕私下解決。牽涉到搜索票、法院命令和如今很有名的前任員工，新聞媒體會大肆報導。可是既然最後可能根本沒有人會遭到起訴，卻讓法菈．雷西的家人再度承受痛苦，眞的是沒有必要，也不應該。馬里諾說，這年頭大家動不動就提起訴訟眞是可悲，差不多是這個意思。

「讓我幫你恢復記憶，」伯格對哈波．裘德說，「你在二〇〇四年七月六日晚上進入加護病房，在法菈的隔壁病房幫另一個病人抽血，一名年長病患。她的血管很難抽，由於你的技術高明，因而自願幫她抽血。」

「我可以給你看她的病歷，」露西說。

這也是唬人的，露西才沒有這種東西，醫院絕對沒有提供伯格病人的機密資料。

「我可以播放你戴著手套，拿著病歷走進她病房的錄影帶，」露西毫不鬆手，「我可以找出你在派克綜合醫院進入每一間病房時錄下的每一個影像，包括法菈的病房。」

「我根本沒進去過，那是謊話，全都是謊話。」裘德喪氣地坐在椅子上。

「你確定那天晚上在加護病房的時候沒有進入她的病房嗎？」伯格說，「因爲你可不是這樣告訴艾瑞克的，你說法菈實在很漂亮，你對她很好奇，想看她光溜溜的樣子。」

「他媽的都是謊話，眞是個操他媽的騙子。」

「他會在證人席上宣誓說出同樣的話，」伯格又說。

「我們只是在聊天而已。就算我眞的那麼做了，也只是看看罷了，我什麼都沒做，沒有傷害任何人。」

「性犯罪的本質是權力，」伯格說，「也許，強暴一個無助又昏迷，永遠無法告訴別人的少女讓你覺得非常有力，讓你覺得又大又強，尤其如果你是個落魄的演員，只能勉強接到一些肥皀劇的小角色。我猜當時你應該很同情自己得幫生病易怒的病人抽血、拖地板，被護士、所有人使喚來使喚去，你是層級最低的員工。」

「沒有，」他左右搖頭，「沒有，我什麼都沒做。」

「嗯，哈波，看起來好像有，」伯格說，「我繼續用幾個事實恢復你的記憶。七月七日，新聞說法菈·雷西要拔管了，她拔管的那天你來上班，其實醫院並沒有叫你來。你是領日薪的臨時工，叫你來上班才有薪水。但二〇〇四年七月七日下午，醫院並沒有叫你來上班，你還是來了，自己跑去打掃停屍間、拖地板、擦拭不鏽鋼檯面，這是根據還在那裡上班的警衛說的，剛好也在我們給你看的錄影帶裡。法菈死了，你直接跑到十樓的加護病房把她的屍體送到停屍間，聽起來很熟悉嗎？」

他瞪著拉絲鋼桌面，沒有回答。她無法解讀他的感受。也許他很震驚，也許在算計接下來該說什麼。

「法菈·雷西的屍體由你送到停屍間，」伯格又說一次，「你想看監視器畫面嗎？」

「實在太扯了，並不是像妳講得那樣，」他雙手揉著臉。

「我們現在要讓你看那段畫面。」

按下滑鼠，再按一下，影像開始播放：哈波·裘德穿著手術服和實驗室外套，推著擔架進入醫院停屍間，在不鏽鋼冰櫃門前停下來。一名警衛進入，打開冰櫃門，看著她蓋布上的名牌說，「她是腦死拔管的病人，為什麼送來這裡而不是葬儀社？」哈伯·裘德說，「別問我，是家屬要求的。她真是他媽的美呆了，啦啦隊員，就像你會帶去畢業舞會的夢幻女孩。」警衛說，「真的嗎？」哈波·裘德拉起蓋布，露出女孩的屍體說，「真是浪費。」警衛搖搖頭說，「推進去吧，我還有事要忙，」裘德把擔架推進冰櫃裡，聽不到他的回答。

哈波·裘德把椅子往後推起身，「我要找律師。」他說。

「幫不上忙。」伯格說，「你並沒有被逮捕，沒有被逮捕的人我們不用對他們唸權利。要不要律師看你自己，沒人阻止你，請便。」

「妳們這麼做就是爲了逮捕我，我以爲妳們爲了要逮捕我才叫我來的。」他看起來不是很肯定，也不肯看露西。

「不是現在。」伯格說。

「那我在這裡做什麼？」

「你並沒有遭到逮捕。現在不會，將來也許會，也許不會。我不知道。」伯格說，「不過，那並不是我三週前找你的原因。」

「那到底是什麼原因？妳到底要什麼？」

「坐下。」伯格說。

他又坐下，「妳們不能用這種證據起訴我，妳懂嗎？不可以。妳們這邊有槍嗎？幹嘛不直接開槍殺了我。」

「兩件不同的事，」伯格說，「首先，我們可以繼續調查，你也許會遭到起訴、控告，然後會發生什麼事？端看你在陪審團面前運氣如何。第二，沒人要向你開槍。」

「我已經跟妳說了，我沒有對那女孩子做什麼，」裘德說，「我沒有傷害她。」

「手套呢？」露西尖銳的問。

「這樣吧，我要去問他這件事。」伯格對她說。

她受夠了，露西得立刻停止這種行為。

「我會問那些問題的，」伯格直視著露西，直到她確認露西不會再發言了。

「警衛說他離開停屍間，停屍間裡只剩下你跟法菈．雷西的屍體。」伯格繼續質問，重複馬里諾收集到的資訊，努力不想她現在對他多麼不爽。「他說他大約二十分鐘後去看的時候你才正要離開，他問你在停屍間待這麼久做什麼，你沒有回答。他記得你只戴著一只手套，似乎氣喘吁吁。哈波，另一只手套呢？在我們剛剛給你看的錄影帶裡，你戴著一雙手套。我們可以再給你看你進冰櫃，門開著在裡面待了近十五分鐘的影像，你在裡面做什麼？你為什麼會摘下一只手套？你把手套拿來做什麼？也許套在身體的某一個器官上？也許套在你的老二上？」

「沒有，」他搖頭說。

「你想告訴陪審團嗎？你希望陪審員聽到這些嗎？」

他瞪著桌面，手指在金屬桌面上移動，彷彿小孩用手指畫畫。用力呼吸，面孔漲紅。

「我聽到的是，你不希望這件事再來煩你。」伯格說。

「告訴我該怎麼做。」他沒有抬頭。

伯格沒有DNA、目擊證人或其他證據，袞德也不會自白，她永遠不會有具體的證據。可是，光是這些就足以毀掉哈波．袞德。以他出名的程度，控訴本身就等於定罪。唯一能用來起訴戀屍癖的罪名是褻瀆遺體，如果她用這個罪名將他起訴的話就會毀掉他的人生，伯格並不輕忽後果。她並不是個會惡意起訴的檢察官，用有瑕疵的過程或來源不當的證據構築案件。她從不做不正當或不合理的起訴，不打算開始這麼做，也不打算讓露西施壓她這麼做。

「讓我們回到三週前，我打電話給你的經紀人，你記得有收到我的留言。」伯格說，「你的經紀人說她將留言轉達給你了。」

「我到底要怎麼做才能解決這件事？」裘德看著她，要求交換條件。

「配合是好事。就像你拍電影時一樣，合作，大家一起合作。」伯格把筆放在拍板簿上，雙手交握，「三週前我打電話給你的經紀人時，你既不配合也不合作。當時我想找你談一談，你根本懶得理我。我大可以派警察到你在下曼哈頓運河街附近的公寓，或找人到洛杉磯，不論你在哪裡都叫人把你找來，可是由於你的身分，考慮到你的感受，我並沒有使用那麼極端的手段來處理。現在情況不同了，我需要你的協助，你也需要我的幫忙。因為現在你有一個三週前沒有的麻煩。三週前你沒有在酒吧遇到艾瑞克，三週前我不知道派克綜合醫院和法菈·雷西的事。也許我們可以互相幫忙。」

「告訴我該怎麼做。」他的眼神中有恐懼。

「讓我們談談你跟漢娜·史塔爾之間的關係。」

他沒有反應，沒有回答。

「你不會否認認識漢娜·史塔爾吧。」伯格說。

「我為什麼要否認？」他聳聳肩。

「你從來沒有懷疑過也許我打電話的目的跟她有關？」伯格說，「你知道她失蹤了，對嗎？」

「當然。」

「那你沒有想到——」

「對，好。可是，我不想談她是因為隱私問題，」裘德說，「這樣對她不公平，我也看不出這跟發生在她身上的事有什麼關係。」

「所以你知道她發生了什麼事。」伯格說，彷彿他眞的知道。

「並沒有。」

「在我聽起來你的確知道。」

「我不想介入，跟我沒關係。」裘德說，「我跟她之間的關係不關別人的事。不過她會告訴妳，我不是變態。她在的話會告訴妳派克綜合醫院那件事是鬼扯。我是說，做那種事的人是因爲他們把不到活人，對嗎？她會告訴妳我在那方面完全沒有問題，我的性功能正常得很。」

「你跟漢娜．史塔爾外遇。」

「我一開始就阻止過了，我試過。」

露西狠狠瞪著他。

「你在一年多前成爲她公司的客戶，」伯格說，「你要的話我可以給你確切日期，當然，由於發生的事，你知道我們有充分的資料。」

「對，我知道，新聞報得大家都耳熟能詳。」他說，「現在還有另一個女孩，那個跑馬拉松的，我想不起她的名字，也許是某個開黃色計程車的連續殺人犯。我一點也不驚訝。」

「你爲什麼認爲冬妮．達里安是跑馬拉松的？」

「一定是從電視新聞聽來或在網路上看來的。」

伯格努力回想是否曾經提到冬妮．達里安跑馬拉松，完全不記得媒體有接收到這個訊息，只有慢跑而已。

「你一開始是怎麼認識漢娜的？」她問。

「猴子酒吧，很多好萊塢人士都去那裡。」他說，「某天晚上我們在那裡聊起來，她眞的對錢很有一套，告訴我一大堆我不懂的事。」

「你知道三週前她出了什麼事。」伯格說，露西專注地聽著。

「我大概知道，我認爲有人出手。妳知道，她惹到人。」

「她惹到誰？」伯格問。

「妳有通訊錄嗎？我來一個一個看。」

「很多人，」伯格說，「你的意思是說，她幾乎把每一個認識的人都惹火了？」

「我承認，包括我在內。她總是要求所有的事都依照她的方式處理，對每一件事都有自己的堅持。」

「你講話的口氣好像她已經死了。」

「我沒那麼天眞，大多數的人都認爲她已經遭遇不測。」

「她可能已經死了，可是你似乎沒有很難過，」伯格說。

「我當然很難過，我又不恨她。如果妳要聽實話，我只是厭倦了她不斷逼我，一直追我，她不喜歡被拒絕。」

「她爲何會把錢還給你？兩百萬美金是你投資金額的四倍，才投資一年算是很了不起的投資報酬率。」

他又聳肩，「市場多變，雷曼兄弟要倒了，她打電話給我，建議我出場，我說妳決定就好，然後我就拿到匯款了。後來還眞的被她說中了，我差點損失一切，我說的不是上千萬的數目，我不是A咖。不過，不論支出之後剩下多少，我都不想賠掉。」

「你最後一次跟漢娜上床是什麼時候？」伯格在拍板簿上寫筆記，意識到露西及她面無表情瞪著哈波・裘德的樣子。

他得想一想，「喔，好，我想起來了，那通電話之後，她說要把我的錢抽出來，我能不能過去一趟，她會解釋情況，那只是藉口。」

「過去哪裡？」

「她家，我去之後自然而然就發生了。我想那是最後一次，應該是七月。我正要前往倫敦，總之，她有個老公巴比，他在的時候我去那邊不是很自在。」

「那次他在嗎？她要你去倫敦之前先過去一趟的那一次？」

「呃，我不記得那次他在不在，那房子很大。」

「他們在公園大道的房子。」

「他很少在家，」裘德沒有回答問題，「常常搭他們的私人飛機往返歐洲到處跑。我的印象是他常常待在佛羅里達南部，很喜歡邁阿密那一套，他們在海邊有間公寓，他在那邊還有一輛法拉利恩佐，超過一百萬美金那一款。其實我跟他不熟，只見過幾次面。」

「你在哪裡見過他，什麼時候？」

「大約一年多前，我開始雇用他們公司進行投資之後，他們邀請我到家裡，我在他們家見過他。」

伯格思考時機，再想想多蒂·郝奇。

「那個算命的多蒂·郝奇是漢娜介紹你去找她的嗎？」

「喔對，當時她在他們家幫漢娜和巴比算命，漢娜建議我跟多蒂聊一聊，眞是個錯誤，那女的根本就是瘋婆子，後來她開始迷上我，說我是她前世在埃及的兒子轉世，當時我是法老，她是我母親。」

「讓我確定一下你指的是哪一棟房子，這是你說七月份最後一次和漢娜上床時去的同一棟房子。」伯格說。

「她老爸的房子，好像價值八千萬美金，收藏很多汽車、不可思議的古董跟雕像，牆上和天花板都是米開朗基羅的繪畫，叫壁畫還是什麼的。」

「我懷疑那是米開朗基羅的眞跡。」伯格嘲諷的說。

「好像有上百年歷史，眞他媽的不可思議，佔地有一整個街區。巴比家也很有錢，所以他和漢娜是工作上的夥伴關係，她曾經告訴過我，他們從沒上過床，好像一次都沒有。」

伯格注意到哈波．裘德提到漢娜時一直是用過去式，好像她已經死了。

「她老爸厭倦了她一直當個有錢的花蝴蝶，說她需要找個人安定下來，他才能確定生意有人管，」裘德繼續說，「妳知道，如果她繼續這麼玩下去，單身，參加派對，嫁了個笨蛋卻讓對方可以得到一切，那他不打算把財產留給她。這樣妳就知道她爲何會在巴比背後亂搞，不過她以前跟我說過有時候會怕他。那也不算亂搞，因爲他們沒有那樣講好。」

「你什麼時候開始和漢娜上床的？」

「在大宅的第一次之後？這樣說吧，她眞的很友善，他們家有室內游泳池，像歐洲那種大池，去游泳的人有我跟一些貴賓、客戶，美酒佳餚，服務生不斷送上香檳王和水晶香檳。我在泳池裡時她來撩撥我，是她先開始的。」

「去年八月你第一次去她父親的房子時，她對你下手？」

露西雙手交握胸前瞪大眼睛坐著，不說話也不肯看伯格。

「很明顯是如此。」裘德說

「她這麼明顯的時候巴比在哪裡？」

「我不知道，也許在炫耀他的保時捷新車。這一點我倒是記得，他買了一輛紅色的保時捷卡列拉GTs，每家報社都用的那張照片？就是那輛車。他開車載人在公園大道上來來回回，問我的話，你該去查查巴比，例如漢娜失蹤時他在哪兒，對嗎？」

伯格不打算說明漢娜失蹤的時候，巴比．富勒在他們北邁阿密海灘的公寓。

她說，「感恩節前一天的晚上，你人在哪裡？」

「我？」他差點笑了，「現在妳覺得我對她做了什麼事？不可能的，我不會傷害人，那不是我的風格。」

伯格記下來，裘德假設漢娜受到「傷害」。

「我問的是簡單的問題，」伯格說，「十一月二十六日星期三，感恩節前一天，你人在哪裡？」

「讓我想一想。」他又在抖腳，「我真的不記得了。」

「你不記得三週前的感恩節假期。」

「等一下，我在城裡，我第二天飛到洛杉磯，因爲我喜歡放假時搭飛機，機場人比較少，我在感恩節早上飛到洛杉磯。」

伯格寫在拍板簿上，對露西說，「我們會查證的。」然後對裘德說，「你記得是哪一家航空公司的哪一班飛機嗎？」

「美國航空，大約中午的班機，我不記得班機號碼。我不過感恩節，完全不在乎火雞內餡那一套，對我沒有意義，所以我才得回想一下，」他快速抖腳，「我知道，妳可能會覺得很可疑。」

「我覺得什麼很可疑？」

「她失蹤的第二天我就搭機離開這裡。」他說。

15

馬里諾的車上覆蓋著一層薄薄的鹽巴，使他想起這個時期乾燥且容易剝落的皮膚，他和汽車都受到紐約冬天同樣的對待。

他開的這輛車不僅骯髒，車身還磨損、刮傷，布製椅套老舊，下垂的車頂內裝還有小破洞，完全不是他的風格。他一直看在眼裡，偶爾也會覺得不耐、難為情。先前史卡佩塔在她家大樓外等他時，他注意到她的外套有一條近乎白色的污痕，是碰到副駕駛座車門時沾到的。現在他要去接她，眞希望路上有在營業的洗車店。

不論是警車、卡車或哈雷機車，馬里諾對於他所駕馭的代步工具的門面總是很挑剔，至少外觀很重要，男人的戰車代表他是什麼樣的人，自我投射。他以前不在乎車內的凌亂，只要某些人看不到就好。的確，他將此怪罪於以前的自我毀滅傾向。尤其是在里奇蒙的那段時間，他很邋遢，警用車上滿是文件、咖啡杯、食物包裝紙，菸灰缸滿到蓋不起來，衣服堆在後座，再加上各種物件，一袋袋的證物，他的溫徹斯特海軍陸戰隊散彈槍就放在後車廂。那種日子不再，馬里諾已經變了。

戒酒戒菸讓他將過去的生活完全拋在腦後，如同一棟夷為平地的老舊建築，取而代之的生活，目前為止都還不錯，不過他的內在生理時鐘亂掉了，也許會永遠如此，不只是由於以前的生活方式與運用時間的方式，更因爲他現在多出許多時間，根據他的計算，每天大概會多出三到五小時的時間。去年六月他在麻州北岸的治療中心時，治療師南茜給了他這個作業，他用紙筆計算出來的。他躲在教堂外的躺椅上，聞著大海的味道，聽著海浪拍打在岩石上，感覺到冰涼的空氣，頭頂陽光的溫暖。他坐在那裡計算，永遠不會忘記自己多麼震驚。每抽一根菸大約花掉七分鐘的時間，整個儀式又多用掉兩、三分鐘：選擇時間、地點，拿出菸盒，先敲一敲再拿出一根菸，點菸，先深吸一口，再吸五、六口後按熄，處理菸蒂。喝酒花的時間更長，酒吧的快樂時光開始就是一天結束之時。

「平靜來自於知道你能改變什麼，不能改變什麼，」當他呈現自己的發現時，治療師南茜這麼說。「彼德，你在將近半世紀的人生裡把至少百分之二十的清醒時間浪費掉了，這是你無法改變的事實。」

他有兩個選擇：接受多了百分之二十較爲明智的人生，或是回到舊有的生活方式。然而經歷了在過去所造成的麻煩之後，後者實在無法成爲一個選項。他開始對閱讀產生興趣，注意時事、上網、打掃、整理、修東西、逛美食連鎖超市、DIY家用品商店，睡不著就到二卡閒晃、喝咖啡，帶麥克出去散步。他借用緊急應變小組的超大車庫，把他的警用爛車變成一項企畫，想盡辦法善用膠水和補漆筆，討價還價地取得全新的第三型隱密版警笛、散熱氣格柵板，以及露台嵌燈。他還對無線電修理店甜言蜜語，請他們把他的摩托羅拉P25行動無線電客製化，除了特別任務小組之外，還能掃描更多頻道。他自己花錢在後車廂裝了卡車保險箱存放設備與補給，包括電池、備用子彈、私人用的貝瑞塔風暴九釐米卡賓槍行李箱、雨衣、野外裝備、軟式防彈衣、備用黑鷹拉鍊靴。

馬里諾打開雨刷，在擋風玻璃噴了一些雨刷水，清出兩片拱型玻璃，一面開到凍區，也就是警察廣場一號的禁區，只有像他這種經過授權的人才進得去。這棟棕磚總部的窗戶大多是暗的，尤其是羅斯福室與署長辦公室所在的十四樓行政指揮中心全無人影。時間是凌晨五點多，他花了一些時間才將搜索令打好寄給伯格，並提醒她自己為何無法出席哈波．裘德的偵訊，問她是否進行順利，很抱歉無法現身，因為真的有緊急事務需要處理。

他提醒她留在史卡佩塔大樓的疑似爆裂物，如今則擔心首席法醫辦公室，甚至紐約市警方和地區檢察官辦公室的安全設施遭到入侵，因為醫生的黑莓機遭竊，裡面有整個紐約刑事—司法系統的通訊與機密資料。也許有點誇張，但他並沒有現身為上司效命，而是將史卡佩塔放在優先。伯格會指控他優先順序有問題，這也不會是她第一次這麼指控他。巴卡蒂也是這麼指控他的，這也正是他們處不來的原因。

他來到珍珠街和警察大道的路口，在白色哨亭前減速，值班警察模糊的身影在起霧的玻璃後方對他揮揮手。馬里諾考慮像以前那樣，不管時間，不管她在做什麼，就這麼打電話給巴卡蒂。他們剛開始在一起的時候沒有什麼顧忌，他隨時都可以跟她講話，告訴她發生什麼事，聽她的意見，說些俏皮話，不斷訴說她想念他，何時才能見面。他想打電話給邦奈爾，他現在都叫她L．A．邦奈爾，不過很肯定現在還不能這麼做，繼而發現自己非常期待見到史卡佩塔，就算是為了公事。他接到電話，發現是她打來說遇到問題需要他幫忙時，他感到很意外，不可置信，但也很高興知道大人物班頓也有能力不及的時候。對於卡莉．克利斯賓偷了醫生的黑莓機這件事，班頓無能為力，但馬里諾可以，他會好好處理。

舊伍爾沃斯大樓的銅製尖塔如女巫帽般尖聳，背後是夜色中的布魯克林大橋，橋上的車流並不多，但行進規律，發出的噪音就像滔滔海浪，遠處傳來的風聲。他調高警方無線電的音量，聽著調度員和警察之間以獨特代碼組成的語言，以及沒頭沒尾的對話。外人完全聽不懂，但馬里諾一學就會，彷彿這種語言用了一輩子，無論多麼心不在焉的狀況下都認得自己的單位號碼。

「……八—七—○—二。」

那效果彷彿訓犬口哨，他突然警覺，腎上腺素激增，彷彿有人突然用力踩油門。他抓起對講機。

「○—二聽到。」他回覆，沒有說出完整的單位代號八七○二，隨時都想保有某種程度的匿名性。

「你可以打一通電話嗎？」

「了解。」

調度員給他一個電話號碼，他一面開車一面寫在一張紙巾上。這個紐約號碼看起來很熟悉，他卻想不起來。他撥了之後，有人在鈴響第一聲就接了起來。

「藍尼爾。」一名女子說。

「我是紐約市警局的馬里諾警探，調度員剛給我這個號碼，有人找我嗎？」他轉到運河街開往第八大道。

「我是聯邦調查局的特別幹員瑪蒂．藍尼爾，」她說，「謝謝你回電給我。」

凌晨快五點打電話找他？「有什麼事？」他這才知道爲何電話號碼看起來很熟悉。因爲三八四是聯邦調查局紐約辦公室電話的前三碼，他打過很多次，可是不認識瑪蒂．藍尼爾，也不知道她的分機，更從沒聽過她的名字，無法想像她爲何會在這種時間找他。然後他想起來了，佩特羅斯基把照片送到聯邦調查局，那張頸部刺青男的監視器畫面，他等著看特別幹員藍尼爾找他做什麼。

她說，「我們剛收到即時犯罪中心的資料，上面將你列爲資料搜尋的聯絡人，中央公園西側的事件。」

這話讓他震了一下，他正前往中央公園西側接史卡佩塔，她卻正好在這個時間爲了送到那裡的可疑包裹打來。

「好，」他說，「有什麼發現嗎？」

「電腦在我們的資料庫找到吻合資料，」她說。

希望是刺青資料庫，他等不及想聽那個戴著聯邦快遞帽，把可疑包裹留給醫生的混蛋是誰。

「今早稍晚可以在我們的辦公室面對面討論，」藍尼爾說。

「稍晚？妳說你們找到吻合資料，但是可以等？」

「得等到紐約市警方處理過之後，」她指的是聯邦快遞包裹，目前鎖在羅德曼岬的日置箱裡，沒人知道裡面究竟是什麼。「我們不知道是否和中央公園西側一號有刑案上的關聯。」她又說。

「意思是這東西可能跟其他刑案有關聯？」

「等見面再說。」

「那妳幹嘛現在急著找我？」他很不高興聯邦調查局急著找他又不告訴他詳情，得等到他們方便安排他媽的會議才要告訴他。

「我們剛剛接到資料，所以我以爲你在值班。」藍尼爾解釋，「從資料搜尋的時間上看起來，你午夜時還在工作。」

調查局的保密狗屁，他很不高興地想。這跟馬里諾上夜班無關，而是藍尼爾。他從三八四的號碼打來是因爲她顯然還在辦公室，這表示有事重要到讓她在這種時間進辦公室，有重要的事發生。她的意思是她會決定會議還有誰會在場，翻譯過來就是馬里諾得去了才會知道到底是怎麼一回事，天知道到底是什麼時間。得看紐約市拆彈小組對史卡佩塔的包裹研判結果如何而定。

「所以，妳在調查局的職位是什麼？」既然她在耍他，告訴他該怎麼做，馬里諾覺得該問一下。

「目前我和銀行搶案聯合勤務小組合作，我是全國暴力犯罪分析中心的主要協調人。」她回答。

銀行搶案聯合勤務小組是一個包山包海的任務小組，是美國歷史最悠久的任務小組，底下包括紐約市警方的調查員和聯邦調查局幹員，處理範圍包括銀行搶案、綁架、跟蹤狂或超越地區管轄範圍的犯罪案件，例如發生在遊輪上的性侵案或海盜案。銀行搶案聯合勤務小組介入聯邦調查局已經產生興趣的案子，馬里諾聽了不見得意外，但全國暴力犯罪分析中心？這是行爲分析小組的單位，也就是匡提科。可惡，馬里諾沒有想到這一招。特別幹員瑪蒂·藍尼爾就是他所知道的心理側寫分析師，班頓以前做的工作。馬里諾開始比較理解她爲何在電話裡口風那麼緊了，聯邦調查局查到了重要案子。

「妳的意思是匡提科介入了中央公園西側的案子嗎？」馬里諾試試運氣。

「今天稍晚見，」這是她的答案，談話結束。

馬里諾距離史卡佩塔家只有幾分鐘的路程，她家地址在第八大道跟四十幾街的交叉口，時代廣場中心。照明看板、塑膠招牌、標語和五光十色的彩色資訊顯示螢幕使他想到即時犯罪中心和許多黃色計程車。不過，外面並沒有很多人，馬里諾好奇這一天會帶來什麼。大家會因爲卡莉·克利斯賓和她洩漏的資料而恐慌不搭計程車嗎？他眞的很懷疑。這裡是紐約，連九一一都算不上是他見過最糟的恐慌，經濟問題才是。他眼睜睜看著華爾街的恐怖主義延燒了好幾個月，災難性的金融損失，不斷的恐懼只會讓情況更糟。口袋沒有幾毛錢比開著黃色計程車的連續殺人犯可能更要命。如果你他媽的破產了就沒錢搭他媽的計程車，與其擔心慢跑時遇害，更令人擔心的是流落街頭。

在哥倫布圓環，CNN的鮮紅色看板在夜色中傳送著跟史卡佩塔和〈克利斯賓報告〉無關的新聞，彼得．湯森和「何許人樂團」的時間所剩不多。也許聯邦調查局召開緊急會議是因為史卡佩塔公開批評他們，聲稱心理檔案分析是古董。像她這種地位的人說出這樣的話，會被嚴肅看待，而不是草草了事，雖然她並沒有這麼說，或是私下說的話被斷章取義，並非原意。

馬里諾好奇她到底說了什麼，原意為何，決定不論聯邦調查局有什麼打算，大概跟批評他們無關，這一點既不新奇也沒有不尋常，警察更是一天到晚批評調查局，大多出自於嫉妒。如果警察真的相信他們的批評，就不會想盡辦法進入聯邦調查局的任務小組或匡提科的特別訓練課程。發生了其他的事，跟不好的宣傳無關。他一直想到同一件事：一定跟那個戴著聯邦快遞帽的刺青男有關，卻仍需等待才能知道細節，快把馬里諾搞瘋了。

他把車子停在一輛黃色計程休旅車的後方，是最新的那種油電混和車，紐約更環保了。他下了自己那輛骯髒喝汽油的福特汽車，走到大廳，穿著厚重小羊毛外套和靴子的史卡佩塔坐在沙發上，她這身裝扮是假設會在羅德曼岬的靶場度過這一天，位處海邊的靶場總是風很大又很冷。她背著工作時經常帶在身邊的黑色尼龍工具袋，裡面放著很多基本配備：手套、鞋套、連身服、數位相機、基本醫藥用品。他們的生活就是這樣，根本不知道會遇到什麼狀況，會到什麼地方，總覺得應該做好準備。她看起來既疲倦又心事重重，但露出感激的微笑，很感謝他來幫忙，這一點使他心情很好。她起身到門口迎接他，他們一起走下台階，來到昏暗的馬路上。

「班頓呢？」馬里諾打開副駕駛座的車門，「小心外套，車子髒得要死。都是灑在雪地上的鹽巴跟垃圾，實在來不及清理。這裡不像佛羅里達、南卡羅萊納跟維吉尼亞。本來想找個洗車廠，不過也沒什麼用，開過一條街後就像開過砂石場一樣。」他又不自在了。

「我叫他不要來，」史卡佩塔說，「反正他也沒辦法幫我們找到黑莓機，羅德曼岬他也幫不上忙。發生太多事，他也有事要忙。」

馬里諾沒有問她爲什麼或是什麼事，沒有表現出班頓沒來讓他有多高興，不用看他的臉色。在他們認識的二十年間，班頓一直對馬里諾很不友善，他們從未成爲好友，從不社交，也不曾一起做過一件事。跟認識別的警察不一樣，完全不一樣。班頓既不釣魚也不打保齡球，對機車或卡車都沒興趣，他們從不曾一起在酒吧喝酒，像男人一樣交換案件或女人的故事。事實是，馬里諾和班頓唯一的共同點就是醫生，他努力記得上次單獨跟她相處是什麼時候，能獨享她一個人感覺眞好，他會幫她解決問題，卡莉·克利斯賓死定了。

史卡佩塔一如往常的說，「繫好安全帶。」

他發動引擎，繫上安全帶，但其實他很討厭繫上安全帶。就像抽菸喝酒一樣，他會改變，但永遠不會忘記、或覺得很棒的舊習慣。就算這麼做比較好又如何？他無法忍受繫上安全帶，這一點不會改變，他只希望他媽的永遠不會遇到那種狀況，需要逃出車外時才發現，幹，安全帶解不開，結果因此送命。他很好奇同一個特別小組是否還一天到晚在路上隨機檢查警察，被逮到沒綁安全帶就得禁足六個月。

「拜託，妳一定看過這種東西害死人的案例，」他對史卡佩塔說，如果有人知道眞正的答案，那就是她。

「什麼東西？」她問，他從她家大樓開上馬路。

「妳知道，安全帶，妳一天到晚宣揚的車上緊身衣，妳是最糟況狀的專家。記得在里奇蒙的那些年？他們可沒有爲了沒繫安全帶而讓警察變身成告密者，開著車到處找其他警察麻煩，沒人在乎，我也從不管它，從來沒有。就連妳以前上我的車，一直嘮叨萬一不小心受傷或死掉的話會有什麼差別。」回憶沒有班頓，跟她一起開車的日子，讓他心情大好，「記得那次我在吉爾平社區遇到槍戰？要不是即時下車，誰知道會發生什麼事？」

「你無法憑本能解除安全帶是因爲你的習慣很糟，」她說，「就我所記得，當時你在追某個毒販，不是被追。不論你到底有沒有繫上安全帶，我不相信會有任何影響。」

「根據歷史沿革，警察不繫安全帶是有原因的，」他回答，「一開始警察就不繫安全帶，不繫安全帶，不開車內燈，爲什麼？因爲最糟的事情就是當你繫著安全帶坐在車上，開著車內燈，會讓混蛋從外面看得一清二楚，因而朝你開槍。」

「我可以提供數據。」史卡佩塔看著她那一側的窗外，有點安靜，「要是有繫安全帶就能逃過一劫的死人。我不確定能給你任何一個例子是由於繫了安全帶才死掉的。」

「要是衝下河堤掉進河裡呢？」

「沒有繫安全帶的話可能使頭部撞到擋風玻璃，若是車子在水中下沉，把自己撞暈並不是很有幫助。班頓剛剛接到聯邦調查局的電話，」她說，「我猜沒有人要告訴我發生了什麼事。」

「也許他知道，因爲我他媽的根本不知道。」

「你也接到他們的通知？」她問，馬里諾感覺到她很悲傷。

「不到十五分鐘前，就在我去接妳的路上。班頓說了什麼嗎？是那個叫藍尼爾的心理側寫分析師嗎？」馬里諾轉彎開上公園大道，想到漢娜．史塔爾。

史塔爾家的豪宅距離他和史卡佩塔要去的地方不遠。

「我離開的時候他正在講電話，」她說，「我只知道對方是聯邦調查局。」

「所以，他完全沒提到對方找他做什麼，」他假設對方是瑪蒂．藍尼爾，和馬里諾談過之後再打給班頓。

「我不知道答案。我離開的時候他在講電話，」她重複一次。

她在逃避某個話題，也許和班頓吵架了，也許遭竊的黑莓機使她不安。

「我兜不起來，」馬里諾忍不住繼續說，「他們爲什麼要找班頓？瑪蒂．藍尼爾本身就是聯邦調查局的心裡側寫分析師，她爲什麼需要前任的聯邦調查局心理側寫分析師？」

大聲說出來讓他暗爽在心裡，在班頓閃亮的盔甲上留下凹痕。他已經不是聯邦調查局的一員了，連警察都不算。

「班頓參與了幾件和聯邦調查局有關的案子，」她並不是在幫班頓辯護，只是安靜而肅穆的說話，「不過我不清楚。」

「妳是說聯邦調查局要求他提供意見？」

「偶爾。」

馬里諾覺得很失望。「眞令人意外，我以爲他和調查局痛恨彼此。」彷彿調查局是一個人。

「他並非因爲曾爲聯邦調查局工作才受到徵詢，而是因爲他是受尊敬的鑑識心理學家，在紐約和其他地方都積極爲刑案提供評估與意見。」

她從黑暗中的副駕駛座看著馬里諾，下垂的車頂內裝距離她的頭髮只有幾公分而已，他該訂個內裝泡棉的布和熱熔膠，換掉那個鬼東西。

「我唯一確定的是和刺青有關，」他撇下班頓的話題，「我在即時犯罪中心的時候搜尋那傢伙頸部的刺青、頭蓋骨、棺材都沒有結果，我建議灑下更大的網，搜尋紐約市警局以外的資料庫。不過，我們的搜尋結果出現多蒂．郝奇，除了上個月在底特律遭到逮捕之外，我還找到一張捷運裁決所的傳票，在紐約公車上鬧事，叫別人用聯邦快遞把自己送到地獄，嗯，有點意思，因爲她寄給班頓的卡片是放在聯邦快遞的信封裡，而那個頸部有刺青的傢伙則是戴著聯邦快遞的帽子送聯邦快遞的包裹給妳。」

「這樣好像只因爲有郵票就覺得只要是信件都有關係？」

「我知道，大概很勉強，」馬里諾說，「可是我不禁好奇他和這個精神病患之間是否有關聯，他送妳會唱歌的聖誕卡片，打電話到現場節目給妳。如果眞是如此，我就要擔心了，妳知道爲什麼嗎？那個頸部有刺青的男子如果在聯邦調查局的資料庫裡，那他可不是什麼好傢伙，對嗎？他在資料庫是因爲他曾經被逮捕，或在某處由於聯邦罪名遭到通緝。」

他減速，麗榭飯店的紅色雨篷就在左前方。

史卡佩塔說，「我取消了黑莓機的密碼功能。」

聽起來不像她會做的事。起先他不知道該說些什麼，繼而發現她很難爲情。史卡佩塔幾乎從不難爲情。

「我也厭倦每次都得解鎖，」某種程度上他可以理解，「可是我絕不會放棄密碼。」他並沒有批評的意思，不過她的行爲並不聰明。他很難想像她會這麼不小心，「所以這代表什麼意思？」

他想到自己和她的通聯內容，開始緊張起來：電子郵件、語音留言、簡訊、報告副本、冬妮·達里安一案的照片，包括他在她公寓裡拍的，還有他的評論。

「我是說，妳的意思是卡莉可能看過妳他媽的黑莓機裡所有的內容嗎？可惡，」他說。

「你平常就戴眼鏡。」史卡佩塔說，「你總是戴著眼鏡，我是閱讀時才戴眼鏡，並沒有經常戴著。所以，想像我在大樓裡或出門買三明治，需要打電話時卻無法鍵入他媽的密碼。」

「妳可以把字型設定大一點。」

「露西送的這個見鬼的禮物讓我覺得自己好像九十歲，所以我取消了密碼設定，是好主意嗎？並不是，但我還是這麼做了。」

「妳打算告訴她嗎？」馬里諾問。

「我本來打算處理，我不知道本來打算怎麼做，我猜我本來打算適應，把密碼設定回來，卻一直沒找到時間做。我沒有告訴她，她可以從遠端刪除裡面的資料，我還不希望她這麼做。」

「對，要是妳拿回來後，只有序號能證明那是妳的手機？我還是可以用重罪逮捕卡莉，因爲黑莓機價值超過兩百五十美元。可是，我寧願用重一點的罪名辦她。」他想了很多，「如果她偷了資料，我有更多的罪名可以起訴她。妳黑莓機裡的那些資料？如果我能證明意圖，證明她打算出售這些法醫辦公室的資料，或藉由公開而獲利，也許我們可以用盜取他人身分這種C級重罪辦她，也許會讓她精神崩潰。」

「希望她不會做出蠢事。」

馬里諾不確定史卡佩塔指的是誰：卡莉．克利斯賓，還是露西。

「如果妳的手機裡沒有資料的話。」他又開始反覆。

「我叫她不要銷毀，她使用的是這種詞彙。」

「那她就不會。」馬里諾說，「露西是有經驗的調查員與電腦鑑識專家，習慣了聯邦探員身分，她清楚系統的運作，大概知道妳沒在使用那可惡的密碼。既然她用伺服器設定網路，別叫我用她的術語解釋她用什麼幫了我們的忙。總之，她要帶傳票過來。」

史卡佩塔靜靜不語。

「我的意思是，她大概可以查到妳的密碼，對嗎？」馬里諾說，「她也可能知道妳早就沒在用了，對嗎？我相信她會查到那種東西的，對不？」

「我不認爲我是她最近查察的對象，」史卡佩塔回答。

馬里諾開始了解她為何一副心事重重的樣子，除了被偷的智慧型手機，也許和班頓吵架之外，還有別的事。馬里諾沒說什麼，他們坐在他的舊車裡，停在紐約最高級的飯店前，門房看著他們，沒有出來關切，飯店員工很清楚警車長什麼樣子。

「不過，我不認為她在查察誰，」史卡佩塔說，「我看過我跟你說的衛星定位記錄之後開始思考，露西要的話隨時可以知道我們任何人的行蹤，我不認為她在追蹤你、我或班頓，我不認為她突然決定我們該用這些智慧型手機是巧合。」

馬里諾一手放在門把上，不確定該說些什麼。露西最近幾個星期有點不對勁，有點不一樣，焦慮不安、憤怒，有點疑神疑鬼。他該更注意的，他該做出同樣的結論，這個想法越是在他的髒車裡流連，就越是明顯。馬里諾完全沒有想到露西是在偷窺伯格，他不會想到，因為他根本不想相信。他不希望想到露西覺得受困或覺得可以合理化自己的行為時會做出什麼事。他不想想起她對他兒子做了什麼事。洛寇是個壞胚子，冷酷的罪犯，完全不關心任何人。如果露西沒有把他幹掉，別人也會，但馬里諾不喜歡想起這一點，他幾乎吞不下去。

「潔米總是忙著工作，我無法想像露西為何會疑神疑鬼，我也無法想像潔米發現的話會發生什麼……嗯，如果是眞的，我希望不是，不過我了解露西，我知道有點不對勁已經一陣子了。你什麼都沒說，現在大概也不是討論的時機。」史卡佩塔說，「所以，我們要怎麼處理卡莉？」

「如果一方一直工作，另一方有時候可能會抓狂，妳知道，行為異常。」馬里諾說，「目前我跟巴卡蒂也有相同的問題。」

「你也把廣域加強定位系統接收器裝在智慧型手機裡當成禮物送給她嗎？」史卡佩塔苦澀的說。

「醫生，我跟妳比較像，一直想把這可惡的手機丟進他媽的湖裡。」他認眞的說，爲她感到難過，「妳知道我打字很爛，用普通鍵盤就已經很慘了，那天我還以爲按到音量，結果他媽的拍了一張腳的照片。」

「就算你以爲巴卡蒂有外遇，也不會用定位系統追蹤她。馬里諾，我們這種人是不做這種事的。」

「對，嗯，露西跟我們不一樣，並不是說她眞的這麼做了。」他不知道是否爲眞，不過大概是眞的。

「你在潔米手下工作，我不想問是否有根據……」她沒有說完。

「並沒有，毫無可疑之處。」馬里諾說，「我可以向妳保證。相信我，她在外面亂搞的話，我會知道的，而且她也沒有機會。相信我，我會知道。我希望露西並沒有做妳講的事，偷窺。潔米發現這種事的話，不會放過她的。」

「你會放過嗎？」

「見鬼，才不會。對我來說，有問題就直說，覺得我做了什麼事，直說，不要給我一個時髦的手機監視我。對一個應該可以信任的人來說，這是很嚴重的事。」

「我希望不至於到這個地步。」她說，「我們該如何進行？」她指的是跟卡莉對質。

他們下車。

「我去櫃臺出示證件，問她的房間號碼。」馬里諾說，「然後我們去敲她的房門，不要對她動粗就好，我可不想用傷害罪把妳帶回警局。」

「眞希望我下得了手，」史卡佩塔說，「你都不知道我多想這麼做。」

16

四一二號房沒人回應敲門聲，馬里諾用拳頭大力敲，大叫卡莉．克利斯賓的名字。

「紐約警察，」他大聲說，「開門。」

他和史卡佩塔在優雅的走廊等著、聽著，除了水晶壁燈外還鋪著貌似伊朗設計的棕黃相間地毯。

「我聽到電視的聲音，」馬里諾一手敲門，另一手拿著他的出勤工具箱，「早上五點鐘看電視有點奇怪，卡莉？」他大叫，「紐約市警方，開門。」他作勢要史卡佩塔遠離門口，「算了，」他說，「她不會開門的，只好來硬的。」

他從皮套拿出黑莓機鍵入密碼，史卡佩塔想起她所造成的混亂，以及令人沮喪的事實，要不是露西做出這頗爲駭人之事，她根本不會站在這裡。她的外甥女設了一個伺服器，用高科技智慧型手機當成謀略的工具，利用、欺騙了每一個人。史卡佩塔覺得糟透了，爲伯格、爲她自己、爲每個人。馬里諾打了夜班經理不久前給他的電話號碼，和史卡佩塔走向電梯。如果卡莉在房裡、醒著，他們不希望被她聽到他們交談的內容。

「對，你得上來，」馬里諾對著電話說，「沒有，我敲得很大聲，死人都醒了，」短暫沉默之後，「也許，可是電視開著，眞的。很高興知道。」他結束通話，對史卡佩塔說，「他們顯然接到其他房客抱怨電視聲音太大了。」

「似乎有點不尋常。」

「卡莉聽力不好還是什麼的嗎？」

「我不認爲，據我所知沒有。」

他們來到走廊另一頭靠近電梯處，他推開一扇門，上面有亮著的逃生門標誌。

「所以，如果想離開飯店又不想經過大廳的話可以走樓梯，可是回來時就得用電梯，」他說，把門開著，低頭看著底下好幾層的水泥樓梯，「由於明顯的安全理由，不可能從馬路上進入樓梯間。」

「你的意思是，由於不想被看到，卡莉昨天深夜走樓梯離開了？」史卡佩塔想知道原因。常做高跟鞋緊身裙打扮的卡莉似乎不像是會走樓梯的人，也不像是會勉強自己的人。

「她對於住在這裡的事並沒有保密，」史卡佩塔指出，「我覺得這一點也很奇怪。如果妳知道她在這裡，或像我一樣好奇她是否在這裡，只消打電話到飯店要求轉接到她房間便可。大部分名人的電話都不會登錄在電話簿上，以免隱私受到侵害。這家飯店尤其習慣接待名人，從二〇年代開始，由來已久，可說是富商巨賈的地標。」

「比如以接待誰出名？」他把工具箱放在地上。

她一時想不出來，只想得到田納西．威廉斯一九八三年在麗榭飯店去世，是被瓶塞噎死的。

「我就知道妳會知道誰在這裡死掉，」馬里諾說，「卡莉一點也不有名，所以我不會把她放在猜猜誰睡過這裡或在這裡死掉的名單上。她不是黛安·索耶或安娜·妮可·史密斯，我懷疑路上有多少人認識她。我得想想該怎麼做最好。」

他靠在牆上思索，身上穿著史卡佩塔六小時前看到他時的同一套衣服，臉上黑白交錯的鬍渣。

「伯格說，她可以在兩小時內把搜索令送過來，」他看了手錶一眼，「她告訴我的時候是近一小時前，所以也許一小時後露西會帶著搜索令出現。不過我不打算等那麼久，我們要進去，找到妳的黑莓機帶走，誰知道裡面還有什麼。」他看著安靜的走廊，「由於卡莉可能下載妳黑莓機裡的資料列印出來或複製到電腦上，我在宣誓證詞裡列了所有必要的事證，基本上已經全包了：數位儲存、數位媒體、硬碟、隨身碟、文件、電子郵件、電話號碼。我最喜歡偷窺偷窺狂了。我很高興伯格想到露西。我沒找到的話，她一定會找到。」

其實，想到要找露西的並不是伯格，而是史卡佩塔。目前，她比較想要的是見到外甥女，和她談一談，而不是她的協助。真的不能再等了。史卡佩塔寫電子郵件給伯格，建議她在附錄增加一個段落，確保由平民協助搜尋卡莉的房間是合法的。接著史卡佩塔跟班頓談過，她在他身旁坐下，碰碰他的手臂叫醒他，解釋她要跟馬里諾到現場，可能整個早上都會跟他在一起，她在班頓開口前就先建議他不要來比較好，接著他的手機響起，是聯邦調查局打來的。

電梯門開了之後，麗榭飯店的夜班經理寇蒂斯出現，這名留著八字鬍的中年男子風度翩翩地穿著深色粗呢西裝，陪著他們沿著走廊回到四一二號房的門口敲門、按門鈴，注意到請勿打擾的燈示。他表示這個燈號經常都亮著，他打開門，探頭進去大叫哈囉，哈囉，再回到走廊。馬里諾要他等一下，他和史卡佩塔走進房裡，關上門，房裡沒有有人的跡象或聲音。牆上電視開著，頻道轉在CNN，音量不大。

「妳本來不該進來的，」馬里諾對她說，「可是這種黑莓機很普遍，所以我需要妳來指認。這是我的說法，我不會更改。」

他們站在門內玄關處瀏覽這間豪華小套房，史卡佩塔推斷住在這裡的人很邋遢，也許具有反社會人格、憂鬱、獨居。加大雙人床上的被褥凌亂，夾雜著報紙和男性衣物，床頭櫃上堆著空的水瓶和咖啡杯。床的左側放著一座立體弧形的五斗櫃，大窗戶的窗簾整個拉上。右側沙發區放著兩張鋪著軟墊的法式扶手椅，上面堆著書籍與紙張，一張紅木茶几上放著筆電和小型印表機。一疊紙張上大剌剌放著一個觸控螢幕裝置，一支裝著煙燻灰橡膠保護套的黑莓機，旁邊放著一張塑膠房卡。

「就是那支嗎？」馬里諾指著。

「看起來是，」史卡佩塔說，「我的有灰色保護套。」

他打開工具箱拿出手套遞一雙給她，「並不是說我們要拿來做什麼不該做的事，不過，這是我稱之為危急的情況。」

大概不是。史卡佩塔並沒有看到任何情況顯示有人想要逃跑或丟棄證物。證物明顯就在她眼前，這裡只有他們兩人。

「我想應該不用提醒你毒樹果實理論，」她指的是在不當搜索及採取證物過程中得到的證物不被法庭承認。她沒有戴上手套。

「不用，伯格提醒過我了。希望她已經把她最喜歡的法官，也就是菲伯法官叫起床簽發搜索令了，他的名字也是『寓言』的意思，自認是個傳奇。我用電話擴音跟她討論過事實的部分，還有她找來當證人的第二名警探，他會和她一起在法官面前宣誓搜索令。這稱做雙傳聞，有點複雜，但希望不會有問題。重點是，伯格在宣誓證詞這方面從不冒險，像躲瘟疫一樣避免讓自己成爲證人。我不管是誰的搜索令，或什麼的，只希望露西快點出現。」

他走到黑莓機前，從橡膠邊緣拿起。

「唯一能採集指紋的表面是螢幕，等採集過指紋之後我才會碰。」他決定，「然後再採集DNA。」

他蹲在工具箱前拿出黑粉和碳纖維刷子，史卡佩塔將注意力轉移到床上的男性衣物，靠近到足以聞到酸臭味，不潔的人體臭味。她注意到過去幾天的《紐約時報》與《華爾街日報》，對枕頭上的黑色摩托羅拉掀蓋式手機感到很困惑。皺成一堆的床單上散落著一條骯髒的卡其褲、一件淡青色牛津襯衫、幾雙襪子、淺藍色睡衣，胯部有黃色污漬的男性內褲。這些衣服看起來已經好幾天沒洗，有人連續穿了好幾天都沒有送洗，而那個人並不是卡莉．克利斯賓，這不可能是她的衣物。史卡佩塔在房間裡看不到卡莉的跡象，要不是史卡佩塔的黑莓機在這裡，完全沒有理由會聯想到卡莉。

史卡佩塔察看垃圾桶，但沒有翻起來看或倒在地上。裡面是揉成一團的紙張、面紙，以及更多的報紙。她走向浴室，一進去就停下腳步。水槽及周圍的大理石，包括大理石地板，都覆蓋著剪下的頭髮，不同長度的灰髮，有些長達七、八公分，有些像鬍渣那麼短。一條毛巾上放著剪刀、刮鬍刀和一罐在連鎖藥局買的吉列刮鬍泡，另一張房卡放在復古方形黑框眼鏡旁。這些雜物後方放著一支牙刷，一管快用完的舒酸定牙膏，一組清潔用品、耳刮。一組銀色西門子充電器開著，裡面有兩個西門子行動七百型助聽器，膚色，全殼耳內型，但史卡佩塔沒看到遙控器。她走回房間裡，小心地不碰觸或碰到任何東西，並抗拒打開衣櫃或抽屜的誘惑。

「這個人有中度到重度的聽障。」馬里諾在採集黑莓機上的指紋，她告訴他，「先進的助聽器，降低背景噪音，阻絕回音，有藍芽，可以搭配手機使用，應該有遙控器在某個地方。」她四處尋找，還是沒看到，「用來調整音量，檢查電池狀況之類。通常放在口袋或皮包裡，也許他是戴在身上，可是他沒戴助聽器，這一點很不合理，也許該說狀況不太對。」

「我採到幾個完整的指紋，」馬里諾說，把撕下來的膠帶平貼在白色卡片上。「我完全不知道妳在說些什麼。誰有助聽器？」

「那個在浴室裡剃頭刮鬍子的男子，」她說，打開門回到走廊，經理寇蒂斯緊張不安地等著。

「我不想詢問任何不該問的問題，可是我不明白發生了什麼事。」他對她說。

「讓我問你幾個問題，」史卡佩塔回答，「你說你午夜開始值班。」

「沒錯，我的上班時間是午夜十二點到早上八點。」寇蒂斯說，「我來了之後還沒見過她，不能說我見過她，正如我剛剛解釋過，克利斯賓小姐在十月份住進飯店，可能是想在城裡有個落腳處，我相信是節目的關係。並不是說她的理由關我什麼事，不過我是這麼被告知的。其實，她本人很少使用這個房間，她的男性友人不喜歡受到打擾。」

這就是史卡佩塔在找的新資料，她問，「你知道這位男性友人的姓名或可能在哪裡嗎？」

「恐怕不知道。由於工作時間的關係，我從沒看過他。」

「是一名灰髮留鬍子的年長男子？」

「我從沒見過他，不清楚他的長相，不過我被告知他是她節目的常客。我不知道他的名字，也沒辦法告訴妳關於他的事，只知道他很注重隱私。我不該說的，不過有一點很奇怪，他從不跟人交談。他出去買食物帶回來，把一包包垃圾放在門外，不使用客房服務、電話或清潔打掃。房間裡沒人嗎？」他一直看著四一二號房的門縫。

「是亞吉醫師，」史卡佩塔說，「鑑識心理醫師華納．亞吉，他是卡莉．克利斯賓節目的常客。」

「我沒看那個節目。」

「他是我唯一想到幾乎全聾、留著灰髮和鬍子的常客。」

「我不知道，我只知道剛剛告訴妳的。我們這裡有很多知名房客入住，我們不刺探別人的隱私。這位房客給我們帶來唯一的困擾是噪音，比如昨天晚上，有些房客又抱怨他的電視開得太大聲。根據留給我的記錄，我知道今晚稍早有數名房客打電話到櫃臺抱怨。」

「大約幾點的時候？」史卡佩塔問。

「大約八點半、八點四十五分的時候。」

當時她在CNN，卡莉也是。華納．亞吉在飯店房間裡將電視開得很大聲，惹得其他房客抱怨。沒多久前，史卡佩塔和馬里諾進門時電視還開著，頻道停在CNN頻道，但音量已經轉小。她想像亞吉昨晚坐在混亂的床上看著〈克利斯賓報告〉。如果八點半或八點四十五分之後沒人抱怨，而電視開著，他一定是戴上了助聽器，才把音量轉小了。然後發生了什麼事？他刮了鬍子、剪了頭髮之後，就摘下助聽器放在房間裡？

「如果有人打電話找卡莉．克利斯賓的話，你不見得知道她是否在房間裡，」史卡佩塔對寇蒂斯說，「只知道她是用本名登記住房的客人，櫃臺查詢的時候電腦也是出現這個資料。她用本名辦理住房，但有可能是朋友住在裡面，顯然就是亞吉醫生。我只是在確認自己了解整個狀況。」

「沒錯，如果妳沒弄錯她朋友的身分。」

「帳單是誰付的？」

「我真的不該——」

「原本住在裡面的亞吉醫生不在房裡，讓我很不安，」史卡佩塔說，「由於很多原因，我很擔心。你完全不知道他可能的下落？他有聽力障礙，似乎沒有戴著助聽器。」

「不知道，我沒有看到他離開。這個狀況令人非常不安，我猜那也解釋了他為何偶爾習慣將電視開得這麼大聲。」

「他可能從樓梯出去了。」

那位經理看著走廊另一頭的紅色出口標示，「這件事眞的很爲難，你們希望在裡面找到什麼？」他又看著四一二號房。

史卡佩塔不打算提供這個情報。露西帶著搜索令出現時他會拿到一份副本，就會知道他們在找什麼了。

「如果他從樓梯離開的話，沒有人會看到他，」她繼續說，「門房半夜不會在人行道上値班，尤其是這麼冷的天氣。房間帳單是誰付的？」她再問一次。

「是克利斯賓小姐，她昨晚大約十一點四十五分時來到櫃臺，當時我還沒上班，我過了幾分鐘後才進來的。」

「如果她從十月份就住在這裡，爲何需要特地路過到櫃臺？」史卡佩塔問，「她爲何不直接進房？」

「飯店使用磁卡，」寇蒂斯說，「妳一定碰過房卡一陣子沒用，就無法使用的經驗？我們每次製作新的房卡電腦都有記錄，包括退房日期。克利斯賓小姐有兩張房卡。」

這一點實在令人很困惑。史卡佩塔請寇蒂斯再次思考他的話代表什麼意思。如果卡莉有朋友住在她的房間裡，也就是華納·亞吉醫師，她不會將過期的鑰匙留給他的。

「如果沒有登記他的名字，不是他付的帳單，」她解釋，「他就無權要求製作新的房卡，當舊卡因為超過退房日期而過期時，我會假設他無法自己延長住房時間，既然他不是付帳單的人，名字也不會登記。」

「沒錯。」

「那麼，我們也許可以做出的結論就是，她的房卡並沒有過期，也許那並不是她要了兩張房卡的原因。」史卡佩塔說，「她昨晚到櫃臺時還做了什麼事？」

「請給我一點時間查一查，」他拿出手機打電話，對某人說，「我們是否知道克利斯賓小姐是被鎖在門外，還是只是到櫃臺要新的房卡？如果是後者的話，為什麼？」他聽了之後說，「當然，對，對，請你現在就打，很抱歉得吵醒他。」他等著。

一通電話正打給昨天半夜與卡莉交涉的櫃臺員工，也許已經回家睡覺了。寇蒂斯不斷為了讓史卡佩塔等候而向她道歉。他越來越不安，用手帕按著眉毛，不斷地清喉嚨。馬里諾的聲音飄出房間，她聽到他在房間裡走來走去，講電話，但史卡佩塔聽不出他在說什麼。

經理說，「對，我還在，」他點點頭說，「我知道了，好，很合理。」他把手機放回粗花呢西裝外套口袋裡，「克利斯賓小姐進來後就直接到櫃臺，她表示已經有一陣子沒來了，擔心房卡失效，而她的朋友聽力不好，擔心敲門的話他可能聽不到。由於她的訂房是月結制，上次延長租約的時間是十一月二十號，這表示房卡會在明天，也就是星期六失效。因此，她如果打算保留房間就得再延長住房，她的確也延長了住房，拿到兩張新房卡。」

「她延長住房到一月二十號？」

「其實她只延長了一個週末，她說可能會在二十二號星期一辦理退房。」寇蒂斯說，瞪著四一二號房的門縫。

史卡佩塔聽得到馬里諾在裡面走動的聲音。

「他一直沒有看到她離開，」寇蒂斯又說，「她進來時在櫃臺工作的那名員工說他看著她搭電梯上樓，可是沒有看到她下來。就像我所說的，我也完全沒有看到她。」

「那她一定是走樓梯離開的，」史卡佩塔說，「因爲她和假設是亞吉醫師的那位朋友都不在這裡。就你所知，克利斯賓小姐過去來的時候曾經使用過樓梯嗎？」

「大多數的人都不會。我從沒聽過有人提到她走樓梯。對，我們有些知名的客人對於進出非常小心，不過老實說，我覺得克利斯賓小姐似乎是不會害羞的那種人。」

史卡佩塔想到水槽的落髮，不知道卡莉是否自己開門進房看到浴室裡的景象，或許她帶著從史卡佩塔身上偷來的黑莓機進來時，亞吉還在房間裡。他們是一起離開的嗎？他們兩人都從樓梯離開，卻把從史卡佩塔身上偷來的黑莓機留在房間裡？史卡佩塔想像亞吉鬍子刮乾淨的臉，沒戴助聽器，或許也沒戴眼鏡，偷偷跟卡莉．克利斯賓走下樓梯。沒道理，一定是發生了其他的事。

「飯店的電腦是否有磁卡開關門的記錄？」史卡佩塔覺得不太可能，但還是問了。

「沒有，就我所知，大多數的飯店系統不會有那種東西，也不會有門卡上的資料。」

「門卡沒有姓名、地址、信用卡號碼之類的資料。」她說。

「絕對沒有，」他回答，「這些資料都儲存在電腦裡，沒有在房卡上。房卡只有開門的功能而已，我們沒有記錄。事實上，大多數的飯店房卡，至少我所熟悉的那些，上面甚至沒有房間號碼或任何資料，只有退房日期。」他看著四一二號房說，「我猜你們什麼人都沒找到，裡面沒人。」

「馬里諾警探在裡面。」

「嗯，我很高興，」寇蒂斯如釋重負，「我不希望設想克利斯賓小姐或她的朋友遇到最糟的狀況。」

他的意思是，他不希望想到他們兩人或其中一人死在房間裡面。

「你不需要在這裡等，」史卡佩塔對他說，「我們結束後會通知你，可能需要一段時間。」

她回到房間裡關上門，房裡很安靜。馬里諾已經關掉電視，戴著手套的手裡拿著黑莓機，在浴室裡瞪著水槽、大理石化妝台和地上的東西。

「華納．亞吉。」她說，戴上馬里諾剛剛給她的手套，「住在這個房間裡的是他，大概不是卡莉，她大概從沒用過這個房間。她顯然是在昨晚十一點四十五分左右出現，我猜就是爲了把我的黑莓機交給華納．亞吉。我不能用我的手機，得借用你的。」

「如果是這個人做的，不太好。」馬里諾說，在他的黑莓機鍵入密碼後交給她，「我不喜歡這個狀況。把頭髮剃光，沒戴助聽器或眼鏡就離開。」

「你上次查詢緊急應變中心或特別任務小組是什麼時候？有什麼我們該知道的嗎？」她對緊

急應變中心或特別任務小組的更新很有興趣。

馬里諾臉上露出奇怪的表情。

「我可以查一查，」她又說，「如果是住院、被逮捕、送進庇護所，或在街上遊蕩我就查不到了。除非這個人死了，而且死在紐約市我才會知道。」她在馬里諾的黑莓機鍵入號碼。

「喬治華盛頓大橋，」馬里諾說，「不可能吧。」

「那座橋怎麼了？」首席法醫辦公室調查小組電話鈴聲響起。

「跳河的那個傢伙，大約凌晨兩點，我在即時犯罪中心的時候看到現場轉播，大約六十歲，禿頭，沒有鬍子。警方直昇機把整個過程都拍下來了。」

一個叫丹尼斯的法醫調查員接了電話。

「我需要查一下送進來的案子。」史卡佩塔對他說，「我們接到喬治華盛頓大橋的案子？」

「沒錯，」丹尼斯說，「有人目擊墜落。緊急應變小組想說服他不要跳，可是他沒有聽。警方直昇機都拍下來了，我說我們要一份副本。」

「做得好。我們對他的身分有什麼看法嗎？」

「跟我談過的那名警員說，他們完全沒有線索。死者是白人男性，也許五、六十歲，身上完全沒有私人物品可以辨識他的身分，沒有皮夾或手機。屍體外觀不完整，狀況很差，我想他大約從至少幾百公尺的高度跳下來，妳知道，大約二十層樓的高度，妳不會想給人看他的照片。」

「幫我個忙，」史卡佩塔說，「到樓下檢查他的口袋，檢查任何可能和他一起被送進來的東西，拍照上傳給我，你還在屍體旁的時候先回電話給我，」她給他馬里諾的電話號碼，「還有其他身分不明的白人男性嗎？」

「沒有完全沒人知道身分的。目前為止，我們知道每一名死者的身分。另一宗自殺、一宗槍傷、一個行人被撞、一個服藥過量，我第一次碰到送進來時嘴裡還有藥物的案子。妳在找什麼人嗎？」

「我們可能有一個失蹤的心理醫生，華納．亞吉。」

「為什麼這個名字聽起來很熟悉？不過沒有這個名字的屍體。」

「去檢查那個跳河的，立刻回電給我。」

「他看起來很眼熟，」馬里諾說，「我坐在那裡看著它發生，一直覺得他很眼熟。」

史卡佩塔回到浴室裡，從一角拿起放在化妝品上方的房卡。

「我們來採集指紋，還有茶几上的。我們得趁還在這裡的時候盡可能採集能夠指認他屍體的樣本，包括毛髮以及他牙刷上的ＤＮＡ。」

馬里諾換上一副新的手套，從她手上接過房卡採指紋。她拿起自己的黑莓機檢查語音留言列表。她昨晚七點十五分前往ＣＮＮ前和葛蕾絲．達里安通過電話之後，總共有十一通未接來電，其達里安太太在十點到十一點半之間打過三次，無疑是因為卡莉．克利斯賓所引起的新聞報導。其他八通顯示為「未顯示電話號碼」，第一通是晚上十點五分，最後一通接近午夜。班頓和露西。她和卡莉步行回家時他打過電話。露西大概是在聽到炸彈驚魂的新聞後打來的。史卡佩塔從新語音留言旁的綠色圖示看出來這些留言都沒有被聽過，但還是可能被聽過了。語音留言列表並不需要手機持有人的密碼，只需要黑莓機的密碼，而這個密碼已經解除。

馬里諾又再換了一次手套後採集第二張房卡上的指紋，史卡佩塔則猶豫是否該借用他的手機，利用遠端聽取她的語音留言。她尤其想聽達里安太太的留言，無法想像聽到黃色計程車和在車上發現漢娜．史塔爾毛髮的假消息之後，她有多麼難過？達里安太太大概會跟很多人有一樣的想法，以為殺死女兒的凶手也殺了漢娜，如果警方更早釋出消息，也許冬妮就不會搭上計程車。別再做傻事了，史卡佩塔想，在露西來之前不要打開任何檔案。她往下滑簡訊和電子郵件，新郵件或訊息都沒有被讀過。

她並沒有看到證據顯示有人看過她的黑莓機，但也無法確定。她沒辦法看出是否有人看過她的簡報內容、現場照片，或是她讀過的任何資料，她也沒有理由相信華納．亞吉看過她黑莓機的內容，這一點使人困惑：卡莉在節目上洩漏的內容這麼豐富，想當然他會好奇遇害慢跑者母親的留言內容。他為什麼沒有這麼做？假如他是在喬治華盛頓大橋上跳河的那名男子，倘若卡莉在十一點四十五分來到這裡，那麼當時他還沒死。兩個半小時後，他變得沮喪、不在乎了。她想，也許就是這麼回事。

馬里諾已經採集了房卡上的指紋，她向他拿了一副新的手套，他們用過的則像木蘭花瓣般整齊地堆在地上。她拿起放在浴室化妝台上的房卡插進房門，黃燈亮起。

「不對，」她說，插進茶几上黑莓機旁的那張房卡，綠燈閃起，房門鎖發出有希望的喀嗒聲。「新的這張，」她說，「卡莉把我的黑莓機跟新房卡留給他，她一定是自己留了一張房卡。」

「我唯一想得到的理由是當時他不在這裡，」馬里諾說，用麥克筆標記證物袋，再跟其他的證物袋整齊排在工具箱裡。

此舉使史卡佩塔想起從前，不論是什麼證物，被害人的私人物品或警方設備，他總是隨手放在方便的地方，常常手裡拿幾個超市棕色紙袋或回收箱就從犯罪現場走出來，放進後車廂的百慕達三角洲裡，那裡常常放著釣魚用具、保齡球和一箱啤酒。不知爲何，他從沒弄丟過或污染過重要證物，她只能想到少數幾次他的缺乏紀律對案件造成影響，大多只是對自己和依賴他的人造成威脅。

「她現身來到櫃臺是因爲選擇不多，她得確定手上有一支可用的鑰匙，想改變訂房內容，上樓開門進去發現他已經離開了。」馬里諾努力想弄清楚卡莉昨晚來這裡之後做了什麼事。「除非她決定順便使用廁所，否則沒有理由注意到裡面的東西，他的頭髮、鬍子和助聽器。我個人的意見？我不認爲她曾看到這一幕或是見到他。我認爲，她把妳的手機和新房卡留下後偷偷從樓梯離開，盡量不讓人注意到她，因爲她不懷好意。」

「所以，也許他出去了一會兒，漫無目的。」史卡佩塔想到亞吉，「想想看，想想他的打算，倘若眞的發生了慘事。」

馬里諾闔上工具箱，他的手機響起，他看看螢幕後交給史卡佩塔，是她的辦公室打來的。

「他的口袋外翻，裡面什麼都沒有，」丹尼斯說，「大概警方已經翻過了，尋找可以證實他身分的東西，違禁品、武器之類的。他們在證物袋裡放了幾樣東西、一些零錢，還有一個看起來很小的遙控器，也許是手提音響或衛星收音機用的？」

「上面有製造商的名字嗎？」史卡佩塔問。

「西門子，」丹尼斯唸出來。

有人敲門，馬里諾去應門，史卡佩塔對丹尼斯說，「你看得出遙控是否開著嗎？」

「嗯，有一個小小的顯示螢幕。」

露西進門後交給馬里諾一個牛皮紙袋，脫下身上的黑色飛行員皮外套。她穿著飛行打扮，登山褲、戰鬥裝、膠底輕量靴。背在肩上的是她去到哪裡都會背著的深土色實用萬能肩包，這個非值勤用背包上面有多處網狀袋、外袋及小包，其中一個大概裝著一把槍。她卸下肩上的背包，打開大夾層的拉鍊，拿出一台MacBook。

「應該有電源鍵，」史卡佩塔說，看著露西打開電腦，馬里諾的注意力則在史卡佩塔的黑莓機上，兩人低聲交談，但史卡佩塔沒在聽，「把電源鍵按住，直到你認爲已經關掉遙控器了。」她指示丹尼斯，「你把照片寄給我了嗎？」

「妳應該已經收到了，我認爲這個東西已經關掉了。」

「那麼在他口袋時應該開著一段時間。」史卡佩塔說。

「我想是的。」

「如果眞是如此，警方不會在螢幕上看到可以指認他身分的資訊。這種東西得打開電源才看得到裡面的訊息，也就是你現在要做的。再次按下電源鍵打開電源，看看有沒有什麼系統訊息，類似你打開手機，號碼出現在螢幕上那樣。我認爲你手上的遙控器應該是用在助聽器上，一對助聽器。」

「屍體身上沒有助聽器，」丹尼斯告訴她，「當然，可能在他往下跳的時候脫落了。」

「露西？」史卡佩塔說，「妳能不能登入我的辦公室電子郵件帳號，打開一個剛收到的檔案？一張照片，妳知道我的密碼，跟妳用在我黑莓機上的一樣。」

露西把筆電放在牆上電視下方的托架上，開始打字。電腦螢幕出現一個影像，她伸手到肩包裡拿出一個連接顯示器的接頭和電線，把接頭插進電腦的連接埠。

「我看到螢幕顯示的是：若撿到請聯絡華納．亞吉醫師。」丹尼斯唸出一個電話號碼，「這眞是了不得，」史卡佩塔聽到他興奮的聲音，「今天晚上都值得了。二〇二是哪裡？那不是華盛頓特區的區域碼嗎？」

「撥打這個電話看看是哪裡。」史卡佩塔大概知道。

露西將電線插進牆上的電視螢幕裡，飯店床頭櫃上的手機鈴聲響起，巴哈的賦格D小調音量很大，牆上螢幕則出現擔架上一具屍體血淋淋的影像。

「就是橋上那個傢伙，」馬里諾說，靠近電視，「我認得他身上的衣服。」

黑色屍袋的拉鍊露出整具屍體，鬍子刮淨的臉龐覆蓋著乾掉的暗紅色血漬，已經扭曲的認不出來。他的腦袋破裂，頭蓋骨嚴重撕裂，鮮血腦漿從裂開的組織間流出。他的左下顎至少有一處骨折，下巴打開、扭曲，露出的下排牙齒也是血淋淋，有些牙齒不見了，左眼幾乎完全分離，眼珠差點從眼眶脫落。他身上的深色外套肩膀的縫線裂開，褲子左側的縫線也裂開，鋸齒狀的大腿骨從裂開的卡其布料中突出來，像是被折斷的棒子。他的腳踝以不自然的角度彎曲著。

「他雙腳先著地再撞到身體左側，」史卡佩塔說，床邊的手機鈴聲停止，巴哈賦格不再，「我懷疑他是落下時頭部撞到了橋座。」

「他戴著手錶，」電話另一頭的丹尼斯說，「和私人物品放在一起，摔壞了。是一支舊款的銀色寶路華古董錶，伸縮錶帶，時間停在兩點十八分。我猜我們有他的死亡時間了。妳要我打電話通知警方這個消息嗎？」

「我跟警方在一起，」史卡佩塔說，「丹尼斯，謝謝你，接下來由我接手。」

她掛掉電話，把馬里諾的黑莓機還給他，這時手機又再度響起，他接聽後開始踱步。

「好，」他說，看著史卡佩塔，「不過大概只有我。」他掛斷電話後告訴她，「是羅伯，他剛到羅德曼岬。我得走了。」

「我這邊才剛開始而已，」她說，「他的死因和死法不難判定，困難的是剩下的部分。」

她需要對華納．亞吉做的是心理上的解剖，她的外甥女可能也需要。史卡佩塔從門內牆邊地毯上拿起她的工作包，從裡面拿出一個透明塑膠證物袋，裡面放著一個聯邦快遞的信封和多蒂．郝奇會唱歌的聖誕卡片。史卡佩塔沒有看卡片裡面，也沒有聽。她今早獨自離開時，他交給她的。

她對馬里諾說，「也許你應該一起帶去。」

17

在黑暗中的西側高速公路上，班頓沿著哈德遜河往南開往下城，曼哈頓的燈光在地平線撒下模糊光影，變成瘀青似的藍紫色。

他瞥到倉庫與圍籬之間的棕欖大樓及高露潔時鐘，顯示時間是六點四十分。河面上，夜色下的自由女神像有如浮雕一般高舉著手。班頓穿過維斯特利街深入金融區，經濟蕭條的景象明顯且令人沮喪：餐廳櫥窗蓋著棕色紙，商店查封的公告貼在門上，清倉大拍賣，零售空間及公寓出租。

人們搬走，換塗鴉搬進來，噴漆毀損了廢棄的餐廳和商店、金屬百葉窗和空白的告示板。粗糙、厚重又潦草的塗鴉大多是沒有意義的侮辱性字眼，到處都是卡通，有些還頗令人驚艷。股市如蛋頭人般重重摔下，美國的經濟之船如鐵達尼號般下沉。牆上的房地美（譯註：聯邦住房抵押貸款公司）就像坐在雪橇上的聖誕怪傑，雪橇上堆滿債務，八次級抵押貸款像馴鹿飛馳在失去贖回權的屋頂上。山姆大叔彎著腰，好讓美國國際集團可以從後面上到開花。

華納．亞吉死了。史卡佩塔沒有通知班頓，是馬里諾通知的。他幾分鐘前來電，不是因為他知道、或是猜到亞吉在班頓的人生所扮演的角色，他純粹認為班頓會想知道那位鑑識精神科醫師從橋上一躍而下，而史卡佩塔的黑莓機在他從十月中就入住的飯店房間裡找到，那正好是ＣＮ

N秋季檔期開始的時候。卡莉．克利斯賓一定是和亞吉談好，至少有人跟他講好。她帶他來到紐約，安置他、照顧他，交換條件是由他提供資料，並出現在她的節目裡。由於某種原因，她以為他值得這麼做。班頓好奇她到底相信多少，或是只要能在電視黃金時段名聲大噪，根本不在乎亞吉聲稱內容的眞實性，還是亞吉參與了什麼班頓無法想像的事？他不知道，眞的什麼都不知道，很好奇他是否能將華納．亞吉這個人放下，為何並不覺得如釋重負，或是得到解脫，為什麼他沒有感覺，完全沒有感覺，只有麻木，像他終於結束深層臥底後重新現身，被假設死亡後又出現時那樣。

那時他第一次走在波士頓港灣旁，他年輕時住過的城市。他在各種陋室斷斷續續躲了六年，繼而發現已經不再需要當那個虛構的湯姆．哈維蘭。當時他並沒有覺得欣喜若狂，沒有覺得自由，根本沒有感覺。他完全了解為什麼有人出獄後的第一件事就是找家超商搶劫，看能不能立刻被送回監獄。班頓並不想回到那種自我放逐的生活，然而，不再背負當班頓的負擔這件事變得越來越容易，他對內疚也越來越拿手。他在那毫無意義的存在與受苦中找到意義與撫慰，就算他在努力計算出路，以手術的精準度密謀計畫除掉那些害他必須不存在的人，也就是法國犯罪黑幫香多涅家族。

二〇〇三年春天，涼爽、近乎冷冽的天氣，冷風吹向港灣，陽光露臉。班頓站在柏洛茲碼頭看著波士頓消防隊的海洋小組護送一艘掛著挪威國旗的驅逐艦，消防隊的紅色小船繞著巨大的鯊魚灰驅逐艦，消防隊員精神抖擻的操縱著甲板上的水槍，槍口往上噴出高高的水柱向驅逐艦表達友善的訊息：歡迎來到美國，彷彿這歡迎是為他而來。班頓，歡迎歸來。可是，他並沒有感覺受到歡迎，什麼感覺都沒有。他看著這壯觀的一幕，假裝此舉是為他而來，相當於捏捏自己，檢查是否還活著。是嗎？他不斷問自己，我是誰？他終於在路易斯安那州黑暗的中心執行任務，在沼澤、腐敗的豪宅與港口，他運用大腦和槍枝逃離壓迫他的香多涅家族及其手下。他贏了，他告訴自己，一切都結束了。他對自己說，你贏了。但他一直思索，不該是這種感覺，一面沿著港灣看著那些開心的消防隊員。他原本幻想會感覺到的喜悅瞬間變得虛假又粗俗，像咬了一口牛排才發現是塑膠做的，像開在陽光滾燙的高速公路上，卻永遠無法接近海市蜃樓。

他發現自己非常害怕回到已經消失的地方，發現自己曾經害怕沒有選擇，但也同樣害怕有選擇；發現自己同樣害怕凱．史卡佩塔，因為他一直害怕永遠不會再擁有她。人生何其複雜與矛盾，沒有一件說得通，卻樣樣合理。華納．亞吉得其所終，自作自受，並不是他的錯，不該怪他。四歲得腦膜炎摧毀了他的命運，彷彿汽車追撞的連鎖反應，一輛接著一輛追撞，直到他的屍體跌落在橋上的人行道上。亞吉在停屍間裡，班頓在計程車上，這一刻，兩人有一個共同點：最後審判日直視著他們，他們正要去見造物主。

在政府行政中心的傑可布．K．賈維特聯邦大樓與法院大樓裡，聯邦調查局佔了六個樓層。這座現代化玻璃水泥複合建築四周環繞著更傳統的圓柱建築，例如美國法院和州政府辦公大樓，幾條街外有市政府、警察廣場一號、禍根街一號，還有紐約市監獄。正如大多數的聯邦中心一樣，這棟建築也策略性使用黃色警示帶、圍籬與水泥護欄防止汽車過於接近。整個前庭像是迷宮般的捲曲綠色長凳，乾枯的草堆上堆著白雪，外人無法進入。進入大樓前，班頓得先在湯瑪斯·潘恩公園下車，步行穿過車流忙碌的拉法葉街，在杜恩街右轉，這裡車子也很多。萬一沒注意到「禁止進入」的標誌，這裡還有一座可將車胎劃破的鋸齒柵欄和警衛亭。

這棟四十一層樓的玻璃花崗岩大樓還沒開門，他按下電鈴，向玻璃門另一面穿著制服的聯邦調查局官員表明自己的身分，說明他來見特別幹員瑪蒂·藍尼爾。經過確認後，幹員讓他進入。班頓交出駕照，掏空口袋，穿過金屬探測器。和每個上班日在華茲街排隊等著歸化公民的移民所受到的待遇並無差別。花崗岩大廳的另一頭還有一次檢查，這次是電梯附近的厚重玻璃與鋼門，他再次通過同樣的程序，只是這次被要求交出駕照來交換鑰匙和訪客證。

「把手機在內的所有電子儀器都放在裡面，」警員從他的位置指著桌上一排小型置物櫃，彷彿班頓曾經來過這裡，「你要隨時配戴證件，等你交回鑰匙就會把駕照還給你。」

「謝謝，我看能不能全部記下來。」

班頓假裝把黑莓機鎖在置物櫃裡面，實際上藏在袖子裡，彷彿要用攝影機拍下或錄下他媽的外勤辦公室的重大威脅。他把置物櫃鑰匙放進外套口袋，進了電梯後按下二十八樓的按鍵。證件上顯示爲訪客的大V字母是另一個侮辱，他塞進口袋裡，思索他是做對了什麼事，才會讓馬里諾打電話告知他亞吉自殺的事。

馬里諾提到他正在前往羅德曼岬途中，等聯邦調查局終於決定開會時間之後，他稍晚會和班頓在會議上碰面。當時班頓剛搭上計程車前往下城馬里諾所指的那場會議，但他選擇什麼都沒說。他的理由是，顯然瑪蒂．藍尼爾並沒有要求馬里諾出席，但這不是該由他說明的訊息。班頓不知道她要求誰出席，但馬里諾不在名單上，否則他就會在場，而不是前往布朗區的途中。班頓認為，馬里諾稍早和藍尼爾通電話時也許講了什麼令她不爽的話。

電梯門打開後，迎面而來的是行政管理部門的玻璃門，上面蝕刻著司法部徽章。班頓沒有看到任何人的蹤影，他沒有進去坐下，寧願在走廊等候。他信步走過陳列著每個調查局總部都有的典型炫耀品——他認為這是獵捕的獎盃。他脫下外套，無聊地研究冷戰時期殘餘下來的物品，中空的岩石、硬幣和用來秘密傳送縮微膠捲的香菸盒，來自蘇維埃聯盟的反坦克武器，同時觀看、聆聽有人出現的跡象。

他漫步經過聯邦調查局的電影海報，《政府人員》、《聯邦調查局》、《九十二街的房子》、《霹靂心》、《驚天爆》，沒完沒了的一道牆。大眾對所有國內外與聯邦調查局有關的主題似乎從未有滿足的一天，班頓對此感到驚訝不已，似乎只有當了聯邦調查局幹員才會覺得聯邦調查局的事務很無聊。這只是一份工作，只是他們掌管你的一切，不只是你，還有跟你有關的所有人。當年，聯邦調查局掌管他的一切時，也掌管了史卡佩塔，容許華納．亞吉介入他們，將他們拆散，迫使他們搭上不同的列車，前往不同的集中營。班頓告訴自己，他並不想念過去的生活，也不想念他媽的聯邦調查局，亞吉算是他媽的幫了他一個大忙。亞吉死了，班頓感覺一股強烈的情緒，嚇了一跳，彷彿受到電擊。

他聽到磁磚上的腳步聲後轉過來，一名從未謀面的棕髮女子走向他，三十五歲左右的她非常漂亮，身材姣好，穿著黃褐色軟皮外套、深色長褲及靴子。調查局偏好雇用面貌姣好又有成就的人，並不是刻板印象，而是事實。男女並肩，沒日沒夜，優秀人才，有點權迷心竅，加上嚴重自戀，在公務之餘他們沒有進行更多的互動眞是奇怪。不過他們大多時候都很自制，班頓擔任幹員時鮮少發生辦公室戀情，要不就是掩飾得很好，鮮少被發現。

「班頓嗎？」她堅定的和他握手，「我是瑪蒂·藍尼爾，警衛說你上來了，我不是故意讓你等，你曾經來過。」

她是陳述，不是問問題。就算要問問題她也一定會先弄清楚他的底細。他立刻知道她是哪一種人：聰明至極、輕微躁症，不知道什麼是失敗，他稱之為「停不下來的人」。班頓明目張膽檢查手上黑莓機的訊息，不在乎她是否看到。別告訴他怎麼做，他可不是個天殺的訪客。

「我們在特別幹員組長會議室，」她說，「我們先去倒咖啡。」

如果她用的是特別幹員組長的會議室，那表示參與會議的不止他們兩人。她帶著一絲布魯克林或紐奧良上城白人口音，很難分辨。不論她原本的口音為何，她都花了一番功夫改掉。

「馬里諾警探不在這裡，」班頓說，把黑莓機放進口袋裡。

「他不是必要人士，」她一面走一面回答。

班頓覺得這個回答很惱人。

「如你所知，我剛剛跟他通過電話。有鑑於最近的發展，他先留在目前的定位，對相關人等比較有幫助，」她看了手錶一眼，那是海軍海豹部隊常戴的黑色橡膠雷明時手錶，也許她曾是潛水員，又一個調查局的女超人。「他應該很快就會到了，」她指的是羅德曼岬，「日出大約七點十五分左右，問題包裹應該很快就會受到安全處置，我們會知道裡面是什麼，該如何進行。」

班頓什麼都沒說，他很惱怒，覺得很不友善。

「我該說如果，如果有理由進行的話。不確定是否和其他問題有密切關係，」她繼續自顧自回答沒人要問的問題。

典型的聯邦調查局，彷彿新幹員上過貝里斯官僚語言學校，學習如何語帶雙關。人們需要什麼並不重要，只要說你要他們知道的就好，誤導、迴避，或是最常見的，說了等於沒說。

「目前很難知道什麼跟什麼密切相關，」她又說。

他覺得好像玻璃罩扣在頭上，沒有必要評論，對方不會聽進去，他的聲音不會有份量，也許根本不會有聲音。

「我原本打電話給他是因為，即時犯罪中心送來的電子數據搜尋申請單上將他列為聯絡人，」她正在說，「一名有刺青的目標把包裹送到你的大樓。班頓，我在電話中已經跟你簡短解釋過，我發現其他的事你都不知道，對此我很抱歉，但可以向你保證，若非狀況極度緊急，我們絕不會要求你在這種時間出現。」

他們沿著一條很長的走廊經過偵訊室，每間都只有一張桌子、兩張椅子及銬手銬的鐵欄杆，只有米色和班頓稱為「聯邦藍」的藍色，他看過的每一張局長照片背景都是藍色，珍娜·雷諾洋裝的那個藍，小喬治·布希領帶的那個藍，說謊說到臉色發青的人臉上那種藍，共和黨的藍。聯邦調查局裡有很多藍色共和黨員。這裡一直都是超級保守的機構，難怪露西會被他媽的逼走、開除。班頓是獨立作業人員，現在已經什麼都不是了。

「在我們加入其他人之前，你有什麼問題嗎？」藍尼爾在一扇米色金屬門前停下腳步，在面板按下密碼，打開門鎖。

班頓說，「我猜，妳要我向馬里諾警探解釋他爲何被告知應該在場，我們卻來此參加一場他一無所知的會議，」憤怒沸騰。

「你和彼德．洛寇．馬里諾的關係久遠。」

聽到有人叫他的全名很奇怪。藍尼爾加快腳步，這次進入一座更長的走廊。班頓的憤怒接近沸點。

「你和他在九〇年代一起合作了幾件案子，當時你是行爲科學小組的主任，現在叫行爲分析小組。」她說，「然後你的事業遭到中斷，我假設你已經知道新聞了，」他們繼續前進，她並沒有看著他，「華納．亞吉的新聞。我不認識他，從沒見過，不過我們關注他一陣子了。」

班頓停下腳步，無盡的走廊中只有他們兩人，單調又骯髒的米色牆壁和磨損的灰色磁磚毫無個性或主體性，目的是爲了消除刺激性、想像力、無回饋、無情。他一手搭在她的肩上，些許意外其穩固，她身材嬌小，卻很強壯。他們眼神交會，她的眼神發出疑問。

他說，「別惹我。」

她的眼中閃過一絲金屬般的閃光，她說，「請將手拿開。」

他將手放在身側，沒有抑揚頓挫，靜靜重複剛剛那句話，「瑪蒂，別惹我。」

她雙臂交握胸前看著他，姿態有點挑戰性，但並不害怕。

「妳也許是新一代，以爲自己準備充分，可是，我走過的橋比妳走過的路還多，」他說。

「班頓，沒有人質疑你的經驗或專長。」

「妳很清楚我的意思。瑪蒂，別像叫狗一樣把我使喚來開會，讓妳在大家面前表現調查局在黑暗期如何訓練我聽從命令表現。調查局什麼都沒訓練我，我訓練自己，你們永遠無法了解我經歷了什麼，爲什麼，他們是什麼樣的人。」

「他們是什麼樣的人？」她對他的話似乎絲毫不爲所動。

「華納牽扯的那些人，因爲妳就是在調查這些人，對嗎？華納像飛蛾一樣，會配合環境變換顏色。經過一段時間之後，他跟附著在上面的污染結構混在一起，根本就分不清楚。他是寄生蟲，具有反社會人格、人格異常、精神異常。不論你們現在怎麼稱呼那種怪物。正當我開始同情那個聽不見的混蛋的時候。」

「無法想像你會同情他。」她說，「在他的所作所爲之後。」

班頓措手不及。

「這麼說吧，如果華納·亞吉沒有失去一切，我指的不只是財務上的損失，而是遠遠超越他所能控制的範圍，也就是說，使他變得絕望，」她繼續說，「那我們才得更擔心。至於他的飯店房間，也許出錢的是卡莉·克利斯賓，可是那只是出自於很平庸的現實問題，亞吉的信用卡全都過期了，一張都不剩，他很窮，很可能支付卡莉現金，至少有出一點。對了，我非常懷疑她和這件事有關，對她來說，只有節目繼續做下去才是重要的。」

「和他有關係的那些人。」這不是問題。

「我覺得你應該知道，找到正確的壓力點就能制伏身材大你兩倍的人。」

「不只一個壓力點，是很多個。」班頓說。

「我們一直在調查這些人，不確定他們是誰，但已經越來越接近，足以制裁他們，所以你才在這裡。」她說。

「他們還很活躍。」他說。

她繼續前進。

「我無法除掉他們每一個人，」他說，「他們有很多年的時間保持忙碌，思考要做些什麼。」

「跟恐怖分子一樣，」她說。

「他們的確是恐怖分子，只是類型不同而已。」

「我讀過你在路易斯安那處理的檔案，令人印象非常深刻，歡迎回來，我不會想與你易地而處，不會想當史卡佩塔。華納．亞吉並不是完全都做錯，當時你身處在非常危險的狀況裡，可是他的動機卻是錯得不能再錯。他希望你消失，那真的比殺死你更糟糕。」她彷彿在描述腦膜炎或禽流感哪個比較不舒服，「其他的部分是我們的錯，雖然當時我還沒進來，只是紐奧良初出茅盧的助理檢察官。我想參與行爲分析，在一年後加入調查局，然後拿到鑑識心理學的碩士學位，擔任全國暴力犯罪分析中心紐奧良外勤辦公室的主任。我不會說我沒有受到那些狀況或你的影響。」

「我在那裡的時候妳也在，他們在那裡的時候。東巴頓魯治的法醫叫山姆．藍尼爾，」班頓說，「你們是親戚嗎？」

「他是我叔叔，我猜你可以說，處理人生黑暗面是家族遺傳。我知道那裡發生什麼事，實際上我被派到紐奧良的辦公室，幾週前才調來這裡。倘若找停車位不是問題的話，我可以習慣紐約的生活。班頓，你不該被逼出調查局的，當時我不這麼認爲。」

「當時？」

「華納．亞吉的意圖很明顯，他假裝代表臥底安全防護小組評估你。二〇〇三年夏天，在麻州沃楳的飯店房間裡，他判斷你已經不適合出任務，建議轉成文書工作或教導新幹員。我很清楚。同樣的，那是正確的決定但基於錯誤的理由。他應該被允許發表意見，也許那是最好的。你以爲你留下的話能達成什麼目標？」她看著他，在下一扇關閉的門前停下腳步。

班頓沒有回答。她鍵入密碼，他們進入刑事小組，擁擠不堪的分隔工作空間全都是藍色。

「不過是調查局的損失，重大損失，」她說，「我建議先去休息室喝咖啡，」她朝那個方向走去，小房間裡放著咖啡機、冰箱、桌子和四張椅子。「關於亞吉，我不會說他是惡有惡報，」她又說，幫兩人倒咖啡，「他終結了你的事業，或是想這麼做，現在換他自己。」

「他早就走上毀滅自己事業的道路了。」

「是的，沒錯。」

「在德州逃過死刑的那一個，」班頓說，「我沒有除掉他們每一個人，我沒有除掉他，找不到他，他還活著嗎？」

「你的咖啡要怎麼喝？」她打開裝著奶油的保鮮盒，在水槽沖洗塑膠湯匙。

「我沒有除掉他們每一個人，我沒有除掉他。」班頓又說了一次。

「如果我們能除掉他們每一個人，」藍尼爾說，「我就要失業了。」

紐約市警局位在羅德曼岬的武器與戰略中心四周圍繞著三十公尺高的圍籬，頂端還裝著一捲捲的刺鐵絲。馬里諾認爲，若非這不友善的障礙物、重火砲擊聲，以及隨處可見的警告標誌：「爆炸危險」、「保持距離」、「千萬別考慮在這裡停車」，這手指般突出於長島海灣的布朗區最南端會是東北部最搶手的地段。

清晨的天空灰暗陰鬱，風吹過鰻草與禿樹。馬里諾和阿爾．羅伯隊長開著一輛黑色休旅車穿過對馬里諾而言是五十幾英畝的主題公園，充滿防空洞、戰鬥障礙物、保養廠、停靠緊急應變卡車及裝甲車的機棚、室內及室外靶場，包括狙擊手專用靶場。警方、聯邦調查局及其他單位的幹員使用非常多彈藥，留下的金屬彈殼就像野餐後的垃圾桶一樣到處都是。他們物盡其用，連值勤後報廢或單純耗損的警方車輛都加以利用，被送到此處接受槍擊、爆炸，用來仿效暴動和自殺炸彈等城市情境。

雖然一切看來很嚴肅，但這個基地也有警察式幽默，如漫畫般漆成彩色的炸彈、火箭和榴彈砲等朝下半埋在地裡，從最奇怪的地方突出地面。天氣好又沒事的時候，技工和教練在半拱圓形活動房屋前煮東西吃、玩牌，和防彈犬玩，或在每年的這個時節坐下來聊天，一面修理電子玩具，捐給沒錢過聖誕節的家庭。馬里諾很喜歡這裡，他和羅伯一面開車一面談到多蒂．郝奇時，他想到這是他第一次來到這裡卻沒有聽到槍砲、半自動武器和全自動衝鋒槍的聲音。不間斷的槍聲對他有鎮靜的作用，就像在電影院裡聽到爆米花的聲音。

連海鴨都習以爲常，也許毫不意外的絨鴨和長尾鴨游過，搖搖擺擺地上岸，難怪這附近是獵水鳥的最佳地點。這些鴨子聽到槍聲不會認爲是危險的訊號，眞要問馬里諾的話，他覺得很不光明正大。他們稱之爲「坐以待斃鴨」季節，他很好奇不間斷的槍聲與爆炸聲對釣魚有何影響，因爲他聽說這邊的海灣有很棒的黑鱸魚、鰈魚和比目魚。他要找一天弄一艘自己的船，停靠在西提島碼頭，也許甚至住在那裡。

「我覺得我們應該在這裡下車，」羅伯說，將他的太浩汽車停在前往爆裂物爆破場的途中，距離史卡佩塔的包裹被鎖起來的地方大約一百公尺，位處下風。「我要把卡車停遠一點，他們不喜歡意外炸掉市政府的財產。」

馬里諾下了車，小心腳下，地面因石頭、金屬碎片和其他碎片而崎嶇不平。他身邊盡是沙袋堆成的坑洞與壕溝，崎嶇的車道通往日置箱和水泥防彈玻璃的觀察點，後方就是水面。就他視線所及之處，遠方水面上是幾艘船和西提島的遊艇俱樂部。他聽說，沒綁好的停泊船隻會隨著潮汐飄到羅德曼岬岸邊時，民間拖船服務並不會搶著來拖吊，有些人說即使付高價也找不到人來拖。本來應該是誰找到就歸誰，一艘世界貓二九〇型鈴木雙引擎四尾槳晾在鵝卵石沙灘上，只要事後可以佔爲己有，馬里諾願意冒著子彈炸彈碎片的風險去拖吊。

穿著戰鬥任務制服的拆彈技工安·卓伊汀在前方，深藍色帆布長褲有七個口袋，由於天氣的關係，可能鋪著法蘭絨內裡，她另外還穿著風雨衣、戰鬥靴、琥珀色鏡片全罩式眼鏡。她沒有戴帽子，雙手沒有拿東西，正將非電子啓動衝擊破壞干擾器的鐵管折起。她是個美人胚子，不過對馬里諾來說有點太年輕，他猜她只有三十出頭。

「克制一點，」羅伯說。

「我相信她該被歸類爲大規模毀滅性武器，」馬里諾說，很難不公開目瞪口呆地看著她。她深邃的五官、姣好的面孔與不可思議的靈活雙手引人矚目，接著他發現她有點讓他想到醫生那個年紀的樣子，他們剛開始在里奇蒙共事的時候她就是那個年紀。當時，由女性出任州立法醫系統的首席就像威而鋼一樣，根本沒聽過，史卡佩塔是馬里諾認識的第一位女性法醫，也許是第一個見過的。

「由麗榭飯店打到CNN的電話。這只是我的想法，就算聽起來很牽強我還是會提出來，因爲這位女士大約幾歲？五十多歲？」羅伯繼續他們在休旅車上的話題。

「多蒂·郝奇的年紀跟她打電話有什麼關係？」馬里諾說，不確定把露西和史卡佩塔兩人留在麗榭飯店是對的。

他不明白那裡到底是怎麼回事，只知道露西真的知道怎麼照顧自己，老實說大概比馬里諾拿手，她可以從五十公尺外開槍打到棍子上的棒棒糖。可是他很焦慮，想弄清楚狀況。根據羅伯的說法，多蒂・郝奇昨晚打到CNN的那通電話追蹤到麗榭飯店，來電顯示是這個號碼，可是多蒂・郝奇並不是飯店的房客。馬里諾稍早見到的經理說，沒有這個名字的客人登記住房。馬里諾根據他在即時犯罪中心得到的資料提供多蒂的長相描述，經理說絕對沒有這個房客。他完全不知道多蒂・郝奇是誰，昨晚也沒有任何一通電話從飯店撥到〈克利斯賓報告〉的免付費電話。事實上，多蒂在九點四十三分打電話到CNN，接上節目之前保留的那段時間裡，麗榭飯店並沒有撥打外線電話的記錄。

「你對假冒卡這種事知道多少？」羅伯問，和馬里諾一起前進，「你聽說過這種假冒卡片嗎？」

「我聽說過，另一件讓我們擔心的鳥事，」馬里諾說。

他在靶場不能用手機，所有能傳送電子訊號的儀器都不可以使用。他想打電話給史卡佩塔，告訴她多蒂・郝奇的事，也許該告訴露西多蒂・郝奇可能跟華納・亞吉有關。可是他沒辦法通知任何人，這裡是靶場，日置箱裡至少鎖著一個疑似炸彈。

「才說呢，」羅伯說，海灣吹來的冰冷寒風穿過圍籬及溝渠。「你買那些完全合法的假冒卡，不論你打給誰，想假冒誰，都可以讓對方的來電顯示出現任何號碼。」

馬里諾思索多蒂·郝奇是否和華納·亞吉有關，後者顯然和卡莉·克利斯賓有關，今年秋天亞吉多次上過她的節目，昨晚則打過電話上節目，也許他們三人有關係。實在太瘋狂了。亞吉、多蒂和卡莉怎麼可能有關係，又是爲什麼？就像即時犯罪中心資料牆上的那些分流一樣，搜索一個名字會找到五十個相關的名字，使他想起聖亨利天主教學校，被迫在英文課用圖形解釋複合句時畫在黑板上的擁擠分支。

「幾個月前，」羅伯繼續說，「我的手機響了，來電顯示的是他媽的白宮的總機號碼，我的反應是『見鬼這什麼東西啊？』結果，我接了之後是我十歲的女兒假冒聲音說，『請等候總統接聽，』我不覺得好玩，這是我上班用的手機，好像心臟突然停止了一分鐘。」

馬里諾問自己，如果這些分流有一個共同的名字，會是哪一個名字？

「結果，原來她從朋友哪裡知道假冒卡片這種東西，一個大約十一歲的男生，」羅伯說，「只要上網就能找到白宮的電話號碼。眞是亂七八糟，好像我們每次找到方法阻止這些狗屁倒灶的事就會有其他的事冒出來打擊我們的努力。」

馬里諾決定那個名字是漢娜·史塔爾。只是，他擔心現在看起來所有的共同點是醫生，所以他才會清晨走在爆裂物靶場的寒風之中。他翻起外套衣領，耳朵凍到快掉下來了。

他對羅伯說，「看起來，如果買假冒卡就能藉由業者進行追蹤。」

安·卓伊汀拿著一個空的牛奶壺走向白色金屬日置箱，她放在水桶下方裝水。

「如果業者收到傳票的話也許你會好運查到，那也得假設你知道嫌犯是誰。沒有嫌犯的話，你怎麼知道要追查誰的假號碼，尤其他們如果是用自己的電話打的？眞是他媽的惡夢。」羅伯說，「所以，就算這位多蒂．郝奇女士很聰明，至少和十歲小孩一樣聰明，會用假冒卡誤導我們。也許她昨晚打電話到〈克利斯賓報告〉時用的也是假冒卡，看起來像是從麗榭飯店打過去的，但其實我們根本不知道她人在哪裡。或許她故意陷害你告訴我的這個亞吉傢伙，也許她不喜歡他，就搞出這種惡劣的惡作劇。但另一個問題是，你們爲何這麼肯定那唱歌的卡片是她寄的？」

「裡面唱歌的聲音是她。」

「誰說的？」

「班頓說的。他應該知道，因爲他在瘋人院治療過她。」

「那不表示卡片就是她寄的。我們應該小心推測，如此而已。可惡，實在有夠冷，我們連像樣的手套都戴不起。」

卓伊汀將那壺水放在一個黑色硬殼箱子附近的地上，箱子裡面裝著十二口徑的散彈槍子彈、非電子啓動衝擊破壞干擾器的零件及高壓水槍。附近放著活動金屬彈藥庫、許多羅科裝備及器材包，大的足以放進更多裝備及器材，包括等她準備好從日置箱中取出包裹時會穿上的拆彈裝和頭盔。她蹲在打開的箱子前，拿起一個黑色塑膠塞子、一個拴緊式後膛，以及一顆散彈槍的子彈。遠處傳來柴油引擎聲，一輛救護車出現停在泥巴路上，準備好支援任何突發狀況。

「不過，」羅伯從肩上卸下一個包包，「我並不是說這個多蒂用了假冒卡，我只是說，來電顯示已經沒什麼意義了。」

「別提了，」卓伊汀說，將配管一端插進去，「我男友就被假冒卡騙了，某個有禁制令的對象打電話給他，可是來電顯示是他母親。」

「那眞是太糟了，」馬里諾說，不知道她有男友。

「就像那些匿名者使用了無法追蹤的IP位置，或是追到了卻以爲他們在別的國家，其實就是隔壁鄰居，」她把散彈槍子彈塞進後槍膛，再把塞子轉回去。「只要跟電話、電腦有關的都不能確定表面上看到的就是眞相。變態穿著隱形外衣，你不知道是誰在做什麼，就算知道也很難證明，沒人負責。」

羅伯從包包裡拿出筆電，打開電源，馬里諾好奇爲何筆電可以用，他的手機就不行，不過沒問。他資訊承載已經超量，好像隨時會過熱的引擎。

「所以我不需要拆彈裝什麼的，」他說，「妳確定裡面沒有炭疽或會致癌的化學成分。」

「我昨晚將包裹放進日置箱之前，」卓伊汀說，「用FH四十型放射線偵測器、二二〇〇R型偵測器、APD兩千放射線偵測器、高效能電離室、氣體偵測器等所有你想得到的偵測器偵測過了，部分原因是目標。」

她指的是史卡佩塔。

「至少可以這麼說，這件事情受到重視，」卓伊汀繼續說，「並不是說我們在這裡隨時都能輕鬆打混，但此事被視爲特殊狀況。生化反應呈陰性，至少對炭疽、蓖麻毒蛋白、肉毒桿菌、球菌腸毒素、傳染病等已知物是如此。阿爾發、貝塔、伽馬及中子放射線都呈陰性。沒有化學戰劑、刺激性物質、神經或糜爛性毒劑，不過是已知的沒有。沒有氨、氯、硫化氫、二氧化硫有毒氣體。沒有觸發任何警報。不過，不論包裹裡裝的是什麼，它的確在釋放某種氣體，我聞得到。」

「大概是小瓶子裡的東西，」馬里諾說。

「聞起來很臭，類似柏油的臭味，」她回答，「不知道是什麼，所有的偵測器都無法辨識。」

「至少我們知道它不是什麼，」羅伯說，「在某種程度上令人安心，希望沒有什麼需要擔心的。」

「也許是在這裡沾上的物質？」馬里諾想到靶場各種受到安全處置的設備，數十年來被水柱處理過及引爆的炸彈和信號彈。

「就像我們說的，沒有讀到任何指數，」卓伊汀說，「除此之外，我們也考慮到可能造成假陽性的干擾氣體，我們曾經處理過的物品可能散發出氣體，從汽油、柴油到家用漂白劑等，可是這裡沒有足以偵測到的干擾氣體。昨晚沒有假警報，不過低溫確實不理想，這種天氣確實對液晶螢幕不好。我們還不知道面對的是什麼東西，因此也不打算將包裹放在任何一種屏障物裡。」

她把非電子啓動衝擊破壞干擾器傾斜，幾乎指著正上方，裝滿水後用黃色蓋子蓋上。她將鐵管放置成水平，鎖緊螺栓，再伸手到打開的箱子裡拿出一支雷射瞄準器，像瞄準器一樣插在槍管前端。羅伯把筆電放在沙袋上，螢幕顯示史卡佩塔那包裹的X光片。卓伊汀會用這個影像制訂目標方格，用雷射槍校正，再用水槍處理電源，也就是鈕釦電池。

「也許你可以把震波管遞給我，」她對羅伯說。

他打開中型陸軍綠色鐵密箱做的活動金屬彈藥庫，拿出看來像鮮黃色塑膠皮的十二號電線，這是一條低強度的引爆線，不必穿上防火裝或符合拆彈標準的拆彈裝就能處理。電線內部覆蓋著一層高熔點爆炸物，剛好足以傳遞需要的震波到達槍膛裡的撞針，而撞針會敲擊子彈裡的雷管，由雷管引爆火藥，只是這裡的子彈是空包彈，也不會有彈道。從槍管發射出來的是大約五盎司的水，以每秒大約八百英尺的速度前進，足以在史卡佩塔這個聯邦快遞的箱子打出一個相當大的洞，毀掉電源。

卓伊汀捲開幾碼長的電線，一頭接在槍膛的連接器上，另一頭接在看起來像是小型綠色遙控器的發射器材上，有一紅一黑兩個按鈕。她拉開兩個羅科包的拉鍊，拿出一件綠色外套、長褲和拆彈裝的頭盔。

「好了，失陪一下，」她說，「我得去著裝了。」

18

華納．亞吉的筆電是用了好幾年的戴爾電腦，連接到一座小型印表機，兩者的插頭都插在牆上的插座裡。電線落在地毯上，列印文件堆疊或散落一地，走動起來很難不被絆倒或踩到。

史卡佩塔懷疑亞吉在顯然由卡莉幫他租下的飯店房間裡不斷的工作。他摘下助聽器和眼鏡，把房卡留在化妝台上，走樓梯下樓，可能搭上計程車，最後走向死亡之路。但在這之前，他在忙些什麼。她很好奇他在生命的最後時刻聽得到什麼，也許不是戴著繩索、吊具與裝備的緊急應變小組援救員冒著生命危險想接近他，也許不是橋上的車流，甚至不是強風。他關掉音量，毫無影像，如此一來，比較容易毫不回頭的縱身跳向虛無。他不只決定不想繼續留在這裡，不知爲何，還決定毫無選擇餘地。

「讓我們從最近的電話開始，」露西說，將注意力轉向亞吉的手機，已經接上床鋪附近插座上找到的充電器。「看起來他並沒有經常使用，昨天早上打了幾通電話，一直到昨晚八點六分才再次使用。在那之後，大約兩個半小時後的十點四十分後有一通電話。我先從八點六分這一通開始搜尋，看看能找到什麼名字，」她開始在MacBook上打字。

「我把黑莓機上的密碼設定取消了，」史卡佩塔不確定自己爲何選在這一刻說。如今黑莓機就在她們眼前，彷彿過熟而從樹上落下的果實，她心裡想著，其實並沒有打算說出來。「我不認為華納．亞吉或卡莉看過我的黑莓機，除非她看的是現場照片。就我所知，我上一次使用之後所接到的電話、訊息或電子郵件都沒有被打開過。」

「我都知道。」露西說。

「什麼意思？」

「拜託，好像有很多人會用這個號碼打到亞吉的手機似的。他的手機是用他的名字註冊，對，是用華盛頓特區的地址。他是威訊的用戶，用最便宜的費率。看起來他不愛用電話，也許是因為聽力問題。」

「我懷疑那是原因，他的助聽器是最新科技，有藍芽裝置。」史卡佩塔說。

她還視飯店房間，可以推論華納．亞吉最後的時刻處在一個靜謐卻令人窒息的世界。她懷疑他有朋友，就算有家人也不親近。她很好奇他唯一接觸的人，最後唯一有感情交流的對象是他自私自利的守護者：卡莉。看起來，她提供工作與棲身之所，帶著新鑰匙出現。史卡佩塔懷疑亞吉真的沒有錢，好奇他的皮夾到哪裡去了。也許他昨晚離開房間後就丟了，也許他不想被指認出身分，卻忽略了西門子遙控器，很有可能是習慣性放在口袋裡，也許忘了上面的訊息會讓史卡佩塔這樣的人直接找到他的身分。

「妳說妳都知道是什麼意思？」她再問露西一次，「妳知道什麼？妳已經知道沒人看過我的黑莓機？」

「等一下，我要試一件事。」露西拿出自己的黑莓機，鍵入她在MacBook上看到的號碼，聽了很久之後才掛掉電話說，「只是一直響著，跟妳打賭是拋棄式手機，剛好解釋爲什麼那麼多不同的人有同一個號碼，而且沒有設定語音信箱。」她又看著亞吉的手機，「我查過了，」她說，「當妳發電子郵件告訴我，我說我要銷毀裡面的資料，妳說不要的時候我馬上就查了，我看到新訊息、電子郵件和語音留言都沒有被動過，所以才沒有立刻銷毀資料，不管妳是怎麼指示我的。妳爲何取消密碼設定？」

「妳知道多久了？」

「妳跟我說手機弄丟的時候我才知道的。」

「我並沒有弄丟手機。」

露西無法直視她的雙眼，不是由於悔恨，因爲那並不是史卡佩塔察覺到的情緒。她的外甥女情緒激動，受了傷，深綠色眼珠如一池深水，臉孔露出不尋常的挫折、筋疲力竭。她看起來很消瘦，彷彿很久沒有運動，一向引以爲傲的強健體魄似乎處於低潮。從史卡佩塔上次見到她的幾週以來，露西的外表從青春少女變成了中年婦女。

露西敲著鍵盤說，「我現在在查昨晚打到他手機的第二通電話。」

「十點四十分打進來的那通？」

「對，結果是沒有註冊也沒有公開的電話，可是那個人沒有擋住來電顯示，所以才會出現在亞吉手機的來電顯示上。不論是誰，那是他最後一個交談的對象，至少是我們目前所知道的。所以，他十點四十分的時候還活得好好的。」

「活著，我不確定是否好好的。」

露西繼續在MacBook上打字，一面瀏覽戴爾筆電上的資料夾，同時一次做十件事情。她什麼都會，唯一不會的就是誠實討論人生裡眞正重要的事。

「他夠聰明，知道要刪除瀏覽記錄，清除快取。」她說，「如果妳有興趣知道的話。不過，這麼做無法阻止我找出他自以爲已經刪掉的東西。卡莉．克利斯賓，」她說，「十點四十分打給他的那通無名電話是她，是卡莉，那是她的手機，AT&T帳號，她打給亞吉，講了大約四分鐘。如果他在幾小時後跳河的話，他們一定相談甚歡。」

昨晚十點四十分，史卡佩塔還在CNN的化妝室裡，關著門和亞力克斯．巴奇塔談話。她試著回想自己到底幾點鐘離開，也許十或十五分鐘後。她有一種不祥的感覺，擔憂成眞，卡莉的確在門外偷聽，而且聽到的內容足以知道前途爲何，史卡佩塔將取代她成爲談話性節目的主持人。無論如何，卡莉會這麼以爲，因爲她絕對想不到居然有人會拒絕亞力克斯的提議。卡莉將失去工作，她一定深受打擊。就算她在門外逗留的夠久，聽到史卡佩塔拒絕這個提議，說明她爲何覺得這是個壞主意，也得接受努力避免的事情終於發生了：六十一歲的她得另謀出路。在這樣的經濟環境下，以她的年紀，在CNN這種有名聲、有勢力的電視網找到工作的機會微乎其微，也許完全不可能。

「然後呢？」史卡佩塔向露西描述昨晚卡莉節目結束後發生的事，然後她問，「她是否離開門口，也許回到她的化妝室裡打電話華納，對他說了什麼？」

「也許告訴他已經不再需要他的服務了，」露西說，「她節目都丟了還要他做什麼？既然她上不了節目，他也別想。」

「什麼時候談話性節目主持人會幫來賓在飯店準備長期客房，」史卡佩塔提到這一點，「尤其是大家都在縮減開支的情況下。」

「我不知道。」

「我眞的很懷疑CNN有在補助她。她有錢嗎？不論飯店給她多麼合理的房價，在這裡住兩個月的支出非常驚人。她爲什麼願意花這種錢？爲什麼不讓他去別的地方住，幫他租個便宜點的地方？」

「不知道。」

「也許和地點有關，」史卡佩塔考慮，「也許有別人參與，負責出資，或是他，我們不知道的人。」

露西似乎沒有在聽。

「如果她在十點四十分打電話告訴華納他被開除了，將被趕出去，爲什麼又特地把我的黑莓機拿過來飯店？」史卡佩塔繼續放聲思考，「爲什麼不叫他把行李收一收，第二天就離開飯店？既然打算把他趕出去，爲什麼又把我的手機拿過來給他？既然已經要結束合作關係，他爲什麼還覺得有義務幫助她？可能是亞吉本來應該把我的黑莓機交給別人嗎？」

露西沒有回答。

「我的黑莓機爲什麼這麼重要？」

史卡佩塔的話露西彷彿一個字都沒有聽進去。

「唯一的原因是，手機是接觸我的管道，關於我的一切，實際上接觸到我們所有的人。」她回答自己的問題。

露西靜默，不想繼續討論遭竊的黑莓機，因爲她不想討論一開始爲什麼會購買的原因。

「由於妳放進去的定位接收器，它甚至知道我在哪裡，」史卡佩塔又說，「當然，前提是手機在我身上。只不過我覺得妳對於我去過哪裡，或可能在哪裡並不是特別擔心。」

史卡佩塔開始瀏覽茶几上的列印文件，看起來像是網路搜尋漢娜．史塔爾案有關的上百件新聞報導、社論、參考資料和部落格。可是她很難專心，最重要的問題像水泥牆般堅定的阻擋著。

「妳不想討論或承認自己做的事，」史卡佩塔說。

「討論什麼？」沒有抬頭。

「嗯，我們要討論這件事，」史卡佩塔繼續瀏覽亞吉印出來的報導，無疑是他爲卡莉做的研究。「妳給我一件我沒有要求、坦白說也不想要的禮物，這支非常高科技的智慧型手機。突然間，我的整個存在都在妳所創造的網路上，我被密碼綁架。然後妳忘了檢查我的情況？如果妳眞的打算改善我的生活，還有馬里諾、班頓和潔米，妳爲何不做正經系統管理員做的事？檢查妳的使用者，確定他們使用密碼功能，維持資料的安全性，不會有安全及其他問題？」

「我查妳的時候並不覺得妳會喜歡我這麼做，」露西快速敲擊著戴爾筆電上的鍵盤，進入下載資料夾。

史卡佩塔拿起另一疊文件說，「妳查潔米的時候她又是什麼感覺？」

「他九月份跟華盛頓特區的房仲簽了一份合約。」

「潔米知道廣域加強啓動的全球定位接收器嗎？」

「他顯然打算將房子出售，已經搬出來，廣告上列的是無家具。」露西回到她的MacBook再鍵入什麼，「我們來看看有沒有賣出去。」

「妳到底要不要告訴我？」史卡佩塔說。

「不止沒有賣出，還是在拖欠貸款的寬限期，在十四街的兩房兩衛公寓，在杜旁圓環附近。一開始要賣六十二萬，現在只要五十幾萬。所以他會住在飯店或許是因爲他沒有地方可去。」

「拜託不要閃避我的問題。」

「他八年前購入時房價是將近六十萬，我猜那時的時機比較好。」

「妳告訴過潔米衛星定位接收器的事嗎？」

「我會說這傢伙破產了，嗯，現在是死了。」露西說，「所以，房子被銀行收回也沒差。」

史卡佩塔說，「我知道妳在手機裝了衛星定位接收器，可是她知道嗎？妳告訴過潔米嗎？」

「失去一切，也許這是壓倒駱駝的最後一根稻草，在亞吉的例子就是逼他跳橋。」露西說，態度改變，聲音中出現些微波動。「我小時候妳常常讀給我聽的故事是什麼？奧利佛．溫德．霍姆斯的《單馬馬車》。如今建造馬車，我告訴你／總是有最脆弱之處……無可置疑／馬車壞掉，卻不會磨損……我小時候去里奇蒙找妳的時候，偶爾和妳住在一起，希望妳會留下我。我那個他媽的母親，每年到這個時候都一樣。我要回家過聖誕節嗎？好幾個月沒有她的消息，然後她問我要不要回家過聖誕節，其實她只是要提醒我不要忘記寄禮物給她，寄昂貴的東西，最好是支票。操她的。」

「到底發生什麼事讓妳不信任潔米？」史卡佩塔問。

「妳以前都會陪我坐在床上，我房間就在走廊另一頭，就在溫莎農莊後來變成我在妳家的房間。我很愛那棟房子，妳讀他的詩給我聽，《老鐵壁》（*Old Ironsides*）、《鸚鵡螺》（*The Chambered Nautilus*）、《離去之日》（*Departed Days*），嘗試解釋生死給我聽。妳說人就像單馬馬車一樣，用了一百年，某天就這樣崩解成一堆灰燼。」露西一面說話，雙手還是不停打開、關上筆電螢幕上的資料夾及連結，專注地看著，就是不看她阿姨，「妳說那是死亡最佳的比喻，那些來到妳停屍間的人身上各式各樣的毛病，可是他們一直繼續活下去，直到死亡來臨，大概和他們最脆弱的部分有關。」

史卡佩塔說，「我猜妳最脆弱的部分就是潔米。」

露西說，「我以爲是錢。」

「妳監視她嗎？所以才給我們這些東西？」史卡佩塔指著茶几上她和露西的黑莓機，「妳擔心潔米從妳身上拿錢？妳擔心她像妳的母親一樣？」

「潔米不需要我的錢，也不需要我。」她穩住自己的聲音，「大家都不像從前了，在現在的經濟環境下錢就像冰塊一樣在眼前融化，像高價製作的精良冰雕，就這麼變成水蒸發掉，讓妳好奇到底是否曾經存在過，那樣的興奮到底是從何而來。我的情況已經大不如前。」她遲疑了一會兒，彷彿難以表達自己的想法，「不是錢的問題，而是我參與過的事，我將一切解讀錯誤，也許只需要說這麼多。我開始解讀錯誤。」

「對於一個能背詩背得這麼清楚的人，妳的錯誤解讀還算不錯。」史卡佩塔說。

露西沒有回答。

「妳這次錯誤解讀了什麼？」史卡佩塔要她開口。

可是露西不肯。片刻之間，兩人沉默不語，露西繼續打字，鍵盤發出聲音，史卡佩塔過濾大腿上的列印文件時發出沙沙聲。她瀏覽更多和漢娜·史塔爾有關的網路搜尋結果，還有卡莉·克利斯賓和她失敗的節目，某則新聞報導評論描述卡莉的尼爾森收視率直線下滑，還提到史卡佩塔及她的節目單元。某個部落客說，卡莉這一季唯一提供的娛樂就是節目中出現的來賓，CNN資深鑑識分析師，剛毅頑強又尖銳的史卡佩塔，她的評論總是正中要點。「凱·史卡佩塔以她尖銳的評論直指問題核心，腦袋如海綿、過時的卡莉·克利斯賓根本不是對手。」史卡佩塔從椅子上起身。

她對外甥女說，「記得嗎？有一次妳到溫莎農莊，因爲生我的氣就把我電腦裡所有的資料都格式化，還整個拆解掉？我相信當時妳只有十歲，錯誤解讀了我說的話或做的事，婉轉地說就是錯誤詮釋、誤解、反應過度。妳是否正把妳跟潔米的關係格式化，將它拆解，妳是否詢問過她眞的有必要這麼做嗎？」

她打開工具包拿出另一雙手套，經過華納．亞吉亂七八糟堆著衣服的床，開始在有著立體雕刻五斗櫃裡的抽屜搜尋。

「潔米做了什麼讓妳可能錯誤解讀的事？」史卡佩塔填補沉默。

更多男性衣物，全都沒有折疊。內褲、襪子、睡衣、手帕、裝著袖釦的絲絨盒子，有些是古董，但都不貴。另一個抽屜放著運動衣，有徽章的T恤：聯邦調查局學院、聯邦調查局各個外勤辦公室、人質搶救及全國應變小組，全都老舊褪色，代表華納．亞吉妄想卻永遠得不到的身分。她不需要認識華納．亞吉也能知道他背後的動力在於渴望得到認可，堅信人生完全不公平。

「妳可能錯誤解讀了什麼？」史卡佩塔又問一次。

「這種事不容易說出口。」

「至少試試看。」

「我不能談她的事，無法跟妳談。」露西回答。

「老實說，妳跟任何人都無法談。」

露西看著她。

「要妳跟任何人討論任何有深度或眞正重要的事都很不容易，」史卡佩塔說，「妳對無情、無價值、無意義的事可以講個沒完沒了，機器、虛擬空間的隱形及不可捉摸，還有佔據這些不存在空間的人們，我稱之爲影子的人們，這些人把時間花在跟不認識的人推特、聊天、寫部落格、瞎扯。」

最下面一層抽屜卡住了，史卡佩塔得把手指伸進去，撥開感覺像硬紙板或硬塑膠的東西。

「我是眞實的，我在這個飯店房間裡，最後一個住在這裡的男人現在是停屍間裡殘缺不全的屍體，因爲他決定人生已經不值得活下去。露西，告訴我，告訴我到底出了什麼事，用眞人的語言告訴我，用情緒的語言告訴我。妳認爲潔米不愛妳了嗎？」

抽屜拉開了，塞在裡面的是預付型手機和假冒卡的包裝空盒，還有說明書、指南，卡片似乎沒有啓用，因爲背後的密碼沒有刮開。網路服務的列印說明，讓聽障但能說話的人士能即時讀到電話的逐字謄稿。

「妳們沒有在溝通嗎？」她繼續問問題，露西繼續沉默。

史卡佩塔找到一些線路交雜的充電器，發亮的塑膠信封裡裝著至少五張回收的預付卡。

「妳們吵架了嗎？」

她回到床邊翻弄床上的髒衣服，將床單拉開。

「妳們沒有性生活嗎？」

「拜託，」露西脫口而出，「看在老天的份上，妳是我阿姨。」

史卡佩塔打開床頭櫃的抽屜，「我整天都把手伸進光溜溜的屍體裡面，和班頓上床是我們交流能量的方式，互相取暖、找到歸屬、彼此溝通，記得我們的存在。」期刊文章，抽屜裡有更多列印文件，沒有其他的，還是找不到預付卡手機，「有時候我們會吵架，我們昨晚就吵架了。」

她跪在地上查看家具底下。

「我以前幫妳洗澡、擦藥、聽妳發脾氣、收拾妳的爛攤子、至少想辦法幫妳從爛攤子脫身，有時候妳快把我逼瘋了，我他媽的在自己的房間哭，」史卡佩塔說，「我見過妳一拖拉庫的伴侶跟調戲的對象，大概知道妳跟這些人在床上做些什麼，因爲我們都一樣，基本上有同樣的身體部位，以類似的方式使用，我敢說，我聽過看過的比妳想像的多太多。」

她起身，四處都找不到那支預付卡手機。

「妳到底爲什麼在我面前會害羞？」她問，「我又不是妳媽。感謝老天我不是那個悲慘的妹妹，根本就是把妳送給別人養，只是我希望她能眞的這麼做，我眞希望她當初能把妳送給我。我從第一天就開始撫養妳，是妳阿姨，是妳的朋友。在我們人生的這個階段我們是同事。妳可以向我傾訴。妳愛潔米嗎？」

露西低頭瞪著靜靜放在大腿上的雙手。

「妳愛她嗎？」

史卡佩塔把廢紙簍清空，翻找揉成一團的紙張。

「妳在做什麼？」露西終於問。

「他有預付卡手機，也許有五支之多，也許兩個月前搬進來之後買的。只有條碼，沒有標籤顯示可能是在哪裡買的。也許和假冒卡一起使用僞造的來電顯示號碼。妳愛潔米嗎？」

「多少時間的預付卡？」

「每張六十分鐘通話時間或九十天期限。」

「所以，可以在機場商店、觀光客商店、目標百貨、沃爾瑪超市用現金買。六十分鐘用完後想增加通話時間的話，通常需要信用卡，所以他沒有這麼做，而是把手機丟掉再買新的。大約一個月前，潔米不再要我過夜。」露西的面孔漲紅，「一開始是一週一、兩次，然後變成三到四次。她說是因爲工作太忙，顯然如果你沒有跟某人上床……」

「潔米總是忙於工作，我們這種人總是忙於工作。」史卡佩塔說。

她打開衣櫃，注意到牆上嵌入一座小型保險箱，保險箱的門開著，裡面空無一物。

「那樣才更糟不是嗎？那就是他媽的重點不是嗎？」露西的表情很痛苦，眼中帶著憤怒、受傷，「那表示對她而言不一樣，不是嗎？不論妳多忙，就算你們已經在一起二十年，妳都還會想要班頓。可是潔米不想要我，我們在一起才不到一年，所以，才不是因爲他媽的工作忙碌。」

「我同意有其他原因。」

史卡佩塔用戴著手套的手指撥弄著那些八〇及九〇年代時髦的衣服，三件式條紋西裝、雙排西裝外套、寬領、放手帕的口袋、法式袖口白襯衫使她想到胡佛主掌聯邦調查局年代的幫派諷刺漫畫。衣架上垂吊著五條條紋領帶，捲在另一個衣架上的是兩條雙面皮帶，其中一條是縫線皮帶，另一條則是鱷魚紋，剛好搭配地上富樂紳棕色及黑色雕花皮鞋。

她說，「當妳追蹤我那失蹤的黑莓機時，那廣域加強衛星定位接收器的功用就變得很明顯了，也就是我們現在在這個房間的原因。潔米不在妳身邊的那些個夜晚，妳就是在遙控追蹤她嗎？妳得到了什麼有幫助的資料嗎？」

一個大型硬殼黑色行李箱緊貼著衣櫃後方的牆面放著，磨損刮傷很嚴重，上面還有一些沒撕乾淨的行李貼紙，把手上纏繞著一些繩子。

「她哪兒都沒去，」露西說，「她在辦公室和家裡工作到很晚，除非她的黑莓機沒帶在身邊，不過那也不表示沒人到她家，或是她沒有在辦公室跟誰搞鬼。」

「也許妳可以駭進她的公寓大樓、地區檢察官辦公室、禍根街一號的安全監視器廠商。妳接下來就是要這麼做嗎？或是在她的辦公室、會議室和閣樓公寓裝幾座監視器偷拍。請不要告訴我妳已經這麼做了。」

史卡佩塔使勁將行李箱從衣櫃裡拿出來，注意到它有多重。

「天啊，不要。」

「這件事的重點不在潔米，而是妳。」史卡佩塔按下行李箱的釦子，它們應聲打開。

散彈槍槍聲震天價響。

馬里諾和羅伯摘下護耳，從數噸的水泥柱及防彈玻璃後方走出來，距離穿著拆彈衣的卓伊汀大約九十公尺。她走向剛剛瞄準開槍的坑洞前蹲下，檢查史卡佩塔的聯邦快遞包裹裡到底放了什麼東西。她戴著頭盔的頭轉向馬里諾和羅伯，對他們舉起大拇指；沒戴手套的小手很蒼白，身上的深綠色護具使她的身材看起來比實際尺寸大了一倍。

「就像打開爆米花，」馬里諾說，「等不及要看裡面有什麼獎品。」

不論史卡佩塔這個聯邦快遞包裹裡放的是什麼，他希望是值得如此大費周章的東西，但也希望不是。他的事業充滿不想談及的矛盾，甚至不願意對自己承認真正的感覺。真正的危險或傷害才能使調查有所價值，可是，哪一種正直的人會希望這種事發生？

「裡面是什麼？」羅伯問她。

正當卓伊汀脫掉拆彈裝，穿回外套，拉上拉鍊，另一名技工臉上露出不舒服的表情。

「很臭的東西，相同的臭味。不是假裝置，但我也沒看過或聞過類似的東西。」她對羅伯和馬里諾說，其他技工忙著把拆彈裝打包。「三顆ＡＧ十號鈕釦電池、天線中繼器、煙火、某種賀卡，上面貼著貌似巫毒娃娃的東西，惡臭彈。」

那個聯邦快遞的包裹被炸得開花，變成一團黏呼呼的紙盒、碎玻璃，來自小布娃的白色碎屑，看起來像路邊骯髒沙袋裡的狗毛。信用卡大小的錄音設備被炸成碎片，不成形的鈕釦電池就在一旁，馬里諾靠過去看時，聞到卓伊汀指出的味道。

「聞起來像柏油、臭雞蛋跟狗屎混在一起的味道，」他說，「到底是什麼啊？」

「就是玻璃瓶裡的東西，」卓伊汀打開黑色羅科包拿出證物袋、鋪著環氧樹脂的鋁罐、面罩和橡膠手套。「我從沒聞過這種味道，有點像石油卻又不是，像焦油、硫磺跟肥料。」

「它的作用是什麼？」馬里諾問。

「我想它的重點在於你打開箱子後看到貼著娃娃的賀卡，一打開卡片就會爆炸，把裝著惡臭液體的玻璃瓶炸得粉碎。錄音設備的電源，也就是電池，接著三個商業中繼器炸彈和電子火柴，是專業煙火點燃器。」她指著連在薄薄連接線上三個煙火殘餘物。

「電子火柴對電流很敏感，」羅伯向馬里諾解釋，「只需要幾顆錄音機用的電池就能點燃，不過必須先更改錄音設備的滑動式開關和迴路，讓電流引爆炸彈，而不是播放錄音。」

「一般人做不到？」馬里諾問。

「只要他不笨，遵照指示說明，一般人絕對做得出來。」

「網路上的指示說明，」馬里諾把想法說出來。

「沒錯，連製造他媽的原子彈都沒問題。」羅伯說。

「如果醫生打開了包裹？」馬里諾又問。

「很難說，」卓伊汀說，「她一定會受傷，也許炸掉幾根手指，玻璃碎片飛到臉上或眼睛裡，害她毀容、失明。不論這臭得要死的液體是什麼，勢必會炸得她全身都是，把她搞得很慘。讓我看看卡片。」

馬里諾打開公事包的拉鍊，將史卡佩塔給他的證物袋交給羅伯。羅伯戴上手套查看。他打開聖誕卡，亮面封面上，不悅的聖誕老公公被拿著擀麵棍的聖誕老婆婆追著跑，一名女子語音不全又微弱的聲音唱著，「聖誕快～～～樂……」羅伯把上面那層硬紙撕掉露出錄音裝置，那討人厭的聲音繼續唱著，「放些聖誕花圈在該放的地方……」他把錄音設備和電池分開，三個ＡＧ十號鈕釦電池，比腕錶用的大不了多少。一陣沉默，水面上吹來的強風穿過圍籬。馬里諾的耳朵已經沒有感覺了，嘴巴好像錫人的嘴巴，需要上油。這裡冷得要命，越來越難開口說話。

「適用在賀卡上的裸音播放設備，」羅伯將錄音設備舉在馬里諾面前給他看，「工藝和DIY用的那種，附加喇叭的完整電路，現成的滑入式開關會自動播放，是整個裝置的關鍵。滑入式開關關上點火電路，引爆炸彈。這種東西上網就可以買到，比自己做一個省事多了。」

卓伊汀從坑洞裡潮濕又骯髒的碎屑裡撿出炸彈零件，起身向馬里諾和羅伯走來，戴著橡膠手套的掌心捧著銀色、黑色和深綠色金屬碎片，是黑色和銅色電線。她拿起羅伯手中完整的錄音設備比較。

「顯微檢驗會證實，」她說，不過意思很清楚。

「是某種錄音設備，」馬里諾說，用雙手包覆她的手，不讓風吹走，希望能在她身邊站久一點，就算他整夜沒睡，正要凍成冰棒也無所謂，他突然覺得很溫暖，精神很好。「天啊，臭死了，那是什麼？狗毛嗎？」他用戴著合成橡膠手套的手指戳戳又長又粗的毛髮，「到底爲何裡面會有狗毛？」

「看起來像是娃娃裡面塞著毛，可能是狗毛，」她說，「我看兩者的結構非常類似，電路板、滑式開關、錄音鍵和小型喇叭。」

羅伯正在研究聖誕老公公的卡片，他翻過來看背面。

「中國製，回收紙，對環境友善的聖誕炸彈。眞好。」他說。

19

史卡佩塔把行李拖到房間另一頭，裡面裝著二十九個橡皮圈綁著的風琴式檔案夾，白色標籤上手寫的日期涵蓋二十六年，幾乎是華納．亞吉的整個職業生涯。

「如果我跟潔米談，妳覺得她會怎麼說妳？」她繼續刺探。

「很簡單，我很病態。」露西表現出憤怒。

有時候，史卡佩塔覺得露西的憤怒像閃電一般突如其來又如此激烈。

「我無時無刻不在生氣，想傷害別人。」露西說。

亞吉一定是把很多私人物品都搬到麗榭飯店來，尤其是重要的物品。史卡佩塔拿起日期最近的檔案，坐在地毯上外甥女的腳邊。

「妳為什麼想要傷害人？」史卡佩塔問她。

「為了報復他媽的從我身上被奪走的東西，補償自己。若是再給我一次機會，我才不會讓人再傷害我一次。妳知道最可怕的是什麼嗎？」露西睜大眼睛，「最可怕的是決定毀掉某些人，殺掉某些人是沒關係的。想像它、內心決定怎麼做，卻絲毫感覺不到拉扯或疼痛，一點感覺都沒有，大概像他那樣，」她揮著手，彷彿華納．亞吉在房間裡，「當妳再也沒有感覺的時候，也就是發生最糟情況的時候，這時候才會做出一些無法收回的事。我追捕那些壞人，保護人民不受他們傷害，卻發現自己和那些人沒什麼不同，實在是很可怕的事。」

日期最近的風琴式檔案夾顯然是從今年一月開始的那一個，結束的日期空白，史卡佩塔拆下套在上面的橡皮圈。

「妳跟他們不一樣。」她說。

「我無法收回，」露西說。

「無法收回什麼？」

檔案夾的前六格塞滿紙張、收據、一本支票簿，以及一個使用多年的棕色皮夾，由於經年放在後方口袋而磨平、彎曲。

「我無法收回已經做過的事。」露西呼吸，拒絕哭出來，「我是壞人。」

「不，妳才不是壞人。」史卡佩塔回答。

亞吉的駕照三年前就過期了，萬事達卡、威士卡和美國運通卡都過期了。

「我是，」露西說，「妳知道我做了什麼事。」

「妳不是壞人，而且我知道妳做了什麼還是這麼說，也許不是所有的事，但也夠多了。」史卡佩塔說，「妳曾經在聯邦調查局和菸酒槍械管制局工作，跟班頓一樣，不由自主的參與太多，也無法說出來，直到現在都無法說出來。我當然知道，我也知道當時妳就像前線士兵一樣，是執行任務，或是有很好的理由這麼做。警察工作就是如此，得像士兵一樣超越平常人的限制，我們才能過平常的生活。」

現金全都是二十元紙鈔，共一千四百四十元，彷彿剛從提款機領出來的。

露西說，「眞的嗎？那洛寇．卡嘉羅呢？」

「妳要是沒有那麼做，那他的父親彼德．馬里諾會怎樣？」史卡佩塔並不知道在波蘭的詳細事發經過，也不想知道，但她很清楚理由。「馬里諾就會死掉了，」她說，「參與集團犯罪的洛寇會殺了他，當時他已經開始行動，被妳阻止。」

她開始查看食物、衛生用品和乘坐交通工具的收據，很多收據都是密西根州底特律的飯店、商店、餐廳和計程車，全部都是現金支付。

「我希望不是我做的，是別人做的。我殺了他兒子，做了很多無法收回的事。」露西說。

「我們誰又能收回什麼？大家一天到晚都說出愚蠢的話語、措辭，可是其實我們什麼也收不回來。」史卡佩塔說，「我們只能繞過自身所造成的混亂，負起責任、道歉，努力繼續走下去。」

她把這些收據分門別類放在地上，再看檔案夾裡還有什麼亞吉認爲重要到值得保留的東西，在一個信封發現作廢的支票。去年一月，他花了六百多塊買了兩個西門子活動式七百型助聽器和配件，將舊的捐給樂施會，拿到一張收據。過沒多久，他加入了網路電話聽打服務，沒有支票存根或銀行記錄顯示他的金錢來源。她拿出一個標示著「異常心理會議」簡寫的牛皮紙袋，裡面裝滿法文的電子報、會議議程、期刊論文、更多收據和機票。二〇〇六年七月，亞吉前往巴黎參加異常心理學院的會議。

史卡佩塔的法文口語不怎麼樣，不過閱讀能力還不錯。她瀏覽來自全球知覺計畫委員的來信，感謝亞吉同意參與一項討論，主題是使用科學工具在九一一事件等重大全球事件中尋找隨機資料的架構。她讀到委員會成員很高興將會再次見到亞吉，很好奇他研究隔空影響他人心理狀態的能力是否仍然在複製結果時遇到困難。當然，問題在於人類實驗對象的原始資料以及法律和倫理的限制。

「妳爲何想到殺人和死亡？」她問露西，「妳想殺死誰，希望誰死掉？」她說，對方再次以沉默回答，「露西，妳最好告訴我，我打算跟妳在這裡耗到弄清楚爲止。」

「漢娜，」露西回答。

「妳想殺死漢娜．史塔爾？」史卡佩塔抬頭看了她一眼，「妳眞的殺死她，還是希望她死掉了？」

「我沒有殺死她，我不知道她是死是活，也不在意。我只希望她得到懲罰，我想親自下手。」

亞吉用法文回信給委員會：人類實驗對象的確有偏頗，因此較不可靠；若是研究對象能以排除自我意識的方式接受觀察，便可以排除這個障礙。

「爲了什麼事受到懲罰？她對妳做了什麼，讓妳得親自下手？」史卡佩塔問。

她打開另一個風琴式檔案夾，裡面裝著更多靈學期刊論文。亞吉的法文很流利，在研究「第七感」的超自然科學，也就是超自然心理學的領域很有名。這家位在巴黎的異常心理學院將會支付他的旅費，並提供津貼及研究經費在內的其他費用。贊助這學院的拉夸基金會對亞吉的研究非常感興趣，不斷提到拉夸先生亟欲與亞吉會面，討論他們「共同的熱情與興趣」。

「她對妳做了什麼，」史卡佩塔這話不是在問問題，露西一定認識漢娜，「發生了什麼事？妳和她有一段情嗎？妳和她上床？到底是什麼？」

「我沒有和她上床，可是……」

「可是什麼？有就有，沒有就沒有，妳在哪裡認識她的？」

二〇〇七年出版的摘要，在這篇文章裡，華納．亞吉是靈學研究的先驅，尤其是瀕死狀態及靈魂出竅……

「她要我嘗試某件事，開始某件事，起了頭，」露西說。

「關於身體。」

「她以為每個人都想搞上她，朝她送秋波，」露西說，「我沒有。她對我調情，設計我們兩人獨處，我還以為巴比會出現，可是並沒有。她單方面挑逗我，我沒有回應。眞是個他媽的婊子。」

擁有瀕死及靈魂出竅經驗。死而復生而擁有超自然天賦與能力的人們：療癒，以心靈戰勝一切。史卡佩塔繼續讀下去：他們相信思維能控制身體，影響生理系統和物體……例如電子儀器、噪音、骰子，正如月球引力影響賭場的支出比。

她問露西，「所以漢娜到底做了什麼可怕的事？」

「我以前跟妳提過我的財務規畫師。」

「妳叫他管錢男。」

亞吉二〇〇七年的報稅單只有來自退休基金的收入，沒有其他費用。可是信件及其他文件清楚顯示他從別的地方或某人手中拿到錢，也許是巴黎的拉夸基金會。

「她的父親魯伯．史塔爾就是我的管錢男。」露西說，「從我還不滿二十歲就已經很有錢的時候，他就開始幫我管錢了。如果不是他的話，我可能隨便就把東西白白送人，妳知道，我光是發明、夢想、發想出能執行的想法、無中生有、讓人們想要這些東西就覺得很快樂了。」

亞吉二〇〇八年沒有去法國，而是在底特律之間來來去去，他的現金是從哪裡來的？

「有一陣子我在做很酷的數位創意，還以為自己有製作動畫片的才華，」露西說，「然後我認識了一個在蘋果工作的人，他給了我魯伯的名字。妳大概知道他是華爾街最受尊敬、最成功的財務管理人。」

「我好奇的是，妳為什麼覺得無法和我討論他的事或妳的財務狀況。」史卡佩塔說。

「妳並沒有問。」

除了衰退的汽車工業之外，底特律還有什麼？史卡佩塔拿起露西的MacBook。

「我一定問過，」可是她想不起自己什麼時候問過。

「妳沒問。」露西說。

她搜尋拉夸基金會，沒有結果。搜尋拉夸先生，只找到多筆搜尋結果提到十九世紀法國小說家艾米爾·嘉寶里歐的偵探小說。史卡佩塔找不到任何搜尋結果是關於拉夸先生這個真人、投資超自然心理學的慈善家。

「妳想到什麼就毫不猶豫的偵訊我。」露西繼續說，「可是妳從沒問我財務細節，我提到管錢男時，妳甚至沒問他的事。」

「也許我是害怕去問，」史卡佩塔思索這令人難過的可能性，「所以我說服自己不該探人隱私，爲自己逃避這個問題提供合理化的解釋。」

亞吉的收據裡有來自底特律汽車城賭場飯店和皇宮飯店的收據，但沒有證據顯示他曾經投宿任何一家飯店。史卡佩塔搜尋這兩家飯店，好奇他去那裡做什麼？賭博？也許他是個賭徒，接受免費住宿招待？他怎麼會有錢賭博？一張私人便箋上寫著：來自傅萊迪·麥斯特羅，上面用簽字筆寫著類似密碼、底特律市立銀行和地址。爲什麼傅萊迪·麥斯特羅這個名字聽起來這麼熟悉？那是提款卡的密碼嗎？

「對，」露西說，「妳可以談屍體和性，可是不能談某人的身家財產。妳可以翻找死人的口袋和抽屜，還有私人檔案和收據，可是不能問我最基本的問題，像是我如何維生，和誰做生意。妳從沒問過我。」露西強調，「我以爲妳不想知道是因爲妳相信我做的都是非法的事，偷竊或從政府手上騙錢，所以我就算了，我才不要向妳或任何人解釋、辯護自己的行爲。」

「我不知道是因爲我不想知道，」史卡佩塔小時很窮，自己有缺乏安全感的問題，「我想站在公平的立場，」小時候沒能力，家裡沒錢，父親快死了這些事造成她的軟弱。「講到賺錢我比不上妳。我很會守財，但無法點石成金，或爲賺錢而賺錢，我對這些事完全不拿手。」

「妳爲何會想要跟我比？」

「那就是我的重點，我不想，也不會，因爲根本不可能。也許我擔心失去妳的尊重，而妳又有什麼理由佩服我的商業手腕？我若是個優秀成功的生意人，就不用上法學院、醫學院，花十二年的時間念研究所，到頭來賺得比房仲或汽車業務員還少。」

「如果我是那麼優秀的生意人，我們就不會有這段對話了。」露西說。

史卡佩塔在網路上搜尋密西根：新的拉斯維加斯、很多電影在那裡拍攝、州政府努力將資金灌注在已經失血的經濟上、減免百分之四十的稅賦，還有賭場，密西根有訓練賭場荷官的學校，退伍軍人行政組織、聯合鋼鐵工人、聯合汽車工人在內的組織都有提供學費補助。從伊拉克回來，丟了通用汽車的工作，來當二十一點荷官吧。

「我搞砸了。魯伯去年五月去世，漢娜繼承一切，全部接手。她是華頓的商業管理碩士，我並不是說她不夠聰明。」露西說。

「她接收了妳的業務？」

「她試著這麼做。」

現在這個時代，人們想盡辦法生存，風化業和娛樂業的業績蒸蒸日上，還有電影、食品和飲料工業，尤其是酒精類，感覺低潮時會主動想改善這種感覺。這和華納．亞吉有什麼關係？他參與了什麼？史卡佩塔想到冬妮．達里安的骰子鑰匙圈，根據邦奈爾的說法，豪賭客保齡球館就像拉斯維加斯。達里安太太說冬妮希望以後能到巴黎或蒙地卡羅工作；根據馬里諾的說法，她在麻省理工學院受教育的父親勞倫斯．達里安是個賭徒，也許和犯罪集團有關。史卡佩塔想起傅萊迪．麥斯特羅這個名字，他就是豪賭客保齡球館的老闆，在底特律、路易斯安那州和佛羅里達南部都有賭場和其他生意，她不記得還有哪裡。他是冬妮．達里安的老闆，也許認識她的父親。

「當時我已經見過她幾次，我們在她佛羅里達的家裡討論，我說不，」露西說，「可是我一時大意，根據她給我的線報行動，雖然閃過子彈，卻遭到背後暗算。我沒有聽從直覺，她整到我，把我整得很慘。」

「妳破產了嗎？」史卡佩塔問。

她用華納．亞吉加上賭博、賭場、博弈業和密西根等關鍵字搜尋。

「沒有，」露西說，「我剩多少錢不是重點，甚至我損失多少錢也不是重點，重點是她想傷害我，從中得到樂趣。」

「如果潔米調查得這麼詳細，她怎麼可能不知道？」

「凱阿姨，詳細調查是誰做的？不是她，不是電子資訊，都是我。」

「她完全不知道妳認識漢娜，在這件案子有利益衝突，這就是實情，」史卡佩塔一面說，一面瀏覽更多風琴式檔案夾。

「她會把我踢出辦案小組，這麼做是自己打敗自己，極其荒謬，」露西回答，「如果該找人幫忙的話，那個人就是我。我不是漢娜的客戶，而是魯伯的客戶。妳知道他的記錄裡有什麼嗎？

這麼說吧：我已經確保所有漢娜對我做的事的相關資料都不會出現。」

史卡佩塔說，「這麼做不對。」

「她做的事才不對。」

亞吉兩年前在英國期刊《量子力學》發表量子知識論與測量的論文：普朗克、玻爾、德布羅意、愛因斯坦。人類意識在波函數塌縮所扮演的角色，熱力學的單一光子干擾與因果違逆，人類意識之難以捕捉。

「妳到底在看什麼啊？」露西問。

「我不確定。」

史卡佩塔翻頁、瀏覽、閱讀，停留在某些段落。

她說，「爲研究延攬的學生；創意與藝術創意及壓力單位之間的關係；在紐約茱莉亞學院、杜克大學、康乃爾及普林斯頓大學進行的研究。甘茲菲爾德實驗。」

「精神性現象？超感知現象？」露西臉上表情茫然。

史卡佩塔抬頭看著她說，「感官剝奪，我們爲何會想達到感官剝奪的狀態？」

「與感官知覺成反比，用來取得資訊，」露西回答，「我越是剝奪我的感官，越能察覺與創造，所以才需要靜坐。」

「那我們爲何希望大家往相反的方向去做？也就是過度刺激？」史卡佩塔回答。

「我們並不希望這麼做。」

「除非你做的是賭場這一行，」史卡佩塔說，「就會想尋找最有效率的方法去增強刺激、避免感官剝奪的狀態。你會希望人們受到衝動的驅使、迷失，因此用視覺及音效環境轟炸他們，一整個就是甘茲菲爾德。你的客人成了迷惑的獵物，完全無法分辨安全與否。你用明亮的燈光使他們盲目，用噪音使他們聽不見，才能拿走他們的東西，才能偷竊。」

史卡佩塔忍不住想到冬妮．達里安和她的工作。閃亮的燈光耀眼，巨大螢幕陳列著快速移動的影像，人們受到鼓勵將錢花在食物、酒精和賭博上。保齡球打不好，再繼續玩。保齡球打不好，再喝一點。豪賭客保齡球館掛著哈波．裘德的照片，他可能認識冬妮，或許也認識班頓的前病人多蒂．郝奇。馬里諾在昨晚的電話會議裡針對這件事對伯格說了什麼。華納．亞吉也許認識冬妮．達里安的老闆傅萊迪．麥斯特羅，這些人也許互相認識，或是有某種程度的關聯。已經將近早上九點，史卡佩塔身邊滿是收據、使用過的車票、行程表、刊物——亞吉自私且意圖不當，這人生留下的碎屑，**那個沒有靈魂的混蛋**。她從地上站起來。

「我們得走了，」她對露西說，「現在就得去DNA大樓。」

在特別幹員會議室裡，多座平板螢幕上充滿一男一女的監視器畫面。自從六月以來，至少十九家銀行遭到同一對粗暴的搶匪搶劫，聯邦調查局稱他們為老太婆與克萊德。

「你收到這些了嗎？」潔米．伯格把她的MacBook傾斜，讓班頓看到她剛收到的一封電子郵件。

他點點頭，他知道。電子郵件送到他的黑莓機時，他正在打開訊息，收到露西和馬里諾傳送給伯格的同一則訊息，他們四人幾乎即時溝通。包裹炸彈是眞的，裡面使用的裸音錄製元件和多蒂·郝奇的唱歌卡片裡用的是同一種，只是班頓已不再相信卡片來自多蒂。她錄了音，也許寫了送貨單上的地址，可是班頓懷疑那具有敵意的佳節祝賀是她的主意，包括打電話到CNN在內的這些發展並非由她在背後主使，其目的是爲了惹火班頓，是在下一個炸彈出現前警告他。

多蒂喜歡戲劇化的表演，但這不是她的表演，不是她的舞台，甚至不是她的模式。班頓知道這是誰的模式，確定自己知道，而且早就該想出來，可是他沒有認眞觀察。他沒有認眞觀察是因爲他希望不需要。如果說只是單純忘了，會使人覺得不可置信，但的確如此。他忘了不斷警覺地掃視，結果那怪物又以不同的形式、形體回來，但其個人特質如臭味般立刻被認出來。性虐待狂，無可避免的會出現性虐待，一旦開始就不會停止。玩弄老鼠，折磨它，在它的生命來到終點時將它玩弄到死。多蒂沒那麼有創意、有經驗，也沒那麼精神錯亂或厲害到自己就能想出這麼龐大又繁複的計畫，但她喜歡誇張，又是邊緣型人格，因此很有意願，也願意幫忙。

在某個時間點，多蒂·郝奇搭上了犯罪集團，華納·亞吉也是，那些不道德的研究計畫顯然由他所爲，和美國海內外的國際博弈企業、賭場相關，尤其是法國。班頓相信亞吉和多蒂是香多涅家族的馬前卒，而且搭上了裡面最狠的一個，最變態、最暴力、且存活下來的兒子，就是尙—巴布提斯。他將自己的DNA留在一輛一九九一年的賓士汽車後座，這輛車被用在上個月邁阿密的一宗銀行搶案裡。他在車上的意圖不明，也許只是爲了刺激才跟著去，也許只是剛好這輛偷來的賓士後來被當成逃亡車輛載著跑。尙—巴布提斯一定知道自己的DNA在聯邦調查局的DNA整合索引系統資料庫裡，因爲他是判刑定讞的的殺人犯與逃犯。他越來越不小心了，無法抗拒衝動。若是過去的歷史足證，他也許酗酒、吸毒。

邁阿密搶案發生的三天後又發生了一宗，是已知十九宗的最後一起，這次在底特律，剛好和多蒂在底特律因偷竊和擾亂秩序遭到逮捕是同一天，把三張哈波．裘德的DVD塞進褲子裡後大鬧的那一天。她失控了，對她那樣的人來說這是遲早會發生的事。她會發作，失去控制，大鬧一場，就像在貝蒂書店咖啡館一樣。時機很差，也是糟糕的意外，某些人得想出處理她的辦法，以免暴露她背後那些人的身分，付出代價。有人幫她在底特律請了個律師，薩巴斯丁．拉富舒來自路易斯安那的巴頓魯治，香多涅曾經和此處關係密切。

拉富舒建議多蒂接受華納．亞吉的評估並非由於受到亞吉新近得到的名人地位所吸引，而是因爲他參與了犯罪集團，香多涅的網路，雖然只是外圍。此舉就像把幫派分子交到跟匪幫分一杯羹的典獄長手裡，可是這個計畫並沒有成功，檢察官和麥克連醫院都沒有接受。因此他們得重新思考、整理，善用機會製造混亂和暴力。多蒂到貝蒙特時意味著下一場較勁：敵人已經進入目標陣地，也就是班頓的陣地，也許間接是史卡佩塔的陣地。多蒂住進醫院，緊緊盯著班頓，繼續玩弄、折磨他，而香多涅古老家族裡笑聲不斷。

班頓看著對面的瑪蒂．藍尼爾說，「你們這套新的電腦系統能像即時犯罪中心一樣連接資料嗎？提供類似決策樹狀圖的資料，讓我們看到各種可能的發展？也讓我們看到討論的所有內容？

我認爲應該有助於釐清狀況。這些事件的根源很深，枝葉茂密，不容易進入，重要的是盡可能找出相關及不相關的地方，例如今年八月發生在布朗區的銀行搶案。那個星期五早上十點二十分，美國聯合銀行發生搶案，」他看筆記，「不到一小時後，多蒂・郝奇在東一四九街和南方大道交叉口的公車被捷運裁決所發了傳票，也就是說她人在那個地區，距離被搶的銀行只有幾條街的距離。她焦躁不安、興奮過度、與人發生爭執。」

「我不知道捷運裁決所傳票的事，」紐約市警局的警探吉姆・歐戴爾說，四十來歲的他一頭稀薄紅髮，有點啤酒肚。

他坐在銀行搶案聯合勤務小組的夥伴旁，也就是聯邦調查局特別幹員安迪・史托克曼，年近四十的他黑髮茂密，沒有啤酒肚。

「這筆資料是我們在搜尋資料庫與聯邦快遞有關的資料時跑出來的，」班頓對歐戴爾說，「當時多蒂在公車上擾亂秩序，面對警察時，她叫對方用聯邦快遞把自己直接送到地獄，用隔夜優先配置服務，這是即時犯罪中心做出的連結。」

「這麼說還眞奇怪，沒聽過有人使用這種用法，」史托克曼說。

「她喜歡用聯邦快遞，她性子很急，想立刻看到戲劇性表演的效果。我不知道。」班頓不耐煩地說，多蒂的陳腔濫調和誇張行徑並不重要，想到就讓他覺得很煩。「重要的是，我們深入討論之後你們會不斷看到一個模式。衝動、一名幫派領袖不由自主的衝動，受到他無法控制的內在力量驅使，他身邊的人也好不到哪裡去。異性不見得相吸，有時候是同類相吸。」

「物以類聚，」藍尼爾說。

「對，」班頓說，「尚—巴布提斯和他的同類。」

「我們需要他們那種資料牆，」歐戴爾對伯格說，彷彿她能處理。

「祝好運，」史托克曼伸手拿咖啡，「我們這邊連瓶裝水都要自己付錢。」

「看到連結與其間的關係會很有幫助。」伯格同意。

「沒看到之前不會知道到底有什麼關聯，」班頓說，「尤其是這麼複雜的案子。這些案子並不是六月才開始的，而是從九一一事件開始，超過十年的時間，至少我參與過的是如此。不光是銀行搶案，而是香多涅家族與他們曾經擁有的巨大犯罪網。」

「你說『曾經』是什麼意思？」歐戴爾問，「看來他們都活得好好的，如果我聽到的都是眞的。」

「你無法想像，他們的勢力已經不如從前，只消說，今非昔比，」班頓說，「現在是壞胚子接手家族企業，即將展開摧毀或毀滅。」

「聽起來像過去八年的白宮。」歐戴爾挖苦。

「香多涅家族已經不是過去的犯罪集團家族了，完全比不上。」班頓今早沒有幽默感，「在尚—巴布提斯的主導下已經七零八落，朝著完全混亂的路上邁進。不論他說多少次，扮演多少不同的角色，他的故事只有一種結局。他只能專注一陣子，也許他執著於那侵略性的想法時的確如此，因爲他的這些想法不會停止，所以結果是可以預測的。他的侵略性想法贏了，他偏離正軌一些，接著偏離很多、太多。他的毀滅性沒有界線，永遠是以死亡收場。有人死掉，很多人死掉。」

「我們當然可以做預測模式，把圖表放在牆上，」藍尼爾向歐戴爾及史托克曼說。

「要等一下，」史托克曼敲打筆電鍵盤，「不只是銀行搶案，而是所有的資料嗎？」他看了藍尼爾一眼。

「我們討論的不只是銀行搶案，」她帶著一絲不耐說，「我相信那就是班頓參與這場會議的重點。銀行搶案只是附帶的冰山一角，就像這個時期聖誕樹上面的天使，我要整棵樹。」

提到聖誕節使班頓再次想到多蒂那首愚蠢的聖誕歌，呼吸沉重又走音的聲音祝福他和史卡佩塔聖誕快樂，這種流行的祝賀附有性暴力的影射，暗示即將發生的事。史卡佩塔會受到私刑拷打，班頓可以往屁眼塞進去，諸如此類。他想像尙─巴布提斯．香多涅高興的樣子，卡片這個主意很可能是他想出來的，這個嘲弄很快就有第二個緊追在後：裝著炸彈的聯邦快遞包裹，不只是一般炸彈。馬里諾的電子郵件說那炸彈：「很臭，而且很可能把醫生的手指炸掉或將她毀容。」

「對，調查局沒裝這種東西眞是太荒謬了，」歐戴爾忿忿不平地說，「他媽的像即時犯罪中心那種資料牆，我們需要比會議室大十倍的地方，因爲這不是決策樹狀圖，而是個見鬼的決策森林。」

史托克曼告訴他，「我會投射在螢幕上，六十吋的螢幕跟即時犯罪中心其中一塊三菱螢幕一樣大。」

「我不認爲。」

「夠接近了。」

「不，得要IMAX放映廳才夠。」

「別再抱怨了，趕快放到牆上讓我們都看得到。」

「我的意思只是要說這麼複雜的東西至少需要兩層樓高的牆面，把這麼多資料放在一面平板螢幕上？得把它們縮小到新聞報紙的大小。」

歐戴爾和史托克曼相處時間太久，常常像老夫老妻一樣鬥嘴。過去六個月來，他們和聯邦調查局其他辦公室的任務小組合作調查所謂老太婆與克萊德模式的銀行搶案，大多發生在邁阿密、紐約和底特律。調查局成功地將這一連串搶案和他們的理論避開媒體，他們也有很充分的理由刻意這麼做。他們懷疑這些搶匪只是出來探風向的卒子，是跟在鯊魚後面的小食肉動物，後面還有更大、更危險的罪行。

但調查局要抓的是鯊魚，班頓很確定他知道是哪一種、哪一個家族的鯊魚。法國鯊魚，香多涅鯊魚。問題在於他們現在如何稱呼自己，如何找到他們。尙—巴布提斯．香多涅在哪裡？他那大白鯊、老闆，這重要犯罪家族碩果僅存的墮落老闆，他父親香多涅老先生正在巴黎郊外最嚴密的健康監獄享受退休生活。尙—巴布提斯的哥哥是繼承人，但他已經死了。尙—巴布提斯沒有領導天份，可是他有動力，暴力幻想和執迷的想法推動著他，並且渴望復仇。他只能控制自己一段時間，將眞正的傾向隱藏一段時間不爲人知，接著脆弱的包裝就會破裂，露出神經元和神經，一堆抽動的衝動，他那謀殺慾望、憤怒和殘酷遊戲比拆彈技工在靶場處理過的炸彈更具爆炸性。尚—巴布提斯必須受到安全處置，現在就得進行。

班頓相信炸彈包裹是尚—巴布提斯送來的，他是幕後主使，很可能是他做的，也許昨晚就看著包裹被送達。目的是讓史卡佩塔身心受創。班頓想像尚—巴布提斯在他們大樓外的某處黑暗中看著，等著史卡佩塔從CNN返家。班頓想像她不情願地和卡莉．克利斯賓一起步行回家，在哥倫布圓環附近經過一名長凳上的遊民，身上裹著層層衣物與一條被子。他們在馬里諾的車上跟羅伯談話時史卡佩塔第一次提到遊民，當時班頓覺得不太對勁，有一種不安的直覺，越想越覺得不對勁。不論炸彈背後的主謀是誰，目標是史卡佩塔或班頓或他們兩人，他們昨晚一定會忍不住想看。

不論受傷的是誰，受到殘害的是她或班頓，都等於兩人皆受傷、毀滅，就算沒有死也比死了還慘。尚—巴布提斯會知道班頓昨晚在紐約家中等著妻子從CNN的現場節目回來。尚—巴布提斯想知道的都會知道，他知道史卡佩塔和班頓所擁有的。尚—巴布提斯知道他們擁有什麼是因為他知道自己所沒有的，從未擁有過。沒人比尚—巴布提斯更了解孤立，地獄般的隔離使他了解其對立面，黑暗與光明，愛情與仇恨，創造和毀滅，所有事物的相反都密切相關。班頓必須找到他，班頓必須阻止他。

最穩當的方法就是攻擊其脆弱之處。班頓的信條：身邊的人什麼能力，你就是那個路數而已。他一直告訴自己，向自己保證尚—巴布提斯犯了錯。他找錯了人，找來的小咖既不強悍也沒有經過良好訓練，當然也更沒經驗。他會爲自己衝動的決定、病態的慾望及主觀選擇付出代價。他受到自己不健全的心智所害，老太婆和克萊德會拖他下水。尙—巴布提斯根本不該淪落到以香多涅的標準而言這種小奸小罪，他該避開那些不適合服務、反覆無常、受到自身弱點及障礙所驅動的人。尙—巴布提斯應該遠離那些小角色、脫序罪犯和銀行。

每一起搶案的模式都如教科書般一模一樣，彷彿有人讀過說明書。這幾家銀行分行過去都曾經被搶過一次，某些銀行則有一次以上，沒有裝設將收銀員與大衆分開、稱爲「搶匪屏障」的防彈玻璃。搶案都發生在星期五的早上九點到十一點之間，這個時間分行客戶較少，現金較多。一名看來慈祥的老太太走進分行，今早之前聯邦調查局只稱她爲老太婆。她打扮的像是主日學老師，穿著單調的洋裝與網球鞋，頭上綁著圍巾或戴著帽子，總是戴著舊式太陽眼鏡。依照天氣不同，她可能穿著外套或戴著羊毛手套。如果搶案發生的當天天氣暖和，她會戴著一雙餐飲業用的那種透明塑膠拋棄式手套，避免留下指紋或DNA。

老太婆總是拿著托特型的存款包，走向行員時開始拉開拉鍊。她會把手伸進包包裡拿出武器，提高鑑識影像的清晰度後顯示每次用的都是九釐米短槍管玩具手槍，但聯邦法律要求在塑膠玩具槍槍口裝置的橘色頂端遭到移除。她會遞一張紙條給行員，每次上面都寫著：將抽屜裡的錢放進袋子裡！不准放染料包！否則你就死定了！紙條用的是一張小型白色筆記本的空白頁，粗體字筆跡清晰。她會打開存款包，行員會裝滿現金。老太婆會一面拉起拉鍊，一面急忙走出銀行，搭上同夥開的車，聯邦調查局稱他爲克萊德。他們每次開的都是偷來的贓車，不久就被發現棄置在購物中心停車場。

幾個小時前班頓走進會議室後，立刻認出老太婆和她拿出的紙條。字體非常整齊，彷彿是印出來的。聯邦調查局說和一種叫高譚體的字型一模一樣，是都市景觀中很常用的不顯眼基本字體，在看板設計中直截了當且常見；裝著多蒂．郝奇的唱歌卡片的聯邦快遞信封，上面的地址也是用同樣的字體寫的，也許裝著炸彈的聯邦快遞包裹上的地址也是同樣的字體，但後者已經無法百分之百確定。根據馬里諾的一連串電子郵件，炸彈包裹上的送貨單已經被水槍摧毀了，不過也許沒關係。

特別幹員會議室的牆上滿是多蒂．郝奇各種僞裝打扮的影像以及她的筆跡，監視器的擷取畫面上，她穿著「貝阿姨」的打扮，一派單純的進出銀行。她到哪裡班頓都認得出來。不論她怎麼僞裝都無法掩蓋那副有著雙下巴的大臉、薄唇、酒糟鼻，以及耳朵突出的方式。她中年婦女的身材和不合比例的細腿只有有限的改裝效果。在大多數的搶案裡她都是白人，少數幾次扮成黑人。在十月份最近的一起搶案裡，她扮成棕色膚色人種。無害的鄰居、祖母，看似天眞可愛。在某些擷取畫面裡，她拿著裝有頂多十萬現金的防火托特存款包急忙離開時，臉上還帶著微笑，這些防火包的顏色每次不同：紅色、藍色、綠色、黑色，行員若是不理會她手寫的指示，染料包爆炸發出紅色煙霧和染料或發出催淚瓦斯時，足以提供保護。

若非她的共犯傑隆．懷德去年五月在潘德頓海軍陸戰隊營區消失前決定在頸部刺上一個特別的刺青，多蒂．郝奇可能永遠不會吸引任何人的注意，會再次搶銀行，也許會搶很久。他並沒有成功蓋住這個刺青，甚至連試都沒試，沒有穿高領衫或綁條圍巾，甚至沒用多蒂使用的專業化妝品遮蓋起來。警方在他們用來脫逃的車上發現這種化妝品的殘餘，瑪蒂·藍尼爾解釋是礦物質化妝品，匡提科的聯邦調查局檢驗室檢驗出氮化硼、氧化鋅、碳酸鈣、高嶺土、鎂、氧化鐵、矽石和雲母——這是受到演員和模特兒歡迎的高科技睫毛膏、唇膏、粉底和粉餅裡的添加物與染料。

傑隆·懷德的刺青又大又精巧，從左鎖骨延伸到左耳後方，也許他不認爲會造成問題。他負責開車，從不走進銀行，很可能以爲自己永遠不會被監視器拍到，但他的假設錯誤。在其中一宗搶案裡，馬路對面另一家銀行的監視器清楚拍到他坐在偷來的白色福特金牛座汽車駕駛座上，伸出一手調整側面後照鏡。他戴著兔毛滾邊的黑色手套。

那張造成他毀滅的照片就在特別幹員會議室的影音螢幕上，班頓見過這張臉，昨晚就出現在班頓和史卡佩塔住家大樓的監視器擷取畫面上。傑隆·懷德戴著深色眼鏡和帽子、黑色兔毛滾邊手套。棺材爬出來的骨骸覆蓋著他的頸部左側，銀行搶案的擷取畫面和昨晚的擷取畫面就並列在巨大螢幕視窗上，是同一名男子，領航魚、小咖、一個不夠聰明又魯莽的手下，以爲自己永遠不會被逮到，或根本懶得想。懷德要不是不知道就是不在乎刺青資料庫，看起來，倘—巴布提斯也是。

懷德只有二十三歲，聰明，渴望刺激，喜歡冒險，沒有價值觀或信仰，沒有良知，當然更沒有愛國心，不在乎國家或捍衛國家的人。他加入海軍陸戰隊是爲了錢，被送到潘德頓營區時，加入陸戰隊的時間還沒有久到足以承受失去同袍之苦。未曾搭乘C—17運輸機到科威特，除了在加州免費享受一番之外，什麼事都沒做過。根據目前已經被聯邦調查局偵訊數次的另一名士兵表示，這個極具象徵性且嚴肅的刺青背後的動機只是要刺青，任何一種刺青，只要很「酷」就可以。

懷德刺青後很快便回到出生地底特律度週末，接著應該就要出任務，但他沒有回海軍陸戰隊基地報到。最後一次有人看到他是他的高中同學，他很確定看到懷德在皇宮飯店的賭場玩吃角子老虎，飯店監視器也證實是他。他玩吃角子老虎、輪盤，甚至和一個穿著講究的老先生走在一起，聯邦調查局指認那是傅萊迪．麥斯特羅，據信和犯罪集團有關，擁有的許多物業包括紐約的豪賭客保齡球館。兩週後的六月初，底特律淘兒購物中心附近的銀行遭到一名穿著亞麻套裝的白人女子搶劫，一名黑人男子開著一輛偷來的雪佛蘭馬里布贓車載她離開。

班頓覺得很震驚、很蠢。他需要重新檢視自己的人生，不過這個時機不對，不是在特別幹員會議室和這些人討論這些事的時候。實際上，他已經從執法人員、司法系統的一員成了他媽的學術界人士。一名銀行搶匪成了他媽的病人，他卻完全不知道，因爲他被禁止調查多蒂．郝奇的背景，禁止調查任何與她有關的事。他不能調查她除了令人討厭、有嚴重人格失調、聲稱是哈波．裘德的姑姑之外，還是什麼角色。

班頓大可以想辦法告訴自己，就算他詳細調查她的背景又如何，又調查得出什麼？理論上，答案會是什麼都沒有。他覺得很生氣、受到羞辱，希望自己是聯邦調查局的一員，希望能配槍和警徽，被許可能任意調查他想要的資訊。可是你什麼都不會找到的，他坐在會議室桌前時不斷這樣告訴自己。當然，這個房間從地毯到牆壁到椅墊全都是藍色的。他告訴自己，你在牆上看到她的照片之前，沒人發現什麼。沒人認出她，沒有電腦搜尋到她的資料。

多蒂並沒有刺青等可能被收集進資料庫這種可供辨識的特徵。她唯一被指控過的罪名只有在布朗區的公車上擾亂秩序，上個月在底特律偷竊及妨礙安寧而已，兩者都沒有嚴重到讓任何人有理由將這個五十六歲誇張討人厭的女人和一連串靈巧執行的搶劫連在一起，這些行為正好在她進了麥克連醫院之後完全停止。班頓一再提醒自己，無論他怎麼完整調查她的背景，都不可能將她和傑隆·懷德或香多涅家族連在一起，他們找到其中的關聯純粹是運氣，尚—巴布提斯的壞運，因爲對他而言永遠都不夠。他粗心地將自己的DNA留在遭竊的賓士汽車上，最近做了太多太超過的事，已經開始失常了，現在又出現在他們眼前，在班頓眼前，不只是連結或分枝，而是根源。

他的大頭照出現在班頓對面的平板螢幕上，最近的照片是將近十年前由德州司法部門拍攝的。那個混蛋現在長什麼樣子？班頓忍不住瞪著牆上螢幕的影像，彷彿他們互相看著對方、較量、對質。照片裡的他剃著光頭、不對稱的面孔，兩眼一高一低，周圍的皮膚因化學燒傷而紅腫發炎，尚—巴布提斯聲稱害他失明。並沒有。德州普隆斯基監獄的兩名守衛付出慘痛的代價，尚—巴布提斯將他們猛烈摔在水泥牆上，掐住他們的咽喉。二〇〇三年春天，尚—巴布提斯穿著制服和名牌走出死囚牢房，口袋裡恰好放著其中一名遇害警衛的汽車鑰匙。

「不是分支，而是延續，」藍尼爾對伯格說，她們兩人常常爭執，班頓沒有專心聽。

馬里諾又寄了一封電子郵件：

正要去DNA大樓見露西和醫生。

「等我們看到時會更明顯。但我同意班頓的看法，傑隆並不暴力，」藍尼爾正在說，「一直都是如此，不暴力到乾脆失蹤。他加入軍隊是因爲找不到工作，又剛好碰上做不法事業的機會，所以退出。」

班頓回信給馬里諾：

為什麼？

藍尼爾還在說，「香多涅家族的爪牙伸到底特律。就像他們在路易斯安那、拉斯維加斯、邁阿密、巴黎、蒙地卡羅一樣，港口城市，賭城，甚至好萊塢，任何吸引犯罪集團的地方。」

班頓提醒會議桌前的每一個人，「可是主導的已經不是他父親，也不是尙－巴布提斯的哥哥。我們在二〇〇三年只挖掉了爛蘋果，並沒有挖到核心。不過，他不是同等級的。」

馬里諾的回信：

冬妮．達里安的手錶。

班頓繼續說，「你們在討論的是跟性衝動有關的命案，這個人太過衝動，無法控制自己，因而無法成功經營犯罪集團，或近一個世紀以來那麼複雜的家族事業。我們不能將它當成犯罪集團的案子處理，必須將之視爲重複性侵命案處理。」

「那個炸彈是眞的，」伯格對藍尼爾說，彷彿班頓什麼都沒說。「眞的有可能使凱身受重傷，甚至喪命，妳怎麼能將此舉視爲非暴力手段？」

「妳沒聽到我的重點，」藍尼爾告訴她，「根據他的動機，如果懷德眞的只是信差，也許他根本不知道那個聯邦快遞包裹裡面裝的是什麼。」

「這一點，還有這傢伙的作案模式？在所有的銀行搶案裡都沒有暴力行爲？他是個膽小鬼，只敢待在車上，連槍都是假的。」在平板螢幕上忙著處理決策樹狀圖——他稱爲決策森林——的史托克曼開口說話，「我同意瑪蒂的說法，他和老太婆，這個女的多蒂，抱歉，我過去六個月都叫她老太婆。總之，傑隆和多蒂，他們只是小卒子。」

「多蒂．郝奇不是任何人的小卒子，」班頓說，「如果能得到滿足感，覺得好玩，她就會附和某件事。但她不是棋子，她會合作，接受某種程度的監督，所以尙－巴布提斯選擇了她，傑隆，任何他可能選擇的人都會是個錯誤。由於他自己的缺陷，就是會選到有缺陷的人。」

「拜託，到底爲什麼要偷那些ＤＶＤ？」伯格問藍尼爾，「値得爲了幾張哈波．裘德的電影被逮捕嗎？」

「那不是原因，」班頓說，「她控制不了。如今他們的網路出了問題，其中一個銀行劫匪被捕，他們找了一個同夥的律師，他則找了一個同夥的鑑識專家。由於多蒂的誇張行爲，她的自戀，結果他們碰到我。她想進入那些有錢名人進的醫院。她眞的不是小卒，而是敗事之兵。」

「偷ＤＶＤ眞的不是明智之舉，」史托克曼同意伯格的看法，「她要是沒有把那些見鬼的影片塞進褲子的話，他們現在還在繼續搶銀行。」

「口不擇言的提到哈波．袞德才是不智之舉，」班頓補充，「並不是說她忍得住，可是她造成問題，使他們曝了光。我們不是很清楚哈波．袞德扮演了什麼角色，可是他和多蒂有關，也和漢娜．史塔爾案有關；一張他和傅萊迪．麥斯特羅在豪賭客俱樂部的合照也能將他連到冬妮．達里安案件。我們得趕快讓決策樹上牆，我要利用視覺效果讓你們看到這一切是如何相互牽連。」

「讓我們回到炸彈上面，」伯格對藍尼爾說，「讓我弄清楚，你們認爲遞送包裹的背後有其他的主使者，是尙―巴布提斯，這個理論的基礎是？」

「我不想說這是一般常識……」藍尼爾說。

「妳就是這個意思，妳剛剛說了，」伯格回答，「瞧不起人的態度沒什麼幫助。」

「潔米，讓我說完，我並沒有要暗示看不起妳或這裡任何人的意思。從分析的角度看來，」藍尼爾眞正的意思是，從聯邦調查局刑事調查分析、心理檔案側寫員的角度看來，「對史卡佩塔醫生做的事，或企圖對她做的事是私人恩怨，」藍尼爾看著班頓，「我會說非常私人，」幾乎暗示班頓可能是將炸彈留給妻子的人。

「我還是不懂爲何是一般常識，」伯格直視著藍尼爾。

伯格不喜歡她，大概不是嫉妒、缺乏安全感，或是一般有權力女性互相追殺的理由，她們面對的是實際的問題。如果聯邦調查局接收整個調查，包括多蒂．郝奇或哈波．裘德的參與，在這會議室裡討論的內容可能與漢娜．史塔爾案有關的話，到時候負責起訴的會是聯邦檢察官，而不是紐約市檢察官，不是伯格。接受吧，伯格想，這個案子他媽的比紐約市的五個行政區還要大，這是聯邦案件，是國際案件，既骯髒又危險。如果伯格好好思考的話，根本不會想靠近這個案子。

「如前所描述，」藍尼爾對伯格說，「這種炸彈隱含威脅、恐嚇與嘲諷的意味，對方非常了解被害人，包括她的習慣和重要的事物。多蒂．郝奇也許是主要夥伴，但背後的主使者是香多涅家族。」

「我們得過去看一看，」史托克曼正在看螢幕上的某些東西，「多蒂．郝奇在水岸市的家，」他打著電子郵件，「她有酗酒問題嗎？到處都是葡萄酒酒瓶。」

「我們得進去，」歐戴爾看著史托克曼的電腦螢幕，「看看會不會找到紙條或其他東西可以將她和搶案連在一起，天知道還有什麼。我是說，這些人去找是沒關係，可是他們不知道我們知道的線索。」

「更緊急的問題是尙—巴布提斯，」班頓說，因爲警方和聯邦調查局都在找多蒂，但沒人在找香多涅。

「目前為止，沒有紙條，只有幾支玩具手槍，」歐戴爾對史托克曼說，銀行搶案聯合勤務小組的幹員和警察正在搜索多蒂的房子，即時送出電子訊息，「賓果，」史托克曼說，一面讀出來，「毒品，看來老太婆有嗑藥。她還抽菸，嘿，班頓，據你所知，多蒂抽法國菸嗎？高盧人？我知道我的發音不對。」

「也許有人住在她家，」史托克曼回答外勤同事。

班頓說，「我要先暫停一下。」

這句話幾乎每次都有用。人們在爭執、分心時，眞正的目的出現，如鯨魚般噴氣。如果班頓宣布他不聽了，大家都會靜下來。

「我要講講我的看法，你們得聽一聽，有助於你們了解將會在牆上看到的連結。」班頓說，「我們的決策樹狀圖做好了嗎？」他直接問。

「有人跟我一樣需要咖啡嗎？」歐戴爾沮喪地問，「一下子發生太多事了，而且我得去尿尿。」

20

在首席法醫辦公室DNA大樓的八樓，史卡佩塔、露西和馬里諾三人在科學訓練實驗室裡，這裡不會分析刑案證物，不過還適用淨室環境工作的規則。

穿著裝備的三人從外表根本認不出來。他們先在生化通廊穿上拋棄式保護衣、頭罩、鞋套、口罩、手套及安全眼鏡，再穿過氣閘室進入無菌工作空間，裡面有最新穎的檢驗設備，馬里諾稱之爲新發明：基因組成分析儀、基因放大器、離心機、試管震盪器、即時旋轉週期計，以及處理血液等大量液體的提取機器人。他不安地走動著發出沙沙聲及紙張的聲音，拉著藍色人工紙，撥弄拉扯安全護目鏡及口罩，還有他所謂的「浴帽」，不斷調整這裡那裡又拉緊外衣。

「妳們幫貓穿過紙鞋嗎？」他說話的時候口罩移動，「它們會到處亂跑想脫掉？我現在他媽的就是這種感覺。」

「我小時候不虐待動物、放火或尿床，」露西說，拿起一個消毒包裝過的微型USB接線。她眼前覆蓋著棕色紙的檯面上放著兩台MacBook，已經用丙醇酒精擦拭過，放在透明的聚丙烯包裝裡。至於那支像手錶的BioGraph裝置，昨天很晚時已經在走廊另一頭的證物檢驗室裡採集過DNA，現在可以安全地處理。露西將電線插進BioGraph裡，連到其中一台筆電上。

「就像插入你的iPod或iPhone，」她說，「現在在跟某個東西同步，裡面有什麼資料？」

螢幕變黑後要求她鍵入使用者名稱及密碼，頂端橫幅有一連串的零，史卡佩塔認得這個二進位碼。

「奇怪，」她說。

「非常奇怪，」露西說，「它不要我們知道它的名稱。以二進位碼加密的用意在於遏止，使人退卻。如果你上網時剛好找到這個網站，得花很大的功夫才能稍微知道到底發現了什麼。就算如此，沒有權限或金鑰的話根本無法進入。」

金鑰就是她對駭客的委婉說法。

「我敢打賭，這個二進位碼網址轉碼後也不會變成BioGraph。」露西在另一台MacBook上打字，打開資料夾，「如果是的話我的搜尋引擎就會找到，因爲它們眞的很了解如何尋找線索以及代表的意思或序列。」

「天啊，」馬里諾說，「我他媽的完全不知道妳到底在講什麼。」

自從史卡佩塔到樓下大廳接他，一路護送他到八樓的那一刻起，他就有一點不高興，對炸彈的事很不高興，但並不打算告訴她這一點。可是經過二十年，他不需要告訴她，她比他更了解自己。馬里諾不高興是因爲他很害怕。

「我重新再講一次，這次口齒清晰一點。」露西堵回來。

「妳的嘴巴遮住了，我看不到。我至少得把這帽子脫掉，反正我又沒有頭髮，我開始流汗了。」

「你的光頭會有皮膚細胞剝落，」露西說，「也許就是這樣，你的公寓才會有嚴重的灰塵問題。這支所謂的手錶是設計用來跟筆電同步的，微型USB孔使它能跟各種電腦介面連結，也許是因爲有各種不同的人在戴這所謂的手錶，就像冬妮·達里安一樣在收集數據。我們來把二進位碼轉成ASCII字碼表。」

她在另一台筆電鍵入一連串的一和零後按下輸入鍵，由密碼立刻轉換出來的文字使史卡佩塔停下來，其實是使她毛骨悚然。

拼出來的文字是「卡利古拉」。

「他不就是燒掉羅馬的羅馬帝國皇帝嗎？」馬里諾說。

「那個是尼羅，」史卡佩塔說，「卡利古拉大概更糟，他也許是羅馬帝國史上最瘋狂、最墮落、最邪惡的皇帝。」

「我現在等待的是，」露西說，「繞過使用者名稱和密碼。簡單的說，我已經駭進這個網站和BioGraph裡面，讓我伺服器上的程式幫忙。」

「我好像看過關於他的電影，」馬里諾說，「他和姊妹上床，和他的馬還是什麼的一起住在宮殿裡，也許也和馬性交。醜陋的混蛋，我想他是變態。」

史卡佩塔說，「用這個名字當網址令人不寒而慄。」

「快一點，」露西的程式無形地幫她運作取得進入的途徑，但她對電腦很不耐煩。

「我跟妳說過獨自一人步行來回那地方的事，」馬里諾對史卡佩塔說，他在想炸彈的事，剛剛在羅德曼岬的體驗，「妳上現場節目時應該要有警衛陪著，也許妳不會再爭論這一點了。」

他假設如果昨晚護送她的話，就會一眼看出那個聯邦快遞包裹很可疑，根本不會讓她碰到。馬里諾覺得對她的安全有責任，習慣小題大作，諷刺的是，不久前她跟他在一起的時候就是她最不安全的時候。

「卡利古拉大概是領土佔領計畫的名稱，」露西忙著使用另一台MacBook筆電，「我的猜測。」

「問題是接下來會怎樣？」馬里諾對史卡佩塔說，「我覺得這好像只是某人的暖身動作，班頓昨天在貝勒育收到的唱歌卡片，不到十二個小時之後收到巫毒娃娃的聯邦快遞包裹炸彈。天啊，眞爛，等不及想知道蓋分納會怎麼說。」

蓋分納是紐約市警局在皇后區刑事檢驗室的微物證據檢驗員。

「我來這裡的路上打過電話給他，叫他最好在炸彈殘餘物一送到就馬上開始工作，」馬里諾看了身上的藍色紙袖一眼，用戴著乳膠手套的手往上撥，來看手錶，「他現在應該在看了，可惡，我們該打電話給他。天啊，已經快中午了。那東西聞起來像熱柏油、臭雞蛋，還有狗屎的味道，像眞的很髒的火場，像有人用催化劑燒掉見鬼的公共廁所，我差點吐了，要我吐可不是那麼容易的事。還有狗毛。班頓的病人？那個打電話到CNN給妳的瘋子？很難想像她做出那種事。羅伯和安都說炸彈做得很好。」

彷彿做出一個可能炸掉雙手或更糟的炸彈是值得讚賞的事。

露西說，「進去了。」

有二進位碼的黑色螢幕變成午夜藍，「卡利古拉」以看似銀色立體鑄金屬字體出現在中央。一種很熟悉的字體，史卡佩塔幾乎覺得反胃。

「高譚，」露西說，「有意思，是高譚字體。」

馬里諾靠過去看她是什麼意思，紙製衣袍發出窸窣聲，護目鏡背後的雙眼充滿血絲，「高譚？我沒看到蝙蝠俠。」

螢幕要求露西按下任意鍵繼續，不過她沒有這麼做，她對於那高譚字體及其意義很好奇。

「具有權威性、很實際，以公共場所勞動者字體而為人所知。」她說，「你們在路標、牆壁、大樓，以及世貿大樓遺址自由大樓基石看到的名字及數字是無襯線字體，高譚字體最近會受到注意其實是因為歐巴馬。」

「我第一次聽說叫高譚的字體，」馬里諾回答，「不過，我也沒收到字體電子報、月刊，或叫我去參加字體大會就是了。」

「歐巴馬的陣營在競選時選擇使用高譚字體，」露西說，「我不知道告訴過你多少次，你應該注意字體的。字體是二十一世紀文件鑑識的一部分，不注意的話，倒楣的是你自己。字體是什麼，為什麼某人要選擇用在某個特殊的溝通方式上，這一點可能極具意義且重要。」

「這個網站為何選擇高譚字體？」史卡佩塔想到聯邦快遞送貨單，還有上面精準到近乎完美的筆跡。

「我不知道。不過，這個字體應該是暗示可信度，」露西說，「激發信任，我們應該下意識會嚴肅看待這個網站。」

「卡利古拉這個名字激發的可不是信任，」史卡佩塔說。

「高譚字體很受歡迎，」露西說，「很酷，如果你想影響他人，讓他們嚴肅看待你、你的產品、政治人物或研究計畫，這種字體應該會帶來正面效果。」

「或嚴肅看待危險包裹，」史卡佩塔說，突然很憤怒，「這個字體看起來很熟悉，幾乎跟昨晚收到的包裹上面的筆跡一模一樣。我猜，那包裹被非電子啓動衝擊破壞干擾器破壞之前，你沒有機會看到。」她問馬里諾。

「就像我告訴妳的，他們瞄準的電池就在送貨單地址的背面，妳說上面將妳寫成高譚市的首席法醫，所以又跟這個高譚有關。除了我之外，還有人覺得哈波．裘德在蝙蝠俠電影裡插一角，還會姦屍這一點很奇怪嗎？」

「哈波．裘德爲何要寄給你所謂的臭彈給凱阿姨？」露西忙著處理另一台筆電上的資料。

「也許是這個變態混蛋殺了漢娜？也許他和多妮．達里安有關，因爲他去過豪賭客保齡球館，至少見過她。醫生解剖了多妮的屍體，也許最後會變成漢娜案的法醫。」

「因爲這樣凱阿姨就得收到包裹炸彈？萬一漢娜的屍體出現或發生其他的事，這麼做就可以讓哈波．裘德不被抓？」露西說，彷彿史卡佩塔沒有在實驗室裡一樣。「我的意思並不是說，那個混蛋沒有對漢娜做了什麼或不知道她在哪裡。」

「對，他，還有屍體。」馬里諾說，「如今我們知道冬妮被棄屍前可能已經死了好幾天，整件事有點意思。不知道這段時間她在哪裡，某人用她找了什麼樂子。他大概眞的在醫院冰箱做了那個死掉的女孩，否則爲什麼會在裡面待了十五分鐘，出來的時候只剩下一只手套？」

「可是，我不認爲是他把炸彈寄給凱阿姨，以爲這樣就會把她嚇得放掉一、兩件案子，或任何案子，這麼做太蠢了。」露西說，「況且，高譚字體跟蝙蝠俠完全沒有關係。」

「也許，如果那個人喜歡變態遊戲的話就有關係，」馬里諾爭論。

史卡佩塔一直想到那個炸彈、火場及硫磺的味道。臭彈，一種不同的髒彈，一種在情緒上具有摧毀性的炸彈。認識史卡佩塔的人，認識班頓的人，此人幾乎和他們一樣清楚他們之間的歷史。遊戲，她想，病態的遊戲。

露西按下輸入鍵，卡利古拉消失，取而代之的是：

歡迎，冬妮

然後：

要同步資料嗎？是 否

露西回答「是」，接下來出現的訊息是：

冬妮，妳的量表遲了三天，妳要現在完成嗎？是 否

露西按「是」，螢幕出現另一個指令：

請用以下形容詞評量妳今天的情緒。

接下來是一連串的選擇，例如興高采烈、迷惑、滿足、快樂、不悅、生氣、熱切、啓發，每一個問題後面都有從一到五的量表，一代表很低，五代表很高。

「如果冬妮每天都做這個量表，」馬里諾說，「用的會是她的筆電嗎？也許因此她的筆電才會不見了？」

「不是她的筆電，你們看到的是這個網站的伺服器。」露西說。

「可是她把手錶接到筆電，」馬里諾說。

「對，爲了上傳資料和充電，」露西說，「這支類似手錶的裝置所收集的數據並不是供她使用的，也不會顯示在她的筆電上。這些數據不僅對她沒用，她也不需要任何軟體來統整、分類、分析其意義。」

露西看到螢幕上出現更多的提示，她回答這些問題，想看接下來會怎麼發展。她用「很少」或「完全沒有」來評估自己的情緒。如果是史卡佩塔回答這些問題，她可能會用「極度」來形容。

「我不知道。」馬里諾說，「我忍不住一直想到這個卡利古拉計畫可能解釋爲何有人進她的公寓拿走筆電和手機，誰知道還有什麼，」他的護目鏡看著史卡佩塔，然後他說，「就因爲監視器畫面上的那個人穿著看起來像是她的外套，我們不能確定那個人就是冬妮，這一點妳說對了。如果妳的身材和她差不多，又穿著類似的慢跑鞋，這樣有多困難？她並不嬌小，而是高瘦型，大約一百七十幾公分，對不對？我看不出星期三晚上大約五點四十五分回家，然後七點離開的可能會是她。妳認爲她星期二就死了，現在這個卡利古拉顯示的線索也許吻合，她已經三天沒做問卷了。」

「如果眞是如此，那麼監視器畫面上的人就是有人假扮成她。」露西說，「那個人有她的外套或類似的，也有她公寓的鑰匙。」

「她已經死亡至少三十六小時，」史卡佩塔說，「如果她的公寓鑰匙放在口袋裡，凶手知道她住哪裡，拿鑰匙開門進去，從現場取走他要的東西後再把鑰匙放回她的口袋，將她棄屍在公園，這並不是難事。也許這個人也有她的外套，也許她最後一次外出時穿著外套，可能用來解釋她的屍體被發現時爲何會顯得似乎穿得不夠暖。也許她的一些衣物不見了。」

「這麼做實在是很麻煩又很冒險，」露西說，「有人沒有計畫周詳，似乎所有的算計都在事後發生，而非事前。也許這是衝動犯下的案子，而凶手是她認識的人。」

「如果她曾經和他聯絡，也許就是因爲這樣她的筆電和手機才會失蹤，」馬里諾還在執著這一點，「儲存在手機裡的簡訊。也許，當妳決定檢查她的電子郵件時，也許她和這些卡利古拉的人有電子郵件往來，也許她的電腦有陷人入罪的文件。」

「如果是這樣的話，又爲何將那BioGraph裝置留在屍體上？」露西說，「爲何冒險讓人做我們現在在做的事？」

史卡佩塔說，「也許凶手想要她的電腦和手機，但不表示那是合理的理由。也許，缺乏理由就是那支裝置還在她身上的原因。」

「一定有理由的。」馬里諾說。

「不是你講的那種理由，因爲這也許不是你講的那種犯罪，」史卡佩塔想到她的黑莓機。

她重新思考卡莉·克利斯賓偷竊黑莓機的動機，也許和她所想的理由並不相同，也許不單純是她們離開ＣＮＮ後經過哥倫布圓環時的談話內容：「我敢打賭，以妳的人際關係可以說服任何人。」彷彿暗示史卡佩塔邀請來賓上電視節目不會有問題，假設她眞有自己的節目；史卡佩塔以爲此一對話是她偷竊黑莓機的動機。卡莉想要資訊與史卡佩塔的人際網路，也許的確趁機看了現場照片。不過，也許偷那黑莓機的目的並不是要給卡莉或亞吉，而是爲了別人，某個狡猾邪惡的人。最後一個拿到黑莓機的是亞吉，要是他沒有自殺的話，也許就會交給第三人。

「犯下謀殺案的凶手回到犯罪現場不一定是因爲疑神疑鬼想回來湮滅證據而已。」史卡佩塔解釋，「有時候是爲了重新體驗令他們滿足的暴力行爲。也許冬妮的案子不止一個動機，她的手機和筆電是紀念品，也在她的屍體被發現之前用來僞裝成她，假裝是她，凶手在星期三晚上八點左右用她的手機傳簡訊給她的母親，以混淆她的死亡時間。受到情緒、性及施虐狂般的行爲所驅動的操控、遊戲和幻想，如同人生的諸多事物，混雜的動機造成惡性衝突，並非單一動機。」

露西回答了情緒量表的問題後，螢幕上出現「提交」選項，她按下後，確認完成的量表已成功送到網站接受檢視，由誰檢視？史卡佩塔思索著。由心理學家、精神科醫師、神經學家、研究助理、研究所學生所發起的研究。誰會知道，但肯定不只一人，也許有一大群人。這些隱形的發起人可能是任何人，可能存在於任何地方，參與這個計畫的目的顯然是爲了研究預測人類行爲，對某人有用的研究。

「這是字母的縮寫，」露西說。

螢幕上顯示：

感謝您參加全球衛星定位上傳光與活動計算整合研究。

「卡利古拉，」史卡佩塔說，「我還是看不出爲何有人要選擇這樣的字母縮寫。」

「長年受惡夢及失眠之苦，」露西在瀏覽另一台筆電上的資料夾，搜尋卡利古拉，「他常常整夜在宮殿裡遊蕩，等待日出，可能跟這個名字有關。例如研究和睡眠障礙有關，以及光和黑暗對情緒的影響。他的名字來自拉丁文的『卡利迦』，意思是小靴子。」

馬里諾對史卡佩塔說，「妳的名字意思是小鞋子。」

「快點，加油，」露西輕聲對著她的神經網路程式及搜尋引擎說，「如果拿到我辦公室處理會簡單一點，」她指的是那BioGraph裝置。

「史卡佩塔在義大利文是小鞋子的意思，這一點在網路廣泛流傳，」馬里諾繼續說，厚重塑膠後方的雙眼露出不安情緒，「小鞋子，小橡膠鞋，小女士，但踢起來很大一腳。」

「這才像話。」露西說。

一組一組由字母、符號與數字組成的數據依序出現在螢幕上。

「不知道冬妮是否知道她手腕上這個東西每天早中晚所收集的到底是什麼樣的數據，」露西說，「或是她的凶手是否知道。」

「她不太可能知道。」史卡佩塔說，「不論研究人員希望證明的是什麼理論，通常不會公開宣傳或散播細節。參與者只知道個大概，不會知道細節，否則就可以扭曲結果。」

「她二十四小時戴著那只錶，每天回答問題，」馬里諾說，「一定有拿到好處。」

「也許她對睡眠障礙、季節性情緒失調有興趣，誰知道還有什麼。她看到徵求參與者的廣告，或是有人告訴她。她的母親說她喜怒無常，會受到陰鬱天氣的影響。」史卡佩塔說，「通常參與研究的人會收到一些費用。」

她想到冬妮的父親勞倫斯·達里安，當他試圖取回冬妮的私人物品和屍體時表現出來的攻擊性。麻省理工學院生物電位工程師，跟犯罪集團牽扯的酗酒賭徒。他在停屍間大鬧時，也許他要的其實是那只BioGraph手錶。

「儲存在這裡面的東西實在太不可思議，」露西拉了一張凳子在筆電前坐下，看著冬妮那個裝置裡的原始數據。「這個裝置顯然結合腕動計數據記錄和高敏感度的加速表，或有雙壓電晶片的雙層電壓偵測器，基本上測量總運動量。我沒有看到讓我覺得跟軍事或政府有關的東西。」

「如果這個裝置跟中央情報局之類的有關，」馬里諾問，「妳覺得會看到什麼？」

「它不是。這些資料的加密方式並不是政府單位用來加密極機密文件的方式，不是會讓我聯想到對稱金鑰密碼學用的演算法那種標準三層密碼。你知道，這些密碼很長，超過四十位元，本來應該是可以輸出的，卻讓駭客很難破解。這裡的密碼不是這一種，不是軍事單位或情報單位在使用的那種，而是私人企業。」

「我猜，我們不該問妳為何知道政府如何將極機密資料加密。」馬里諾評論。

「這個東西的目的是為了某種研究在收集資料，不是為了監視，也不是為了戰爭，終於確定不是什麼恐怖分子了，」露西一面說，資料一面跑，「不是為了終端使用者，而是為了研究者，給研究數據的電腦怪人。但他到底是誰？睡眠日程變化性、睡眠量、日間活動模式、與日照相關性。快點，把它變成某種容易理解的東西。」露西又在跟她的程式說話，「給我圖表，給我地圖。目前的資料以數據種類分類，很多數據，非常多，每十五秒就會記錄數據，這東西每天記錄五千七百六十次的數據，只有老天知道這些數據到底有多少類別。衛星定位系統和計步器讀數、地點資料、速度、距離、海拔高度，還有使用者的生命徵象、心跳和脈搏血氧濃度。」

「脈搏血氧濃度？妳一定弄錯了。」史卡佩塔說。

「我在看的的確是脈搏血氧濃度，」露西說，「成千上百筆，每十五秒就會記錄的脈搏血氧濃度。」

「我不知道這怎麼可能。」史卡佩塔說，「偵測器在哪裡？一定要有偵測器才能測量脈搏血氧飽和度、血氧濃度。通常是指尖，有時候是大腳趾，有時候是耳垂，一定要是人體肌膚較薄、光能穿過組織的地方，以紅波與紅外線波長的光穿入來決定血氧含量。」

「這只BioGraph具有藍芽功能，」露西說，「也許脈搏血氧飽和度裝置也有藍芽功能。」

「不管無線與否，一定要有偵測器才能測量我們看到的這些數據，」史卡佩塔回答，「她基本上隨時戴著的偵測器。」

樹狀圖及其分支所連結的名稱與地點充滿整個平板螢幕，紅色雷射光束在上面移動著。

「想像已經不再掌權的老香多涅，」班頓一面說明，一面用雷射筆指著圖形，「他留下的家族同夥已經各自分散，他和幾個主將都已入獄；而香多涅的繼承人，也就是尙—巴布提斯的哥哥，已經死了。執法單位已將注意力轉移到其他的國際犯罪組織：蓋達、伊朗、北韓、全球經濟災難。他唯一剩下的孩子尙—巴布提斯趁機掌權，重新開始，這次打算做得更好。」

「我看不出來他怎麼做得到，」歐戴爾說，「他是個瘋子。」

「他不是瘋子，」班頓說，「他非常聰明、有很強烈的直覺。有一陣子，他的聰明超越了他的衝動和執著，問題在於這種情況能維持多久。」

「我完全不同意，」歐戴爾對班頓說，「這傢伙要當黑幫老大？他又不能光明正大的現身露面，他是國際逃犯，國際刑警組織對他發出紅色追緝令，而且他是畸形、怪胎。」

「你愛怎麼不同意都沒關係，你不認識他。」班頓說。

「他有基因問題，」歐戴爾繼續說，「忘了那叫什麼。」

「先天性全身多毛症，」開口的是瑪蒂．藍尼爾。「罹患這種罕見疾病的人全身都長有過多嬰兒般的胎毛，包括通常不會長毛髮或過度茂盛的部位：額頭、掌心、手臂，也許還有其他畸形，如牙齦增生、牙齒間隔很大、牙齒很小。」

「就像是我說的，是個怪胎，他看起來像個見鬼的狼人。」歐戴爾對會議桌前的每個人說，「這個傳奇大概就是來自有患有這種疾病的人。」

「他不是狼人，這種病也不是從恐怖故事來的，不是傳奇，非常眞實。」班頓說。

「我們並不知道有多少個案，」藍尼爾補充道，「也許大約五十或一百個吧，世界各地報告的個案很少。」

「關鍵字是報告，」潔米．伯格壓抑著情緒說，「沒有報告就無法計算案例數量，你可以理解為什麼多毛症的人會有負面聯想，帶有污名，暗示患有這種病的人是怪物、很邪惡。」

「結果大家這麼對待他，也許正好把他變成那樣的人。」藍尼爾補充。

「有些人會把罹患這種疾病的家人藏起來，尙—巴布提斯也不例外。」班頓繼續說，「他在地下室長大，基本上就是香多涅家族在巴黎聖路易島十七世紀宅邸沒有窗戶的地窖。尙—巴布提斯的基因可能追溯到十六世紀中葉的一名男子，他在出生時全身覆蓋毛髮，嬰兒時就被帶到巴黎的亨利二世前，在皇宮被當成獵奇、娛樂與寵物扶養長大。這名男子娶了一名法國女人，他們的數名子女都遺傳這個疾病。在十九世紀後期，據信他們其中一名後代與一名香多涅家族成婚，一百年後，這種隱性基因在尙—巴布提斯身上變成顯性。」

「我想傳達的訊息是，」歐戴爾說，「人們看到這種長相的人會尖叫離開，尙—巴布提斯要如何接管，如何在巴黎的家中運作？」

「我們不知道尙—巴布提斯住在哪裡，」班頓回答，「我們也不知道過去五年他在做什麼，不知道他長什麼樣子。現代醫療技術很發達，可以雷射除毛、裝義齒、接受整形手術。我們完全不知道他逃離死刑後身體出現了什麼變化。我們知道的是，你們從邁阿密那輛遭竊的賓士汽車後座取得的DNA的確屬於他，這將他和傑隆．懷德、多蒂．郝奇犯下的銀行搶案連上關係。兩人都跟底特律有關，很有可能尙—巴布提斯在底特律、邁阿密和這裡都有人脈。」

「博弈業，」藍尼爾說，「也許還有電影業。」

「只要有利可圖，香多涅家族都會染指，」班頓說，「包括娛樂業、博弈、賣淫、毒品、非法槍械、仿冒名牌、每一種走私品。不論傳統認知的犯罪集團從事什麼，尙—巴布提斯不僅都很熟悉，也很精通，那是家族遺傳，在他的血液裡面。他有五年的時間運用家族關係帶來的有力網路，他能動用金錢。不論他有什麼計畫，他一直在執行，任何有條理的計畫都需要手下，他需要手下。如果他想重新建立香多涅犯罪家族，或爲自己建立帝國，重新塑造、改造自己，他需要找人幫忙，他會做出糟糕的選擇。像他這種過去有淩辱、精神病史、異常暴力犯罪的人，不會有聰明成功領導者所需要的特質，至少不會很久。而且，驅使他的動力是暴力的性衝動以及復仇。」

牆上那樹狀圖的根源是尙—巴布提斯，他的名字在螢幕中央，其他名字直接或間接地從他延伸出去。

「所以，多蒂．郝奇和傑隆．懷德跟他有關，」班頓用雷射筆一面提出觀點，一面在名字上移動。

「我們該加上哈波．裘德，」伯格說，態度變得一本正經，「雖然他聲稱自己跟多蒂一點關係也沒有，但他跟多蒂有關聯。」

伯格跟平常的樣子不同，班頓不知道她怎麼了。大家去倒咖啡時，她借用一名不在的幹員辦公桌上的室內電話，在那之後就變得很安靜，不再提供意見和論點，藍尼爾開口時也不再堵她的嘴。班頓覺得這應該跟司法部、權限之爭，該由誰來起訴什麼的爭議沒關係。潔米．伯格似乎被擊敗了，筋疲力竭。

「據說，有一段時間哈波尋求她的心靈建議，」伯格用平鋪直敘且單調的語氣說，「我今天淩晨偵訊他的時候他是這麼說的，他說她很煩人，經常打電話到他在洛杉磯的辦公室，而他總是躲著她。」

「他是怎麼認識多蒂的？」藍尼爾想知道。

「顯然是她提供了心靈建議，利用超感官能力提供意見給漢娜·史塔爾。」伯格回答，「此舉並非不尋常，包括政客在內的許多名人及富有的傑出人士都會尋求這些人的意見，包括靈媒、吉普賽人、女巫、魔術師、預言家等，大部分的人都是騙子。」

「我猜這些人裡面只有少數是銀行搶匪，」史托克曼說。

「你會很訝異他們許多人的眞實身分是什麼，」伯格說，「在這一行裡，偷竊、剝削、財務騙局都是很自然的。」

「多蒂·郝奇去過史塔爾在公園大道的豪宅嗎？」藍尼爾問伯格。

「哈波說有。」

「妳認爲哈波是漢娜·史塔爾這個案子的嫌疑犯嗎？」歐戴爾問，「他知道她在哪裡，還是跟這件事有關？」

「我認爲他是目前最重要的嫌疑犯，」她聽起來很憔悴，近乎漠然，也許很灰心。那不是疲倦，而是別的。

「由於多蒂和漢娜的關係，哈波·裘德的名字應該在牆上，」伯格看著會議桌前的所有與會人，卻沒有眞正想進行溝通的意味，反而像在對大陪審團講話，「還有冬妮·達里安，她和豪賭客保齡球館，也許還有傅萊迪·麥斯特羅有關，我們該加上哈林區的派克綜合醫院，這裡距離一百街和第十街路口冬妮屍體被發現的地方並不遠。」

平板螢幕上出現更多分支：漢娜．史塔爾連到哈波．裘德，再連到多蒂，間接連到傑隆．懷德。這會兒所有的關係都連到多妮．達里安，豪賭客保齡球館和派克綜合醫院，又回到根源，也就是尙—巴布提斯．香多涅。伯格解釋哈波在哈林那家醫院的過去，在那裡去世的女子法莊．雷西。接下來，伯格回到哈波和史塔爾的連結，他至少去過公園大道的豪宅吃過一次晚餐，後來和漢娜上了床。歐戴爾打斷她，指出魯伯．史塔爾不會討好一個頂多只有五十萬元可供投資的小演員。

「魯伯這種大咖，」歐戴爾說，「除非你是眞正的有錢人，否則他們根本懶得理你。」

「這大約是魯伯．史塔爾去世前一年發生的事，」伯格說，「當時，漢娜已經跟巴比．富勒結婚了。」

「也許是家人開始排擠老大，想依照他們的方式經營，」史托克曼說。

「我知道你看過漢娜的財務狀況，」伯格說，指的是聯邦調查局調查過，「由於我們、我和露西發現的資料。」

彷彿大家都知道露西是誰，更重要的是她和伯格的關係。

「大約兩年前開始，他們在國內外的許多銀行都有很多活動，」史托克曼說，「魯伯．史塔爾在去年五月去世之後，大部分的錢都賠光了。」

「哈波聲稱漢娜失蹤的那一天晚上，也就是感恩節前一晚，他人在紐約，第二天飛到洛杉磯。我們要拿搜索票搜索他在下曼哈頓運河街附近的家，應該盡速進行。他聲稱漢娜和巴比從未發生過性關係，」伯格繼續說，聲音中沒有以往的力量，也沒有一絲諷刺的幽默，「他說一次也沒有。」

「對，才怪，」歐戴爾嘲諷的說，「最老套的藉口，家裡得不到溫暖只好外求。」

「漢娜．史塔爾是社交名媛，跟一群自認為很酷的人來往，跟國內外的有錢人與名人來往，但從來不在那間豪宅，」伯格繼續說，「她比較高調，寧願上《紐約郵報》第六版，也不喜歡在自家餐廳，她的風格剛好跟她父親相反，而且她的優先順序顯然也非常不同。根據哈波的說法，是她先找上他，他們在猴子酒吧認識，沒多久，他就成了魯伯晚宴的座上賓，成了客戶。漢娜親自處理他的錢。哈波聲稱漢娜很怕巴比。」

「漢娜消失的那天晚上在城裡，第二天就搭機離開的可不是巴比。」藍尼爾直截了當的說。

「沒錯，」伯格說，看著班頓，「我很關心哈波和每個人的關係，還有他的癖好。凱說冬妮．達里安被棄屍在公園前已經死了一天半，這期間被放在冰冷的環境，也許是室內，也許現在聽起來很合理。」

牆上的圖表又加上更多名字。

「還有華納．亞吉和卡莉．克利斯賓，」班頓對史托克曼說，「他們的名字也應該在上面。」

「我們沒有理由認為亞吉或卡莉和牆上這些人有任何關聯。」歐戴爾說。

「我們知道卡莉跟凱拉得上關係，」班頓說，「我和亞吉有關係。」

鍵盤敲擊的聲音，史卡佩塔和班頓的名字出現在平板螢幕上，跟大家有關，跟根源的尚—巴布提斯·香多涅有關，看到這兩個名字在上面的感覺很差。

班頓繼續說，「根據凱和露西在亞吉飯店房間裡的發現，我懷疑他和博弈業有關。」

博弈兩字被加到牆上。

「他用自己對超自然現象的興趣和影響在研究操控之類的內容。」

超自然現象是樹狀圖的另一個分支。

「也許是由一名叫拉夸的有錢法國人贊助的，」班頓繼續說，接下來那個名字出現在牆上，「有人，也許是這個拉夸先生，付給亞吉現金，也許還有傅萊迪·麥斯特羅。所以，拉夸和麥斯特羅可能有關聯，這樣就會把底特律跟法國串起來。」

「我們不知道拉夸是誰，是否眞的存在，」藍尼爾對班頓說。

「他存在，可是我們不知道他是誰。」

「你認爲這個叫拉夸的傢伙就是狼人？」歐戴爾問班頓。

「我們不要這樣叫他。尚—巴布提斯·香多涅並不符合任何一種類型，他不是奇人，是一個目前完全有能力看起來很正常的人，他可能有很多別名，也必須要有。」

「他講話有法國口音嗎？」史托克曼忙著在筆電上將牆上的樹狀圖加上分支。

「他可以有好幾種口音，也可以沒有口音，」班頓說，「除了法文之外，他的義大利文、西班牙文、葡萄牙文、德文跟英文也很流利，也許又增加了其他語言，我不知道。」

「爲什麼會有卡莉．克利斯賓？」史托克曼一面做樹狀圖一面問，「她爲什麼要幫亞吉住的房間出錢？還是有人透過她出錢？」

「也許是小額洗錢，」藍尼爾在做筆記，「聽起來這裡很多這種事，雖然金額相對較低。人們付現金，利用別人去付別人的錢，不使用會留下記錄的信用卡、匯款或支票。至少，可能被認爲非法的生意都是如此。」

「卡莉打算這個週末把他趕走，」伯格的目光和班頓接觸，她的眼神如石頭般難以穿透，「爲什麼？」

「我可以提供一個理論，」班頓說，「亞吉用電子郵件將據稱來自目擊證人的資料傳給卡莉，我們知道那是假資料，他利用網路聽打服務假扮成哈維．法利。露西在亞吉的電腦裡找到那份謄本，還有其他幾份。她昨晚在現場節目公開這個訊息，指稱在一輛黃色計程車上發現漢娜．史塔爾的毛髮，害得〈克利斯賓報告〉的製作人惹上麻煩。這是亞吉在造假的電話訪問裡僞造出來的細節，結果卡莉上了當，要不就是這麼做剛好符合了她的需要。不論是哪一種，她沒想到CNN的反應會這麼強烈。」

「所以她就把他開除了，」藍尼爾說。

「她爲什麼不這麼做？她知道自己即將被開除，不論付錢租房間的是誰，她不再需要亞吉，也許還包括私人因素，」班頓說，「我們不知道卡莉昨晚將近十一點從CNN打電話給亞吉時說了些什麼，那似乎是他接到的最後一通電話。」

「我們得找卡莉．克利斯賓談談，」史托克曼說，「亞吉的死亡眞是太糟了，在我聽來，他可能是一切的關鍵。」

「他做的事眞是笨到極點，」歐戴爾說，「他是鑑識精神科醫生，應該知道不該這麼做，這個哈維．法利會否認跟他談過。」

伯格說，「他否認了。我們倒咖啡時，我跟邦奈爾探長談過了，她在昨晚節目後找到他，他承認寫電子郵件給亞吉，但聲稱從未跟他交談過，也沒說過發現漢娜毛髮的事。」

「如果哈維．法利跟他談過，通聯記錄上會有……」歐戴爾開始說。

「那通電話是用預付卡打的，而且預付卡不見了，」班頓打斷，「亞吉有滿抽屜預付卡手機的空盒，我相信電訪法利是假的，露西也這麼認爲，但我懷疑亞吉是故意要被開除的。」

「下意識的意圖。」藍尼爾說。

「那是我的意見，」班頓相信華納．亞吉已經準備好自我毀滅，「我非常懷疑他昨晚才第一次考慮要自殺。他在華盛頓特區的公寓即將失去贖回權，信用卡都過期了，仰賴別人提供現金，是個寄生蟲，除了他的病和內在惡魔之外，毫無可供期待之事。看來他顯然介入了超過自己能力範圍所能處理的事情，大概知道自己快被揭發了。」

「再找一個手下是個很糟糕的選擇，」藍尼爾看著班頓，對每一個人說，「你認爲尙—巴布提斯會知道嗎？」

「知道什麼？」班頓的憤怒爆發，「知道亞吉確保我從自己的人生被放逐，得到的獎勵是遭到聯邦調查局冷凍，而他能做到這些是因爲香多涅家族？」

聯邦調查局會議室裡一片沉默。

「我認爲他遇到尙－巴布提斯，不知怎麼的認識了他？對，我是這麼認爲。」班頓說，「想成名的亞吉會渴望和尙－巴布提斯．香多涅這種所謂的怪物搭上線，就算不知道他是誰也會受到吸引，假設亞吉遇到的是用假名的尙－巴布提斯，他會受到他的精神病理狀態所吸引，他所釋放出來的邪惡，那會是他媽的華納．亞吉犯下他媽的最大的錯誤。」

「顯然如此，」一陣沉默之後，藍尼爾說，「因爲就在我們說話的當下，他已經在停屍間了。」

「麗樹飯店距離史塔爾在公園大道的豪宅很近，」伯格的態度很鎭靜，過於鎭靜，「只有三、四條街區，從飯店步行到他們的豪宅頂多五到十分鐘。」

史托克曼繼續打字，麗樹飯店和史塔爾豪宅出現在平板螢幕及樹狀圖的最新分支上。

「你得把露西．費里奈利的名字放上去，」伯格說，「這表示也要加上我的名字，不只是因爲我調查漢娜的失蹤案，偵訊過她先生和哈波．裘德，而是因爲我和露西有關聯。她有超過十年的時間是魯伯．史塔爾的客戶，很難想像她從未見過漢娜，也許巴比。」

班頓不知道她的意思，或哪裡來的資料。他不想大聲發問，改以眼神詢問她問題，她的回答則是意味深長的眼神。不，露西沒有告訴她，伯格是以別的方式發現的。

「照片，」伯格對大家說，「魯伯．史塔爾家後方圖書室裡放著皮面相簿，裡面有數年來招待客戶的派對和晚宴的照片，露西就在其中一本相簿裡。」

「妳什麼時候發現的？」班頓問。

「三週前。」

如果她已經知道那麼久，那麼，她的態度突然轉變是由於其他的事，邦奈爾一定在電話裡轉達了令人更不安的訊息。

「一九九六年，她二十歲，還在念大學。我沒有在其他相簿裡看到她的照片，也許是因為她大學畢業後就成為聯邦調查局幹員，對於出現在大型派對和晚宴上很謹慎，當然也不會讓自己被拍到。」伯格繼續說，「如你們所知，漢娜的失蹤是她丈夫巴比報的警，我們得到他的准許，從他們公園大道的家裡取得她的私人物品和DNA，而且我也想和他談一談。」

「她失蹤的時候他在佛羅里達，對嗎？」歐戴爾說。

「她沒有從餐廳回家的那天晚上，」伯格說，「巴比在北邁阿密海灘的公寓，我們有從那間公寓的IP地址寄出的電子郵件，還有通聯記錄，佛羅里達的管家蘿絲接受偵訊時也證實此事。我親自和她通過電話，她證實十一月二十六號，也就是感恩節前一天，巴比人在那裡。」

「妳確定寄出那些電子郵件，打那些電話的是巴比？」藍尼爾問，「妳怎麼知道那不是管家蘿絲為了保護東家而做的，說的謊？」

「由於完全沒有證據顯示他有任何犯罪活動，我沒有合理依據、甚至合理懷疑來監視他，」伯格的聲音完全沒有語調變化，「那表示我信任他嗎？我誰都不信任。」

「我們知道漢娜的遺囑內容嗎？」藍尼爾問。

「她是魯伯·史塔爾的獨生女，他去年五月過世時將所有財產都留給她，」伯格回應，「隨後她就更改了自己的遺囑，死後將所有財產留給基金會。」

「所以，巴比一毛錢都拿不到，妳不覺得有點不尋常嗎？」史托克曼問。

「最好的婚前協議書是確定你的伴侶無法藉由背叛你或殺死你而獲益，」伯格回答，「現在還沒有定局，漢娜·史塔爾還有幾百萬的資產，很多債務。據說九月份在金融市場、龐氏騙局和其他部分損失慘重。」

「她大概在地中海搭遊艇到坎城或蒙地卡羅做指甲，」藍尼爾說，「所以巴比一毛錢也拿不到。妳對他的印象如何？除了妳誰也不信任的自然反應之外。」

「他非常難過，」伯格沒有針對任何人，而是繼續對著會議桌發言，彷彿它是陪審團，「我在他們家跟他談的時候，他非常擔憂，承受極大的心理壓力。他相信她一定是遇到了什麼事，聲稱她絕不會離家出走，也不會離開他。我原本傾向於嚴肅看待這個可能性，直到露西發現你們現在都知道的財務資料。」

「我們回到漢娜失蹤的那天晚上，」歐戴爾說，「巴比怎麼知道她失蹤的？」

「他打電話給她，他給我們的通聯記錄也顯示如此。」伯格說，「第二天是感恩節，漢娜原本預定搭私人飛機到邁阿密和他共度長週末，再前往聖巴特島。」

「自己一個人？」史托克曼問，「還是兩人一起？」

「她要自己一個人去聖巴特島，」伯格回答。

「所以，也許她打算潛逃。」藍尼爾說。

「我原本也是這麼想，」伯格說，「如果她已經出國了，那麼她搭乘的不是自己的灣流私人噴射客機，她並沒有出現在白原市的固定基地營運服務中心。」

「巴比是這麼告訴妳的嗎？」班頓問，「我們知道這是實話嗎？」

「他說的，飛行記錄也顯示如此。她沒有出現在固定基地營運服務中心，沒有搭上飛機，巴比並沒有在前往聖巴特的航行紀錄上。」伯格回答，「她也沒有接電話，他們在紐約的管家——」

「她的名字是？」藍尼爾問。

「娜絲特雅，」她拼出來，名字出現在牆上。「她住在豪宅裡。根據她的說法，漢娜十一月二十六日在格林威治村用過晚餐後就沒有回家，但顯然這個理由還不足以讓他們報警，因爲有時候她就是沒回家。當天晚上，她和一群朋友到包羅街的『陸路一次，海路兩次信號』餐廳參加生日晚宴，大家離開餐廳的時候，據說有人看到她上了一輛黃色計程車，目前爲止我們知道的就是這些。」

「巴比知道她背著他亂搞嗎？」歐戴爾說。

「根據他的說法，他們的『共同生活有很多空間』，我不知道他知道多少，」伯格說，「也許哈波說的是眞的。巴比和漢娜主要是生意上的夥伴，他聲稱他愛她，但我們當然常常聽到這種話。」

「也就是說，他們之間有協議，也許兩人都在外面亂搞。他家也很有錢對嗎？」歐戴爾說。

「跟她的有錢不一樣，他是來自加州的有錢人家，念的是史丹佛大學、耶魯工商管理碩士，成功的另類資產經理，跟幾個基金有關，一個在英國，一個在摩納哥。」

「那些搞避險基金的。我是說，他們有些賺了上千萬，」歐戴爾說。

「很多現在都沒有了，有些已經入獄。巴比呢？」史托克曼問伯格，「他也損失殆盡嗎？」

「跟許多投資者一樣，他打的如意算盤是能源和礦業股的股價繼續上漲，金融股持續下跌，他是這麼告訴我的。」她說。

「結果七月時走勢逆轉。」史托克曼說。

「他形容爲浴血戰，」伯格說，「若是沒有史塔爾的財富，他無法繼續維持過慣的生活方式，這是一定的。」

「所以，他們比較像是併購，而不是婚姻，」歐戴爾說。

「我無法證實他眞正的感受，誰又能眞正知道人們的感受，」她不帶一絲情緒的說，「我跟他談的時候，我見到他的時候，他似乎心煩意亂。他聲稱感恩節那天她沒有現身搭飛機時，就開始驚慌失措，打電話報警，警方聯絡了我。巴比聲稱他擔心妻子受到暴力傷害，表明她過去曾經遇過跟蹤狂。他飛到紐約，在家裡和我們碰面，向我們解釋，這時，我們取得漢娜的牙刷採集DNA，萬一屍體出現的話需要用來比對。」

「相簿，」班頓還在想露西的事，好奇她還有多少秘密，「他爲什麼給妳看相簿？」

「我問到漢娜的客戶是否可能針對她，他說他不知道她去世的父親魯伯．史塔爾的客戶有誰，巴比建議我們——」

「『我們』是誰？」

「馬里諾和我一起去的。巴比建議我們參考相簿，因爲魯伯習慣在豪宅接待新客戶，比較像入會儀式，而不是邀請。沒有出席的話，他不會接受你當客戶。他想和客戶之間有社交往來，顯然也是如此。」

「妳看到露西在一九九六年的照片，」班頓說，只能想像伯格的感受，「馬里諾也看到了嗎？」

「我認出相片裡的她，我發現的時候馬里諾不在圖書室裡，他沒有看到。」

「妳問過巴比這件事嗎？」班頓不打算問她爲何對馬里諾保留這資訊。他懷疑他早就知道了。伯格希望露西告訴她眞相，自己不需要質問她，但露西顯然沒有這麼做。

「我沒有給巴比看照片，也沒有提起，」伯格說，「漢娜和巴比在一起不到兩年，他不可能認識當時的露西。」

「不表示他就不知道露西的事，」班頓說，「漢娜可能向他提過露西，沒有的話我會很驚訝。潔米，當妳在圖書室的時候，是妳自己從書架上挑出那本相簿的嗎？魯伯．史塔爾應該有好幾十本那種相簿。」

「不只好幾十本，」她說，「巴比在桌上放了一疊給我看。」

「有可能是他刻意讓妳看到露西的照片嗎？」班頓又出現那種感覺，他的直覺在告訴他什麼。

「他把那疊相簿放在桌上之後就離開圖書室了，」伯格回答。

一個遊戲，而且是很殘酷的遊戲，班頓認為巴比一定是故意的。如果他知道伯格的私生活，就會發現她的伴侶、她的電腦鑑識專家去過史塔爾的豪宅，她跟這些人混在一起卻什麼都沒說，此舉會讓她不高興。

「如果妳不介意我問的話，」藍尼爾對伯格說，「如果露西和可能的被害人有關係，事實上是和整個史塔爾家族都有關係？妳為何還讓她處理這件調查的電腦鑑識工作？」

起先伯格沒有回答，然後她說，「我在等她解釋。」

「她的解釋是什麼？」藍尼爾問。

「我還在等。」

「好，嗯，將來可能會造成問題，」史托克曼說，「如果案子上法庭的話。」

「我認為現在已經造成問題了，」伯格的表情嚴厲，「比我願意描述的更加嚴重。」

「巴比現在人在哪裡？」藍尼爾用較為溫和的語調問。

「顯然在城裡，」伯格說，「他每天都寫電子郵件給漢娜。」

「眞慘，」歐戴爾說。

「不論是不是很慘，他已經做了一陣子，我們會知道是因爲我們顯然在監控他的電子郵件。他昨天深夜寫電子郵件給她，表示他聽說案件有所進展，今天一早要回紐約，我認爲他應該已經回來了。」

「除非那個傢伙低能，否則他一定會懷疑有人在看她的電子郵件，我懷疑他是寫給我們看的。」歐戴爾說。

「我的第一個反應也是這樣，」藍尼爾說。

遊戲，班頓想，不安的感覺越來越強烈。

「我不知道他在懷疑什麼。表面上他希望漢娜還活著，在某處讀著他寫給她的信，」伯格說，「我假設他知道昨晚〈克利斯賓報告〉的節目內容，據說在計程車上發現漢娜的頭髮，所以他才會突然回到城裡。」

「這跟聽到她死了沒什麼兩樣，可惡的記者，」史托克曼說，「爲了收視率什麼話都說得出來，一點都不在乎毀了別人的人生，」他對班頓說，「她眞的這樣說我們？你知道，關於聯邦調查局，心理檔案側寫是古董？」

史托克曼指的是史卡佩塔說的話，昨晚整夜在CNN的跑馬燈及網路流傳。

「我相信她是遭到錯誤引述，」班頓無動於衷的說，「我認爲她的意思是舊日美好時光不再，但本來就沒有那麼美好。」

21

保護鬃毛既長且粗糙，四條黑白條鞘貼著一端逐漸變細的髮幹。

「想確認物種的話可以做DNA檢測，」蓋分納用擴音機說，「我知道賓州有一家叫粒腺體鑑定科技的檢驗室，專門鑑定動物的物種。不過我已經可以告訴妳我現在看到的是什麼，典型的狼，大平原狼，是灰狼的亞種。」

「好，不是狗，你說了算，我承認它看起來像德國狼犬的毛，」在另一個工作檯的史卡佩塔說，她從這裡看得到蓋分納上傳給她的影像。

在檢驗室的另一頭，露西和馬里諾在監測MacBook上的進度，史卡佩塔從她坐的位子上可以看到數據快速轉換成圖表與地圖。

「德國狼犬身上不會有這種一圈一圈的保護鬃毛，」蓋分納的聲音說。

「我看到比較細、帶點灰色的毛呢？」史卡佩塔問。

「跟保護鬃毛混在一起，那只是內毛，那隻黏在卡片上面像巫毒娃娃的東西？裡面塞滿內毛和保護鬃毛，還混著一些碎屑，也許是一點糞便和枯樹葉之類的東西。這些毛應該沒有經過處理，可能來自牠們的自然棲息地，也許是牠們的洞穴。顯然我還沒有看過所有送來的毛，不過我猜都是狼的毛，保護鬃毛和裡層的內毛。」

「要怎麼做才能取得這些毛？」

「我做了一些搜尋，查到幾個可能的來源，」蓋分納說，「野生保護區、狼庇護所、動物園。麻州塞倫市一家知名的巫術店也有賣狼毛，叫『女巫商店』。」

「在艾克塞斯街，老區，」史卡佩塔說，「我去過，很多很棒的油跟蠟燭，沒有黑魔法或邪惡的東西。」

「我猜，邪惡的人不一定需要使用邪惡的東西才能作惡，」蓋分納說，「女巫商店出售護身符跟藥劑，可以買到用金黃色小絲袋裝的狼毛，據說有保護和療癒的力量。我懷疑那樣拿出來賣的東西會經過處理，所以，也許娃娃上的毛來自魔術商店。」

露西從實驗室另一頭看著史卡佩塔，彷彿找到了重要的東西，史卡佩塔會想看。

蓋分納解釋，「狼有兩層毛，內毛像羊毛一樣比較柔軟，可以保暖，我稱爲塡充毛。外層的保護鬃毛比較粗，有防水效果，我寄過去的影像裡看到的色素沉澱就是在這一層，品種之間的差異在於顏色。大平原狼並不來自這個區域，大多來自中西部。通常，調查刑案的時候也不會碰到狼毛，在紐約不會。」

「我不認爲我碰過，」史卡佩塔說，「在這裡或任何地方。」

穿著防護衣的露西和馬里諾站在那裡激烈地討論著，史卡佩塔聽不到他們說話的內容，但有事情發生了。

「我是由於某種原因看過，」蓋分納男高音的聲音很隨和，沒什麼能刺激他，他是用顯微鏡追查罪犯的老手，「牠們在民宅裡大便，妳用顯微鏡看過積塵小毛球嗎？比天文學還有意思，一整個宇宙的資訊透露進出家裡的人和各種東西，各式各樣的毛髮與毛。」

馬里諾和露西在看MacBook螢幕的圖表滾動。

「可惡，」馬里諾大聲說，他的護目鏡看著史卡佩塔，「醫生，妳最好來看一下。」

蓋分納的聲音繼續說著，「有些人養狼，或大多是狼跟狗的混種。不過，沒有經過處理的純種狼毛放在巫毒娃娃或人偶上？最有可能和炸彈的儀式動機有關。我研究的一切都顯示這是屬於黑魔法那一類的，只不過其中的象徵性互相衝突，有點矛盾。狼本身並無惡意，但其他都有，包括爆裂物和煙火，可能會傷害妳或別人，造成嚴重損害。」

「我不知道你發現了什麼，」史卡佩塔提醒他，她目前只知道馬里諾假設炸彈殘餘物是狗毛，現在辨識出來是狼毛。

在實驗室另一頭，其中一台MacBook螢幕上地圖滾動著，街道圖、照片、高度、地形圖。

「我的初步判定只能告訴妳這麼多，」蓋分納說，「那可怕的味道，的確有，聞起來像柏油又像大便，抱歉用粗話，妳熟悉阿魏（譯註：asafoetida，阿魏屬，是一種草本傘形科的屬，奇臭無比）這種東西嗎？」

「我不煮印度菜，但還算知道，這是一種香料，常用來覆蓋味道。」

馬里諾走近史卡佩塔時，衣服發出沙沙聲，「她一直都開著。」

「她什麼都開著？」史卡佩塔對他說。

「那只手錶及其中一支感應器，」他的臉孔只露出夾在鼓起的紙帽和面罩之間的部分，正漲紅著，他在流汗。

「抱歉，」她對蓋分納說，「對不起，我同時在做二十件事，邪惡什麼？」

「它被稱爲惡魔大便是有原因的，」蓋分納重複，「妳可能有興趣知道，據說狼會受到阿魏的味道吸引。」

紙鞋套的聲音，露西穿過白色磁磚地面到一個工作檯前，檢查各個連接口，將巨大平板螢幕的插頭拔下，走到另一個工作檯的中心拔掉那個螢幕的插頭。

「有人費盡心思把阿魏和看起來像柏油的東西磨成粉狀，跟某種透明的油混在一起，例如葡萄籽油、亞麻子油。」

露西把影像裝置搬到史卡佩塔坐的地方，在她桌上裝好，把螢幕接在分享器上，螢幕發亮，影像緩緩且模糊地往下滾動，然後變得清晰。露西回到她的MacBook和馬里諾身邊，腳上的紙鞋套發出聲音。他們兩人在交談，史卡佩塔聽到像他媽的慢還有順序錯誤，露西很惱怒。

「我要用氣相色譜儀和傅立葉轉換紅外線光譜儀分析。不過到目前爲止，顯微鏡的分析結果？」蓋分納正在說。

圖表、地圖、螢幕擷取、生命徵兆、數據、時間、活動量、暴露在環境照明下等資料繼續滾動著，史卡佩塔瀏覽來自BioGraph裝置的數據，看著眼前電腦螢幕上剛打開的檔案夾。顯微鏡下的影像：捲曲的銀白鍛帶上覆蓋著一層薄鏽，還有看起來像子彈碎片的東西。

「絕對是鐵銼屑，」蓋分納的聲音說，「用磁鐵跟肉眼都立即可以辨識。跟這個東西混合在一起的灰色鈍物質也是重的，放在裝水的試管裡會往下沉，也許是鉛。」

冬妮．達里安的生命徵象、地點、天氣、日期和時間，每十五秒鐘擷取一次。十二月十六日上週二的下午兩點十二分，氣溫攝氏二十一度，光照度爲五百勒克斯（譯註：lux，單位名稱，代表一個勒克斯單位面積內所接收到光的多寡，即光照度），是典型的室內強度，她的脈搏血氧飽和度是百分之九十九，心跳每分鐘六十四下，步伐是每十五秒五步，地點是第二大道的公寓裡。她在家、醒著、走來走去。假設戴著那BioGraph裝置的是她，史卡佩塔要這麼假設。

蓋分納描述，「我會用X射線螢光光譜儀，絕對是石英碎片，在磨碎的柏油裡本來就會看到。我用熱鎢針碰了那深棕色與黑色黏稠半固體狀態的液態物質，看是否會使其變軟，的確如此，它的確有柏油／石油的味道。」

史卡佩塔帶著聯邦快遞包裹上樓時聞到的就是阿魏和柏油的味道。她看著圖表和地圖緩緩滾動，跟著冬妮．達里安的旅程帶著她越來越接近死亡。十二月十六日下午兩點十五分，她的步伐加快，氣溫降到攝氏四度，濕度百分之八十五，光照度八百勒克斯，吹東北風。她在室外，很冷的陰天，脈搏血氧濃度百分之九十九，心跳開始加速：六十五、六十七、七十、八十五，隨著一分一秒過去而加速，以每十五秒鐘三十三步的速度朝東八十六街前進。冬妮在跑步。

蓋分納解釋，「我現在看到的可能是磨碎的胡椒，有黑胡椒、白胡椒和紅胡椒的物理性質和型態特質。我會用氣相色譜儀分析確認。阿魏、鐵、鉛、胡椒、柏油，把這些成分加在一起是爲了下詛咒。」

「或馬里諾稱之為臭彈，」史卡佩塔對蓋分納說，一面跟著冬妮．達里安往西在東八十六街上前進。

她在公園大道轉向南邊，脈搏血氧濃度百分之九十九，心跳每分鐘一百二十三下。

「黑魔法儀式。可是，我找不到任何東西可將之歸於某個特定宗教，」蓋分納說，「不是帕羅．馬約貝教，不是聖道教，我沒看到任何跟他們的儀式和巫術有關的東西。我只知道妳的這個成分並不是為了給妳帶來好運，因此讓我回到其矛盾之處。狼應該是正面的意思，有恢復和平與和諧的強大力量，有療癒能力，為打獵帶來好運。」

下午三點四分三十秒時，冬妮經過六十三街，還在公園大道上往南跑。光照度不到七百勒克斯，相對濕度為百分之百。雲層越來越低，開始下雨了。她的脈搏血氧濃度一樣，心跳變成一百四。葛蕾絲．達里安說冬妮不喜歡在壞天氣慢跑，可是她正在又濕又冷的天氣裡慢跑。為什麼？史卡佩塔繼續看著數據，蓋分納還在說。

「我唯一找得到有相關的巫術是納瓦霍語的狼，『馬丘』的意思是『女巫』。一個人披上狼皮就能將自己變成某件東西或別人。根據神話，女巫和狼人可以改變外貌，以便移動時不被認出。波尼族印第安人用狼皮和狼毛保護他們的寶物，並用在各種魔法儀式上。我們這邊在進行的同時我也一直在查，希望妳不要以為我是世界上關於女巫、怪力亂神和民俗的專家。」

「我猜問題在於和寄出唱歌聖誕卡片的是否為同一個人。」史卡佩塔想的是班頓的前任病人多蒂．郝奇，她繼續看著數據在跑。

脈搏血氧濃度一樣，但冬妮的心跳變慢了。在公園大道和東五十八街的路口，她一定是不再跑步了，心跳速度一百三十二、一百三十一、一百三十，持續下降。她在雨中的公園大道步行，時間是下午三點十一分。

蓋分納說，「我想，問題在於製造臭彈給妳的那個人是否和冬妮．達里安的凶殺案有關。」

「你可以再說一次嗎？」史卡佩塔問，一面看著冬妮．達里安那只像手錶的裝置在上週二下午三點十四分的衛星定位螢幕擷取畫面，地形圖上的紅色箭頭指著公園大道上的一個地址。

漢娜．史塔爾的豪宅。

「你說冬妮．達里安怎樣？」史卡佩塔問，看著更多衛星定位系統的螢幕擷取畫面，以爲她解讀錯誤，可是並沒有。

冬妮．達里安的慢跑帶她來到史塔爾的地址，所以她才會在壞天氣慢跑，她是要去見某個人。

「更多的狼毛，」蓋分納說，「保護鬃毛的碎屑。」

脈搏血氧濃度百分之九十九，心跳八十三，持續下降。隨著時間一分一秒過去，冬妮的心跳下降，回到靜止心跳速度。衛星定位螢幕擷取了一個又一個畫面，鞋套走在磁磚上的聲音出現，馬里諾和露西走向史卡佩塔。

「妳看到她在哪裡了嗎？」護目鏡背後露西的眼神非常認真，要確定史卡佩塔了解衛星定位資料的重要性。

「我還沒有完成達里安案件的分析。」蓋分納的聲音在訓練實驗室裡，「不過，妳昨天送來的樣本裡混雜著狼毛、保護鬃毛的碎屑，這些顯微碎屑和我剛剛從巫毒娃娃上看到的毛很像，白色、黑色、粗糙。由於它不夠完整，也許無法鑑定爲狼毛，不過我有想到，不是狼毛就是狗毛。看過跟炸彈一起送進來的東西之後我就這麼覺得了，事實上我願意打賭。」

馬里諾皺起眉頭，非常激動地說，「你是說那不是狗毛而是狼毛，而且這兩個案子裡都是？冬妮·達里安跟炸彈兩件案子都是？」

「馬里諾？」蓋分納的聲音聽起來很疑惑，「是你嗎？」

「我跟醫生一起在實驗室裡，你到底在講什麼？你確定沒把樣本弄混嗎？」

「我會假裝你沒說這句話。史卡佩塔醫師，我剛剛告訴妳的DNA檢驗室？」

「我同意，」她回答，「我們該鑑定狼的品種，確認是同一種，確認兩件案子的毛都來自大平原狼。」

她聽著他說，看著數據。氣溫攝氏三度，相對濕度百分之九十九，心跳七十七。兩分十五秒後，在下午三點十七分，氣溫二十點五度，濕度百分之三十：冬妮·達里安走進了漢娜·史塔爾的豪宅。

邦奈爾警探把車子停在一棟石灰岩大宅前，使伯格想起羅德島的新港，巨型紀念碑，那個時代的美國從煤、棉花、銀、鋼鐵這類現在幾乎已經不存在的實質商品中獲得巨大財富。

「我不懂，」邦奈爾瞪著那石灰岩外觀，整棟宅邸距離中央公園南側只有幾分鐘的路程，佔地幾乎長達一個街區，「八千萬美金？誰有那麼多錢？」她臉上的表情混雜著不可思議與嫌惡。

「已經不是巴比了，」伯格說，「至少就我們所知不是。我猜他得出售，除了杜拜的酋長之外，沒有人會買的。」

「或是漢娜現身的話。」

「無論如何，她和她的家族財富都已經消失了。」伯格說。

「天啊，」邦奈爾看著那座豪宅，看著經過的汽車與行人，什麼都看，就是不看伯格。「讓我覺得我們跟某些人眞的活在完全不同的世界裡。我在皇后區的地方？我不會知道住在早中晚聽不到混蛋大吼大叫、汽車喇叭聲和警笛聲的地方是什麼感覺。前陣子我看到老鼠跑過浴室地板，消失在馬桶後方，我每次進去時只能想到這件事，如果妳懂我的意思。據說它們能從污水管爬上來，大概不是眞的。」

伯格解開安全帶，用黑莓機再打一次電話給馬里諾，他沒有接，露西也沒接。如果他們還在DNA大樓裡，不是沒有訊號就是不能把手機帶進去，端看他們進去的是哪一個實驗室或工作空間。首席法醫辦公室的鑑識生物科學設施大概是全世界最大、最精密的。馬里諾和露西可能在裡面的任何一個地方，伯格不想打見鬼的總機去找到他們。

「我正要去公園大道偵訊，」她再度留言給馬里諾，「你回電的時候我可能會接不到，不知道你在實驗室裡有什麼發現？」

她的聲音聽起來很冷靜，語調平板且不友善。她在生馬里諾的氣，對露西的感覺則不知道是什麼，哀傷或憤怒，愛或恨，還有一點類似死去的感受。但伯格對死亡又知道些什麼呢？她想像一定是像滑下懸崖、緊緊抓住，直到再也抓不住了之後就往下墜。不知道該怪誰，伯格怪露西、怪自己。拒絕接受，刻意視而不見，也許就像巴比每天繼續寫電子郵件給漢娜一樣。

過去三週來，伯格知道那張一九九六年在這棟豪宅拍的照片，她和邦奈爾即將進入的這棟豪宅。伯格的反應是逃避、加快腳步逃離無法處理的事。沒有人比伯格更清楚不誠實和出軌，她一天到晚面對閃躲、不切實際的人，可是並沒有什麼差別：正要受苦，正要失去一切的時候，就算知道也沒什麼差別。她今天早上之前便經歷了一段顛簸的旅程，直到邦奈爾來到聯邦調查局外勤辦公室找她，轉達她認為檢察官會想知道的消息。

「我們進去之前，我要先說清楚，」伯格說，「我不是個軟弱的人，也不是懦夫。看到幾張十二年前拍的照片是一回事，妳告訴我的又是另一回事。我有理由相信露西念大學的時候就認識魯伯．史塔爾，但沒有理由相信她在六個月前，這麼短的時間前跟漢娜有財務上的往來。現在故事變了，我們也得對應行動。我要直接告訴妳，因為妳不認識我。我們以這種方式開始並不是好事。」

「我無意做出逾矩之事，」這話邦奈爾已經說過好幾次，「可是露西在華納．亞吉的飯店房間，在他的電腦裡發現的東西？他假冒我的證人哈維．法利，因而變成跟我的案子有關。我們不知道牽扯多深，這些人參與了什麼，尤其是牽涉到犯罪集團，還有妳告訴我那個有基因失調的法國人。」

「妳不需要一直幫自己辯解。」

「並不是我想管閒事、好奇、濫用我的權力或是警察的身分。要不是有正當理由質疑露西的可信度，我也不會詢問即時犯罪中心。我仰賴她，而我聽過一些傳聞。她待過準軍事部隊是嗎？然後被聯邦調查局還是菸酒槍械管制局開除。本來，她協助妳調查漢娜．史塔爾案與我無關，可是現在有關了，我負責調查冬妮．達里安的案子。」

「我明白。」伯格眞的明白。

「我想確定妳眞的明白，」邦奈爾說，「妳是檢察官，是性犯罪小組的負責人。我才來凶案組一年，我們還沒有合作過。對我來說，這樣開始的合作關係也不是什麼好事，可是我不會因爲其中一個證人是妳認識的人、妳的朋友，就全盤接受對方的說法，毫不質疑。露西會是我的證人，所以我得查證一些事。」

「她不是我的朋友。」

「如果冬妮的案子上法庭，或是漢娜的案子上法庭，她就得上證人席作證。」

「她不只是個朋友，妳我都很清楚她的身分，」伯格說，內在情緒撼動，「我很確定我的名字在即時犯罪中心那全世界都可以看到的見鬼數據牆上。她不只是個朋友，我知道妳沒那麼天眞。」

「出自於尊重，分析師沒有把露西的資料或關於妳的資料放在牆上。我們在工作檯上過濾資料，以及所有發現的連結。我不是要管妳的閒事。除非違法，否則我才不會管別人的私生活，也不知道即時犯罪中心會找到灣橋財務公司的資料，將露西連結到漢娜。我的意思是，這並不表示露西涉入詐欺行爲。」

「我們將會查明。」伯格說。

「如果他告訴我們，如果他知道，」邦奈爾指的是巴比，「他有可能不知道，或出自於和露西同樣的理由而不說。有錢到那種程度的人並不會知道所有的細節，因爲由其他人幫他們投資管理。伯尼．馬多夫的受害者就是如此，都一樣。他們不知道，也沒有做錯事。」

「露西不是不知道的那一型，」伯格說，她也知道露西不是會善罷甘休的那一型。灣橋財務公司是一家證券商，號稱擅長多元投資，如林木葉、礦業、鑽油、房地產等，包括佛羅里達南部的高級水岸住宅。針對不久前揭發的龐氏騙局所涉及的範圍，根據伯格的了解，露西的損失應該非常嚴重。她打算盡可能從巴比．富勒身上查出的不只有漢娜的財務狀況，還有她和哈波．裘德的外遇。他的癖好非常令人不安，可能具有危險。該是質問巴比關於哈波和其他事情的時候了，給他看那無數的連結，希望他能提供線索，而他似乎也願意。伯格不到一小時前打他手機聯絡時，他說很樂意和邦奈爾還有伯格見面，只要不在公共場所。跟上次一樣，她們得來這裡跟他見面。

「走吧，」伯格對邦奈爾說，她們下了便衣警車。

天氣很冷，風很大，烏雲滿布天空，如鋒面接近時一般，也許是高壓系統。明天會放晴，露西稱之為「強烈晴朗的天氣」，但會非常寒冷。她們走在公園大道的人行道上，豪宅豪華的入口上方插著綠白旗，是史塔爾家族的家徽，躍起的獅子和頭盔，家訓是「活在希望之中」。伯格覺得很諷刺，她現在唯一感覺不到的就是希望。

她按下寫著史塔爾及私人住宅的對講機按鈕，雙手埋在外套口袋裡，和邦奈爾靜靜在風中等著。旗子大聲拍打著，她們知道監視器在拍攝她們，可能聽到她們說的每一句話。門栓打開時發出巨大聲響，雕刻考究的紅木大門打開，穿著黑白制服管家的人影出現在鑄鐵閘門的縫隙之間。

伯格假設這位就是娜絲特雅，她沒有先用對講機確定身分就讓她們進門，因為她知道她們要來，從監視器的畫面看到、知道是她們。她的合法移民身分遭到新聞媒體大肆報導，包括許多她的照片，還有謠言說她除了幫巴比煮飯鋪床之外，還提供其他服務。這位媒體稱之為「下流」的管家年約三十五歲左右，顴骨突出，橄欖色皮膚，湛藍的眼珠。

「請進，」娜絲特雅退到一邊。

門廳是石灰華的大理石，開放式拱門，六公尺高的天花板鑲著花格鑲板，正中央是點綴著紫石英和深色水晶玻璃的古董水晶吊燈。有著華麗鐵欄杆的樓梯從一側蜿蜒而上。娜絲特雅請她們跟著她到圖書室，伯格記得圖書室在三樓後方，是個沒有對外開窗的大房間，魯伯．史塔爾花了畢生精力收藏的文物圖書館，價值可比擬一個大學或宮殿。

「富勒先生昨天很晚睡，今天很早起，我們對於新聞播報的內容很難過，」娜絲特雅在樓梯上停下腳步，回頭看伯格，「是真的嗎？」她繼續上樓，踩在石梯發出腳步聲，頭微微側一邊，背對著她們繼續說，「我總是擔心什麼樣的人開計程車。你上了車，根本不知道這個陌生人會把你載到哪裡。請問妳們想喝點什麼飲料嗎？咖啡、茶、水，還是什麼比較烈的？圖書室可以喝飲料，只要不放在書的附近就好。」

「不用了，」伯格回答。

到了三樓，一道長長的走廊鋪著深紅到粉紅的漸層古董絲綢地毯，她們經過好幾扇關著的門才來到圖書室，這裡的霉味比伯格三週前來時更重。銀色水晶吊燈是接電的，燈光調得很暗，沒有人使用的房間很冷，彷彿從感恩節伯格來過後就沒人進來了。她看過的佛羅倫斯風格眞皮封面相簿還堆在圖書室的桌上，眼前是她發現露西的幾張照片時所坐的針織布套單人椅，另一張以獅身鷹首獸做為底座的較小桌子上放著空的水晶玻璃杯，她記得當時巴比喝了好幾口白蘭地消除緊張。壁爐附近的密閉式大座鐘沒有上發條。

「再提醒我一次妳在這裡的工作狀況，」伯格說，和邦奈爾坐在皮沙發上，「妳的公寓在幾樓？」

「在四樓後方，」娜絲特雅說，雙眼看到伯格所看到的細節，沒有上發條的時鐘和骯髒的玻璃，「今天之前我並沒有住在這裡，因爲富勒先生不在……」

「去佛羅里達。」伯格說。

「他告訴我妳們要來，所以我才趕快過來。我本來住在飯店裡，他很好心的讓我住在不遠的飯店裡，需要的話可以過來，但不用一個人在這裡睡。妳們能了解為什麼這時候這麼做不太舒服。」

「哪一間旅館？」

「麗樹飯店，史塔爾家族用了好幾年，每次有外地客人或客戶不想住在這裡時就會去那裡住，走路只要幾分鐘。妳們可以了解我為何現在不想住在這裡。嗯，過去幾週的壓力非常大，先是漢娜的事，然後媒體帶著攝影機和廂型車，你永遠不知道他們什麼時候會出現。昨晚那個女人說的話使情況更糟。她每天晚上只談這件事，不停地來煩富勒先生，要採訪他，一點也不尊重別人。富勒先生讓我休假，因為我現在完全不想單獨待在這裡。」

「卡莉·克利斯賓，」伯格說，「她來煩巴比·富勒？」

「我受不了她，但我會看節目是因為我想知道，可是又不知道該相信什麼。」娜絲特雅說，「她昨晚說的話實在太過份了，害我哭出來，我眞的很難過。」

「她怎樣煩富勒先生？」邦奈爾問，「我還以為要聯絡到他很不容易。」

「我只知道她以前來過這裡，」娜絲特雅拉過一張扶手椅坐下，「曾經參加過一、兩次派對。她在白宮工作的時候，叫什麼？新聞秘書。當時我不在這裡，還沒來工作，不過我知道史塔爾先生和他著名的派對晚宴，所以才有這些相簿。」她指著圖書室桌上的相簿，「架上還有很多很多，涵蓋三十年，妳們大概沒有全部看過？」她問，因為伯格和馬里諾來的那天她不在這裡。

那天只有巴比在家，伯格並沒有看完全部的相簿，而是只有其中幾本，她發現一九九六年的那幾張照片後就沒有再繼續看下去了。

「卡莉．克利斯賓出席過這裡的晚宴並不令人意外，」娜絲特雅自豪的說，「全世界大概有一半的名人都來過這裡，不過漢娜可能認識她，或至少見過她。我討厭最近這麼安靜，自從史塔爾先生去世後，嗯，那些日子已經過去了。以前這裡有很多慶祝活動、新鮮刺激的事、衣香鬢影。富勒先生低調多了，而且大部分的時間都不在。」

這位管家坐在一間過去三週她既沒整理也沒打掃的圖書室裡，但她似乎非常自在；要不是穿著制服，大有可能被誤認為是這裡的女主人。而且，她對漢娜直呼其名，提到她的時候用的是過去式，這一點很有意思；提到巴比時用的卻是富勒先生。而且他遲到了，已經四點二十分，他卻不見人影。伯格很好奇他是否決定不見她們，因此根本就不在家。屋子裡非常安靜，連遠處的車聲都無法穿透石灰岩牆壁；這裡也沒有窗戶，整個空間就像個陵墓或金庫，也許是為了保護珍藏本書籍、藝術品和古董不暴露在多餘的日光與濕度之中。

「她談到漢娜的方式更可怕，」娜絲特雅繼續提到卡莉．克利斯賓，「每天晚上這麼做，她怎麼有辦法對見過的人做出這種事？」

「妳知道卡莉最後一次來這裡是什麼時候嗎？」伯格問，拿出手機。

「不知道。」

「妳說她來煩富勒先生，」邦奈爾再提出這一點，「也許她是因為漢娜的緣故才認識他？」

「我只知道她打電話來這裡。」

「她怎麼會有電話號碼？」邦奈爾問。

伯格想打巴比的手機問他人在哪裡，可是圖書室裡沒有訊號。

「我不知道，我已經不接電話了，害怕是記者打來的。妳知道，這種時代可以查出很多事，永遠不知道誰可能拿到你的電話號碼。」娜絲特雅說，雙眼流連在一幅貌似蒙特奇．道森的作品上，這幅巨大的帆船油畫填滿整面書架間的紅木面板牆面。

「漢娜為什麼會搭計程車？」邦奈爾問，「她出門吃晚餐的時候通常使用什麼交通工具？」

「她自己開車，」娜絲特雅的目光聚焦在那幅油畫上，「如果會喝酒的話她就不會開車，有時候客戶或朋友會載她一程，她也會使用轎車服務。不過妳知道，住在紐約的人只要有需要就會搭計程車，如果時間很趕，有時候她也會搭計程車。他們的車子很多都很舊了，沒有開出來過。妳看過史塔爾先生的收藏嗎？也許妳上次來的時候富勒先生曾帶妳去看過？」

伯格並沒看過，她也沒有回答。

「在地下室的車庫，」娜絲特雅又說。

當巴比．富勒帶伯格和馬里諾參觀的時候並沒有去地下室，當時，那些古董車收藏似乎並不重要。

「有時候，其中一輛車會被擋住，」娜絲特雅說。

「被擋住？」伯格問。

「賓利那一台，因為富勒先生把下面的東西搬來搬去，」娜絲特雅的注意力回到那幅海上油畫，「他對自己的車子很自豪，花很多時間在上面。」

「漢娜無法開她的賓利出去吃飯是因爲車子被擋住了，」伯格又說一次。

「天氣也很糟，還有，那些車大部分都沒辦法開出去，杜森伯、布加迪、法拉利，」她的發音不對。

「也許是我弄錯了，」伯格說，「我還以爲那天晚上巴比不在家。」

22

史卡佩塔獨自坐在訓練實驗室的工作檯前，露西和馬里諾不久前離開去找伯格和班頓。她繼續檢視蓋分納寄過來的資料，同時注意另外兩個螢幕上滾動的數據。她研究一片鉻黃色及一片鮮紅色的多層油漆碎片，數據則將冬妮．達里安的生命一分一秒的帶向盡頭。

「妳從冬妮．達里安頭部傷口所採集的碎屑，尤其是她的頭髮，」擴音器上的蓋分納說，「我將妳看到的那些樣本交叉比對，但還沒有機會放到載玻片上，所以這只是非常初步、很快很粗略的分析，妳打開影像了嗎？」

「看到了，」史卡佩塔看著油漆碎片，也看著圖表、地圖和多種圖表。

BioGraph傳來上千個報告，她無法暫停影像、重播或快轉，毫無選擇，只能看著露西的程式過濾分類。這個過程不夠快或是不太容易，而且很容易混淆。問題在於卡利古拉，他們沒有發展專屬軟體來整合、處理這個裝置收集到的大量數據。

「那鉻黃色碎片是油性油漆，丙烯酸三聚氫胺及醇酸樹脂，來自一輛舊車，」蓋分納解釋，「紅色那一片新多了，看得出來是因爲顏料是有機染料，對照前者的無機重金屬。」

過去二十七分鐘裡，史卡佩塔透過漢娜．史塔爾的豪宅追蹤冬妮．達里安，這是冬妮．達里安的二十七分鐘，從週二下午三點二十六分到三點五十三分。在這段時間裡，公園大道豪宅的室溫維持在攝氏二十到二十二度，冬妮以緩慢又零星的步伐在屋內不同區域移動，心跳不超過六十七次，彷彿很放鬆，也許隨處走動在跟人說話。接著溫度突然下降，從二十度，十八到十七度，持續下降。她的活動持續，每十五秒十到二十步，她正以悠閒的步伐走進史塔爾家較冷的區域。

「油漆顯然不是從凶器轉移過去的，」史卡佩塔對蓋分納說，「除非它原本就漆著汽車用烤漆。」

「比較可能是被動式轉移，」蓋分納說，「不是從攻擊她的凶器就是載運她屍體的車輛轉移過去的。」

十六度、十五度、十四度，冬妮繼續移動，溫度持續下降，她的步伐變慢。每十五秒八步、三步、十七步、停止、一步、四步。氣溫降到十二度，很冷。她的活動力一致，走走停停，也許在說話，也許在看東西。

「不是同一個來源，除非是另一個被動式轉移，」史卡佩塔說，「黃色油漆碎片是來自一輛舊車，紅色是來自較新的車。」

「沒錯，鉻黃色碎屑的染料是無機物質，含鉛，」蓋分納說，「雖然我還沒用顯微傅立葉轉換紅外線光譜儀和熱裂解式氣相層析質譜分析儀，但已經知道有發現鉛。妳在看的兩片碎屑很容易分出新舊程度，較新的漆有一層厚厚的透明保護漆，一層薄薄的底漆，含有機染料，還有三層有色外漆。鉻黃色碎屑沒有透明外漆，只有一層厚厚的底漆，然後就是外漆。至於幾片黑色碎屑？那些也是新的，只有黃色是舊的。」

更多的圖表和地圖緩緩滾動。冬妮．達里安的時間下午三點五十分、下午四點零一分、下午四點零三分，她的脈搏血氧含量是百分之九十九，心跳六十六，步伐是每十五秒八步到十六步，光照度則維持在三百勒克斯，室溫掉到十二度。她在某處冰冷且光線昏暗的地方走動，生命徵象顯示她並沒有處於痛苦或壓力之中。

「油漆不用鉛已經有多久了？」史卡佩塔說，「二十幾年？」

「重金屬染料在七〇及八〇年代以後就不用了，因爲不環保，」他回答，「和妳從她傷口、頭髮、身體各處取得的纖維一致，人造纖維，染得過久的黑色，目前爲止我至少見過十五種。在我的經驗裡，通常來自廢棄纖維那類比較陽春的東西，較爲典型的是舊車地毯和後車廂襯墊。」

「來自較新汽車的纖維呢？」史卡佩塔問。

「目前，我看到妳的樣本裡有很多廢棄纖維。」

「符合她的屍體是用汽車運送這一點，」史卡佩塔說，「不過不太可能是黃色計程車。」

冬妮．達里安的時間下午四點十分，有事發生了。突然、快速又令人震驚的明確。就在三十秒的時間裡，她的步伐從兩步變成零，她的活動停止，沒有移動手腳或身體任何一個部位，脈搏血氧濃度下降：九十八、九十七，心跳降到六十。

「由於新聞大肆報導的內容，我知道妳會提到這一點，」蓋分納說，「紐約市黃色計程車的平均車齡都不到四年，妳可以想像這種車子累積里程的速度，所以不太可能。而且，其實那鉻黃色油漆碎片非常不可能來自黃色計程車，不過是很舊的車，不要問我是哪一種。」

冬妮．達里安的時間下午四點十六分，她又恢復活動力，但沒有在走路，手錶內建的計步器維持在零。活動但沒有走路，大概也不是站立姿勢，有人在移動她。脈搏血氧濃度百分之九十五，心跳五十七，同樣的室溫及光線。她正在豪宅裡的同一個區域死去。

「……其他微物是鏽，還有沙子、岩石、黏土之類的顯微粒子，加上腐爛有機物，某些昆蟲部位等等，也就是泥土。」

史卡佩塔想像冬妮．達里安從後方遭到襲擊，單一重擊打到她的左後腦勺，她會立刻倒在地上，失去意識。四點二十分，血氧濃度百分之九十四，心跳五十五。她又在大幅移動，但計步器依然顯示爲零，她不是在走路，有人在搬動她。

「……我可以把影像寄給妳，」蓋分納說，史卡佩塔沒怎麼在聽，「花粉、片段毛髮顯示蟲害、蟲的排泄物、當然還有塵蟎，她身上有很多這種東西，我懷疑是來自中央公園，也許是來自運送她的東西，或是有很多灰塵的地方。」

圖表繼續滾動顯示腕動計圖表的波動。每十五秒鐘一致的活動，一分鐘接著一分鐘，有人以同樣的節奏不斷移動她。

「……從顯微鏡看到蜘蛛綱動物，會大量出現在舊地毯或很多灰塵的房間。塵蟎沒東西吃就會死掉，它們在室內的主食是剝落的皮膚細胞等……」

冬妮．達里安的時間下午四點二十九分，脈搏血氧濃度百分之九十三，心跳每分鐘四十九下。她開始缺氧，大腦開始腫脹，從傷勢嚴重的傷口出血，造成血氧濃度降低。腕動計出現波動，她的身體以有韻律的波動移動著，在以秒計、以分計的時間裡重複著模式。

「…也就是說，室內塵埃……」

「謝謝你，」史卡佩塔說，「我得掛了，」她對蓋分納說，掛掉電話。

訓練實驗室很安靜，曲線圖、圖表和地圖在兩座巨大的平板螢幕上滾動著。她迷惑地坐在那裡，那韻律持續著，只是不太相同；這一次，不規則的激烈波動後停下再開始。冬妮．達里安的時間下午五點，血氧濃度百分之七十九，心跳三十三，已經陷入昏迷。一分鐘後，腕動計的圖表呈現平行線，活動停止了，四分鐘後已經沒有活動，室內光照度突然從三百勒克斯變成低於一，有人關了燈。下午五點十四分，冬妮在黑暗中死去。

露西打開馬里諾的汽車後車廂，班頓和一名女子下了黑色休旅車，快步穿過公園大道。已經五點多了，夜幕低垂，氣溫很低，間歇性的風吹著史塔爾豪宅入口的旗子。

「有什麼動靜嗎？」班頓將外套衣領往上翻。

「我們四處繞來繞去，想從窗戶查看屋內是否有活動，目前為止都沒有。」馬里諾說，「露西認為裡面有擾頻器，我認為我們不應該等緊急應變小組，應該直接拿槍衝進去。」

「為什麼？」那名女子的深色身影問露西。

「我認識妳嗎？」露西很急躁、不友善、內心抓狂。

「聯邦調查局，瑪蒂．藍尼爾。」

「我進去過裡面，」露西說，打開一個袋子的拉鍊，將馬里諾後車廂保險箱的一個抽屜打開，「魯伯討厭手機，他家不許使用手機。」

「防止企業間諜——」藍尼爾說。

但被露西打斷，「他討厭手機，覺得使用手機很無禮。你進了屋內不會有訊號讓你使用手機或上網。他並沒有從事間諜活動，而是擔心其他人這麼做。」

「我以爲裡面可能有很多死區，」班頓指的是那棟石灰岩豪宅、其高聳的窗戶與鑄鐵陽台，貌似巴黎的私宅區。那些宏偉的私人豪宅總是使露西聯想到巴黎市中心、聖路易島。

她很熟悉尙—巴布提斯那腐敗貴族祖先所居住的香多涅宅邸，史塔爾宅邸的風格和規模都很類似。邦奈爾和伯格在屋內某處，露西會不計一切代價進去找到她們。她偷偷地將俗稱爲「兔子」的高壓破門器塞進袋子裡，明白地將上次送給馬里諾當生日禮物的紅外線攝溫影像儀裝進去，其實基本上是個手提式紅外線攝溫影像儀，她在直昇機上用的同一種科技產品。

「我痛恨政治考量，」藍尼爾說。

「但這是合理的考量，」班頓尖銳的聲音帶著不耐，聽起來焦慮又挫折，「我們破門而入，結果他們坐在客廳裡喝咖啡。我最擔心的是遇到挾持人質，而我們使情況更嚴重。我沒帶武器，」他對馬里諾說，彷彿是個控訴。

「妳知道我有什麼裝備，」馬里諾對露西說，給她不言而喻的指示。

特別幹員藍尼爾表現得好像沒有聽到這些話，或注意到露西拿著網球拍套大小的黑色軟箱子，上面印著貝瑞塔CX4。她交給班頓，他背在肩上，她關上後車廂。他們不知道屋內或附近有誰，但預料會有尙—巴布提斯．香多涅。他要不是巴比．富勒就是其他的身分，他和那些聽命於他的人合作，那些邪惡墮落的人。班頓見到他的話不打算赤手空拳捍衛自己，而是用九釐米卡賓槍。

「我建議找來緊急應變小組和他們的攻堅小組，」藍尼爾很謹愼，不想告訴紐約市警方如何進行他們的工作。

馬里諾不理會她，瞪著房子問露西，「那是什麼時候？妳上次來看到擾頻器是什麼時候？」

「幾年前，」她說，「他至少在九〇年代初期就裝了。那種高效能擾頻器能癱瘓兩萬到三萬兆赫的無線電頻寬，紐約市警方使用的無線電是八百兆赫，在裡面根本就沒用，手機也一樣。一點策略建議？我同意。」她看著藍尼爾，「找緊急應變小組跟攻堅小組來，因爲破門不是最困難的部分，而是遇到抵抗的時候，因爲我們根本不知道屋內有誰，還是他媽的什麼東西。強行進入也許會被炸得粉身碎骨，或被子彈打到開花，任你挑選。」

露西的聲音理性且平穩，其實她內心在尖叫，根本不想等了。

「我看到任何人的話你在哪一個頻道？」她問馬里諾。

「艾達頻道，」他說。

露西快步走向中央公園南側，她轉過路口之後開始跑步。豪宅後方一整片鋪石連到木製車庫門前，一扇漆成黑色的彈簧門右側開著，附近一名露西稍早見過的制服警察正用手電筒探查灌木叢，上方的四層樓一片黑暗，沒有一扇窗戶亮著燈。

「這樣吧，」露西說，打開袋子拉鍊拿出紅外線攝溫影像儀，「我先在這裡用紅外線攝溫影像儀偵測，你也許想到前面去，他們在考慮破門而入。」

「沒人告訴我，」那名警察的臉對著她，在路燈不規則的燈光下，看不清楚他的五官，他以一種友善的方式叫伯格的電腦專家滾蛋。

「攻堅小組已經在路上了，沒有人會通知你的。你可以問馬里諾，他在艾達頻道。」露西打開熱像偵測器，轉向頭上的窗戶，紅外線顯示一片模糊的綠色，窗戶上的布簾則是一片片灰白色污點。「也許是走廊散發出來的熱氣，」她說，那名警員正在離開。

他離開她的視線範圍，破門行動不會發生在他現在前往的地方，而是在他剛剛離開之處。露西拿出高壓破門器，這個手提式液壓擴張器每平方吋能產生十萬磅的壓力。她將擴張器兩端卡在車庫門左側和門框之間，用腳踩加壓，木頭扭曲變形，數條鐵皮鉸鍊彎曲斷裂，發出巨大聲響。她抓起工具穿過門縫，進去後關上門，這樣一來，從外面無法輕易看出門遭到破壞。她站在冰冷的黑暗中聽著，在史塔爾家的車庫下層辨別方向。紅外線攝溫影像儀只能偵測熱能，因此在這裡沒什麼用處。她拿出高性能手電筒，打開。

豪宅的警報系統沒有打開，這表示邦奈爾和伯格出現時，讓他們進門的人沒有再啓動警報，露西認爲也許是娜絲特雅。她上次來的時候見過這名管家，記得這名粗心又自以爲是的女人是漢娜最近雇用的，又或許是巴比挑選的。不過露西覺得很奇怪，娜絲特雅這樣的人居然會突然出現在魯伯的生活裡。她們並不是他會挑選的那一型，不太可能是他決定的，這使露西思索他眞正的遭遇爲何。她不認爲能用沙門氏桿菌謀殺，在亞特蘭大這個以疾病控制與預防中心出名的地方也不太可能是診斷出了問題。也許他一心求死，因爲漢娜和巴比在吞噬他的人生，因爲他知道眼前剩下什麼，也就是垂垂老矣、一無所有、毫無權力，只能隨他們處置。可能，有可能發生，癌症，意外，讓無法避免的事提早發生。

她放下袋子，從腳踝的槍套拿出葛洛克手槍，用高效能手電筒的長光束照明四周，劃過白色石牆及褐色地磚。車庫門的左方是洗車區，隨意捲起的水管末端還緩緩滴著水，骯髒的抹布亂丟在地上，塑膠水桶側躺在地，附近有好幾加侖的漂白水。地上有很多鞋印、輪胎痕，獨輪車和鏟子上都卡著乾掉的水泥塊。

她沿著地上的輪胎痕和腳印前進，腳印大小不同，灰塵很厚，也許是慢跑鞋，也許是靴子，至少有兩個人，也許更多。她仔細聆聽，用手電筒探照，知道車庫內部原本是什麼樣子，注意有什麼不同，發現到處都是和保養古董車完全沒有關係的活動跡象。強力光束照射在工作區，這裡有工作檯、油壓工具、量規、空壓機、充電器、千斤頂、幾罐機油、輪胎，全都積塵亂放，彷彿是爲了不擋住東西而搬走，卻沒有被使用或感謝。

和舊時完全不同。那時地板光亮如新，因爲車庫和圖書室都是魯伯引以爲傲的寶貝，兩個區域由一幅船隻圖畫後方的暗門連接。由於汽車引擎發動時，一氧化碳容易聚積在地下的維修坑裡，具有危險性，因而當後來維修坑不再違法，他就裝了一部升降機，如今光線只能照在厚重的灰塵與蜘蛛網上。從前沒有的床墊光禿禿的放在牆壁附近，上面有大片棕色污漬與擦痕，看起來像是血跡。露西看到一些頭髮，長髮、深色、金髮，她聞到一種味道，或以爲聞到一種味道，附近有一盒手術用手套。

大約十步之外就是舊的維修坑，上面蓋著畫家用的罩布，以前也沒有。附近地面布滿痕跡，類似露西看到的其他腳印，還有潑灑和一抹抹乾掉的水泥。她蹲下來，掀起罩布一角，下面是一塊塊的寬夾板，她用手電筒照亮維修坑，下面是一層不平的水泥，並不會很深，不到六十公分。將這些濕水泥鏟進去的人懶得將它抹平，表面凹凸不平，高低起伏。她覺得又聞到那個味道，很有意識的感覺到她的槍。

她加快腳步，沿著斜坡與牆面往上一層樓，魯伯的車都停在這裡。斜坡轉彎後，露西看到光亮。她的靴子靜靜踩在以前一塵不染的義大利地板上，如今不僅積塵，還滿是輪胎痕跡，並布滿沙和鹽。她聽到聲音停下腳步，是女人的聲音。她覺得聽到伯格的聲音，說什麼：擋住，另一個聲音說，「嗯，有人擋住，」然後，「之前我們被告知，」好幾次的「顯然不是事實」。

然後，「什麼朋友？妳爲什麼之前沒有告訴我們這件事？」伯格問。

接下來的說話聲口音很重，悶悶的，是一名說話速度很快的女性，露西想到娜絲特雅，聽聽看是否有男生的聲音，巴比．富勒的聲音。他在哪裡？馬里諾和露西還在訓練實驗室時，手機不在身邊，當時伯格留言給馬里諾，說她和邦奈爾要去見巴比。據說他在新聞聽說發現漢娜頭髮的事，今天一早從勞德岱堡飛到紐約，伯格說她還有問題，要求和他再見一次面。他拒絕在禍根街一號或其他公共場所見面，而是建議在家裡碰面，這個家裡。他在哪裡？露西查過，她打電話到西卻斯特機場塔台，和那個一向很無理的航管員通過話。

他叫列克．彼得瑞克，波蘭人，很執拗，在電話上很不友善，因爲他就是這樣的人，和露西是誰或她的態度無關。其實他起先似乎不記得她是誰，直到她告知飛機註冊號碼後才有點印象，而且還是模糊的印象。他說今天並沒有飛機從佛羅里達南部抵達的記錄，沒有巴比．富勒和漢娜．史塔爾慣常搭乘的灣流直昇機，也就是魯伯的灣流噴射機。那架飛機已經停在機棚好幾週了，現在還在裡面，也就是露西使用的機棚，因爲她的飛機是魯伯仲介買的。魯伯介紹她認識貝爾直昇機和法拉利那些性能優異的機器。他和女兒漢娜不同，充滿善意，到他去世時，露西完全不曾爲她的生計感到不安，也沒有想像過有人會想破壞它。

她來到斜坡的頂端，在不完全的黑暗中緊靠牆壁，此處唯一的光線來自遠處左邊的角落，也就是聲音的來源，但她沒看到任何人。伯格、邦奈爾和娜絲特雅大概隱藏在汽車和粗大柱子後方，這些柱子被紅木封在裡面，外面再用黑色潛水物料保護，才不會刮傷寶貝車門。露西更靠近一些，注意遇難或危險的徵兆，但那些聲音聽起來很鎮靜，激烈的對話中時而參雜著衝突。

「嗯，顯然有人這麼做，」毫無疑問是伯格。

「一直有人進進出出，他們招待很多客人，一直都是如此，」又是那個有口音的。

「妳說魯伯去世之後就比較少了。」

「對，沒有那麼多，可是還是會有人來。我不知道。富勒先生很低調，他和他的朋友來這裡時我不會打擾。」

「我們應該相信妳不知道有哪些人進出嗎？」第三個聲音一定是邦奈爾。

魯伯．史塔爾的汽車收藏經過深思熟慮、感情用事，但也令人印象深刻，非常珍貴。一九四〇年出品的帕卡德汽車就像他父親擁有的那一輛；一九五七年的雷鳥汽車是魯伯念高中還在開金龜車時的夢想；一九六九年的雪佛蘭大黃蜂跟他在哈佛大學取得商管碩士後擁有的那一輛一樣；一九七〇年的賓士房車是他在華爾街站穩腳步後為獎勵自己而買的。露西經過他珍愛的一九三三年杜森伯勁速，他的法拉利三五五蜘蛛，是他生前買的最後一輛車，還沒有機會修復的是一九七九年黃色格紋計程車，他說使他想起最繁榮時期的紐約。

法拉利、保時捷、藍寶堅尼這些新的收藏品都是在漢娜和巴比的影響下購入的，包括那輛白色賓利阿速爾敞篷車，車頭向內停在遠處牆邊，被巴比的黃色卡列拉GT擋住。伯格、邦奈爾和娜絲特雅站在賓利的後擋泥板邊交談著，背對著露西，沒有注意到她。她出聲打招呼，要她們不要被嚇到，一面接近格紋計程車，注意到輪胎和附近的輪胎痕有沙子的殘渣。她大聲警告她攜帶武器，繼續接近，她們轉過身來，她認得伯格臉上那曾經見過的表情：恐懼、不信任與痛苦。

「不要，」伯格說，她恐懼的對象是露西，「請把槍放下。」

「什麼？」露西滿頭霧水，注意到邦奈爾的右手抽搐。

「請把槍放下，」伯格的聲音不帶情緒。

「我們一直打電話，用無線電聯絡。小心，慢一點，」露西警告邦奈爾，「慢慢將妳的手抽離身體，放在身體前方，」露西的手槍準備好了。

伯格對她說，「妳做的任何事都不值得這麼做，請把槍放下。」

「慢慢來，鎮靜一點，我要靠近了，我們得談一談，」露西一面前進一面對她們說，「我們聯絡不到妳們，妳們不知道發生了什麼事，見他媽的鬼！」她對邦奈爾大叫，「妳他媽的不要再動手！」

娜絲特雅用俄文喃喃說了些什麼，開始哭泣。

伯格走近露西說，「把槍給我，我們談一談，妳想談什麼都可以，沒事的，不管妳做了什麼都不要緊，不論是錢或漢娜。」

「妳聽我說，我什麼都沒做。」

「沒關係，把槍給我就好，」伯格瞪著她，露西瞪著邦奈爾，確認她沒有伸手拿槍。

「不行，妳不知道她是誰，」露西指的是娜絲特雅，「或他們是誰。冬妮來過這裡，妳不知道是因爲我們聯絡不到妳們。冬妮手上戴的手錶有衛星定位系統，她來過這裡，她週二來這裡，死在這裡。」露西看了黃色格紋計程車一眼，「他把她留在這裡一陣子，或是他們。」

「沒有人來過這裡，」娜絲特雅搖著頭一面哭。

「妳他媽的在說謊，」露西說，「巴比在哪裡？」

「我什麼都不知道，我只是照做而已。」娜絲特雅哭著說。

「他週二下午在哪裡？」露西問她，「妳和巴比在哪裡？」

「他們帶人看車的時候我不會下來這裡。」

「還有誰在這裡？」露西問，娜絲特雅沒有回答，「週二下午跟週三整天有誰在這裡？昨天早上是誰凌晨四點多開車出去？開著那輛車，」露西頭對著格紋計程車點一點，對伯格說，「冬妮的屍體在裡面，我們聯絡不上妳們，所以無法通知妳們。她屍體上的黃色油漆碎片來自很舊的東西，那個顏色的舊車。」

伯格說，「已經造成足夠的傷害，我們得想辦法修補。露西，請把槍給我。」

她開始明白伯格的意思。

「露西，不論妳做了什麼都沒關係。」

「我什麼都沒做，」露西告訴伯格，眼神注意著邦奈爾和娜絲特雅。

「我無所謂，我們會度過的，」伯格說，「但是妳現在得停止，妳可以停止了，把槍給我。」

「那邊的杜森伯汽車旁有一些箱子，」露西說，「那就是干擾妳手機和無線電訊號的機器，妳去看就知道了。我左邊的牆邊看起來像小型洗衣機跟烘乾機的機器，前方有一排排的燈，還有不同頻寬的開關，無線電頻寬。那是魯伯裝的，從這裡看就知道開著，那幾排都亮紅燈是因爲所有的頻寬都被擋住了。」

沒有人動作，也沒有人看，她們的目光都專注在露西身上，彷彿她隨時有可能殺死她們，對她們做伯格認爲露西對漢娜做的事。「妳那天晚上在家，卻什麼都沒看到真是見鬼的太糟了。」過去幾週裡，伯格不斷重複這句話，因爲露西住在包羅街，而最後有人看到漢娜是在包羅街。伯格知道露西的能耐，不信任她，害怕她，覺得她是陌生人、怪物。露西不知道該說什麼才能改變她的想法，恢復她們的生活，但她不打算讓這破壞繼續下去，完全不打算讓步，她要讓它結束。

「潔米，妳去那邊看看，」露西說，「拜託妳走到箱子邊看一看，有四種不同兆赫的開關。」

伯格從她面前經過，但沒有靠近；露西沒有看她，而是忙著注意邦奈爾的手。馬里諾提到邦奈爾當上凶案組刑警沒多久，露西看得出她經驗不足，不清楚狀況，因爲她沒有聽信自己的直覺，而是聽信自己的腦袋，而她目前驚慌失措。邦奈爾若是聆聽自己的直覺就會感覺到露西的攻擊性是來自邦奈爾的攻擊性，目前這個對峙、攤牌的情況並不是由露西開始的。

「我在箱子前，」伯格從牆邊說。

「打開所有的開關，」露西沒有看著她，如果她被他媽的警察殺死那就見鬼的太糟了，「燈應該會變成綠色，妳和邦奈爾應該會看到手機出現很多簡訊，妳們就會知道很多人想聯絡妳們，我說的是實話。」

開關打開的聲音。

露西對邦奈爾說，「試試妳的無線電，馬里諾在馬路上，如果攻堅小組還沒從前門破門而入的話。他和其他人都在外面，打開妳的無線電，他在艾達頻道。」

她告訴邦奈爾打開點對點頻道，而不是透過調度員使用的標準無線電服務。邦奈爾取下皮帶上的無線電，轉好頻道，按下傳送鍵。

「菸槍，聽到請回答，」她說，看著露西，「菸槍，聽到請回答。」

「聽到了，洛杉磯，」馬里諾的聲音很緊張，「妳的二十是什麼？」

「我們跟大牌在地下室，」邦奈爾沒有回答馬里諾的問題。

他在問她是否安全，她則向他報告位置，用的一定是他們約定好的暗號。還有露西，大牌指的就是露西，邦奈爾不信任她，並沒有向馬里諾確認她或其他人的安全，而是相反。

「大牌跟妳在一起？」馬里諾的聲音，「老鷹呢？」

「兩者皆肯定。」

「還有呢？」

邦奈爾看著娜絲特雅後回答，「榛木。」另一個她剛剛編的代號。

「告訴他我打開車庫門了。」露西說。

邦奈爾用無線電傳達，伯格走回來，看著她的黑莓機伴隨著一連串快速鈴響進來的訊息，大多來自馬里諾、史卡佩塔的來電，露西至少打了五通。她發現伯格在前往這裡的途中，錯過重要的訊息，不知道發生什麼事，錯過重要的訊息。露西一直打，越打越害怕，一輩子沒有這麼害怕過。

「妳的二十是什麼？」馬里諾問邦奈爾大家是否都沒事。

「不確定誰在裡面，無線電出了問題。」邦奈爾回答。

「妳們什麼時候會出來？」

露西說，「叫他從車庫進來，門開著，他們得從斜坡上地下室的上層。」

邦奈爾轉達訊息，對露西說，「我們沒事，」她的意思是她不會掏槍，不會做出開槍射擊她的這種見鬼蠢事。

露西把葛洛克手槍放在身側，但沒有放回腳踝的槍套裡。她和伯格到處看，露西帶她去看那輛黃色格紋計程車，車輪和磁磚地板上的泥土，不過她們什麼都沒碰，沒有打開車門，只是透過後車窗查看破裂爛掉的黑色地毯、破爛褪色的汽車座椅布套，以及可折疊式座椅。地板上有一件看似風衣的綠色外套。證人哈維．法利說他看見一輛黃色計程車，他不是汽車迷，自然不會注意到這輛黃色計程車是三十年前的舊車，上面有聞名的格紋鑲邊車身，是現代版計程車所沒有的。一般人在黑暗中開車經過時只會注意到鉻黃色車身、通用汽車的箱型車底和車頂燈，法利記得車頂燈沒亮，表示計程車不能載客。

露西和馬里諾擔心有事發生而前來這裡的途中，史卡佩塔在電話裡轉達了她現在提供的這些片段資訊。伯格和邦奈爾沒有回覆警方無線電或手機，因而無從得知週二下午多妮．達里安慢跑到這個地址，很可能死在地下室裡，很可能不是唯一的受害者。露西和伯格交談、搜索、注意馬里諾進來。露西一直說她很抱歉，伯格叫她不要說了。伯格說，她們錯在沒有把該討論的事情拿出來討論，兩個都不誠實。她們來到工作檯前，工作檯是兩座塑膠製品，有抽屜跟垃圾桶，散落在上面的東西有工具、各式各樣的零件、汽車引擎蓋的裝飾品、汽閥、鉻黃色軸環、螺絲和螺栓。一組手排檔的配件裡有一支巨大的鋼鐵把手，上面有血跡，也許是鐵鏽。她們沒有碰，一圈圈細口徑的線圈看似小型電路版，露西覺得是錄音器材，還有筆記本。

黑色布料封面上有黃色星星，露西用手槍槍管翻開，是魔法咒語的書，還有施魔法、保護、成功和好運的處方及藥水，全部是手寫的高譚體，就像字型一樣整齊。工作檯上還放著金黃絲的小包包，有些包包裡面原本的毛已經沒有了，黑白相間長毛和一團團濃密的絨毛。看似狼毛的東西散落在工作檯及地上，地上的則用寬幅掃帚掃到一邊，金屬橘的藍寶堅尼Diablo VT附近有最近掃過或擦過的痕跡。那輛車的車頂開著，副駕駛座上放著一雙赫斯特拉牌的橄欖綠手套，掌心部分是棕色牛皮，露西想像冬妮·達里安慢跑後進入樓上豪宅。

她想像冬妮對開門迎接她的人很放心，不論帶她來地下室的是誰，當時這裡頂多十二度而已。她參觀這些汽車時也許還穿著外套，對那輛藍寶堅尼更是印象深刻，甚至可能還坐上駕駛座，摘下手套感覺碳纖維，幻想著。也許是在她下車時發生的，她轉身時停了一下，有人抓了一樣東西重擊她的後腦勺，也許用的就是那個排檔桿。

「然後她被強暴，」伯格說。

「她沒有在走路，但被移動，」露西告訴她，「凱阿姨說持續了一個多小時，然後她死了，之後又開始移動，好像被留在這裡，也許在那張床墊上，然後他又回來，這樣持續了一天半。」

「他剛開始殺人的時候，」伯格指的是尚—巴布提斯，「是跟弟弟傑伊一起做的，傑伊是英俊的那一個，他會和女人發生性行爲，尙－巴布提斯再把她們打死，他從不和她們上床，他的興奮來自於殺人。」

「傑伊和她們上床，也許他找到另一個傑伊了，」露西說。

「我們得立刻找到哈波．裘德。」

「妳怎麼跟巴比約的？」露西問，這時，馬里諾和四名手持武器的霹靂小組組員出現在斜坡上方，朝她們走來。

「聯邦調查局外勤辦公室的會議結束後，我打他的手機，」伯格說。

「當時他不在家，也不在這間房子裡，」露西說，「除非他關掉擾頻器，跟妳講完電話後又打開。」

「樓上圖書館有一個白蘭地的杯子，」伯格說，「也許能告訴我們他是否就是巴比，」她指的是尙－巴布提斯．香多涅。

馬里諾接近時，露西問他，「班頓在哪裡？」

「他和瑪蒂去接醫生，」他看著四周，消化活動工作檯及地上的場景，看著格紋計程車，「現場鑑識小組在路上了，看看是否能夠研究出這裡究竟發生了什麼事，醫生要帶嗅探犬來。」

23

在DNA大樓員工稱爲「血濺」的分析室裡，史卡佩塔將塗抹棒放進一瓶己烷之中，再將殘餘物抹在環氧樹脂磁磚地板的培養皿上，按下「埋葬遺體與分解味道輕量分析儀」的電源鍵，簡稱「拉布拉多」。

這個電子嗅探器，或嗅探犬，使人聯想到《傑森一家》（譯註：*Jetsons*，是一部由漢納巴伯拉製片公司製作的動畫片。最初於一九六二年九月二十三日到一九六三年三月三日間，在ABC電視台每個周日的晚上播放。該片實際上是由漢納巴伯拉製作的《摩登原始人》的未來時空版本）。創作者可能創造出來的機器犬，把手兩側有小型喇叭可當成耳朵，鼻子是十二組金屬蜂巢狀，和狗嗅聞味道一樣，可偵測不同的化學特性。史卡佩塔背在肩上的肩帶附有電池，她將探測器的把手拉近，將鼻子靠近培養皿裡的樣本。拉布拉多出現反應，控制版的條狀曲線圖及音效訊號亮起，後者聽起來像人工亂彈的豎琴，是偵測到己烷時特有的調和音調。電子鼻很高興偵測到烷屬碳氫化合物，單一溶劑，也通過考驗。現在要進入較爲嚴肅的任務。

史卡佩塔的假設很簡單。冬妮・達里安顯然是在史塔爾豪宅遭到謀殺，問題是地點，過去是否有其他被害人被引誘進去，還是只有冬妮一個人？根據BioGraph裝置所記錄的溫度及史卡佩塔自己的發現，她假設冬妮進入其中一間地下室，屍體被保存在低溫之處，不受環境影響。不論她的屍體存放在哪裡，一定會留下化學與複合物的分子，留下人類鼻子聞不到、但拉布拉多可能偵測到的味道。史卡佩塔關上電源後放進黑色尼龍袋，將天花板上可移動式燈光的架子撥開，有那麼一刻，讓她想到電視節目錄影現場，想到卡莉．克利斯賓。史卡佩塔穿上外套，從玻璃樓梯下樓到大廳離開，時間已接近晚上八點，前方黑暗中的花園及花崗岩長凳空無一人，只有風吹過。

她在第一大道右轉，沿著人行道經過貝勒育醫學中心回到她的辦公室和班頓碰面。她的大樓前門會上鎖，她在三十街再度右轉，注意到其中一個卸貨區的金屬門捲起，露出光線，裡面停著一輛白色廂型車，引擎發動著，後車廂門打開，但毫無人影。她用卡片刷卡後打開斜坡頂端的內門，裡面是熟悉的白色與藍綠色磁磚。她聽到輕搖滾音樂，一定是菲琳在值班。可是，把卸貨區的門開著不像她會做的事。

史卡佩塔經過地磅來到停屍間辦公室，沒看到任何人影。樹脂玻璃窗戶前的椅子被轉到一邊，菲琳的收音機在地上，首席法醫辦公室警衛的外套掛在門後。史卡佩塔聽到腳步聲，一名穿著深藍色工作服的警衛從置物櫃那一區出現，也許剛去過洗手間。

「卸貨區的門開著，」她對他說，不知道他的名字，從沒見過他。

「送貨，」他說，身上散發出熟悉的感覺。

「哪裡來的？」

「哈林區有一個女的被公車撞死。」

他的身材苗條，但很強壯，雙手蒼白、血管突出，帽子底下竄出黑色細髮，灰色反光眼鏡蓋住他的眼睛。他的臉刮得很乾淨，牙齒太白太直，也許是假牙，可是他這種年紀戴假牙又太年輕，而且他似乎很焦躁、興奮或緊張，她覺得也許是因為入夜後在停屍間工作使他不安，也許是臨時工。經濟衰退，員工狀況也變得更糟糕。由於預算大幅刪減，雇用外來的兼職雇員比較實際，而且很多員工由於感冒請假。她內心閃過一些片段的想法，同時覺得頭皮發麻、脈搏加快、嘴巴變乾。她轉身要跑，他一把抓住她的手臂，她掙扎時肩上的尼龍袋滑落，他以驚人的力量將她拉往卸貨區，引擎開動，後車門大開的廂型車停在那裡。

她發出的聲音過於原始，無法分辨出意思、文字或想法，只是一陣陣的驚呼。她努力想從袋子和肩帶中掙脫，他一把拉開她不久前進來的那扇門，她又踢又拉，門用力撞在牆上，不止一次如鐵鎚打在煤塊上一樣發出巨響。那裝著拉布拉多的長袋子不知為何平行卡在門框上，她以為他是因為這樣才鬆手，倒在她的腳下。一灘血從斜坡往下流，拿著卡賓槍的班頓從白色廂型車後方出現，朝她跑過來，她往後退，他用槍指著地上動也不動的男子。

鮮血從他額頭的傷口流出，子彈出口在後腦勺，噴在門框上的鮮血距離她剛剛所在的地方只有幾公分而已。她的臉和脖子又濕又冰，她擦掉皮膚上的鮮血和腦漿，把袋子放在白色磁磚地板上。一名女子雙手握著一把手槍走近卸貨區，手槍槍管朝上，她一面接近，一面放下手槍。

「他死了，」她說，史卡佩塔才想到也許還有其他人中槍，「支援警力已經在路上了。」

「確保我們在這裡很安全，」班頓對那名女子說，跨過屍體和斜坡上的血跡，「我去確認裡面安全，」他看著四周，對史卡佩塔說，「還有別人嗎？妳知道裡面還有別人嗎？」

她說，「怎麼會發生這種事？」

「跟我來，」他告訴她。

班頓走在她前方檢查走廊和停屍間辦公室，踢開男性更衣室及女性更衣室的門。他一直問史卡佩塔她還好嗎，說史塔爾家地下室的一個房間裡有一些東西，類似首席法醫辦公室警衛的帽子和衣服，這是計畫的一部分，他一直說，計畫的一部分就是來這裡抓她，也許是伯格去找他這件事逼他出手。他總是有辦法知道每個人在哪裡，不在哪裡，班頓一直說，一直談到他。他一直問她是否受傷，是否沒事。

馬里諾打電話告訴班頓那些衣服的事，他擔心那些衣服的用途。藍尼爾和班頓來到這裡，看到卸貨區的門開著時立刻行動。哈波·裘德從黑暗中出現，爬上停在卸貨區的廂型車時，他們在三十街。他一看到他們馬上逃跑，藍尼爾去追他；同時，尚—巴布提斯·香多涅抓著史卡佩塔從裡面出來。

班頓沿著白色磁磚走廊檢查休息區，檢查主要解剖室。班頓說，帶著武器的哈波·裘德已經死了，他相信巴比·富勒就是尚—巴布提斯，他也死了。在走廊盡頭，經過送屍體上樓以供指認的電梯後，地板上有血滴與血跡。打開通往樓梯的門之後，躺在樓梯口的是菲琳，身邊有一把沾血的鐵鎚，用來組合松木箱的那種鐵鎚。這名警衛顯然是被拖到這裡的。史卡佩塔來到她身邊，用手指按她的頸動脈。

「叫救護車。」她對班頓說。

她摸摸菲琳後腦勺的傷口，右側邊腫脹部位潮濕且血跡斑斑。她打開菲琳的眼皮檢查瞳孔，右眼瞳孔擴張固定。她的呼吸不規則，脈搏也快速且不規則，史卡佩塔擔心她的下腦幹遭到壓迫。

「我得待在這裡，」班頓去求援時她這麼說，「她可能會開始嘔吐或癲癇發作，我得維持她的呼吸道暢通。我在這裡，」她告訴菲琳，「妳不會有事的，」史卡佩塔告訴她，「救援馬上來了，」史卡佩塔說。

六天後

由於廚房沒有足夠的空間讓大家都坐下，椅子和凳子排在二卡紀念室的可樂販賣機和槍枝保險箱附近。史卡佩塔準備了太多食物。

桌上的大碗裝著菠菜與蛋義大利寬麵、通心粉、筆管麵和細麵；一盆盆醬汁在爐上熱著，加了牛肝菌的肉醬、波隆那肉醬和帕瑪火腿醬。簡單的冬日番茄醬汁是爲馬里諾準備的，他喜歡淋在千層麵上，他要求多放肉和乳清乾酪。班頓要香煎小牛排加馬沙拉醬，露西點的則是最喜歡的茴香沙拉，伯格只要檸檬雞就很高興。空氣中充滿帕瑪森乾酪、蘑菇和大蒜的味道，阿爾·羅伯隊長擔心人數控制。

「整個分局的人都會來，」他檢查麵包，「也許整個哈林區都會來，這可能好了。」

「敲的時候聽起來空空的就表示好了，」史卡佩塔說，用圍裙擦擦雙手，看了麵包一眼，一陣熱香氣從烤箱傳出。

「我聽起來空空的，」羅伯舔舔用來敲麵包的手指。

「他用同樣的方法檢查炸彈，」馬里諾走進廚房裡。拳師犬麥克和露西的牛頭犬噴射漫遊者跟在他後面，腳指甲在磁磚上喀喀作響。「他用手捶一捶，沒爆炸就可以提早回家，一天之內就可以完成。有什麼可以給牠們吃的嗎？」馬里諾指的是狗。

「沒有，」露西從紀念室大聲回答，「牠們不可以吃人的食物。」

在開著的門另一側，她和伯格正在陳列櫃上擺放一條條白燈，陳列櫃裡放著九一一時犧牲的二卡隊員：喬．維吉亞諾、約翰．達拉亞和麥克．庫丁。從遺址尋獲的裝備放在架上，包括手銬、鑰匙、槍套、鋼絲鉗、手電筒、吊索配備的勾環和鉤子，皆已融化彎曲，地上放著世貿中心的一段鋼樑。他們三人和另外兩名殉職隊員的照片放在楓木面板前，麥克的狗的床上放著文法學校學生做的美國國旗百衲被。聖誕音樂伴隨著警方無線電，史卡佩塔聽到樓梯傳來腳步聲。

班頓和邦奈爾拿回最後一批食物：冷凍的巧克力開心果慕斯、無奶油海綿蛋糕、風乾香腸和乳酪。史卡佩塔準備了很多開胃菜，吃不完可以留著；警察待命、在車庫工作等待緊急事件時，最受歡迎的就是剩菜。這天是聖誕節下午，外頭吹著冰冷的暴風雪，羅伯和安．卓伊汀從第六分局過來，大家都聚集在二卡，因爲史卡佩塔決定應該和最近幫她最多的人一起共度佳節晚餐。

班頓拿著盒子出現在門口，冰冷的天氣使他臉色紅潤。

「L．A．還在停車，這附近連警察都沒位子停，要放在哪裡？」他走進來看看四周，流理台或廚房桌上都沒有空間。

「這裡，」史卡佩塔挪開幾個碗，「慕斯先放在冷凍庫，我看你帶了葡萄酒，嗯，我猜你不會出緊急任務了。這邊可以來點酒嗎？」她大聲問紀念室裡想回答的人，羅伯、卓伊汀、伯格和露西都在裡面。

「只有轉動式瓶蓋或從箱子裡拿出來的才可以，」羅伯回答。

「超過五塊的都是走私品。」卓伊汀補充。

「誰值班？」露西問，「我沒有，潔米沒有，我想麥克需要上廁所。」

「牠又放屁了嗎？」羅伯問。

這隻班紋老拳師犬有風濕病，噴射漫遊者也是，兩隻都是搜救犬。史卡佩塔找到她用花生和小麥粉烤的健康餅乾，吹口哨要兩隻狗過來，牠們的動作並不敏捷，但也沒有失去熱情，她說，「坐下，」給牠們獎勵。

「要是對人也那麼簡單就好了，」她除下圍裙，對班頓說，「來吧，麥克需要一點運動。」

班頓拿了狗鍊，穿上外套，史卡佩塔在口袋裡塞了幾個塑膠袋。他們帶著麥克，拖著腳步走下木梯，穿過停滿緊急服務卡車與裝備的巨大車庫，幾乎沒有行走的空間。從側門離開後，穿過第十大道就是聖瑪麗教堂旁的小公園，她和班頓牽著麥克過去，結冰變禿的草地比人行道好。

「狀況檢查，」班頓說，「妳已經煮了兩天的飯了。」

「我知道。」

「我不想在這裡提起，」他說，麥克到處聞，拉著他到一棵禿樹旁，「反正他們一定會整晚聊這件事，我認為應該讓他們聊，我們應該回家獨處，我們整個星期都沒有獨處。」

他們也沒什麼時間睡覺。他們花了好幾天的時間開挖史塔爾豪宅的地下室，因為那個電子鼻拉布拉多警報聲大作，就像麥克現在一樣，拉著史卡佩塔到處警示分解血跡的跡象。魯伯．史塔爾在這屋子的兩層地下室保養、存放他的汽車，有一段時間，史卡佩塔擔心這裡有太多屍體，不過並沒有。最後只在維修坑的水泥底下找到漢娜的屍體，死因和冬妮·達里安一樣，只是漢娜的傷勢更嚴重、更激烈。她的頭部和臉部遭到十六次重擊，也許跟用在冬妮身上的是同一件凶器，排檔桿的巨大鐵把手跟撞球一樣大。

那排檔桿來自一輛叫史派可的手工汽車，露西說，魯伯五年前修復了一些排檔組，也賣了一些，從上面取得的ＤＮＡ來自許多人，其中三個證實是漢娜、冬妮，以及史卡佩塔相信將她們打死的人都是尙—巴布提斯，也就是巴比·富勒。如同香多涅的許多別名一樣，這名美國生意人的身分是虛構的。史卡佩塔沒有做香多涅的解剖，只有觀察，她覺得對未來和過去一樣重要。解剖的是愛迪生醫師，過程和紐約市首席法醫辦公室所進行的任何解剖一樣，史卡佩塔忍不住覺得香多涅會非常失望。

他並沒有比任何人更特別或更不特別，只是解剖台上的另一具屍體，不過，他身上的整型手術殘餘物比一般人多，他的矯正手術應該讓他在多年間不斷進出手術室，冗長的康復期一定受盡折磨。史卡佩塔只能想像全身除毛雷射、每顆牙齒都要裝牙套的痛苦。也許他對最後的成果很滿意，因爲不論她在停屍間如何研究他，都幾乎找不到畸形的證據。班頓所發射的九釐米子彈從尙—巴布提斯的前額進入，貫穿大腦，只有削去彈孔附近的頭髮時才隱約看見手術留下的疤痕。

尙—巴布提斯·香多涅死了，史卡佩塔知道是他無誤，ＤＮＡ比對無誤，她可以安心了，知道他永遠不會出現在公園長凳、她的停屍間、豪宅或任何地方。哈波·裘德也死了，雖然他的那些性癖好和最終的犯罪行爲經過精心策畫，卻仍然留下許多ＤＮＡ證據：冬妮戴的BioGraph手錶來自香多涅贊助的研究計畫，由她那在麻省理工學院受教育的幫派分子父親把她牽扯進這個叫卡利古拉的計畫；由於乳膠手套沒有保險套安全，在她的陰道也採集到DNA；其他地方包括她頸部的紅色圍巾，還有馬里諾從她垃圾桶採集的一團紙巾，也許哈波用來抹去他在她公寓留下的證據；還有她床頭櫃抽屜的兩本真實犯罪平裝本。他們的理論是，被監視器錄下的是哈波，那是他最後的表演。

他穿上冬妮的風雨衣和類似的慢跑鞋，可是他把手套弄錯了，當時她已經開始戴滑雪手套，也就是她留在藍寶堅尼前座的赫斯特拉牌棕黃橄欖綠手套，裡面還放著無線指尖脈搏血氧濃度偵測器。哈波從冬妮屍體取得了鑰匙進入她住的大樓，用完後再放回去。史卡佩塔永遠不會知道他到底有什麼打算，但她懷疑他這麼做的目的是想移除任何和他有關的證據。警方在他下曼哈頓運河街附近的公寓找到冬妮的手機、筆電、皮夾和她的其他物件，找到冬妮的充電器顯示她曾在那裡和他相處一段時間。她寫了數百封簡訊給他，他則將一些變態的劇本用電子郵件寄給她，她都存在硬碟裡。他的簡訊明白表示由於他的名人地位，他們的關係必須保密。史卡佩塔懷疑冬妮知道她有名男友對她的性幻想跟他寫的、喜歡閱讀的內容一樣噁心。

聯邦調查局還在尋找那些知悉香多涅家族與其犯罪網路動向的人。多蒂．郝奇和擅離職守的海軍陸戰隊隊員傑隆．懷德很快就會躍上十大通緝要犯名單。史卡佩塔的黑莓機上採集到卡莉．克利斯賓的指紋，不過她也請了有名的律師，已經不再上節目，也許永遠不會，當然更不會出現在CNN；管家蘿絲和娜絲特雅都接受偵訊，謠傳說警方會開挖魯伯．史塔爾的遺體，但史卡佩塔希望不會，因爲她不認爲會有幫助，只是另一則轟動的新聞罷了。班頓說香多涅吸收的惡棍名單很長，決定哪些是眞的，如傅萊迪．麥斯特羅，哪些只是佾—巴布提斯的分身，例如名爲拉夸先生的法國慈善家，可能需要一些時間。

「你眞是個好孩子，」史卡佩塔稱讚麥克，慷慨地感謝牠的排泄。

她用塑膠袋撿起，和班頓穿過第十大道。午後的陽光幾乎消失了，輕飄飄的雪花片刻便融化；如班頓指出，至少還是白色的，現在是聖誕節，他認爲這是一個徵兆。

「什麼樣的徵兆？」她問，「洗去我們的罪惡？你可以握這隻手，不要牽我另一手就好。」

她將沒有拿塑膠袋的那隻手交給他，然後他按了二卡外面的門鈴。

「如果我們能洗去罪惡，」班頓說，「那還會剩下什麼？」

「沒什麼有意思的，」她說，門喀嗒一聲打開，「事實上，我們今晚回家後我打算盡可能犯下許多罪，就把它當成警告，特別探員衛斯理。」

大家都擠在樓上的小廚房裡，因爲班頓正在打開一瓶美味的康帝葡萄酒倒進塑膠杯裡給能喝的人。馬里諾打開冰箱，拿出汽水給羅伯和卓伊汀，自己拿了無酒精啤酒。邦奈爾終於出現了，大家決定是敬酒的好時機，走進紀念室裡，拿著一籃新鮮麵包的史卡佩塔最後一個進來。

「如果你們願意縱容我的話，我想講一下我的家族傳統，」她說，「記憶麵包。小時候，我母親會烤這種麵包，這個名字的來源是吃了一塊麵包之後應該要想起重要的事，可以是來自童年或任何一個時期，任何一個地方。所以，我想讓我們舉杯敬酒，吃點麵包，回憶我們的經歷，我們的過去，因爲那也造就了我們的現在。」

「你確定在這邊這樣做沒關係嗎？」邦奈爾問，「我不想失禮。」

「這些傢伙？」羅伯指的是他殉職的同僚，他們的私人物品在小白燈的光線下看起來沒那麼淒涼，「他們才會是最希望我們這麼做的人，我很想幫他們裝一盤食物，我記得約翰多愛動物。」他看著達拉亞的照片，馬里諾拍拍麥克，「他的抓蛇棒還在置物櫃裡。」

「我沒在曼哈頓看過蛇。」伯格說。

「每天都有，」露西說，「我們不就靠這些陰險如蛇的小人爲生。」

「人們會在公園把蛇放生，」卓伊汀說，「不想再養的寵物蟒蛇，有一次是鱷魚。所以，是誰被叫去處理？」

「我們，」大家都說。

史卡佩塔將麵包籃傳出去，大家紛紛撕下一小塊吃掉，她解釋回憶麵包的秘訣是可以用喜歡的食材，可以用剩下的粗粒穀類、馬鈴薯、乳酪或香草，注意有什麼現成的食材不要浪費會更方便。她說，回憶就像你在廚房找到的東西，在抽屜和櫃子深處找到的點點滴滴，看起來已經不重要，甚至已經壞掉的東西，實際上卻能讓你做的東西更美味。

「敬朋友，」她說，舉起杯子。